孤高のメス　完結篇
命ある限り

大　鐘　稔　彦

幻冬舎文庫

孤高のメス　完結篇

命ある限り

この作品は、著者の実体験をもとに、臓器移植法案成立（一九九七年）前後の時代設定で書かれたフィクションです。但し一部の登場人物は実名のままにさせていただきました。

『孤高のメス』全十三巻及び『緋色のメス』上下巻を
真の医療を求める病者、医学徒に贈る

幻の初夜

江梨子に頬をつつかれて、バスローブのまま寝入っていた塩見は目を覚ました。バスタオルを胸に巻きつけただけの半裸体の江梨子がベッドに横坐りして自分をのぞき込んでいる。

「紹興酒が利いちゃったみたいだ」

江梨子の指を捉えて塩見は言った。

「あたしもよ。すこーし、頭が重い」

塩見の手に捉えられていない反対側の人さし指で江梨子はこめかみをつついた。

塩見は床頭台の時計を見た。

「九時か。三十分も寝ちゃったんだね」

「ご免なさい。あたしもお風呂でうとうとしてしまったの。酔いが回ったのね」

「危ないな。そのままずるずるっと体が湯舟に落ちたら溺死しちゃうよ」

「まさか！」

江梨子は大仰に目を見開いて見せた。

「入浴中に亡くなる人は毎年一万人くらいいるんだ」

江梨子の指を捉えていないもう一方の手の人さし指を立てて塩見は江梨子の額に押し当てた。

「そんなに!?」

「うん、ゴルフの最中に亡くなる人も一万人」

「それって、もともと心臓や頭に病気を持っていたお年寄りなんかがほとんどでしょ？あたしなんかがうたたねしても、顔がお湯に浸ったりしたら、すぐにハッと目が覚めて大事には至らないでしょうから」

「うん、まあね。花嫁さんだから今は許すけど、長風呂は余りしない方がいい。お湯も精々四〇度まで」

「はいはい。でも、髪を洗う時は大目に見てね」

「うん……」

塩見は江梨子のバスタオルを解いた。江梨子は反射的に胸を両手で覆った。

「隠さないでいい」

塩見は起き上がって江梨子の両手首を捉えた。露わになった乳房を、今度は塩見が両の手でそっと下から持ち上げた。

「当麻先生も、今頃富士子さんのオッパイをこんな風に愛撫しているのかしら？」

江梨子が悪戯っぽい目つきで言った。

「そりゃ勿論。当麻先生も男なんだから。と言うより、もう、一度結婚しておられるしね」

塩見は押し上げていた乳房に顔を寄せて左の乳首を口に含んだ。

江梨子が身をよじった。

刹那、床頭台の電話が鳴った。塩見のバスローブを肩から脱がせようとしていた江梨子の手が止まった。反射的に塩見は江梨子の胸から顔を離した。

二人は一瞬顔を見合わせ、言葉にならない同じ疑問を投げ合った。

（誰？　今頃）

ずり落ちかかったバスローブを肩に戻し、塩見はベッドサイドの床に足を下ろして受話器に手を伸ばした。江梨子が背後から寄りかかって塩見の胸に両腕を巻きつけ、肩に顎を乗せた。

「あ……もしもし……？」

おずおずと受話器を持ち上げ、ワンクッション置いて塩見は声を放った。

「こちら、フロントですが」

刹那塩見は、携帯電話をマナーモードにしたまま礼服のポケットにしまい込んだことに思い至った。

「塩見悠介様に、トーマ様と仰る方から外線が入ってます。おつなぎしてよろしいでしょうか？」

「あ、はい……お願いします」

江梨子の乳房が背に押しつけられる。右肩にあった顎が左肩、受話器を当てた耳もとに移る。

「塩見君？」

紛れもない当麻の声だ。

「はい……」

「これから、新宿の関東医科大消化器病センターで肝移植を始めるんだが……」

「えっ、先生が、ですか？」

「いや、何人かの先生方とするんだが……君にも手伝ってもらえればと思ってね」

江梨子の吐息を頬に感じ、二の句を継ぐのがためらわれた。

「病院を留守には出来ないから」

塩見が唇をかみしめている間に当麻の声が続いた。

「矢野（やの）君には帰ってもらったが、大塩（おおしお）君には残ってもらっている」

塩見は生唾（なまつば）を呑（の）み込んだ。

「先生が手伝えと仰るなら、厭（いや）とは言えませんが、でも、僕なんか、お役に立つんでしょうか？」

「麻酔医がまだ一人来ないんで、最初はそっちに回ってもらうかも知れないが……」

「あ、じゃ、脳死肝移植ではなくて……？」

ドナーが脳死者ならば臓器を摘出するのに麻酔は要らないはずだ。

「うん、生体肝移植で、ドナーは患者の奥さんなんだよ」

「レシピエントは……？」

「僕の修練士時代の同期生で、羽島（はじま）先生の後任になったばかりの男でね、B型ウイルスによる劇症肝炎で死線をさ迷っている……」

背に密着した乳房を介して江梨子の心臓の鼓動が伝わってくる。

「花嫁には申し訳ないが、来てくれるかい？」

「先生は……あ、いえ……富士子さんは……？」

考えがまとまらず、呂律も回らなくなっている。息遣いばかりでなく江梨子の表情を窺いたいが、振り向く勇気が出ない。

「君がもし来てくれるなら、彼女に江梨子さんの所へ行ってもらおうと思うが……」

「すみません、五分程、時間を頂けますか？」

「うん……？」

「江梨子は今風呂に入ってますので……」

よもや江梨子の息遣いが受話器を通して当麻に聞こえていることはないだろう。ここは〝嘘も方便〟と割り切った。

受話器を置いた。背中の乳房のぬくもりが消え、頬にかかっていた江梨子の吐息も薄れた。代わりに冷たいものを肩先に感じた。

（まさか……？）

塩見は上体をよじって江梨子に顔を振り向けた。

両腕をクロスさせて乳房を覆った江梨子は、唇をわななかせ、潤んだ目でこちらを見すえている。

「ご免よ」

更に体をよじると、塩見は江梨子の肩に両手を置いた。

「とんだ初夜になっちゃったけど、これも外科医の宿命なんだよね」

江梨子は片手の指で目尻を拭った。

「いつか、あなたが言ってた通りね」

「うん？　何て……？」

「外科医は、家庭的な夫なり、父親には、なれない……」

「ああ……」

「それでもいいか、結婚してくれるかって……」

「いいって言ってくれたよね。僕の出自も気にしないって……」

「お父様のことはいいのよ。あなたの責任じゃないから。でも、外科医の道は、あなたが決めたことだから……」

「後悔してるの？　外科医なんかと一緒になるんじゃなかったって……」

江梨子は唇をかみしめた。拭った目尻からまた涙が溢れ出ている。

塩見は江梨子の肩を引き寄せ、頼りなげな静脈が浮き出ている額に唇を押し当てた。

「当麻先生の花嫁も、後悔してるかな？」

江梨子の髪が肩先でかすかに揺れた。

「富士子さんは、あたしより大人だから……。でも、かわいそう。明日は博多に戻るんでしょ？」

「そうだね。三月一杯勤めるって言ってたものね」

江梨子はそっと塩見の腕から逃れ、ベッドの下に落ちているバスタオルを探った。

「あたし、ちょっと富士子さんのお部屋に行って来ます」

「うん……」

心なしか恨めしげな目に一瞬たじろいでから、バスタオルを胸に引き上げた江梨子の二の腕に塩見は手を置いて、力をこめた。

「これからも、こんなことはあるかも知れない」

濡れたままこちらを見すえている江梨子の目を、塩見はヒタと見返した。

「その度に寂しい思いをさせるだろうけど、でも、これだけは誓って言うよ」

江梨子は唇をかみしめ直した。

「君を、僕の母のような目には、絶対に遭わせないって」

江梨子の両の目に新たな涙が滲み出た。

真夜中の無影灯

関東医科大消化器病センターの八つある手術室の二つに、時ならず煌々と明かりが点り、森閑と静まり返っていた手術棟に忙しげな幾つもの足音が響き渡った。

婦長の水越は顔を見せていない。水越から名指しを受けたナースが四人駆けつけていた。CT撮影のためX線技師が一人、ドナーとレシピエントの採血、早晩必須となる輸血の為のクロスマッチに備えて検査技師が二人、久野章子に呼び出されていた。

専ら小児に行われている生体肝移植は、親の肝臓の五分の一、肝臓の左葉の半分で事足りるが、レシピエントが大人である場合は、肝臓の五分の三を占める右葉の大部分、全体のほぼ二分の一程度が必要とされる。藤城俊雄の妻春子は小柄で、比例して内臓も一般人の平均より小さい。術前のCT像から割り出された肝臓の重量は一二〇〇g、成人男子の精々五分の四程度と見積もられたから、理想的には右葉全部を夫に移植すべきだが、さすがにそれではドナーの負担が大き過ぎるとみなされた。

「電話でははいはいと安請け合いしたけれど、私はあなたも知っての通り肝切除はやりつけてないから、自信がないわ。あなたが執刀なさいな。私はアシストに回る」

当麻と顔を合わせるなり、久野章子はいきなりこう言った。

「だって、ドナーのオペの方が倍の時間かかるでしょ？」

思案顔の当麻に久野が畳みかける。

「いえ、そんなには……。無垢の肝臓ですから、二時間そこそこで摘除できると思います。奥さんの肝臓は小振りですし」

久野はうすら笑いを返す。

「大した自信ね。じゃ、一時間遅れでレシピエントの肝摘除に取り掛ってもらったらいいわね？」

「ええ、そうします」

「途中で抜けたら駄目よ」

「えっ？」

「ドナーのオペはドレーンを入れるまで私と一緒にしてね。レシピエントの肝摘除は佐倉さんとこちらのお弟子さんで始めてもらってたらいいでしょ？」

久野は傍らの大塩を振り返って言った。

佐倉と塩見、それに麻酔医の一人はまだ到着していない。

「藤城君は駄目元。肝心なのはドナーの命よ。やると決めたあなたには、ドナーの命だけは絶対に守る責任がある。そうでしょ？」

当麻はゆっくりと、深く頷く。大塩が相槌を打つように顎を落とした。

「ところで、花嫁さんは、どうしてるの？」

「あ……別に……」

「別に──か。こんなことくらいで、成田離婚ならぬ、幻の初夜離婚には、ならない？」

大塩がふくみ笑った。

「大丈夫です。笑顔で送り出してくれました」

「ふー、ご馳走様！　山内一豊の妻ね。見上げたものだわ。でも、若い花嫁さんはどうかな？　今頃、泣きの涙で彼に取り縋ってるんじゃないかな？」

「彼は、麻酔とドナーの肝切除を手伝ってもらったら帰すつもりです」

「真夜中に……？」

久野は腕を返して太い手首と裏腹な細いバンドの時計を見やった。

「今から始めたって午前様よ。花嫁は泣き疲れて眠っているでしょうに」

「でも、彼女も医局の秘書ですから、外科医が土壇場で約束事をキャンセルしなければならない現場も見慣れていたはずです。こんなことくらいで、よもや離婚には至らないと思います」

「ふーん、楽観的ねえ、あなたは。いい性格してるわ。でも、女心がもうひとつ分からない」

　後半は独白めいて久野の口の中でくぐもった。

「えっ……？」

　と当麻が聞き咎(とが)めるのへ、

「いえ、何でもない」

　と久野は大きな瞳を瞬(しばたた)かせ、「ねえ？」と大塩に流し目をくれた。

「大塩君がいますから」

　当麻は素知らぬ顔で言った。

「佐倉先生にも早めに手をおろして頂こうと思っています。ドナーのオペが終わったら、久野先生の手も空きますよね」

「やれやれ、私は明け方までお付き合いさせられるのね？」

「オペの予定表をチラと見ましたが、明日は先生のオペは入ってませんよね？」

「目ざといわね。でも、外来があるわ」

「すみません。ハードな一日になりますね」

「どう致しまして。当麻先生の熱い息遣いを感じながら丸半日お付き合いさせて頂けるなんて、一生の思い出になりますわ」

大塩が声を上げて笑った。

佐倉と塩見が示し合わせたように相前後して駆け込んできた。当麻は二人に謝辞を述べて久野に言われた通りの段取りを説明した。

「またとない経験をさせて頂けて光栄ですが、どこまでお役に立てますかどうか」

佐倉が神妙な面持ちで言った。

当麻は塩見をそっと脇へ誘(いざな)った。

「江梨子さん、大丈夫だったかい？」

「さすがに涙ぐんでいましたけど、でも、気を取り直してくれました。先生の奥様の所へ行くと言って」

「よかった。じゃ、気合いを入れていこう」

「はい」

頷いた塩見の背後で手術棟の扉が開いた。ストレッチャーが二台、相次いだ。藤城を乗せたストレッチャーは第一手術室へ、妻の春子のそれは第二手術室へ運び込まれた。

「今井(いまい)君、遅いわねえ」

久野が麻酔医の玉木に言った。
「彼は江戸川区ですからね。僕の倍かかると思います」
「じゃ、君達は、取り敢えずドナーの麻酔にかかってくれるかい」
当麻は大塩と塩見に言って先立った。二人は目配せし合って当麻の後を追った。

前投薬を打たれた藤城春子は眠ったように手術台に横たわっていたが、当麻達の足音でうっすらと瞼を開いた。既にナース達が手際良く持続導尿用のバルーン、胃管の挿入、点滴用の静脈ラインの確保を終えている。器械出しのナースも手洗いを終え、器具やガーゼの整備にかかっている。

当麻は「ご苦労さん」と彼女達に声をかけた。見知った顔はない。修練士を終えてもう十年経っている。その頃いたナース達は配置換えか、他院に転じているか、結婚して辞めているかだろう。

大塩と塩見は麻酔器の点検に取り掛った。

春子は小顔で造作も小造り、首もほっそりとしている。気管内挿管はたやすいと思われた。事実、塩見は易々と挿管を終え、レスピレーターにつないだ。

「いい部下を持って幸せね」

いつの間にか背後に来ていた久野章子が当麻に囁いた。

「さ、私達は手洗いを始めましょ」

久野に促されて当麻は手洗い場に向かった。

「まさかこんな日が来るとはねえ」

先に手洗いを始めていた久野は、隣に身を寄せた当麻を見るともなく見やって言った。

「あなたが研修医時代に、私の助手を務めてくれたことが二度か三度はあったけれど」

「はい、覚えています」

「あなたが前に立ってくれると、心強かった。他の研修医とは断然違っていたから」

「そうでしたか……」

「縦隔後壁にガッチリ食い込んでいて、取れるかどうか判断に迷う食道癌も、あなたは触診で、両手の指先が触れます、取れますね、と事もなげに言ってくれた。その通り、本当に紙一重で剝がせたわね。この男は指先に目を持っている、第二の羽島富雄になる、て思ったわ」

「何よりのお言葉です」

「羽島先生に、こうしてあなたと一か八かのオペに臨んでいるところ、見てもらいたかったなあ」

「そうですね。いいご報告ができれば嬉しいですが」

「あなた」

「これからのオペのこと、先生に報告するの？」

久野章子が当麻を流し見た。

「あ――いえ……僕からは……。藤城君のことを先生に伝えられたのは久野先生ですから、報告するとしたら、先生から……」

「私からは、多分、しない」

「えっ？」

今度は当麻の方が横に目をやった。曰くあり気な大粒の目とかち合った。

「報告できるとしたら、オペが成功した場合でしょ？」

「はい……」

「あなたの意気込みに水を差すようで悪いけど、私は、藤城君に是が非でも助かってもらいたい、とは思っていないもの。あなたがレシピエントだったら、私の肝臓を差し上げてでも助かってもらいたいと思うでしょうけど」

久野の凝視の眩しさに耐えかねて当麻は前方に向き直った。

「人徳の違いね」

手洗いを終え、タオルを取り出したところで、久野はボソリと呟くように言った。言葉を返せないまま、当麻もタオルを取った。

「あ、誤解しないでね」

半身になって当麻に向き直ったところで久野が二の句を放った。

「だからと言って手抜きをするつもりはないから」

「はあ……」

「藤城夫人は絶対に無事帰してあげないといけないし、藤城君のオペだって、もし私の出番があるなら、全力を尽すわ」

「有り難うございます」

当麻は深々と頭を下げた。

「でも、正直言って――」

片腕を拭いたタオルを捨て、久野はもう一枚タオルを取り出した。

「あなたのように肝移植の経験がないからでしょうけど、レシピエントのオペにはもうひとつ気乗りがしないの。藤城君を好き嫌いというより、何だか死人に鞭打つような気がして」

「彼はまだ生きてます。このままでは死ねないって、必死で叫んでますよ。奥さん程ではないにしても、僕にもその声は聞こえます」

当麻も腕を拭いながら、半身になって久野と向き合った。

「分かったわ」

自分に凝らされた当麻の目をひしと見すえていた久野は、一つ二つ目を瞬いてからゆっくりと顎を落とした。

「あなたのその友情と、奥さんの愛情に免じて、しっかりアシストさせてもらいます。不束者ですけど、宜しくね」

「いえ、こちらこそ」

当麻は戸惑い気味に返したが、久野は逸早く踵を返していた。


麻酔科医の今井が息せき切って駆けつけて来た時には、当麻のメスは既に藤城春子の腹を開いていた。

「やはり、小さめですね」

綺麗な小豆色の光沢を呈している肝臓を一撫でして当麻は言った。

「でも、精々半分にしてあげないと……」

久野が上目遣いに当麻を見た。二〇センチ程の身長差があるから、久野は足台に乗っている。

「そうですね」

頷いて当麻は電気メスで肝臓の表面に点々と切離線を入れた。

今井が来たことで手の空いた大塩は久野の横に第二助手として、塩見は当麻の横に第三助手として立った。

グリソン鞘を剝離して肝動脈、門脈、総胆管を露出してテープをかけたところで、当麻は初めて久野の目を見て言った。

「門脈、二十分止血、五分解放でいきますね？」

「ふー、速い速い！　ついて行けなーい」

頷きながら久野が返した。大塩と塩見が目配せし合う。

「右の肝動脈、切ります」

直角鉗子に捉えた表層の血管に当麻はメッツェンバウムを入れる。

「糸3－0」

久野が言うまでもなくナースは、糸の先を摑んだモスキート鉗子をさっと差し出す。大塩が受け取って久野に回す。久野が結紮している間にナースは塩見にメイヨー（先端の尖った鋏）を手渡す。当麻は術野を見すえたまま手だけを塩見に出してメイヨーを受け取る。久野が肝動脈を結紮した糸を切るためのものだ。

「太いネラトン（カテーテルの一種）を用意して」

糸を切って当麻がメイヨーを塩見に戻すと同時に久野がナースに言った。

「はい、短切しますか？」

ネラトンはもう用意されている。

「いいわ、私が切る」

久野がすかさず返す。ナースはネラトンを、次いでメイヨーを大塩経由で久野に渡す。

「これくらいでいいかしら？」

久野はネラトンの端から五センチくらいの所にメイヨーの刃をあてがって当麻に打診する。

当麻は頷き、ネラトンの先端を摑む。短切されたネラトンに、門脈にかけた二本のテープを通し、テープを引き上げながらネラトンを門脈に押しつけていく。

「二十分、門脈を圧迫止血します。タイマーをお願いね」

「はい」

答えたのは外回りのナースだ。

「血圧、少し下がるかも知れません」

当麻は麻酔医の今井に声をかける。

「この方、もともと低めなんですね、最初から一〇〇前後なんですが……。下は六〇から七

○です」
「羨ましいわ。華奢な女の人によくあるタイプね」

久野が当麻を見上げて言った。彼女は二、三年前から血圧が上がり出し、降圧剤を服用している。父親の体質を受け継ぎ、肥満も高血圧も父親の血筋だと思っている。

門脈は肝臓内に注ぎ込んだ後三本の肝静脈となって下大静脈に流れ込み心臓に入る。肝臓の入口でその血流を絶てば下大静脈の血流も減少し、ひいては心臓へ流れ込む血液量も減るから血圧が下がる。

肝臓をめぐる血液の量は門脈が五分の四、肝動脈が五分の一だから、後者を遮断しても肝臓は壊死に陥らないが、前者の血流を絶てば肝臓は生きておれない。そればかりではない、一大帝国を築いたローマのカエサルが、「すべての道はローマに通じる」と豪語したように、すべての上部消化管の静脈は門脈に注ぎ込むから、門脈を遮断すれば胃も小腸も大腸もうっ血状態となって金切り声を上げ、やがて悶え死ぬのである。

春子の手術は肝臓の右半分を切除するものだから右の肝動脈と門脈を結紮切断するのだが、それだけでは切離面からの出血は止められない。左側半分の肝臓内に分岐した門脈枝からの出血がある。門脈を左右の分岐点の手前の本幹で遮断するのは残存肝の切離面からの出血を極力抑えるためである。しかし、二十分以上駆血すると、右肝動脈一本で肝細胞の栄養が賄われることになり、細胞のダメージは免れない。圧迫を解いて門脈血流を再開してやれば、細胞のダメージはまた回復する。五分間、手を拱いている訳ではない。ネラトンの圧迫を弛めるだけで、当麻の手に握られたキューサー（吸引器）は作動し続ける。切離面からジワッと滲み出る血液を細い吸引管で吸い上げるのは久野の役目だ。

「オキシメル綿も要りますね？」

大塩が初めて声を放った。

「ああ、薄く頼むよ」

大塩はもう何度か当麻の肝切除術に立ち会っているから要領をわきまえている。ナースから手渡されたオキシメル綿をフグの薄造りのように薄片にして切離面にあてがっていく。微細な毛細血管からの出血はこれで充分止血される。

門脈の圧迫と解放を二度繰り返したところで、右葉切除は半ばを終えている。右の門脈は最初の駆血後すぐに結紮し切離してある。

「レシピエントのオペ、そろそろ始めてもらいましょうか？」

門脈の三度目の圧迫止血にかかったところで、当麻は足台に立って背後から術野をのぞき込んでいる佐倉を見返った。

「あ、そうですね」

佐倉はチラと壁のデジタル時計に目をやった。

「じゃ、僕は手をおろしていいですか？」

大塩が言った。

「うん、頼むよ。塩見君、久野先生の横へ」

「はい」

大塩と塩見は目配せし合って入れ代わった。

「佐倉先生、摘出する五分前に声をかけて頂けますか」

足台を下りた佐倉に当麻は言った。

「分かりました。でも、先生の方が早く終えられるかも知れませんね」

「こちらは、あと二時間そこそこで終えられると思います」

「何せ未経験ですから、五分前では心許ないです。肝臓を遊離した段階で御指示を仰ぎます。

四管をできるだけ長く残して切断すればいいことは分かりますが」

四管とは肝静脈、門脈、肝動脈、総胆管のことだ。ドナーとレシピエント双方のそれぞれを吻合する作業にこそ最も神経を使うが、長過ぎればたわみが生じて捻れかねないし、短過ぎれば吻合部に緊張がかかって破れかねない。後者の方がリスクが大きいから、切り揃えるゆとりをとって長めに残しておくのがこつだ。

当麻がこくりと頷くのを見届けてから、佐倉は手術室を出た。

蘇った命

ドナーである藤城春子の肝右葉の摘出を終えたところで、レシピエントの肝臓の遊離が出来た旨佐倉からの連絡が入り、閉腹は久野と塩見に託して当麻は隣の手術室に走った。

摘出した春子の肝臓は六〇〇g、術前のCTから割り出した全体の重量は一二〇〇gだからほぼ半分だ。

摘出した肝臓は生理食塩水と氷を入れた清潔なビニール袋に収めて隣に運び、手術台からやや離れたバックテーブルに置いた。

藤城の肝臓は目に眩しい程の赤色を呈して縮まっている。

「劇症肝炎の肝臓はこうなるんですね」

当麻が大塩に代わって前に立ったところで佐倉が言った。

「意外に綺麗なので驚きました。壊死を起こして暗緑色にでもなっているのではないかと思いましたが」

「僕もピッツバーグで初めて経験した時はてっきりそう思ってました」

　彼の地に居た半年間に見た劇症肝炎の患者の顔が幾つか思い出された。

「燃え尽きる前の最後の足掻きをしているんでしょうね？」

「急性膵炎の膵臓のイメージがあったものですから」

「僕もそうでした。膵臓壊死は修練士時代に、このオペ室で初めて経験したんですが……」

　当麻は佐倉に頷き返した。

　その時の執刀医は羽島だった、と記憶が蘇って、つい先刻——その実、もうかなり時間が経ったように思われる——別れてきたばかりの恩師の顔がピッツバーグのスターツルのそれにとって代わった。

「生憎私がここへ見学に通わせてもらっている間には見られませんでしたが、先生方が膵臓壊死のことを話題にしておられるのは見学中に小耳に挟んだ記憶があります」

　佐倉が関東医科大消化器病センターに手術見学に通ったのは自分が修練士としてここへ足を踏み入れる数年前のことだと思い至った時、他でもない、婦長の長池幸与の手術で奄美大島に赴いた時の佐倉とのやりとりが思い出された。

「私も当麻先生のように、最初からこのセンターに修練士として入っていたらと悔まれました」

佐倉は饒舌に話しかける。

（妻との離婚話が円満に解決したのだろうか？）

「そうしていれば、肝切除も沢山見られて、こんな場合、もっとお役に立てたのではないかと……」

（ご謙遜を）

予想以上にスピーディに手術が運び、しかも出血量が少ないのを見て取っていたから、当麻は咄嗟にこう返しかけた。長池幸与の乳房再建術では終始アシスタントに回ってもらったから、糸結びが速く確実なことくらいしか分からなかった。青木が師事するに足りると見込んだ通り、この人は出来る、と当麻は改めて感服する。と同時に、たまたま佐倉がいてくれたからこの手術は淀みなく進められた、とも思う。専ら食道の手術を手がけている久野章子に肝臓摘出を頼んでも断るだろうし、大塩も、出来なくはないかも知れないが、任せるにはやはり心許ない。脳死者の肝臓をごっそりラフに取るのとは訳が違う。藤城は気息奄々としていてもまだ生きている。うっかり血管を損傷して大出血に至ったら即死につながりかねない。肝動脈、門脈、総胆管を残して肝臓全体を周囲組織から剝離してブラブラにするにも相応の経験と技量が求められる。

佐倉は肝臓を全摘出した経験は無いだろうが、ここ関東医科大消化器病センターに五、六年通ったと聞いており、その間に肝切除は何回かは見学しただろうし、手術記録を見て知ったことだが、奄美大島でも着任して以来の数年間に十例近く手がけている。佐倉ならやれると見込んで藤城の肝臓摘出を託したが、もし佐倉が早々と奄美に帰ってしまっていたり、残ってはいても「肝臓の全摘出の経験は皆無だから、とても引き受けられない」と言われたらそれまでだった。その時は自分が塩見を前立ちに藤城の手術に入り、ドナーの春子の手術は大塩に執刀を、久野章子に前立ちを頼むしかなかった。大塩がその任に耐えられたかどうかは、これまた心許ない。

佐倉は充分期待に応えてくれた。当麻が手を加えて肝臓の摘出を終えるのに三十分も要しないほどに肝臓は遊離されており、ヴァイタルに危険なサインは出ていない。

当麻が春子の肝臓を藤城の横隔膜下に移し、まずは門脈の吻合に取り掛って一時間も経った頃、久野章子と塩見が姿を見せた。

「ドナーは無事にリカバリールームに移ったから安心して」

久野が当麻の背後で足台に立って術野をのぞき込みながら弾んだ声で言った。

「有り難うございます。こちらも、佐倉先生のお陰で捗っています」

当麻の返しに、

「とんでもないっ！」

と佐倉は大仰に首を振って久野を見返した。

「当麻先生がいて下さればこそです。お陰様で、またとないいい経験をさせて頂いております」

「その点は私も同じですわ」

久野がすかさず返した。

「肝切除のオペに付くなんて、本当に久し振りですから気が進まなかったんですけど……。さしずめ、牛に引かれて善光寺参り、てところかしら？」

「僕が、牛ですか？」

門脈吻合を終えてダイヤモンド持針器を手洗いのナースに戻しながら、当麻はチラと久野に一瞥(いちべつ)をくれた。

「あ、違ったっけ？　猪だった？　猪突猛進の人だから」

大塩が笑った。

「当麻先生は馬ですよ」

大塩が久野の横で言った。

「あ、そうですか！」

佐倉が当麻を見上げた。

「私も馬です。先生とひと回り違いですね」

「じゃ、牛は牛連れ馬は馬連れ、てとこですね」

久野がすかさず続けたが、周りの者は一様に首を傾げた。

「どういう意味ですか？」

大塩がそっと久野に囁いた。

「何となく、分かりますけど……」

「その、何となく、よ。余り深い意味はなくってよ」

「はあ……」

言葉が行き交ったのはここまでだった。当麻の手に極細の6－0の糸をつけたダイヤモンド持針器が渡ったところで全員の目が術野に注がれた。最も慎重を要する肝動脈の吻合に移ったからだ。春子の肝動脈は夫のそれより細くて一・五ミリ有るか無しかだ。それと見て取った当麻は、春子の血管の先端の一部に楔状の割を入れて口径を夫の二ミリ程度の肝動脈に合わせる。

血行を絶たれて暗紫色を呈していた春子の肝臓は、門脈吻合が終わったところで本来の小豆色に戻っていたが、動脈吻合が加わって更に明るさを増した。

「あ、胆汁が出て来たわね」

久野章子のマスクでくぐもった声が静寂を破った。肝動脈と同じく口径が合わないから、当麻は春子の胆管に楔状切開を入れて藤城のそれに合わせ、まずは後壁を縫い合わせに掛った時だった。無論、藤城の胆管からではない、移植した春子のそれからにじみ出たものだ。

「成功ね。大成功」

久野の二の句に一同が頷き返した。


昂揚した気分と、江梨子への些かのうしろめたさを覚えながらホテルに戻った塩見は、ドアの下から明かりが漏れているのに気付いて、キーを手にしたまま思わず立ちすくんだ。

(まさか、起きている……?)

ドアに耳を押しあてて中の気配を窺ったが物音一つしない。

不意に隣の部屋のドアが開いた。塩見は慌ててカードキーをノブの上の隙間に差し入れた。

「グ、モーニング」

塩見に気付いて一瞬目を丸くした年配の外国人が、振り返った塩見ににっこり会釈した。

キャリーバッグを引いている。早い出発のようだ。

「グッドモーニング」

ノブの手を止めて返した時には外国人は既に背を向けていた。

ドアをそっと押し開いて中を窺った塩見は、ベッドの床頭台の明かりは昨夜部屋を出た時そのままなのに、人の気配が無いことに慄然とした。ひょっとしてトイレか風呂にでも入っているかと耳を欹てたが物音一つしない。江梨子のスーツケースも見当たらない。カーテンは閉ざされたままだ。ドキドキと心臓が鼓動し始めるのを忌々しく思いながら、塩見は荒々しくカーテンを左右に開いた。

暁光がさし込んだ。部屋を見回して、テーブルの上、電話の横にメモがあるのに気付いた。覚えのある江梨子の筆跡が目に飛び込んだ。

お疲れ様でした。

富士子さんのお部屋（五〇五号室）に行ってます。

戻ったら電話を下さい。

江梨子

胸の動悸がゆっくりと治まっていく。靴を脱いでスリッパに履き替え、バスタブに湯を注ぎ、スーツを脱いでバスローブに着替え、ベッドに身を投げ出した。

腕を返して時計を見る。七時十分前だ。江梨子は一体何時に富士子の部屋へ行ったのだろう？　自分からの連絡を待ちくたびれ、そのまま富士子の部屋で寝入ってしまったのだろうか？

自問自答はバスタブにつかりながらも続いた。

ドナーの藤城春子の肝切除が終わったところで、ご苦労さん、もう帰ってくれていいよ、と当麻は言った。午前一時を少し回っている。早くてもそれくらいになるよ、とホテルを出る間際江梨子に言った時間だ。タクシーを拾えば二時前には戻れる。

しかし、気が付いた時にはあたふたと隣の手術室に馳せた当麻の後を追っていた。自分の役目は終わっていたが、レシピエントへの肝移植がいかなるものか、千載一遇のこの機会を逃してなるものか、との思いが、一刻も早く江梨子の許に馳せたいとの思いに勝ったのだ。

（初夜は何も今夜でなくてもいい）

と、どこからか囁く声もあった。一夜明ければ熱海へハネムーンに出掛ける。一泊して、翌々日は船で初島に渡り、そこで江梨子とテニスに興じ、一泊して熱海に戻り、湖西に帰って来る予定だ。つまり三泊四日の休暇をもらっているが、当麻と富士子は一夜明ければ別々の帰途に就くと聞いている。当麻は無論病院へ、富士子は三月末までホスピスのコーディネーターの仕事を続けるべく博多の実家に戻る。時ならぬ緊急手術のために、二人の初夜は春先までお預けになったのだ。

佐倉に対する思惑もあった。ここで当麻の好意に甘んじてさっさと引き揚げたら、根性の無い奴と、佐倉は自分を蔑み、青木の代役は務まりそうにないとあっさり見限ってしまうかも知れない。佐倉自身、自分とは何の関係もない赤の他人の手術に引き出されながら、厭な素振りは曖気にも出さず、夜を徹しての手術となることを承知で、当麻の為に一肌脱いでいるではないか。大塩も然り、同様に当麻の弟子である自分が、いかに一兵卒と言えど、一人の人間の命がかかったこの厳粛な場から抜け出すのはためらわれた。

バスルームから出ると、急に睡魔に襲われた。江梨子のメモを見た安堵感に、今電話をかけても江梨子は富士子の部屋でまだ眠っているだろうとの思惑が相俟って、塩見はベッドにもぐり込んだ。

人の気配に目を開けた時、何時間も眠ったように思った。その実、一時間も経っていなかった。

物音は隣のバスルームから聞こえてくるようだが、はてな？　と耳を澄ませた瞬間、バスタオルを巻きつけただけの江梨子の裸身が朝の光の中に立った。

「お帰りなさい」

押し殺した声で一声放つなり、江梨子はそのまま塩見のベッドに体をもぐり込ませ、塩見の背に腕を回して胸に顔を埋めた。

疑心暗鬼

当麻がホテルに戻ったのは、塩見に遅れること二時間も経った頃だった。

佐倉と大塩を伴った。三人で乗り合わせたタクシーから富士子に電話を入れた。

ホテルに着くと、真っ直ぐ朝食会場のレストランへ向かった。

富士子が席を取ってくれていた。

「朝っぱらから何ですが、ビールを注文していいでしょうか？」

テーブルに腰を下ろすなり、佐倉が言った。

「当麻先生に祝盃を献じたいので。奥様もご相伴下さい」

富士子が微笑を返して頷くのを見届けると、佐倉はボーイを呼んでビールを二本とグラスを四つ注文した。

「アルコールが入ったら、すぐにも睡魔に襲われそうです」

大塩が言った。

「徹夜でオペってのは初めてですし」

「私は一度限り、午前様になったことがあります」

大塩に返すというよりは、当麻に訴えるように佐倉が言った。

「名瀬の病院でですか？」

「いえ、秋田にいた頃です」

（秋田？　ああ、そう言えば……）

当麻の脳裏に、長池幸与の手術に赴いた折、看護婦の中条三宝（なかじょうみほ）と束の間交わした会話が蘇った。

（あのナースも、秋田とは言わなかったが、東北の出だと言ったっけ？）

「その日はメジャーのオペが三件ありましてね」

当麻の自問自答は素知らぬげに佐倉は続けた。

「三件目が終わったのは午後十一時、スタッフの連中と遅まきの夕食を摂りに食堂へ下りて行った時です。隣の大館（おおだて）で開業している友人から電話が入りましてね。腹痛で七転八倒している患者がいる、引き受けてくれるか、て言うんです。私の前任者で、大学の同期生でもあり、日頃オペ患者を回してくれている気の置けない男の頼みですから断る訳にいきません。ナース達に、そのまま残ってくれるよう頼みました。その週は結構オペがあって九時十時に食堂へ下りて行くという日が続いていたものですから、気の毒だなあとは思ったんですが、田舎の子は純朴で文句は言いません。さすがに一人、先生、私達よくやりますでしょ？　と言って涙ぐんでいましたが」

佐倉は如才無く富士子にも目をやる。富士子は目を瞬いた。

「大館の友人は内視鏡(GF)に長(た)けていましたから緊急に上部内視鏡(GF)をしてくれていて、胃には激痛の原因となる病変はない、エコーで膵臓が腫(は)れているように思う、腹水も認められるから急性膵炎が疑われる、と大まかな診断をつけてくれていました」

さすがに疲れた顔だが、それでも佐倉は饒舌だ。

「彼の診断に狂いはないと思いました。夕食にかなり脂っこいものを食べたようで、それが引き金になったと思われます。

アルコールによる慢性膵炎で膵石ができた患者がいて、再々腹を抱えて急患で飛び込んで来てはうずくまっていましたが、鎮痛剤で治まっていました。しかし、その患者はGF時の鎮痛剤で多少治まったものの、GFが終わるか終わらないかのうちにまたのた打ち回って苦しみ出したようで、私の所に救急車で運ばれて来た時には、診察もままならぬ程の苦しがり様で、これはもう腹膜炎(パンペリ)に違いない、胃は何ともない、膵臓が腫れていて腹水の貯留があるとなれば、単なる急性膵炎ではない、膵臓壊死を起こしているな、と思いました」

劇症肝炎の肝臓は壊死を起こした膵臓のようなものではないかと思っていた、という術中の佐倉の言葉が思い出された。

「その患者さん、ひょっとして、膵胆管合流異常はなかったでしょうか？」

「さすが当麻先生！　図星です」

「ああ、膵管が総胆管のかなり上部に開口している奇形ですね？　いつか先生が抄読会で出された……」

大塩がはたと思い至ったという顔で言った。

「私が修練士時代に最初に経験した膵臓壊死がそれだったんですよ。稀なケースだから関東甲信越消化器病学会で発表して来いと羽島先生に仰せつかりました」

佐倉に返してから、聞き役に徹している富士子にも当麻は目をやった。食事を終えたら、彼女と大塩を伴って関東医科大にとって返し、藤城と春子の様子を見てから新幹線に乗る予定だ。富士子は博多に、自分と大塩は京都で降りる。

「そう言えば――」

徹夜の所為だろう、さすがに隈のできた目を佐倉は瞬いた。

「先生の書かれた論文も拝読したような気がします。私も東北消化器病学会で発表したんですが、それに際して幾つか文献を集めました。その中に先生のお名前を筆頭者としたものがあったように……。もとより私は自験例一例のみのケースレポートでしたが、先生の論文では関東医科大の三、四例を集めておられた記憶があります」

「私はそれが初めてでしたが、前にも数例あって中村君が日本消化器病学会で発表しているはずだ、と羽島先生が仰るんで、中村先生に伺ってみたら、ちゃんとファイルされていて、その論文を見せて下さったんです」

「あ、それも拝読しました。私も関東医科大に通っていましたから中村先生はよく存じていましたので、懐かしかったです。先生は、亡くなられたんですよね？」

「ええ、羽島先生の後継者と目されていたんですが……」

「私もそう思ってました。羽島先生はよく、馬鹿だのチョンだのと言って、我々見学者の前でも憚らず中村先生をこきおろしてましたが、オペの技量は確かでしたから」

「僕は、中村先生が亡くなられたと聞いた時、次は当麻先生の出番だな、と思ってました」

大塩が佐倉を、次いで富士子を、二人の同意を求めるかのように見すえて言った。

ボーイがビールを運んで来た。グラスを四人の前に置くと、ビールの栓をあけた。富士子が手を伸ばしたが、佐倉がそれを制して瓶を取り上げると、

「当麻先生には申し訳ないが、まずは内助の功の奥様につがせて下さい」

と言って、富士子にグラスを差し出した。

「私も、当麻先生が脳死肝移植に成功された時は、関東医科大から声が掛って教授に抜擢されるだろうと思っていましたが……人生はままならぬものですね」

大塩だけが「いかにも」とばかり相槌を打った。

「もっとも、お陰様で私はご縁を得て、今回のようなまたとないオペにも立ち会わせて頂けたのですが……」

「人間万事塞翁が馬ですね」

富士子に次いで佐倉のビールをグラスに受けたところで当麻は言った。富士子が頷いた。

「私もいい加減そういう心境にならなきゃいけないんですが、不徳の至りでなかなか達観できません。とまれ、改めて当麻先生と奥様の門出に乾杯！」

「乾杯っ！」

大塩の声だけが響いた。当麻と富士子は黙礼を返してグラスを合わせた。

四人がテーブルに着いたのは九時半を回りかけていたから、モーニングのオーダーストップまでに半時間もなかった。ヴァイキングスタイルの朝食を一時間そこそこで終えると、四人は三対一に別れた。当麻と富士子、それに大塩は東京駅から、佐倉は羽田空港から家路に就く手筈だ。

「午後の便までに少々時間がありますので、私は本部へ寄って例の件につきお伺いを立ててきます」

別れ際に佐倉が当麻に耳打ちした。〝例の件〟とは、塩見と青木の交換問題だとわきまえた。

「無理に交換ということでなく、青木君の意思を尊重してあげて頂ければ、と思うのですが。私の方は、塩見君の代わりにまた研修医でも来てもらえれば……」

佐倉はほんの少しだけ顎を落とした。こちらが期待した反応ではない。当麻は鉄心会の機構をまだ充分にわきまえてはいないが、傘下の各病院のトップの人事ならいざ知らず、平のスタッフの移動については本部の上層部のトップダウンではないはずだ。各病院のトップ同士で話し合って合意が得られればそれでいいのではないかと思うのだが、佐倉が律義に本部にお伺いを立てると言うからには、敢えて異を唱えることもない。青木と塩見の件は口実で、何か他に相談事があるのかも知れない。

気になるのは小耳に挟んだ妻との離縁問題だ。次男が高校を出る三年先まで待ってくれと言われた由だが、大学にすんなり入れるとは限らない。浪人する羽目になったら、それを口実に妻は約束を違えるかも知れない。

三年も待てないと考えれば、家庭裁判所に調停を頼む挙にも出るだろう。しかし、その際は、申し出られた側、佐倉の場合は妻の住む地域の家裁に、定期的に出頭しなければなるまい。その日時も、一方的に家裁の都合によるようだ。離島にいてそのやりくりをするのは並大抵ではあるまい。佐倉に意中の女性がいて、彼女の為にも妻との離縁を望むのであれば、三年あるいはそれ以上待つのは耐え難いことだろう。

万が一にもそんなことがあって欲しくはないが、家裁に訴えてでも離婚を急ぐならば、以前に勤めていた塩釜の鉄心会病院に戻ることも視野に入れているのかも知れない。本部に相談というのは、そこに転ずることは可能か否かの打診が主で、青木と塩見の件は二の次ではないのか？――もうひとつ煮え切らない佐倉を見送ってから、当麻の脳裏をこんな思惑が駆け巡った。

蘇生

湖西に戻った翌日、当麻は徳岡銀次郎に呼ばれた。

「えらいことになったよ」

テーブルを挟んで相対するや銀次郎は渋面を作った。

「理事長が難病に罹ったらしい」

徳岡鉄太郎は数年前心筋梗塞を起こし、今は鉄心会千葉北病院にいる心臓外科医雨野厚に冠動脈バイパス術を受けて一命を取りとめている。

「心臓ではない病気ですか？」

〝難病〟という言い方に、心筋梗塞の再発ではないニュアンスを嗅ぎ取って当麻は銀次郎を見返す。

「雨野さんを受診したそうだが、心臓は問題ないと言われ、整形外科に回され、更に神経内科に回されて、挙句、筋萎縮性側索硬化症（Amyotrophic Lateral Sclerosis）と診断されたようだ」

「ALS……!?」

全身の筋肉の力が萎え、やがては呼吸筋も麻痺して窒息死してしまう病気だ。治療法はない。唯一の延命策は、気管に孔を穿って管を入れ、人工呼吸器につなぐことだ。窮余の一策であるこの方法が開発されていなかった時代には、三、四年以内に呼吸が出来なくなって死を迎える他なかった。アメリカの大リーガーで、前人未踏の年間打率四割をマークしたルー・ゲーリックは、三十五歳の時この宿痾に見舞われ、翌年、無念の引退宣言をし、二年後の一九四一年、不帰の人となった。当時は今日見るようなレスピレーターがまだ開発されていなかったから、自発呼吸が不可能となった時点で万事休したのである。

その点、ルー・ゲーリックが無念の夭逝を遂げた翌年に生を享けたイギリスのスティーブン・ホーキングは、青年期にALSの発症を見たが、中年の今尚レスピレーターで生命を保たれ、車椅子に縛りつけられた生活ながら、理論物理学者として宇宙の神秘の解明に取り組んでいる。意思や頭脳の働きを、言葉に依らず目の動きだけで伝えられるコンピューターのお陰である。

「ホーキングはALSに罹ってから四十年近く生きている。俺もまだ二十年は生きる、と、本人は意気盛んだが。確かに、見た目はまだ少しも病人らしくない」

「具体的に、どんな症状が出ているんですか？」

「最初は、左手の親指の付け根がヒクヒク痙攣したそうだ。兄貴は首が太くて短い、いわゆる猪首だからね、整形外科医は頸椎の変形から来るものではないかと疑ったようだ。しかし、MRIを撮ったらヘルニアも脊柱管狭窄もない。神経内科医は当初パーキンソン病を疑ったらしいが、諸検査で否定され、挙句、ALSと結論付けたようだ」

「目下の症状はその程度なんですか？」

「うん、握力が弱ってることとな。しかし、ALSに間違いなければ、早晩歩けなくなるだろう」

「議員活動も出来なくなりますね？」

「そう、今年の秋の衆議院選はクリアしたいと言ってるが、その次は無理だからお前が出ろと言われた」

もう二十年は生きる――その不屈の心意気には脱帽の限りだが、鉄心会の前途に暗雲が垂れ込めたことも否定できない。

「動けるうちに懸案事項を片付けなければと、早速ハワイに出掛けたよ」

嘆息を二つ三つ漏らしてから銀次郎は続けた。

「ハワイに……？」

「ハワイ大学との提携の話が進んでいる、それを年内にまとめたいと言っていた」

月々の〝鉄心会便り〟にその旨の記事を読んだのは一年も前だ。第二次世界大戦で日本はドイツとイタリアに組し、先駆けにハワイのオアフ島真珠湾に集結停泊していたアメリカ太平洋艦隊に奇襲攻撃を加えたことは〝卑怯なだまし討ち〟として歴史に汚点を残した。広島、長崎への原爆投下という手痛いしっぺ返しを受けてちゃらになったと言えば言えなくもないが、その汚名を雪ぐには、博愛を以てハワイの人々に償いをすべきであり、博愛精神の神髄とも言うべき医療を以てすることこそ最も相応しい、ハワイには日系人も数多く住んでおり、中には医学を志す若者も少なからずいるだろう、そうした有為な青年に我が鉄心会は門戸を開き、鉄心会が誇る優秀なスタッフの下で研鑽を積めるようにしたい――等々、徳岡鉄太郎の熱弁が躍っていた。自らの心筋梗塞の体験も綴られていた。九死に一生を得たのは心臓外科医雨野厚のお陰であり、鉄心会には彼を始め日本で指折りの外科医がいる、と続き、当麻と千波誠一を挙げていた。

「医科大学のプロジェクトは、ひとまずお預けになりますか？」

「うーん、それも頭が痛い問題だ」

銀次郎はこめかみをグリグリッと指で押した。

「建設予定地は絞られてきているが、肝心の資金繰りがね。この秋の選挙で出費が嵩むだろうし、そのうえマスコミが兄の病気を嗅ぎつけて騒ぎ出したら銀行にも知れて、兄を債務者とすることには躊躇しかねない。危ない綱渡りになりかねないから、医科大学の件は一度白紙に撤回したらと進言したんだが、レスピレーターにつながれ、車椅子生活になっても陣頭指揮は執れる、いや、そうなる前、二、三年の内に実現してみせる、と、相変わらず鼻息が荒い。指揮を執られる周りの者がどれ程右往左往するか、競走馬みたいに突っ走って来て、それこそ幾つも修羅場を乗り越えて来た人だからね、馬耳東風で困ったもんだ」

銀次郎には兄程の押し出しやカリスマ性はないから、医科大学の建設といった遠大な構想は、もし自分の肩に掛ったら重荷としか感じられないだろう。

医科大学の建設予定地は、海外からの留学生を受け入れ、外国の優れた臨床家との交流を容易ならしめるために、主要都市の空港に近い所を物色している、と最近の〝鉄心会便り〟に徳岡鉄太郎は書いている。主要都市とは六大都市だ。

福岡も候補地になっている。そこに出来れば有り難いなと当麻は思っている。万が一自分がその医科大学に関わるとしたら、富士子の実家が近くにあるということは何かにつけ好都合だ。富士子はまたホスピスで働けるだろう。子供が出来ても母親に面倒を見てもらえる。もはや住む人もなくなったが、近い将来、従妹の律子の夫松岡が開業して一部は医院に、一部は自分達の住居にするであろう北里の実家にも近い。親友翔子の墓に一年に一度はお参りをしたいという富士子の望みも、福岡に住むことになれば容易に叶えられる。

臓器移植法案は年内に国会で可決される見通しだ。脳死が個体死と認められ、脳死者がドナーとなり得る。鉄心会の医科大学は、自分が赴けば数年で移植の認定施設の認可を取れるだろう。ここ一年程は専ら腎移植に取り組んでいるが、時に肝臓移植が唯一救える手だてと思われる末期の肝硬変患者に出くわす度、姑息的なバイパス術しか為す術のないもどかしさに歯ぎしりする。やはり、いつでも肝臓移植を手がけられる病院にいたいとその都度思う。

藤城が見舞われた劇症肝炎の患者にもいつまた遭遇するか知れない。どんな急病、急変にも対処できる医療環境こそ望ましい。そうした意味で当麻は、徳岡の医科大学建設のプロジェクトに、内心血湧き肉躍る思いを抱いてきた。旧態依然たる医学部六年間のカリキュラムにメスを入れ、改変し、臨床に進む者と基礎医学者を目指す者をきっちり分け、後者に進んだ者には学位制を残してもいいが前者には無用とする徳岡の考えに基づいた医科大学が実現すれば、既存の大学にもカルチャーショックを与え、大きな医療改革につながるのではないか、と。

ＡＬＳは、スティーブン・ホーキングの例でも自明な通り、肉体は早晩衰え、身動きならなくなるが、頭脳の働きは侵されない。医科大学の構想が徳岡鉄太郎の頭から消え去ることはないのだ。ブレーンの事務局長宮崎ら、周りの者が手足となって動けばいい。

「私としては、千波先生もおられ、雨野先生も加わられて、着々と基盤が出来つつあるように思いますので、理事長の悲願は是非とも実現に至って欲しいと思っています」

腕組みをしたまま思案の体の徳岡銀次郎にこう言い置いて当麻は院長室を後にした。

その夜、遅まきの食事を病院の食堂で摂って宿舎に戻ると、ポストに部厚い封筒が入っていた。字面が何となく似ているので一瞬富士子からのものかと思ったが、裏を返して「久野章子」と書かれてあるのに驚いた。賀状以外、章子から便りをもらったことはない。

章子の外見からは想像できない達筆な文字が連なる便箋の束が出て来た。

「敬愛する当麻鉄彦様」

と書き出されている。いつもは「当麻君」呼ばわりだから、些かくすぐったい。

もう何年前になりますか、あなたが脳死肝移植をやり遂げたとのメディアの報道に度肝を抜かれ、彼ならやりかねないな、と自得する一方で、そこまでやるか、と半信半疑の体でいたことも否めない私でしたが、今回、目の当たりにあなたの手際を拝見し、感服、脱帽致しました。羽島先生が現場に立ち会っておられたらどんなにか喜ばれたでしょう。

私は大したお役にも立てませんでしたが、手術室の責任者であったことが、あなたの英断を良しとしたことでせめてもの内助の功になり得たかな？　もし、たとえば肝臓班の高倉君がチーフであったら彼にお伺いを立てなければならなかったし、彼もまた藤城君と似て融通の利かない気難しいところがあり、お山の大将でいなければ気の済まない性格だから、あなたの申し出に素直に頷いてくれたかどうか？　専門分野を異にしているから直接ぶつかり合うことはなくても、自分より若くして教授になった藤城君を高倉君は多少とも妬ましく思っているはずだから、藤城君を是が非でも助けたいとあなたが訴えても、彼が果たして首を縦に振ったかどうか？　〝人の不幸は蜜の味〟、それを嘗められるところまで来ているのに、余計な手出しをするな、と、露骨には言わなくても内心では密かに思ったでしょう。それやこれやで、彼がゴーサインを出す確率は極めて乏しかったと思われます。

事実、あなたとは運良くすれ違いになったけれど、一部始終を知った高倉君は、いつもの仏頂面をもっと歪めて私に詰問して来たのよ。どういう経緯で急にそんな事態になったのか、とか、ナースを駆り出しているが婦長の水越の了解は取ったのか、とか、検査技師やX線技師も呼んでいるが、検査部門の部長は自分だ、普段の呼び出しはさておき、こんな異例の緊急事態のそれは一言自分に連絡があって然るべきではなかったか、そもそも藤城君の病態については本学の主治医から内々自分に打診があり、生体肝移植の可能性についても相談を受けていたが、ドナーを申し出る者がいた訳じゃないし、その選択肢はないと答えていた、それが何故唐突に奥さんがドナーになったのか、当麻君が強要したんじゃないのか、等々――要するに、あなたに出し抜かれた、面子を汚された、てところね。

私もチラとは閃いたのよ。あなたの心意気に押されてゴーサインを出したけど、ドナーのオペは、私より高倉君が就いた方があなたも安心じゃないか、て。でも、万が一彼がノーと言って、それだけじゃなく、オペそのものを阻止しようと騒ぎ出したら厄介なことになる、と思って思い止まったの。

いいえ、本当はそうじゃない、あなたの情熱、熱い息吹を感じながら一夜を過ごせるラッキーチャンスを、高倉君なんかに譲れるものか、て思ったの。肝切除の執刀を託されたら高倉君に譲ったかも知れないけど、あなたのアシストなんだから、経験に乏しい私にだって務まるだろう、他にも、佐倉先生や大塩君といった心強い助っ人もいることだし、と。

高倉君は水越も追及したようで、もはや身内ではない、外様の人間になった当麻君の手助けをするなんてと咎めたらしい。水越は久野先生が強引にナースを出せと言ってきたので断れなかったと弁明したようです。それは事実その通りだからいいんだけれど、皆木を見て森を見ずなのね。本学の主治医達も一つ穴の貉、自分達は不眠不休で藤城教授の治療に当たってきたのに、奥さんと当麻先生の話し合いでさっさと患者を移してしまった。虚仮にされた、と怒ってますよ、と、これも水越が鬼の首を取ったかのような顔で言ってきたから、私は言い返してやったの。自分達の治療で助けられる見込みはまず百パーセント無いと分かっていたから奥さんの急な申し出にも首を横に振らなかった、むしろ重荷から解放されてやれやれと思ったに違いないわ、て。水越はまたきっとそれを向こうに告げ口したに違いないけど、今のところ沈黙してるわね。

オペは何と言っても結果オーライよね。あのままだったら藤城君はもうこの世の人ではなくなっていたのが、昨日はパッチリ目を開けて、しっかり受け答えしていた。正に起死回生だから、あなたの英断に誰も文句をつけられない。

不肖私もその一人よね。正直なところ、勝算は一分あるかなしだろうな、て思っていたから。

毎日、祈るような思いで患者を診に行っています。成り行き上、私が主治医になってしまったから仕方がないわね。高倉君にバトンタッチを頼んだら、僕の与り（あずか）知らぬ患者は引き受けられない、てけんもほろろの返事。これから拒絶反応が起こるかも知れないし、そうなると頻回に肝生検なんかも必要になってくる、その辺はお手のものでしょうからお願いね、と頼んでもうんと言わない、挙句は、適当なところで当麻君に引き取ってもらったらどうですか、なんて言うのよ。やりっ放しで後はこっちに丸投げ、というのは虫がよ過ぎるでしょう、なんてね。

そんなことないでしょ、羽島先生はよく外国から膵頭十二指腸切除（PD）の依頼を受けて出掛けられたけど、術後の管理は現地の医者に任せて、後は何かあれば電話でのやりとりに終始しておられた。当麻君だってそういう立場で執刀したようなものだから、後はこちらで診るのが筋でしょ、てやり返したら、二の句が継げないでいたわ。

肝移植の現場では徹夜のオペは日常茶飯って聞いてたけど、その現場に自分が立つなんて夢にも思いませんでした。あの日は外来をこなすのがやっと、藤城君を診て、ヴァイタルが安定しているのを確認したところで早退させてもらいました。自宅に帰って、食事もそこそこにベッドにもぐり込み、気が付いたら夜の八時。爆睡していたみたい。さすがに心配になったのか、母が起こしに来て目が覚めました。何があったのかと詰問されて、白馬の王子と初夜を過ごしていたのよ、て答えました。煙に巻いたつもりだったけど、〝白馬の王子〟とは誰のことか母は知っていたので、一体どういうことかと、真顔で問い詰められたわ。目が覚めたら急に空腹感に襲われたので、ゆっくり説明するから御飯をお願い、その前にお風呂に入ってくるからと駄々をこね、母がキッチンに立っている間、湯舟に浸って前夜からの一連の流れを思い返していました。

幸せな時間を有り難う。あなたがこちらに戻って来て下さらない限り、後にも先にも一度限りのハプニングだったでしょうね。いい思い出になります。

羽島先生にはお嬢さんを介してでも私から報告しておくわね。藤城君の奥さんが無事退院の日を迎えたら、お見舞いがてら羽島先生の所へご挨拶(あいさつ)に行くよう話しておきます。

あなたとの初夜を奪ってしまって、新しい奥様には申し訳ないことをしました。だって、私があなたの緊急要請を突っぱねていたら、さすがの当麻先生も諦(あきら)めて新妻の許に馳せていたでしょうからね。

ハネムーンどころか、あなた方が別々の帰途を辿(たど)り、晴れて一緒になるのは桜の花が咲く頃と伺って、二重の驚きでした。当麻鉄彦、助け甲斐の無い男のために花嫁を放ったらかして、何て冷酷無比な男なんだろうと先が思いやられました。というのは冗談、冗談。

私は好きじゃないけれど、藤城俊雄が関東医科大のVIPであることは間違いないものね。そして、多分あなたは、女の私にはもうひとつ分からない友情を彼に抱いているのでしょうね？　無二の親友、とは思えないし、藤城夫人の髪を振り乱しての懇願さえ無ければ、あなたがあのような電話を私に寄越すことはなかったんじゃないか、て、そんな風に思い返されるけれど……。

何にしても、藤城君は悪運の強い男です。彼が息を吹き返すことなど九分九厘ないと思ってたのに、あなたが見事黄泉(よみ)の世界から引き戻したのね。

術後三日目の今朝、患者が開眼したので、レスピレーターを外しました。自発呼吸も順調に出ています。元より彼は、自分が何故センターのICUにいるのか分かっていません。意識が混濁して本学の内科病棟にかつぎ込まれてからの記憶が全く喪失しているのです。

奥さんは疾(と)うにICUを出て一般病室に移り、車椅子での用足しも始まっていますが、夫にはまだ会わせていません。藤城君にも肝移植をしたとは告げていません。ICUを出たら、あるいは彼の方から、自分は何故ここにいるのかと問いかけてきたら、おもむろに話すつもりです。

高倉君が主治医を引き受けるのを断り、当麻君に引き取ってもらったらと言った時には、この野郎！　とその狭量をなじりたい思いに駆られたけれど、私にとってはラッキーなことだと思い直しました。拒絶反応やその他、これからまだまだ乗り越えなければならないバーが幾つもあるようだけど、その度にあなたに相談すればいい、切れ掛ったあなたとの絆がこれでまたつなげられるんだわ、と思ったのです。

厭とは仰らないわよね？　花嫁さんの代わりに初夜を共にした仲ですものね、私のささやかな献身に免じて今暫く（しばら）お付き合い下さいね。

理解のある花嫁さんが戻って来られたら、年増女（としま）に初夜を譲った償いを倍返ししてあげて下さい。

悔しいけど、お似合いのカップルと見受けました。濃密であったかも知れないけれど、余りにも短かった最初の奥さんとの結婚生活の、何倍も末永く、お幸せにね。

かしこ

三月一日

章子拝

苛立ち

青木隆三（りゅうぞう）が中条三宝をドライブに誘い出せたのは、佐倉周平（しゅうへい）が帰島して二週間後の土曜日だった。

ドライブと言っても、行く先を決めて、後はそれぞれの車で出掛け、目的地で落ち合うというものだった。青木は三宝のマンション近くで三宝を拾って行くことを提案したが、人目に付くのは困りますからと、三宝は拒んだ。

青木が三宝に誘いをかけたのは、三週間前だ。しかし、幾ら携帯にかけても通じない。そう言えば金曜は手術日だったが三宝の姿が見当たらないな、と怪訝に思った。手術は直腸癌が一例のみで、佐倉が執刀し、久松と沢田が第一と第二助手、青木は麻酔を担当するように言われた。

直腸癌の手術は狭い――殊に男性は――骨盤腔の操作が主だから、麻酔医の位置からはほとんど術野が見えない。手持ち無沙汰な上に三宝の姿が見えないことで青木は苛立った。手術室のナースも交代で代休を取っているようだが、手術日以外に限られている。火曜と金曜の手術日は大抵大小二、三の手術が入っているから、主任の泉と、今村、中条の三人のスタッフが欠けることはない。

（なのに、どうしたんだろう？）

三人の医者は麻酔係の自分の存在など眼中に無いかのように手術にのめり込んでいる。ナースの一人が欠けていることなど意に介さないかのように。

血にまみれたガーゼをつまみ取っては秤にかけている外回りの泉にそっと近寄って、中条さん、今日はどうしたの？　と問いかけたい衝動を幾度も覚えながら、気が遠くなる程長い時間を何とか耐えた。

手術は三時間で終わった。癌の下縁は肛門から八センチだったので、人工肛門にならず、肛門からソ連式の吻合器を挿入して残存直腸五センチ程とS状結腸を骨盤腔でつなぐことが出来た。

マスクとガウン、手袋を外した佐倉は家族控室に赴いた。患者の妻や子供達に摘除した直腸を見せて手術の内容や今後のことを説明するためだ。

久松と沢田は青木に付き合って患者の覚醒や如何と見すえていたが、青木が気管チューブを抜管して「病棟にお迎えに来てくれるよう言ってくれる？」と泉に言ったところで手術室を出た。ロッカールームに着換えに行ったのだ。

間髪を容れず青木は床の清拭にかかっている泉にとも、器械台の整理をしている今村にともなく言った。

「今日は中条さん、どうしたのかな？」

泉がモップの手を止めて振り返った。

「お父さんが昨日亡くなられたそうで、明日がお葬式だそうですよ」

「あっ、それで……？」

納得できたが、新たな疑問が湧きおこった。

「彼女のお父さんというなら、まだそんな年じゃないよね？　佐倉先生くらいじゃないのかな？」

「そうですね」

短く返しただけで泉はまた床の掃除にかかった。

「中条さんの実家、て、どこなの？」

青木は泉の動きを目で追って問いかけた。

「えーと、どこだったっけな？　確か、仙台に近い、何とかという所だったけど……面接時に履歴書を見たっきりだから、忘れてしまったわ。今ちゃん、知ってる？」

泉は動きながら今村に目をやった。

「知りません。私もそれくらいしか……」

今村は手術器具をガチャガチャ言わせて束ねながら答えた。

「仙台か。遠いな。そもそもどういう伝でここへ来たのかな？」

「佐倉先生と親戚関係にあるみたいですよ」

「佐倉先生と……？」

「僕の姪に当たる娘だから宜しく、て言われましたから」

「そうか。僕はてっきり東京の人かと思ってたけど……」

青木はもう少し突っ込んだことを泉から聞き出したかったが、病棟の迎えのストレッチャーが入って来たのと、家族への説明を終えた佐倉が戻って来たのを見て口を閉ざした。

「お父さん、残念だったね」

島の北端笠利崎で落ち合って、どちらからともなく車から降りて歩み寄り、目と鼻の距離に接近したところで青木が話しかけた。

「ええ……」

返してから、三宝は半歩程後ろへ体を引いた。

「病気は、何だったのかな？」

人一人が間に入れる程の間隔を保って肩を並べたところで青木は言った。

「膵臓癌です」

「膵臓癌？」

青木は鸚鵡（おうむ）返しに言った。

「いつから患っておられたの？」

「去年の夏頃からです」

「じゃ、半年ちょっとの患いで？」

「ええ……膵臓癌は恐いんですね」

「早期で見つかることはないからね。黄疸（おうだん）か、糖尿病が出てそれと疑われた時にはもう相当に進行していることが多いんだ」

「父も、糖尿病を発見されて、それで精密検査を受けたんです」

「じゃ、膵臓の頭の方ではなくて、体尾部の癌だったんだね？」

「はい……」

「頭の方だったらなあ、黄疸が出て、無論、その時点では早期じゃないけれど、ＰＤで助かることがままあるんだけど、体尾部癌は、発見された時はもう大抵手遅れで、手術も出来ないことが多いんだよね」

「父も、そう言われたようですけど、でも、どうして糖尿病が見つかった時にはもう手遅れなんですか？」

「膵臓には、血糖値を下げるインスリンを作る内分泌腺と、脂肪などを分解する膵液を作る外分泌腺があることは知ってるよね？」

「はい……」

「内分泌腺は、ランゲルハンス島という無数の組織から成り立っているから、小さな癌が出来てもその機能が失われることはないんだね。相当に大きくなってインスリンの出が少なくなった時に糖尿病になるし、そこまで大きくなると、膵液を十二指腸に運ぶ膵管もつぶされてしまうから、脂肪を分解できなくなって、ちょっと脂っこいものを食べるだけで下痢になってしまう。そうしてどんどん痩せてきてしまう。下痢は胃腸が悪いからだろうと勝手に決め込んでそっちの検査ばかりしているうちに手遅れになってしまうんだね」

　三宝はコクコクと頷きながら青木の講釈に耳を傾けている。心なしか憂いを帯びた目を横に流し見ながら、抑えようとしてもこみ上げてくる幸福感が青木の胸に広がる。

　父親を失ったばかりで悲嘆に暮れているだろう中条三宝をデートに引き出せる自信はなかった。事実、今朝、電話で「青木です」と名乗った時の反応はおよそ手応えを欠いていた。出端を挫かれた思いだったが、気を取り直して悔みを述べた。「有り難うございます」と返った口吻は少し和らいでいた。勇を鼓して二の句を継いだ。

「この前話した、ある人の散骨を、天気もいいので、今日したいんだけど……午後から、付き合ってもらえないだろうか？」

　沈黙が返った。ものの十秒もこらえ切れず、青木は畳みかけた。

「明日でもいいんだけど、天気予報では風が少し吹きそうなので……」

　再び沈黙がわだかまった。考えてみれば、相手は父親の喪に服したばかりだ。手術室で見る限り悲嘆に暮れて沈んでいるようには見えなかったし、器械出しも普段と変わらずてきぱきとこなしていたが、恋人でもない男からの誘いに易々と応じる心境にはなれないのだろう。執拗に迫れば心証を害し、不快感ばかりを与えかねない。そこまで思い巡らして、無理ならまた今度にするよ、と言いかけた刹那、

「いいですよ」

と沈黙が破られた。青木はひきつって乾いた喉に生唾を呑み込んだ。

「散骨は、どこでなさるんですか？」

三宝が続けた。

「空港の方へ行きたいんだけど……」

無上の幸福感に満たされながら青木は返した。

「三時か、四時でしたら」

(何時でもいい！　会えるなら)

胸の中で快哉を叫んだ。

二人は小高い丘に立った。もう数歩進めば眼下は海だ。

青木はブレザーの内ポケットから小さな包みを取り出した。

「どなたの、お骨ですか？」

青木の手許に目を凝らしてから、ついと視線を上げて三宝は言った。

「先生も、お身内を亡くされたんですか？」

「身内、ではないけど、かけがえのない人でした」

三宝は尚少時探り見るように青木を見すえてから、肩にかけていたバッグを胸もとにたくし上げた。

今度は青木が三宝の所作に目を凝らした。三宝はバッグからピンク色の小さな包みを取り出した。

「父のお骨です」

包みを解きながら、訝り見る青木に三宝は言った。

「奄美の海にも眠ってもらおうと思って、ほんの一部ですけど、分けてもらいました」

「そうなんだ……」

青木は包みから取り出された小さなビニール袋を透かし見た。自分が手にしている包みに納められたそれと同じような白粉が見て取れた。火葬場での納骨の折に分骨してもらった時には、無論骨は形を成していたはずだ。持ち帰ってから粉末状にしたに相違ない。

「中条さんは、兄弟は……？」

「兄が一人、おります」

「仙台、に？」

「ええ」

「家庭は？　持っておられる？」

「はい。子供も一人、います」

「じゃ、僕と一緒だね」

「えっ……？」

「僕も妹と二人兄妹。妹は薬剤師で、二年前に結婚しているけど……」

　三宝の表情が少し和らいだように見て取れた。

　去年の暮、大阪の実家に帰ってみると、妹の咲子（さきこ）が大きな腹を抱えていた。同じ薬剤師で青木と同年の夫も大晦日（おおみそか）に来て正月二日には帰って行った。

　二人は近江大医学部付属病院の薬剤部に勤めている。いわば職場恋愛で結婚に至った。大学病院の産婦人科で産むつもりだと咲子は言った。そろそろ予定日に近付いている頃だ。

「お兄さんは、いい女（ひと）いないの？」

　別れ際に咲子に聞かれた。咄嗟に江森京子（えもりきょうこ）の顔が、次いで松原潤子（まつばらじゅんこ）の屈託の無い笑顔が浮かんだが、二つの顔はすぐに消え、中条三宝のそれがとって代わった。

「いなくはないが、なかなかね」

「そうなの？」

同じ大学ということもあって、二人は四年間２ＤＫのマンションに同居した。先に入った青木は当初１ＤＫのマンションだったが、二年遅れて咲子が薬学部に入った時点で、別々のマンションよりも一つのマンションの方が経済的だし何かと好都合だろうという親の提案で、ワンランク上の２ＤＫのマンションに移った。薬学部は四年、医学部は六年だから卒業は同じ年になったが、二人とも大学に残ったのでそのまま同居を続けた。

卒後二年の研修の間に外科医になると決めて母校の外科医局に入って二年目、鉄心会の傘下に入る前、島田光治（しまだこうじ）が院長時代の甦生（こうせい）記念病院に出張を命じられて妹と別れた。妹は大学病院の薬局に居続けたからそのまま独りマンションに残った。

どちらからともなく歩み出していた。一〇メートルも行った所で崖が切り立っている。

「これにつかまってでないと危ないね」

彼岸桜の枝に手をかけて青木は三宝を顧みた。半歩遅れて後についていた三宝が頷いた。

「それとも、もう少し低い所にしようか？　落っこちても大丈夫そうな……」

「そうですね」

三宝はすぐに同意した。

「じゃ、僕の車に乗って。散骨を済ませたらまたここへ戻ってくるから」

「はい……」

三宝は素直に頷いて青木の後についた。

「お身内ではないかけがえのない方って、お友達ですか？」

車をゆっくりと走らせたところで、前方に目を凝らしたまま三宝が話しかけた。

「友達——以上の、人でした」

青木もフロントガラスに目をやったまま答えた。

「じゃ、女の方、ですね？」

「前の病院で、医局の秘書をしていた人」

「東京の、大学病院の……？」

「あ、いや、その前に勤めていた、ここへ手術にも来られた当麻先生のおられる病院……」

「滋賀県の、琵琶湖のほとりの……」

「うん、甦生記念病院。去年の春、本当はそこへまた行きたかったんだけど、外科に欠員が無くて……でも、来てよかった」

青木はチラと三宝を流し見た。

「あなたと出会えたから」

一瞬かち合った視線を、バツが悪そうに三宝は膝（ひざ）へ落とした。更には窓の外へ転じた。海が目の前に広がった。

「この辺からなら、浜辺へ下りて行けそうだよね？」

道路脇の草地に車を乗り入れながら青木は言った。

「ええ……」

三宝は前方に視線を戻して小さく返した。

「じゃ、ここで」

青木は車を止め、先に降りると、浜辺に下りられそうな場所を探った。

道がついている訳ではないが、傾斜の緩い斜面を見つけて三宝を振り返った。

「あ、大丈夫です」

青木は斜面に踏み込んで片手を差し出したが、三宝はかすかに笑って、手を左右に振ると、青木の傍らをよぎって浜辺に駆け降りた。

海は穏やかで、波もほとんど立っていない。

「少し中に入らないとうまく撒（ま）けないな。素足になりましょうか？」

三宝が頷くのを見て取るや、青木はさっさと靴と靴下を脱いで浅瀬に入って行った。三月中旬だが、南国の海は生温かく、心地好い。

三宝がパンストでなく足首までの短いソックスにローヒールの靴で来ていることを青木は見て取っている。素足になるのは造作無いだろうとみなしての誘いだった。

足首からやや上まで水に浸ったところで、二人は肩を並べた。

「江森京子、て人でした」

三宝の足もとにやっていた視線を上げて青木は言った。

「きょうこさん……？　京都の京、ですか？」

「うん。京都に近い山科という地で生まれたので、親はそうつけたようだね」

「私のクラスメートには、お父さんが女優の真野響子の熱烈なファンだというので、音響の響のきょう子さんて方がおられました」

「ああ、なるほど。でもこの人は、京都の京がピッタリの人だった。芯(しん)は強い、けれど控え目で、たおやかで……」

「お好きだったんですね？」

「片思いです。彼女は他に、ずっと思いしめていた人がいたから。彼女もまた片思いだったんだが……」

「先生は、その、京子さんという方に、思いを打ち明けられたんですね？」

「ああ、勿論……」

「京子さんは、その方には……？」

「打ち明けてないでしょう。その人は外国へ行ってしまったし、彼女も職場を移り、それから間もなく病気になってしまったから」

「御病気は、何だったんですか？」

「乳癌です」

「乳癌！　そんなにお若くて……？」

「彼女は、乳癌の血筋で、お姉さんやお母さんも乳癌で亡くしていたんです」

　この辺の情報は当麻から得たものだ。

「私も——」

「えっ……？」

　視線を海面の彼方（かなた）にやったまま独白のように漏れ出た三宝の呟きに青木は訝った。

「私も、乳癌になるかも、知れません」

　青木は思わず三宝の胸の膨らみに目をやった。

「母も、乳癌で亡くなりましたから」

「えっ？　いつ？」

「二年程前です」

「お幾つで？」

「五十二歳、でした」

「じゃ、身内はもうお兄さんだけ？」

「ええ」

「そうか……」

　つい先刻まで覚えていた動悸が治まった。

「行ってみたいな」

「えっ……？」

「いつか、あなたの故郷に。東京より向こうは行ったことがないし……」

　返事はない。青木はチラと横に目を流した。ふっくらとした滑らかな頬、形のいい小さめの耳、その脇からすっきりした生え際を見せて項（うなじ）に流れる艶（つや）のある黒髪を素早く盗み見ると、再び胸に怪しいときめきを覚えた。

「散骨、しましょうか？」

　鈴を張ったような目が、陽光に深い底を見せて瞬いた。

二人はそれぞれに包みを解いて目の高さから浅瀬の水面に散骨し、合掌した。

青木はやや大仰に頷いて視線を戻した。見惚(みと)れていた分一瞬遅れを取った。

「あ、そうだね」

訝った三宝の目は横顔で受けた。

車に戻ってハンドルに手をかけたものの、発車はせず、前方を見すえたまま青木は言った。

「付かぬことを聞くけれど」

「中条さんは、付き合っている人か、意中の男性は、いる？」

清水の舞台から飛び降りる思いだ。心臓が再び早鐘のように打ち出した。

三宝が心なしか上体を引き、視線を戻したのが視野の端に見て取れた。気の遠くなるような恐ろしい沈黙――。

「いませんけど……」

沈黙を解いて返った言葉に無上の幸福感が胸に満ちてくるのを覚えながら、語尾が引かれたのが気になった。

「けど、何？」

閉ざされた三宝の口もとに目をやった。薄紅の唇が僅(わず)かに湿っている。口づけたい衝動を覚えながら、そこから二の句が放たれるのを待った。

「私、男の人とお付き合いをすることはできないと思うんです」

血の気が引いた。冷水を浴びせられた思いだ。

「何か、辛いことがあったんだね？」

返事の代わりに、三宝は一瞬唇をかみしめた。かすかにルージュの入った唇が、更に艶めいた。

「よかったら、聞かせてくれない？　僕も、片思いのことを話したよね」

「はい……お辛かったでしょうけれど、裏切られるよりは余程いいですわね」

青木は絶句して三宝の横顔を見すえた。

「京子さんは、青木先生とお付き合いしていて途中で他の人に心を移したわけではないですよね？　他に好きな人がいらしたから、先生の求愛には応じられなかった……片思い、て、そういうことですよね？」

前方に凝らされていた目が不意にこちらに振り向けられた。

「うん、まあ、そういうことだけど……」

「京子さんもご立派なら、先生も一途でいらして……美しい思い出になったのではないでしょうか。だからお骨を拾って来られたんですよね？」

答は要らないとばかり、言い切って三宝はまた前方に視線を転じた。

「僕が彼女の葬儀に出てお骨を拾ったわけではないけれど……」

「えっ……？」

小さく返してこちらに振り向けられた目を、青木は放すまいと見詰めた。

「それより、あなたのことだけど、付き合ってた男に裏切られたんだね？　奄美に来たのも、ひょっとしたら、そのためかな？」

相手の目は疾うに青木の視線を逃れて膝元に落ちている。

「そうじゃありませんけど……」

「あなたのような人を裏切るなんて、どういう男だったのかな？」

「悪い人では、ないんです」

「と、言うと……？」

「私が幼過ぎたんです」

「よく分からないな」

「彼は、正しい選択をしたと思います」

「どういうことかな？　その男は、あなたと付き合いながら他の女に心を移したんでしょ？　それが正しかったって？」

「彼女は、私もよく知っている人で、何もかも私より秀でていましたから」

「ふーん……その男とは、どれくらい付き合ったの？」

「お付き合いをした、という程でもないんです。彼は地元の大学に進みましたし、私は東京に出ましたから、手紙のやりとりくらいで……母の病気とも重なりましたし……帰省した時は、その相談に乗ってもらったりしたくらいで……」

「じゃ、高校時代に知り合ったんだね」

「生徒会で、同じ委員になったんです」

「お母さんの病気の相談をした、ということは、ひょっとして彼は医学生だったのかな？」

「ええ、東北大学の……」

「で、彼が心を移したという女性は？」

「東京の医科大に入って、今はドクターになっているはずです」

「二人は、結婚したのかな？」

「それは、知りません」

「あなたと彼とは、結婚の約束をしていたの？」

「いえ、そこまでは……」

「何にしても、初恋の人だったんだ？」

三宝は青木の言葉を咀嚼（そしゃく）するようにかみしめてから、頷いた。

「江森京子は、僕にとっても初恋の人だった。初恋は実らない、てどこかで聞いたけど、本当だね」

三宝は口角を上げてうっすらと笑った。

「同病相憐れむ、て言うよね？」

「えっ……？」

「失恋も病気みたいなものだよね。それで傷ついた者同士だったら、相手を思いやることが出来て、うまくいくと思うんだけど、どうかな？」

ふっくらした頰の辺り、鼻筋が通って小鼻が少し上向き加減なところが江森京子と似ている。普段はマスクからのぞくつぶらな瞳ばかりが印象的で、造作の一つ一つをこんなにまじまじと見たことはなかった。素顔に見入りながら、青木は固唾（かたず）を呑んで答を待った。こちらを振り向いて、先刻見せたかすかな笑みよりもはっきりと、えくぼを作って笑みがこぼれるのを。

「お気持ちは嬉しいですけど――」

青木の凝視に耐えかねたように沈黙を破った三宝の顔に笑みはなかった。

「こちらに来た時、心に誓ったことがあります」

梯子伝いに一気に二階に駆け上がったものの、すかさず梯子を外されたような空虚感が青木の胸に広がった。

(下りる術がない。どうしてくれよう？　何を誓ったと言うのだ？)

二の腕を摑んで引き寄せたい衝動に駆られながら、理性の限りを振り絞って距離を保っていた江森京子との湖畔でのやりとりが思い出された。あの時とそっくり同じ欲情が煮えたぎり、それを抑制する苦しさに青木はひとしきり悶えた。

母と娘

母親が予告もなく自分を訪ねて来たのは、三月に入って間もない日の昼下がり時だった。

逃れる術はない。江梨子が渋々下りて行くと、重子は待合室のベンチに斜め坐りして所在無げにあたりを見回している。

江梨子に気付いて立ち上がると、重子は強張った表情に強いて笑顔を取り繕った。

「困るわ、急に。勤務中なのよ」

冷たく言い放って、何か口ごもった重子の袖を取ると、有無を言わさず地下の喫茶室へ誘った。

　客はまばらでテーブルを二つ三つ占めているくらいだ。江梨子は重子に先立ってさっさと片隅のテーブルに腰を落ち着けた。

「病院にティールームがあるなんて、洒落(しゃれ)てるわね」

　おずおずと江梨子の後についた重子がやはりきょろきょろと視線をめぐらしながら腰を下ろすのと入れ代わるように、江梨子は腰を上げた。

「ここはセルフサービスなの。コーヒーでいいわね？」

　重子が頷くのも待たず、江梨子は入口に向かっていた。

　自動販売機で紙コップにコーヒーを入れて戻ると、一つを母親の前に置き、自分はそのままコップを口に持って行った。

「昼間なら確実に病院に居ると思ってね」

　無言でコーヒーをすすっている江梨子に、重子が先に話しかけた。

「勘当した娘に、今更、何の用なの？」

「それは――」

　コップを口に持って行った重子は一口だけすすって口もとを拭った。

「売り言葉に買い言葉で、あなたが勝手に家を飛び出したからお父さんが逆上して口走っただけで……」

「あたしはもう加納(かのう)家の人間ではないのよ」

江梨子は胸を突き出して、そこにかかった名札をこれ見よがしに指先でヒラヒラさせた。

医局秘書 塩見江梨子

と書かれたそれに、重子は初めて気付いたように目を丸くした。

「いつ、結婚したの？」

「ついこの前」

「式は挙げたの？」

「ええ、簡単にね」

「どこで？」

「東京の、上智大学のカテドラルで」

「どうしてそんなところで……!?」

コップを握ったままの手が小刻みに震えているのを江梨子は見て取った。

「色々あって。でも、話したくない。話す義務もないと思うから」

重子は唇をかみしめた。

「それで、今はどこに住んでるの？」

「それも、話したくない」

「そんなの、彼の戸籍謄本を調べればすぐ分かることよ」

「またお得意の戸籍謄本ね。お母さんもお父さんと同じ穴の貉だわ」

重子は視線を逸らし、コーヒーをすすった。

江梨子は大仰に腕を返して時計を見た。

「ね」

視線を落としたままコーヒーをすすっては口もとを指で拭っている相手に苛立ったように江梨子は言った。

「悪いけど、ゆっくりしてられないの。用件をさっさと言って。あたしがまだここにいるかどうか確かめに来た訳じゃないでしょ？」

重子はコップを置き、今度はハンカチを取り出して口もとを拭った。

「秀樹が、婚約したのよ」

ハンカチは握ったまま、重子はおもむろに顔を上げた。

「それが、どうしたの？」

「さ来月の十五日、大安の日だけど、向こう様はきちんとしたお家の方だから、結納返しを持ってこられるんだけど、そこでお互いの家族の顔合わせをしたいと仰るの」

「それで？」

「向こう様は秀樹にあなたという姉がいることを知ってらっしゃるのよ」

「だから？」

「だから、あなたにはその日に出て来てもらわなくちゃ困るのよ」

「外国へ嫁いじゃいました、とでも言っておいたら？」

「そんな見え透いた嘘、つけると思ってるの？」

重子はハンカチを握りしめた拳をテーブルの上まで振り上げた。江梨子は苦笑した。

「じゃ、彼が外国へ留学したので一緒について行ってしまいましたとか」

「いい加減になさいっ！」

声を荒らげてから、二、三の客がチラとくれた流し目を避けるように重子は上体を屈めた。上背で頭半分勝っている江梨子の陰に隠れるように。

「いい加減じゃないわ。本当に、その頃にはもうここにはいなくてよ」

重子の眉間に皺が寄った。

「どこへ行くというの？　塩見さんが、転勤でもするの？」

「そうね。多分」

「だから、どこへ？」

「それも言わない。言わなければならない義務もないから」

「お願いだから」

一呼吸置いて重子は首を左右に振った。

「そんなに依怙地にならないで！」

江梨子は母親を睨み返した。

「そうさせたのは、誰よ？」

「あたし達はただ、世間体を考えて……」

「世間体ねぇ」

江梨子は鼻先で笑った。

「その世間体の為に、戸籍ではいるはずの秀樹の姉が首をそろえていないと具合が悪いのね？　まさか、あたしを、未婚の娘です、なんて紹介するつもりじゃないわよね？」

狼狽を取り繕うように、重子はコップを取り上げて残りのコーヒーを呑み干すと、また一呼吸二呼吸ついてから、開き直った顔で言った。

「そのつもりだったわよ」

江梨子は絶句の体で母親を見返した。

「だって、あなたが結婚したなんてこと、知らなかったんだから」

「そうかあ。未婚の娘なら、ただ雁首をそろえるだけで体裁は整うものね。相手も何やかや聞いてくることはないだろうし。でも、もう手遅れよ。あたしは正真正銘、塩見悠介の妻になったんだから。それとも、何？」

江梨子は皮肉な笑いを浮かべた。

「塩見江梨子になったあたしに、未婚の娘の顔をしてその場に出ろとでも言うの？」

重子は視線を落とした。江梨子は冷めたコーヒーを口にしながら、くっきりと横皺の刻まれた母親の額を上目遣いに見すえた。

「お父さんと相談してみる」

瞼を上げた分殊更際立った皺を見せて、重子は沈黙を破った。

「その上で、改めて出直して来るわ」

「無駄よ」

ハンカチをバッグに収めながら背筋を伸ばした重子を、江梨子はきっと見返した。

「何と言われようと、あたしがその場に出ることはないわよ。もしどうしてもと言うなら、一つ条件があるわ」

重子は眉根を寄せた。

「皆で塩見さんを侮辱したことを、両手を突いてあたしに謝ること、それが出来るなら、出てあげてもいいわよ」

重子はキュッと唇をかみしめると、パチンと音を立ててバッグを閉じ、やおら腰を上げた。

生さぬ仲

熊川八千代（くまかわやちよ）と名乗る女性から塩見悠介に電話がかかってきたのは、三月に入って間もなくだった。手術中で出られない、後でこちらからかけるから連絡先を聞いておいてくれるよう医事課の職員に伝えた。

手術は大小併せて三件入っていて、終わった時は午後七時を回っていた。

医局に戻ると、机の上にメモが置かれてあった。昼間の電話の主の携帯番号が記されている。

（江梨子も見たに違いない）

　と思いながら、塩見はやおら携帯を取り出した。

　コール音が続いて切れそうにない。この時間帯は夕餉（ゆうげ）の最中か、その準備かで忙しいのかも知れない。家に帰って江梨子の前でやりとりしたくないから、食事を終えたところで術後の患者を診てくると言って病院に戻り、ここでかけ直すか、と思案の末に電話を切ろうとしたところでコール音が途切れた。

「もしもし……？」

　さんざ待たせたのに詫（わ）びもなく耳に響いた声は、ハスキーで、訝ったような色合いを含んでいる。

（そうか！）

　と思い至った。相手はこちらの携帯番号を知らない。不審者がかけて寄越したと警戒したとしても不思議ではない。

「塩見ですが……昼間に電話を頂いた……」

「ああ……」

　ハスキーな声のトーンが上がって幾らか透明になった。

「ご免なさい。携帯にでも時々変な人からかかってくるものだから。それに、あなただったら、病院からでしょうから、先刻私がかけた番号が表示されるはずだと思っていたもので……」

熊川八千代が何者かは大方予測はつく。声からしても中年と言うより初老の女のそれを思わせるから、亡き父親大介の本妻に相違ない。しかし、これまで一度なりと会ったことはない。そういう女がいるらしい、否、現実にいるから自分が母一人子一人の境遇に置かれてきたのだということも、大人になって初めて知った。

高校三年になった時、何気なく立ち寄った本屋の店頭で、これも何気なく、表紙にマスクと帽子、術衣をまとった外科医が描かれたコミック誌を手にしていた。外科医の手にはメスが握られ、それがキラリと光っている。タイトルもそれに象徴されるような『メスよ輝け!!』となっていた。作者、〝高山路爛〟は現役の外科医だという。気が付いた時にはその雑誌を手にしてレジに向かっていた。そして翌日、再び本屋に赴いて定期購読を申し込んだ。

数学が得意だったから、漠然と理工系に進むことを考えていたが、『メスよ輝け!!』を隔週毎、半年も読んだ時点で、医者に、それも、外科医になる、と決めた。その志を貫く覚悟もこめて、雑誌社気付で作者宛に手紙を認めた。よもやと思ったが、程なく、作者から返信が送られて来た（封筒の裏に、「高山路爛」と書かれてあるのを見て狂喜した）。激励と、無事医学部合格の暁には朗報を知らせて欲しい、とあった。その手紙を繰り返し読んでから、単行本になっていた『メスよ輝け‼』と共に母親に見せた。喜んでくれるかと思ったが、母親は気色ばんだ。

「あんたを医学部にやるお金はないわよ。国立大学に行くならいざ知らず」

「それは、分かっているよ。国立大学だけを受けるよ」

何か言い返す気配を見せただけで、母親はそれ以上何も言わなかった。

塩見は猛勉強した。受験は自宅から通える阪神大学一本に絞った。浪人の身となって、それでも医者になることを諦められないなら、予備校の学費はアルバイトで捻出すること、と母親に念を押されていた。

担任の教師からはもうワンランク下の公立の医学部なら何とか行けるだろうが、と言葉を濁されていたが、国立と公立では学費にも相当な開きがある。何としても国立の医学部に入らねばと、苦手な英語と国語に心血を注ぎ、背水の陣を敷いて試験に臨んだ。

合格の報は真っ先に母親に、次いで受験勉強中も愛読して止まなかった『メスよ輝け‼』の作者に知らせた。「朗報を嬉しく嬉しく拝見。大成を期して止みません。路爛拝」と返った葉書を、塩見は勉強部屋の壁に貼りつけた。

二年後、専門課程に進み、二十歳になった時、塩見は自分の出自を知った。誕生日の夕餉が終わってデザートにケーキとコーヒーを出してくれた母親が、おもむろに、父親熊川大介のことを切り出したのだ。幼き日、こんな風に母親と三人で食卓を囲んだおぼろ気な記憶を残しているが、顔は定かに思い出せない〝よそのおじさん〟のことを――。

十年程の付き合いだったという。悠介が生まれて四、五年して男は幾許かの手切れ金を子供の養育費にと言い残して去って行った。本妻がいることは知っていたが、いつか別れて自分と一緒になってくれるだろうと信じて悠介を産んだ。認知もしてくれたからその日は必ず来ると思っていたが、程なく、男の足は遠退き始めた。追及すると、自分の他にも愛人が二、三人いて、彼女達にも子供を産ませ、認知をしていると告白した。今は、まだ子供を生していない若い女に入れ込んでいる、とも。

「あんたが医者になる、と言った時、だから、正直、喜べなかったの」

ひとしきり物語ってから、母親が改まった面持ちで言った。

「お医者は社会的地位もあるしお金も沢山あるから、女性にとっては魅力的な相手よね。あたしもそれであんたのお父さんに口説かれて意のままになってしまった。あんたも将来、お父さんのように女の人を泣かせるんじゃないか、と思ってね。でもあんたがお金や名誉の為じゃなく、コミックに描かれている外科医に憧れて医者になりたいと思った、と聞いて、少し安心したの。

でも、お願いね。ここまで来た以上、無事お医者になれるだろうけれど、どんなに偉くなって、お金もそれなりに入って来るようになっても、女の人を悲しませるようなことはしないでね」

指定された芦屋ビューホテルに、塩見は無論行ったことがない。母子家庭の貧乏育ち、小さなマンション暮らしだった身には、高級住宅が建ち並び、日本で有数の富豪の邸宅もあると聞く芦屋は、至近距離にありながら遠い異郷の果て、自分とは生涯無縁の地と思っていた。江梨子を伴っていた。熊川夫人から唐突に呼び出しを受けた、土曜の午後四時に芦屋のホテルで落ち合うことになった、と告げると、あたしも連れて行って、と江梨子は言った。内々の話だからあなた一人でいらしてね、と言われたことを話すと、あたしは離れた所に待機してるから、と返された。ロビーのカウンターでと言われたけど、ロビーで話すことになるかどうか分からないよ――塩見の懸念に、チラと見るだけでいいの、あたしはロビーで本を読んで待ってるから、と江梨子は答えた。

「でも、会ったことがないんでしょ？　お互いに分かるのかしら？」

「和服で来るそうだ。あなたはどんないでたちで来るのか、て聞かれたから、大まかなことは伝えた。ま、分かるだろう。お互いの携帯も教え合ったしね」

「それにしても、今頃急に何なのかしらね？」

「うん……」

内々の話があると受話器の向こうで熊川八千代が声を潜めた時、塩見には一瞬ピンと来るものがあったが、敢えて江梨子には言わなかった。

幸か不幸か緊急の手術が入ることもなく、午前に当麻の回診について病棟を回ったところで体があいたから、正午過ぎには病棟を出た。もっとも、手術が入っても自分がいなければならないことはないから、のっぴきならぬ用事が出来ましたので、と当麻に断って抜け出るつもりでいた。

途中コンビニに立ち寄ってサンドイッチを買い求め、運転を交代して食べた。車は二台も要らないからと、江梨子はアパートを引き払って塩見の宿舎に移ると、すぐに自分の車は処分した。無論運転は心得ていて、日頃の買い物は塩見の車でこなしている。

坂本の辺りで運転を代わった江梨子は、そのままハンドルを握り続けた。塩見の車にはナビが入っているから、電話番号をインプットして得た芦屋ビューホテルまでの道筋に迷うことはない。

大津に近付いた時、塩見はチラと江梨子を盗み見た。心なしか表情が強張っている。右に曲がれば江梨子の実家に連なる岐路にさし掛った時、一瞬江梨子の目が険しくなってそちらに流し目をくれたように思えた。

母親の重子が不意に病院へ乗り込んで来て弟の秀樹の結納返しの席に顔を出せと迫った旨江梨子から聞いたことを、その瞬間、塩見は思い出していた。世間体を重んじる家族だから、近くにいればこんな風に何やかや言ってくる、早く遠くへ移りたい、奄美大島の話はどうなったのかと、その晩江梨子は塩見に迫った。当麻先生には君の希望を話したし、奄美の佐倉先生に交渉してみると先生は言って下さったが、その後音沙汰がない、と塩見は答えた。結婚式の日にたまたま佐倉先生と顔を合わせたから、面接試験になるな、と思った、ドナーの手術が終わったところで帰っていいよ、て当麻先生は気遣って下さったけど、当麻先生も富士子さんをホテルに残して頑張っておられるのに、部下の僕が君の許へいそいそと戻ってしまったら、根性の無い奴と佐倉先生に思われやしないかと思って退席できなかった、何とか朝まで踏ん張ったから、これで面接試験には通った、て手応えを覚えたんだけどなあ。

「なのにどうして音沙汰がないの？」

江梨子は不服顔で突っ込んだ。

「佐倉先生の所も人が足りていると思うんだ。僕が行けば代わりに誰か一人を出さなければならない。その調整に手間取っておられるようだ、て当麻先生は言ってたけど……」

「奄美大島でなくてもいいのよ。鉄心会は全国に病院を持ってるんでしょ？　ウチの者が滅多に来れない所ならどこでもいいわ」

「そこに、当麻先生や佐倉先生のような、ちゃんとした指導者がいれば、僕もどこでもいいんだけどね」

こんなやりとりの末、結局結論の出ないまま話は終わった。

ホテルには指定された時刻の十分前に着いた。中途半端な時間帯なのか、人の出入りは少ない。

三階建てで驚く程の偉容ではないが、テニスコートを備え、敷地は広々としている。四面あるコートでは老若男女が入り交じってラケットを振っている。

「初島を思い出すわね」

駐車した車から降りて肩を並べたところで江梨子が言った。

熱海港から高速艇で二十五分の離島で過ごした新婚の日々が蘇った。島の一隅に、やはりテニスコートが何面か設けられており、自分達と同じ新婚と思われるカップルや、小・中学生を交えた家族連れが歓声を上げていた。

入口からロビーに入ったところで、塩見が先に足を止めた。江梨子は半歩遅れて立ち止まった。

「あの人らしいよ」

ロビーはさ程広くない。長短のチェアが置かれ、身なりの良い男女が三々五々くつろいだ様子で語らっているが、一人黙々と本を読んでいる女性もいる。

塩見はそうした客達の上に視線を滑らせてカウンターを見すえている。

「ああ、あの和服の方ね？」

塩見に半分隠れた状態で佇んだ江梨子が呼応した。

「あ、向こうも気付いたみたいよ」

「うん。じゃ、ここで別れよう」

「なるべく早く切り上げてね」

江梨子が返した時には、塩見は足を踏み出していた。

「お一人でいらしたんじゃないのね？」

ロビーの奥まった所にラウンジが広がっている。熊川八千代はそこへ塩見悠介を誘って相対するなり、チラとロビーの方に流し目をくれて言った。

「あ、妻です。結婚したばかりなので、どこへでもついてきたがって……」

「ご馳走様」

しっかりルージュの入った唇が伸びた。細身で撫で肩、顔も細面だから和装は決まっているが、僅かにのぞく首筋には皺が寄り、かなり濃い化粧も目尻の小皺は隠せない。自分の母親と同じ六十歳前後かと思われる。髪は豊かで黒々としているが、自然の色艶ではない。恐らく染めているのだろう。

「新婚時代は、そんなものよね」

皮肉なうすら笑いを浮かべたまま女は言った。

「彼女は、まさか、あなたにとって初めての女じゃないわよね？」

「えっ……？」

意表を突かれた。

「何人もの女性と付き合った挙句のことでしょ？　一見、草食系のお顔をしてらっしゃるけれど……」

「初恋は、中学時代にありましたけど、別に深い付き合いではありませんでしたし……」

「そーお？　じゃ、見かけ通りなのかな」

先刻よりは皮肉な色合いの薄れた目で女は返した。

「それより、御用件をお聞きしたいのですが……」

アイラインは入っているが一重瞼だと見て取った女の目を塩見は見返した。

「あ、そうね」

今度は女の方が虚を衝かれたといった風情で上体を揺らした。

塩見はコーヒーだが、熊川八千代は和装に合わせるように和菓子付きの抹茶を注文している。三十前後かと思われるウェートレスがその二つを運んで来て幾らか緊張した面持ちでそれぞれの前に置いた。

「おいしそう」

慣れた素振りでウェートレスに目配せして、女は和菓子を割り、二口三口で平らげると、これも慣れた手つきで抹茶茶碗を手に取り、両の手に包んで三度回してから一気に抹茶を呑み干した。否でも目に入った左手の薬指に、キラリと光る指輪がはめられている。江梨子の為に買ったそれとは比較にならぬ大きさのダイヤモンドだ。数百万はする代物に相違ない。

「じゃ、本題に入るわね」

袂（たもと）から取り出した花柄のハンカチで口もとを拭ってから、女はやおら塩見に向き直った。

こちらはコーヒーを半分飲んだカップをテーブルに置いた。

「夫の熊川大介が亡くなったことは、ご存知かしら？」

「はい、知ってます」

「どんな伝で、お知りになったの？」

塩見はロビーに流し目をくれた。一人用のソファにかけた江梨子の肩先から上が見て取れる。熊川大介の死を知ったのは江梨子が先だ。そのいきさつも江梨子から説明させた方が手っ取り早い——絶句の間にそんな思いが閃いていたが、相手は第三者の介入をよしとしないだろう。

「全く、ひょんなことからです」

一から話すのは面倒という思いが先立っていた。

「ひょんなこと……？」

すかさず鸚鵡返しされた。

「妻の父親が製薬会社に勤めていて、大阪の病院を担当している部下のプロパーから聞いたということです」

「そう……？」

女は呟くように返したなり、無言で塩見を凝視し続けた。たった今耳にした言葉を咀嚼でもするかのように、唇を二度三度うごめかした。

(嘘は言っていませんよ)

目でそう返してから、塩見は残りのコーヒーを口に入れた。

「てっきりお母さんからかと思ったけど」

カップをテーブルに戻したところで女が二の句を継いだ。

「母は、知りませんでした」

「あなたは……」

と切り出して、女は言い淀んだ。

(何でしょう？　早く言って下さい)

塩見はやはり目だけで訴えた。

「あなたは」

と繰り返してから、女は上体を前に屈めた。何か知れぬ、江梨子のそれとは違う化粧の匂いが鼻をついた。塩見は相手が乗り出した分、そっと上体を引いた。

「あなたのお母さんと、熊川大介の関係は知ってらしたかしら？」

〝詰問〟のニュアンスを感じた。自分はこの人に何らの感情も抱いていない。少なくとも憎悪なり怨恨といった負の感情は。しかしこの人は違うだろう。自分の母親は亡き夫の愛をいっときなり奪い、自分という不義の子まで産んだ女なのだ。憎からぬはずがない。当然自分も彼女にとっては不快な存在に違いないのだ。その口吻に棘を感じたとて不思議ではない。

「知ってました」

素直に答えた。

「いつから？」

「五、六年前、です」

「五、六年前、というと……」

「僕が医学部の専門課程に進んだ時です。事実を知ってももう大丈夫だろうと思ったからではないでしょうか？」

かすかな戸惑いが女の顔に浮かんだ。予想外の返答だったのだろうか？

「でも、ショックだったでしょうね？」

「ええ、それは……」

なくはなかった——と言いかけて思い止まった。

実際、その程度の軽いものだった。好色な男への、そんな男に入れ揚げた母親の女の性への軽い蔑み、それにもまして、父親が、自分の目指す医者であり、その母校で期せずして自分が学んでいるという偶然の一致への驚き、「蛙の子は蛙ね」という母親の言葉に感じ取れた哀れさ、見捨てられながらも男を憎み切っていない純情可憐さ、そんなものがごちゃごちゃと入り乱れたことが思い出される。古ぼけたセピア色の写真の一コマのように想起される、母と自分と〝よそのおじさん〟が食卓を囲んでいる光景の謎が氷解し、パズルが解けた喜びにも似た感情も混じっていた。

「さぞや、熊川を憎らしく思ったでしょうね？」

塩見の二の句を待つ風もなく女は言った。

「お母さんも、いいようには言わなかったでしょうし……。あなたは、熊川のことを覚えていらっしゃる？」

「ええ、かすかに……」

セピア色の写真が蘇ったが、鮮明なのは母親の顔だけで、男と自分のそれは定かでない。男の顔に眼鏡がかかっていたことだけは覚えている。

「熊川の写真は、残ってないの？」

カメラが家にあった記憶はない。アルバムらしいのは小学、中学、それに高校の卒業記念のものだけだ。

「見たことがありません」

答えてから、自分の返事が相手に失望を与えるのか、それとも安堵を与えるのか、どちらだろう、と、塩見は女の目を探り見た。

ルージュの唇が横に伸びて、かすかな驚きを含んだ微笑が目尻の小皺を際立たせた。

「あなたが熊川を最後に見たのは、お幾つの時かしら？」

女の口調が柔らかになった。

「さあ……四歳か五歳、でしたか……幼稚園の頃です」

「でも、熊川は、あなたが自分の母校に進んだことは知っていたでしょうね？」

驚いた。

（この人は何故自分が阪神大学に入ったことを知っているのだろう？）

「どうですか……」

「ご自分の出自を知ったのは二十歳の時だと仰ったから、あなたの口から伝えることはなかったでしょうけど、あなたのお母さんはそれとなく伝えたんじゃないかしら？」

「そういうことは、なかったと思います」

「どうして？　何故そう断言出来るの？　国立一期校、それも難関の医学部にストレートで合格するくらいだから、お母さんにとってあなたは自慢の息子さんよね？　熊川にも自慢したかったんじゃないかしら？」

「さあ、どうですか……母は、僕が医者になることにはいい顔をしなかった人ですから」

「あら、どうして？　あたしは三人の子持ちで、そのうち二人は医者をしているけど、医学部に入ってくれたことは最高の親孝行と喜んだものよ。一人は西日本大、一人は父親やあなたと同じ阪神大学ですけどね」

厚化粧は気に入らないし、格別の美人でもないが、容貌全体から受ける印象は、聡明で知的なインテリ女性だ。子供達が優秀なのはこの人のＤＮＡも多分に入っているからだろう。

「自分は、医者である人を愛して、望んでいるような幸福を得られなかったからではないでしょうか？」

息子が医者になることを素直には喜べないと言った母親の言い分をストレートに伝えたい衝動に駆られながら、自分を見すえる目に敵意や憎悪は感じられない相手の感情を逆撫でしかねない発言はさすがにためらわれた。

「医者であれ何人であれ、妻子ある男とねんごろになって幸せを得ることは出来ないでしょうね。その意味では、お母さんが幸せを摑み損ねたのは、自業自得かもね。だから、あたしは、息子達にも言ってきたの。独身時代は幾ら遊んでもいいけれど、結婚したら一穴主義に徹しなさいよって。今のところ、守ってくれているようですけどね」

（自分も幸福ではなかった、と言いたいのだろう）

と塩見は思った。母親だけではない、他に何人もの女を囲っていた熊川大介に、この女（ひと）はほとんど顧みられることがなかったのではあるまいか？　自分の母親もそうだったが、出来の良い子供の成長だけが楽しみで、後は、医者の妻という社会的ステータスと、経済的ゆとりを支えに生きて来たのではないだろうか？　〝一穴主義〟などと、普通は男にしか口に出せない卑猥（ひわい）な言葉をさり気なく口にして恥じないことに驚きながら、それは、女たらしの男を夫に持ったために心安まる時がなかったであろう女の強がり、粋（いき）なところを見せたいというはったりに他ならないようにも思われた。

「何人もの愛人を囲うのは男の甲斐性だなんて世間では言うようだけど——」

言葉を返しようがないと塩見が戸惑っている様に、熊川八千代は皮肉な笑いを浮かべた。

「本当に甲斐性があって後腐れのないようにしていく男はほんの一握りね。自分はさっさと先に逝ってしまって、後は知らんよというのがほとんど。女を囲ったら、その死に際まで見届けてお骨も拾い、自分の血を分けた子供がいるなら、その面倒もある程度見てやらないとね。そうでしょう？」

「はあ……」

思いも寄らないことだが、言われてみれば至極尤もな言い分だ。頷く他ない。

「本題に入るわね」

女はハンカチを帯にさし入れると、やおら背筋を伸ばした。

「熊川も、御多分に漏れず有終の美を飾らないまま早々と逝ってしまって、後に残った者達がてんやわんやしてるの。本人はあっという間に逝ってしまったから楽なもんだったでしょうけどね」

死因は〝心臓麻痺〟と言われていた、と江梨子から聞いている。自宅ではなく、出張先のホテルでの頓死だったらしい、と。

「子供達と色々整理している間に、とんでもないことが露見してきたの」

しまい込んだハンカチをまた抜き取って女は鼻の頭にチョンチョンとあてがった。

「あちこちに女をこしらえて、子供も、あなた以外に三人も作っていたことが分かったの。それも皆ほいほいと認知していて」

本妻との間に三人、愛人に生ませた子が四人、計七人の子供を残して熊川大介はこの世の生を終えたということか！

「開業医ならまだしも、しがない勤務医で給料も知れてるのにね」

同意を求められても答えようがない。熊川大介はベッド数三、四百の企業系の病院に勤めているとは二十歳の時母親から聞かされて知ったが、その懐具合までは聞き及んでいない。別れる時に息子の養育費――その実手切れ金だったが――にと某かの金銭をもらってそれっきりだというから、金があり余っていたとは思えない。その〝某〟も、千万の単位ではなく、一桁少ない額だった由。母親が自活していることを見越してのことだったらしい。強欲な人間だったらそれでももう少し男に要求しただろうが、金銭には案外淡白だったのだろう。

「あなたは――」

不意に女の口調が改まった。塩見は我に返って居住まいを正した。

「遺産相続のことは、ご存知かしら？」

唐突に話題を変えられて、塩見は戸惑った。

「いえ、詳しくは……」

「どの程度、ご存知？」

「ほとんど、知りません」

「熊川が亡くなったこと、あなたのお母さんは本当に知らなかったのかしら？」

「知らなかったと思います。少なくとも僕の口からは言っておりません」

嘘ではない。自分は不覚にも江梨子から聞かされて初めて知ったが、それを母親には伝えず、母親は知っているかどうか尋ねる必然性も覚えないまま今日まで来た。

「だから、なのね」

「何が、ですか？」

塩見は女を訝り見た。

「いえ……」

女は言葉を濁した。何か自問自答しているな、と思った時、迷いをふっ切ったように女は顔を近付けた。

「お母さんが何も言って来ないこと。余程淡白な方かと思ってたけど、知らなかっただけなのね」

塩見ははたと思い至った。熊川夫人が何故自分を呼び出したかに。さては、満二十歳の誕生日に母親から自分の出自を知らされた時、別れ際に何故、せめて自分が成人となるまでの養育費を慰謝料として請求しなかったのか問い糾すと、子供を認知するからと返されたので、数百万円の一時金で手を打った、と母親が答えたことにも。

母親は知っていたのだ。私生児でも認知した子供には不倫相手の男の財産の相続権があることを。それにしては何故熊川大介の消息、少なくとも生死の如何を追求しなかったのだろう？　熊川は六十代前半で鬼籍に入ったが、よもやそんなに早く死ぬとは思っていなかったのか？　まだまだ先のことと見なしていたから、悠長に構えていたのか？

「それであなたは、お母さんにはずっと知らせないでおくの？」

傍らをよぎったウェートレスに、お茶を要求してから、女は塩見に向き直った。

「知らないで済むことなら、それはそれでいいと思いますが……でも、僕はいつかはポロリと言ってしまいそうで、隠し通す自信はありません」

女は口角を吊り上げ、薄い笑いを浮かべた。

「何も、隠す必要はなくってよ」

「えっ……？」

「お母さんが知ったからと言って、別にどうということはないのよ。あくまで、あなたと死んだ夫の間の問題だから。

ざっくばらんに言うわね。あなたは熊川大介の庶子として財産分与を受ける権利があるのよ。二分の一のね。でも、さっきも言ったように、実子三人の他にあなたのような庶子が四人、計七人の子供がいるから十四分の一があなたの取り分。熊川の財産なんてたかが知れてるから、申し訳ないけど、雀の涙ほどしかあげられないの。

あこぎなことを言わせてもらえば――」

女はウェートレスが新たに持って来た茶を二口三口すすりながら上目遣いに塩見を見た。

「熊川がよそで作った子供達には財産分与などしたくない、むしろ、子供達の母親に、あたしは慰謝料を請求する権利がある。妻子ある男と知りながら付き合ったんですからね、あたしの精神的苦痛に償いをしてもらわないといけない」

言われてみればその通りだ。江梨子と結婚して購読するようになった新聞に「人生相談」なるコラムがあり、時々目を通すことがある。夫が他に女を作った、どうしたものかといった相談がまま載っていたことを思い出した。

回答者は大概女性だ。浮気は病気と言うよりも性癖みたいなもので一生治らないから、生活能力があるなら、そんな夫はさっさと見限って別れたらいい、勿論相手の女に慰謝料は請求できる、といったクールな回答もあれば、初めての浮気で、夫に愛情があるならとことんよく話し合い、自分がどんなに傷付けられ悩んでいるかを率直に打ち明け、女と手を切って欲しいと訴えるべきだ、それで夫が反省しないようなら、家庭裁判所に相談するなり、次善の策を講じたらよい、といったものもあった。

熊川大介の漁色は〝浮気性〟という病気で、一生治らないものだったのだろう。夫人は何故それに耐え得たのか？　浮気性は性癖だから一生治らない、さっさと見切りをつけて別れたらいい、と回答した女性も、あなたに自活の道があるなら、と但し書きしている。無いなら、離婚に備えて収入を得る手だてを見つけるべきだ、と。

熊川八千代は幾ら夫に浮気されても別れなかった。自活の道を見出せなかったのか？　それとも、生活費さえ入れてくれれば、夫が外で何をしようと干渉しない、と割り切ってこれたのか？

（いや、そんなはずはない）

と、塩見は後者の可能性を打ち消した。

（精神的苦痛に対する慰謝料云々と言ったではないか。今は憑依から解放されたように淡々とした風情でいるが、悩み抜いたに相違ない。実際、自活の術を持たなければ、浮気相手に相応の慰謝料を請求することも考えたのではあるまいか？　と、すれば、自分のような庶子を産んだ他の女達も、勿論自分の母親も、危ない橋を渡っていたことになる。この人が逆上

の余り裁判沙汰に持ち込むことだってあり得たのだ）

我が子の認知を求めた母親の意図は、熊川八千代の口から〝遺産相続〟の一言が出た刹那に閃いた、将来熊川大介の遺産の一部なりと分与してもらう権利を保全しておくためだったのか、という疑問は、こうした自問自答の果てに塩見の脳裏から失せた。

自分が答える番だと思い至った。

「よく分かりました。父の記憶は、残念ながら僕の中では蜃気楼のようなものに過ぎません。物心ついた時に一度、僕にはどうしてお父さんがいないの？　と母に問い糾したことを覚えていますが、病気で亡くなったのよ、という返事を素直に受け入れ、信じていました。時々見かけた、僕にとっては〝よそのおじさん〟でしかなかった人がその人だったのだ、と、漠然とながら納得もしたのです。

二十歳の時に事実を聞かされ、ショックを受けましたが、感謝したことが二つありました」

「感謝……？」

女は二、三度目を瞬いてから塩見を見すえた。

「一つは、母親が不遇ながら女手一つで僕を育ててくれたこと、もう一つは、父が阪神大学の出身と知って、僕が阪神大学に入れたのも父のお陰、父が僕に残してくれたＤＮＡの賜物だ、ということです」

「さあ、それはどうかしら？　種よりも、畠（はたけ）が良かったからじゃありません？」

「母は、大した教養もない平凡な女です」

「でも、女としての魅力は持ってらしたんでしょうね。面食いの熊川が手を出すくらいだから」

「母を、許してやって下さい」

「えっ……？」

「父が母を口説いたにしても、奥さんのある人と関係を持ったことは、母にも責任があります。でも、僕にとってはいい母です。母一人子一人、それもすれ違いの生活で、子供ながらに寂しい思いもしましたが、今でも僕の為に夜遅くまで働いている母に感謝しています。ですから、僕の相続権のことは、お考えにならないで下さい。奥さんを辛い目に遭わせたことは事実でしょうから、せめてもの償いと、僕からのお詫びとして、僕の財産分与請求権は放棄させてもらいます」

　熊川八千代はいつしかハンカチを取り出していたが、握りしめた手がワナワナと震え出した。と同時に、塩見に凝らされていた目がみるみる潤んで、一滴、また一滴、涙が目尻から溢れ出た。それがハンカチで拭い取られるのも見届けず、塩見は立ち上がって「失礼します」と一礼し、踵を返した。

一週間後、病院に塩見宛の書留が届いた。差出人は熊川八千代とある。中から便箋一枚に包まれた小切手が出て来た。五百万である。便箋の文字は万年筆で流れるような達筆な女文字で書かれてあった。

前略ご免下さい。

先日はお呼び立てして申し訳ありませんでした。でも、お目に掛れて嬉しうございました。

法律は法律ですから、亡き夫の財産のあなたの分、些少(きしょう)ですがお受け取り下さい。

ご結婚して間もないと伺いました。私からの心ばかりの寸志もお祝いとして添えさせて頂きました。

どうぞ奥様と、あなたを立派に育てられたお母様をお大切にね。

またいつかお目に掛れます日を念じつつ。

かしこ

熊川八千代

塩見悠介様

探り

　週二日の手術日には大抵一件は全身麻酔を要するメジャーの手術が入るのだが、この日は珍しく小手術が二件あっただけで、午後四時にはナース達も後片付けを終えていた。

　病棟に戻ったところで、青木は佐倉に呼ばれた。

　テーブルを挟んで二人掛けのソファが一対置かれてある。青木がドアを開いた時、佐倉はその一つに腰かけて部厚い台帳のようなものを繙（ひもと）いていた。勧められるままテーブルの反対側のソファに腰を落としながら佐倉の手もとを見やった青木は、それが普段は主任の泉が管理している手術記録簿だと気付いた。

（いつの間に持ち出したのだろう？）

　つい先刻までそれは中央材料室にあったはずだ。今日の手術を泉が記載するために。

「そろそろ一年が経つか」

　開いたままの台帳をうつ伏せにしてテーブルに置きながら佐倉は言った。

「君が執刀したオペは何件くらいあったかな、と思ってね、見ていたんだよ」

「はあ……」

青木は佐倉を訝り見た。

「メジャーもマイナーも約二十件くらいずつだね」

「色々させて頂き、感謝しています」

青木は無論この台帳に目を通している。自分が来る前の数年間、主には佐倉が着任してからの手術件数とその内容も把握している。佐倉の着任当初は大小併せて年に百件もなかったが、年々増えていて、ここ二、三年は二百件を超えている。中に一件、執刀医に当麻の名があり、器械出しのナースが「中条」となっていたことも脳裏にインプットされている。

「そう言われると、切り出し難いが……」

佐倉の、その年齢にしては澄んだ目がかげった、と青木は思った。お追従に聞こえたのだろうか？

「君が本当に望んでたのは、当麻先生の下で働くことだったよね？」

意表を突かれて即答できないまま青木は佐倉を訝り見た。

「いやね」

佐倉は胸の前で腕を組んだ。

「暫く前になるが、当麻先生から思いがけない電話があってね」

「はい……」

「この春で研修期間が終わる塩見君という青年がいるんだが、そちらへ行きたがっている、引き受けてもらえないだろうか、という相談だった」

血の気が引いた。佐倉の次の言葉が予測できたからだ。だが、二の句は出て来ない。こちらの顔色を窺っている。

「その、シオミ君というのは――」

促される思いで青木は口を開いた。

「こちらの出身なんですか？」

「いや、確か大阪で、学校も阪神大学だが……」

「それが、何故、こちらへ来たいと……？」

「うん……どうもね、嫁さんからの圧力らしい」

「嫁さんの……？」

「私はいい青年だと思うんだが、どういう訳か、彼女の親が二人の結婚に猛反対したとかで、彼女はそれを振り切って塩見君と一緒になったために、勘当同然になったらしい。にも拘らず、近い所にいるから何かと干渉してくるんで、いっそ遠方の地へ行きたい、と塩見君をつついたらしい。惚れた弱みで、彼も嫌とは言えず、当麻先生に相談したようだ。私の所は人が足りてるので、塩見君を引き受けるなら青木君をお戻ししましょうか、と言ったんだが、いずれにしても私としては強制できないし、一応元締めの鉄心会の人事になるから、先日、当麻先生の結婚式に出るため上京したついでに本部へ立ち寄って理事長にお伺いを立てたものの、双方の話し合いで決めてくれたらいい、と下駄を預けられてしまってね。さてどうしたものかと思案に暮れているところなんだよ」

佐倉は腕を解いてソファの背に上体をもたせかけた。

「僕は――」

血の気の失せたまま、佐倉が引いた分上体を前に乗り出し、青木は両手を膝に置いた。

「こちらへ伺ってまだ一年ですし、もう暫く、お世話になりたいと思っています」

佐倉は眉根を寄せた。

「君さえよければ、当麻先生は喜んで君を迎える、と言って下さったんだが……」

「はあ……」

「そりゃそうだろうね。塩見君もなかなか出来る男らしいが、研修を終えたばかりだから、君程には戦力になり得ないだろうからな」

「当麻先生の下には矢野、大塩という出来る人がいますから、僕の出番はここより少なくなるでしょうし、大した戦力にもならないと思います」

「いや、そんなことはないと思うよ。外科医三人ではメジャーのオペを一つしかやれないが、君が行けば二手に分かれられるからね」

危うく首肯するところだった。確かに、甦生記念に自分が行けば、メジャーの中でも肝臓や膵臓癌、さては腎移植の執刀は当麻にしか出来ないが、胃癌や大腸癌は矢野や大塩、及ばずながら自分にも執刀を任せてもらえるだろう。つまり、佐倉の言うように、メジャーのオペを並列で行うことが出来る。一方、ここ名瀬の病院では、自分が来るまでは佐倉と久松、沢田の三人だったから、手術室は二つあっても、メジャーの手術二件を並列で行っていた形跡はない。常に三人で、縦列で行っている。しかし、自分が来てからは、途中で佐倉のチェックは入るものの、さ程リスクの無いメジャーの手術は若手三人の内の二人に託される。久松は自分とほぼ同年、沢田は年少だがそれでも外科医になって五年目に入っているからまずまず出来る。しかし、研修を終えようとしているばかりで、外科医としての修練は実質一年そこそこ、麻酔の技術も一人前ではないだろう新人が自分と入れ代わったら、メジャーのオペを二手に分かれて並列でこなすことは出来ないだろう。

佐倉はむしろそれを望んでいるのだろうか？　メジャーの手術はすべて自分が執刀するか、途中でのチェックに止まらず、前に立って部下を仕切ることを？

いや、メジャーでない、腰椎麻酔で済む虫垂炎（アッペ）、脱腸（ヘルニア）、痔（ヘモ）等のマイナー手術でも、沢田とシオミには任せられないだろう。久松が指導医として付くにしても、そうなると佐倉は沢田を前立ちにメジャーの手術をすることになる。久松よりは手が遅いから、それだけ時間を取られ、隣のオペも気掛りだろう。メジャーが常に縦列となれば、全体の手術時間も長引き、ナース達の負担も重くなる。主任の泉にしてもその下の今村にしても既婚者で、三十代後半の泉は子供がまだ小学生、二十代後半の今村は幼子を保育園に預けて仕事をしている。独身の中条三宝が来てくれて助かったわ、と二人は言っている。保育園に子供を迎えに行かなければならない今村は、緊急のオペが入っても、六時には中条三宝にバトンタッチしていそいそと病院を後にしているし、泉にしても責任上時間外でも極力残っているが、夫は出稼ぎでほとんど家にいないから、子供達の夕食が気掛りで、何とか七時までには帰りたいと言っている。だから三時間以上かかるメジャー手術は一日一件、一時間以内に済むマイナーと併せても精々三件にしてくれるように佐倉に要求してきた。でも青木先生が来て下さってからは並列でやれるようになって、メジャー手術を二件入れることも出来るようになってよかったです、と泉は言ってくれた。シオミと自分が入れ代わったらまた元の木阿弥になるではないか。

それやこれやを考慮すれば、自分をキープして置く方が万事につけてメリットがあるはずだが、何故佐倉は易々と交換を提案したのだろうか？　自分を煙たいと思い始めたのだろうか？　そう言えば、確かにこの頃は以前程自分に執刀の機会をくれなくなったような気がする。執刀すれば必然的に主治医になる。点滴、投薬の指示を出し、午前中の回診は当番制で四人の外科医が順ぐりに二人ずつペアで行うことになっているが、午後は主治医が一人で行くことになっている。術前の手術の説明や術後の経過報告を家人にするのが主治医の役目だ。そうしたノルマが、ここ一カ月は減ってきている。外来の担当日や当直でピックアップした患者は自動的に主治医になれるが、それは限られている。院内の内科や島内の開業医から回って来る患者は、院長兼外科部長の佐倉宛の紹介状、つまり「診療情報提供書」を携えて来る。手術患者の大多数はその流れで外科病棟に入院となり、そうした患者を振り分けるのは言うまでもなく佐倉の裁量権の内だ。佐倉は大体イーブンに患者を振り分けてくれていたが、最近は自分に回される患者は少ない。

「先生は――」

意を決して青木は口を開いた。

「僕がここを出ることを望んでおられるのでしょうか？」

「うん……？」

「僕の何かが気に食わないから、口はばったいですが、僕よりは戦力的に落ち、それこそメジャーは並列ではできなくなることも承知で、研修を終えるか終えないかのシオミ君とやらを取って僕を出そうとお考えなのでしょうか？」

体中の動脈がドクドクと音を立て始めている。眼も血走っているに相違ない。

佐倉は面食らった面持ちだ。青木は嵩に懸かった。

「ここのところ先生は僕に患者を回して下さらなくなりました。僕を出す布石を打っておられるんですか？　もう当麻先生との間に密約を交わしておられるんですか？」

佐倉の口もとと目に苦笑が浮かんだ。

「じゃ、逆に聞こう」

一瞬天井へ向けた視線を戻して佐倉は再び胸に腕を組んだ。

「当麻先生の下で腕を磨きたいと思っていた君が、そこまでここに執着するのは何故かね？」

「…………」

「私も幅広くやって来たつもりだが、当麻先生のレパートリーの広さには敵わない。症例数も、甦生記念病院の精々三分の二だろう。君が外科医として大成したいなら、当麻先生についた方が断然早道じゃないかね？」

「それは、確かに、そうかも知れませんが……」

一瞬佐倉と目を合わせてから、青木は天を仰ぎ、唇をかみしめた。不覚にも、涙がにじみ出た。得体の知れない感情が胸を突き上げていた。ついこの前まで慕わしかった佐倉が遠い存在に思われた。と同時に、江森京子の散骨に付き合ってくれ、プラトニックラブに終わった京子への思いを告白したことで自分を見直して幾らか心を開いてくれた手応えを覚えた中条三宝までが、手の届かない所へ行ってしまったような寂寥感に囚われた。佐倉と三宝が親戚関係にある——その事実が忌々しく、口惜しかった。

二者択一

どうしても会って話をしたい、時間を取ってくれないか、という、土曜の夜遅くかかってきた電話の、哀願にも似た青木の悲愴な声に、三宝は断り切れなかった。

翌日、午前十時を少し回ったところで、身繕いを終えて車に乗った。十一時に空港のレストランで落ち合う約束をしている。

刹那、携帯が鳴った。てっきり青木からと思ったが、佐倉からだった。慌ててエンジンを切った。

「お早う。今日の予定は？」

単刀直入の切り出しにたじろいだ。

「あ、特に……」

「じゃ、今夜、また例の店でどうかな？　ご馳走するよ」

〝例の店〟とは創作料理の〝こころ〟だ。

「夜、ですか？」

「ああ、六時でどうかな？」

青木の話がそこまで長引くことはないだろう。

「分かりました」

誰も聞いていないと分かっていても、自分の方はあくまで他人行儀な物言いだ。〝叔父と姪〟の関係で通っている馴染みの店では敬語を抜くこともあるが。

さすがに自分に敬語を使うことはないが、佐倉も周囲の目を気遣っている。どの店へ行くにも、一台の車で出掛けたのは最初だけで、後はそれぞれの車で出掛けて現場で落ち合うことになっている。

「じゃ、六時に店で」

再度時刻の念を押して電話は切れた。

青木が先に着いていた。佐倉との電話でのやりとり分だけ遅れたと知った。

「すみません、遅れてしまって……」

詫びを入れると、

「僕も二、三分前に着いたばかりだから」

と返った。約束の十一時にはまだ五分あった。

「朝御飯は？」

腰を落ちつけたところで青木が言った。

「牛乳を、飲んできただけです」

佐倉とのディナーでの雑談の折、三宝が学んだセント・ヨハネ病院の総長繁原康二郎の話題になった。

「九十歳に垂んとしてるのに、なおかくしゃくとして全国を講演で飛び回ってるんだよね。その健康の秘訣は何だか、知ってるかい？」

「夕食のビーフステーキ」

たまたま三宝が帰宅してテレビを点けたところ、米寿を迎えたという繁原の特別番組が放映されていて、繁原がステーキを食べている場面が目に飛び込んだのだ。

「うん、それもあるけど、朝御飯だか昼御飯だかは、牛乳にオリーブオイルを数滴垂らして飲むだけなんだよね」

「そう言えば、そう仰ってましたね」

「で、私も繁原先生にあやかりたいと思って、朝はパンに牛乳とオリーブオイルにしてるんだよ。三宝もそうしたらいい」

「あ、はい……」

「女性は生理が上がるとホルモンの関係で途端に骨が脆くなる。長生きはするんだが、七十を過ぎると足腰が弱くなって躓いたりする。そうして大腿骨の頸部骨折を起こし、下手すれば寝たきり状態になる。ま、うんと先のことで、その頃には心配しようにも私はもうこの世にはいないから、お節介と言えばお節介なんだが、いざそういう状態になった時、ああ、あの時父はそんなことを言っていた、もう少し真面目に聞いておけばよかったな、なんて後悔されても、私はあの世で、だから言わんこっちゃない、と歯ぎしりする他ないから、今のうちに、繁原先生や私を見倣って牛乳を飲む習慣をつけておくといい。それに小魚等、カルシウムに富んだものをね」

三宝は帰って『家庭医学事典』の「骨粗鬆症」の件を繙き、佐倉の忠告通りだと合点がいった。カフェオレならまだしも、牛乳だけを飲むことは絶えてなかったが、この時以来スーパーでパックの牛乳を購入し、繁原流にオリーブオイルと、少しばかり蜂蜜を混ぜて飲むようになった。

「いつも朝は牛乳だけなの？」

青木が訝った。

「いえ、トーストにサラダも頂きますけど、今日はお昼が早いからと思って……」

「僕は休みの日は朝昼兼用なので、コーヒーを一杯飲んできただけ。さすがにお腹が空いてきた。まずは食べようか？」

「はい……」

前夜の悲痛な声は有無を言わさず自分にうんと言わせるお芝居だったのか、と思わせる程、青木の顔には曇りがない。

オーダーしたカツカレーも、うまそうに頬張っている。夜の佐倉とのディナーのこともあり、自分はサンドイッチにミックスジュースで済ませている。

「それで、足りるの？」

三宝のオーダーを聞いた青木が、怪訝な目で問いかけた。

「ええ、こんな早い時間に食べること、余りないので……」

「じゃ、夕食はもう少しボリュームのあるものにするかな」

「えっ……？」

「今日は、夜まで付き合ってくれるよね？」

三宝は首を振った。

「ご免なさい。夕方までには帰らないと……」

「夕方？　何時までに？」

見る必要もない腕の時計を三宝は見やった。他ならぬ佐倉周平から母の志津(しづ)を介して贈られたものだ。

「五時、までには……」

おずおずと上げた目に青木の視線が食い入ってくる。

「夕御飯を、誰かと……？」

左の乳房の下で心臓が音を立てた。

「いえ、そうじゃないですけど……」

佐倉と落ち合う〝こころ〟には直行すればここから三十分で行けるが、一旦アパートに帰って身繕いし直したいと思っている。

「お掃除や、洗濯物もたまってますし……」

語尾を濁したままにはさせないといった目を注ぎ続ける相手に、思いつく限りの口実を口走った。その実、掃除は済ませ、洗濯物は下着だけだから、これも洗濯機を十分ほど回して取り出し部屋に干して来ている。

「ま、いいや」

咄嗟の嘘を見破った訳ではあるまいが、青木は相好を崩した。

「まだ五時間以上あるしね。君の返事次第では、一時間で済むかも知れないから」

（あたしの返事次第？）

胸の中で鸚鵡返しをして、三宝は青木を訝り見た。

コーヒーが運ばれてきた。青木が自分用にオーダーしたものだ。三宝のミックスジュースは半分残っている。青木がコーヒーカップを手にしたところで、三宝もストローに口を持って行く。

青木が先にカップをテーブルに戻した。その視線を額の辺りに感じながら、三宝は敢えてゆっくりジュースをすすった。ストローから口を放して顔を上げればすぐにも青木の、何か〝返答〟を要する質問が飛んで来そうに思われたからだ。

「ドリンクは、いつもそれに決めてるの？」

三宝のスローな動きにしびれを切らしたかのように、青木が口走った。

三宝は二口三口すすってから目を上げた。

「ええ、家ではなかなか飲めないので……」

青木は無言でコクコクと頷いた。三宝はハンカチを取り出して口もとを拭った。ルージュは薄く引いてきているだけだったが、念の為ストローの先も拭った。

「三宝さん」

ハンカチは握ったまま手を膝に置き、居住まいを正した瞬間だった。一旦柔らかくなっていた青木の相好が、昨夜電話を受けた時、携帯の向こうに浮かんだ思い詰めたものに戻っている。〝中条〟ではなく名を呼ばれたことにも戸惑った。気圧されまいと相手の視線を受け止めるのが精一杯だった。

「僕と、結婚してくれないか？」

三宝は視線を逸らし、周囲を窺い見た。幸い近くに人はいないが、少し隔たったところには五、六人の客がいる。心なしか、そのうちの一人、二人がこちらに流し目をくれたように思った。慌てて戻した視線に、青木のそれが絡みついた。

「どうして、急に、そんなお話を……？」

青木は唇をうごめかしたが、二の句は出ない。ひたすらこちらに目を凝らしている。

「この前お話しした通り」

不覚にも覚えた胸の動悸がやや治まってから、三宝が先に二の句を継いだ。

「私は、当分、結婚する気はないんです」

「少なくとも十年は、て言ったよね？」

「はい……」

「僕は、ここにずっといて、十年でも待とうと思った。でも、それが出来なくなりそうなんだ」

「どういう、ことですか？」

「当麻先生の所で研修を終えた外科医と交代させられそうなんだよ」

「それは、上からの命令ですか？」

「よく分からない。何でもその若い外科医が最近結婚して、こちらへ来たい、て申し出たみたいで……僕としては、佐倉先生に断ってもらいたかったんだけど……」

「院長は、承諾したんですか？」

「どうもね。何故か最近、院長は僕に冷たいんだよ」

青木は悩ましげな目で訴えかけるように言った。

「ひょっとしたら、僕を君から遠ざけたいと思っておられるんだろうか？　それとも、君が院長に何か僕のことを……？」

三宝は激しく首を振った。

「私は、先生のことは、何も……」

「でも、院長は君のおじさんだよね？」

「え、ええ……」

「と、いうことは、亡くなられたお父さんの兄か弟？」

「いいえ……母の方の血縁です」

咄嗟に嘘が出た。だが、青木に訝った風はない。

「お母さんも亡くなっておられるから、院長は言わば親代わりかな？　君にとって」

「はい……」

「十年は結婚しない、て、ひょっとして、院長にそう誓ったの？　ここで働かせてもらう代償に」

狼狽を取り繕おうとした分、言葉が出なかった。

「だって」

確信に満ちた顔で青木は続けた。

「自分を頼ってきた身内がすぐに辞めてしまったら、院長としても他の職員に示しがつかないものね。自分が気に入らない男と結婚しても面白くないし目障りになる……いや、ひょっとして、この前僕に話してくれた失恋のこと、院長は、知ってるの？」

「いいえ」

さり気なく首を振った。嘘をついたつもりはない。が、すぐに嘘を重ねたことに思い至った。佐倉に初恋の相手羽鳥宏(はとりひろし)のことを話したことはない。しかし、佐倉は知っているはずだ。母が遺した日記に自分と羽鳥のことは書かれてあり、その日記を佐倉は読んでいるからだ。

「まさか、三宝さん」

青木が探るように視線をさし入れた。

「院長とあなたは、おじと姪の間柄じゃなくて、男と女の関係じゃないだろうね？　いや、おじと姪だってそういう関係が無くはないだろうけれど。小説家の島崎藤村のように」

「とんでもないです！」

三宝は険しい目で青木を見返した。

「いや、ご免よ」

青木が安堵の表情を浮かべて言った。

「君と院長がツーショットでどこどこで食事をしていた、恋人同士みたいなムードだった、なんてことを、半分は冗談だろうけど、やっかみ半分で言うのもいてね。おじと姪の間柄なんだからそれくらいのことはあっても別に不思議じゃないよ、と僕は言い返してやったんだが」

オペ室のナースではあるまい、外来か病棟のナースに違いない。

「そう言いつつもね」

青木が続けた。

「僕も妬ましかった。君といつでも食事に出掛けられる院長が」

青木の凝視が眩しい。

「さっきのお話ですけど」

三宝は話を逸らした。

「先生方の交代、もう決まったことなんですか？」

「出て行け、とははっきり言われないけど、院長の腹はもう決まっているような気がする」

「ここに残りたい、て仰っても駄目なんですか？」

「それに近いニュアンスで言ったつもりなんだが……」

「駄目だ、て院長は言ったんですか？」

「そうはっきりとは……その代わり、何故ここに執着するんだ、て言われるんで、余程、ありのままのことを言おうかと思った」

「ありのままのこと？」

「三宝さんのことだよ。彼女と離れたくないからここにおりたいんだと」

「そんな……」

「三宝さんと結婚させて下さい、て、そこまで切り出そうかとさえ思ったんだ」

青木の苦しい心中が思いやられて胸が痛んだ。

「許して下さるなら甦生記念に行ってもいいです、て、そう言おうかとも……」

熱い、切ない息吹が伝わってくる。逸らそうとしてもそれを許さない気迫をこめて絡んでくる男の視線を懸命に受け止めながら、三宝は御し難い感情に突き上げられていた。

詮索

「今日はどうしていたのかな？」

創作料理の〝こころ〟は若い客でテーブル席は埋まっていた。カウンターに三宝を誘い、おしぼりを顔にあてがいながら佐倉が切り出した。

「あっ……」

と三宝は、相手にも自分にも聞こえない声を口の中に漏らした。

「少し寝坊してしまって……洗濯やお掃除が昼からになってしまって……」

「春眠暁を覚えず、かな」

「お若いですものねえ」

カウンターの向こうで女将が相好を崩した。

「幾らでも眠れますわね？」

三宝は軽く微笑を返した。目は逸らしている。抜け抜けと嘘をついたうしろめたさがわだかまっている。

「私くらいになると、なかなか寝つきが悪くて、その癖眠りも浅くて……だから、こちらの先生の所で睡眠薬を処方して頂いてますのよ」

女将は佐倉を手で示して言った。

（六十歳くらいだろうか？）

三宝はそれとなく上目遣いで女将を見た。濃い眉と大きな目が、化粧を施した顔と裏腹な浅黒い首筋や腕と共に南国の女を思わせる。若い頃はさぞかし人目を惹く美人だったろう。

「私は女将とどっこいどっこいの年だと思うが、ぐっすり眠れるよ。特にこちらへ来てからはね」

最後に手を拭いたおしぼりを女将に手渡しながら佐倉が言った。

「先生はお若いですもの。血色がおよろしくて、肌もつやつや。色白でいらっしゃるし。ねえ？」

　相槌を求められて三宝は戸惑う。

「何も出ないよ」

　佐倉はさり気なく返した。

「勘定も勘定通りだからね」

「はいはい、お安くしておきます」

　ちぐはぐな会話に三宝は笑いがこぼれる。しかし、屈託のない笑いではない。胸にはあることが重く淀んでいる。

「昼からは買い物にでも出掛けたのかな？」

　女将がカウンターの奥に引っ込んだところで佐倉が顔を振り向けた。

「えっ……？」

　掃除と洗濯をしていたと先刻答えたばかりではないか。それは嘘ではない。しかし、朝寝坊をしたというのは嘘で、平日より三十分遅れた程度だ。掃除、洗濯は午前中で終えている。

「一時頃、アパートの前を通ったが、車が無かったんでね」

　ドキンと胸が弾んだ。その時間は青木と空港のレストランに差し向かいでいた。

「どこかへお出掛けになったんですか？」

動揺を気取られまいと、さり気なく佐倉を見返した。

「いや、手紙を投函しに郵便局へ出向いただけだが」

日曜だから郵便局は閉まっている。午後一時ならポストをあけて郵便物を取り出すこともない。局は病院への道すがらにあるから明日出勤の途次投函してもよさそうなものだ。事実、三宝はそうしている。

(自分がいるかどうか、確かめに来たんだろうか?)

と、すれば、朝方の電話で、今日の予定は? との問いかけに「特に何も」と返したのを疑っての行動だろうか?

「食材が切れていたことに気付いたので、スーパーへ出掛けていました」

嘘を重ねていた。

「そうか」

佐倉は低く言って、正面に顔を戻した。更に突っ込んだ質問が飛んでくるかと身構えたが、幸いそれ以上追及してこない。

奥に引っ込んで姿を消すこともあるが、大方は顔をのぞかせている女将を相手に、佐倉はとりとめのない会話を交わしている。女将は三宝にも気配りを怠らない。まだ手術室勤務なの、とか、血や内臓を見るのは恐くないのかしら、とか、長い時間立ちっ放しで疲れるでしよ、とか聞いてくる。

「女将、同じことを前にも聞いてるよ」

佐倉が茶々を入れる。

「あらそーお？　そうなのよねえ。この頃息子にもよく言われるの。呆けの始まりじゃないかって。ご免なさいね」

「いえ、そんなこと……」

三宝が幾らか恐縮の体で返すと、佐倉がすかさず言った。

「時々ね、この話、前にもしたかしら、て念を押せばいいんだよ。物忘れは、もう我々の年になるとどうしようもないんだから」

「えっ、先生でも物忘れなさるんですか？」

「大ありだよ。眼鏡や携帯を日に何度捜し回ることか。ちょっといつもと違う所に置いたらもう駄目だね」

「ほんと、私も老眼鏡が要るようになって新聞を読んだりパソコンを打つ時なんかはかけるんだけど、普段は煩わしくてはずしておくのね」

女将の目は三宝に向けられている。気配りを忘れないところだ。

「そうしたら、もう駄目。どこに置いたか思い出せないのよ。ほんの半時前のことでもね」

話と視線を振られても自分には覚えのないことだから、微笑を返すしかない。

「看護婦さんの年の頃は、そんな日が来るなんて夢にも思わなかったのにね」

女将は大きな目を更に見開いて如才無く三宝に話しかける。

「物には定所あり、定所に物あり、てね。お袋がそそっかしくてしょっちゅう捜し物をする度に、親父がよく言っていた」

「あら、逆に思えるけど、女の方が呆けるのが早いのかしら？　だから、男より長生きするのかしらね？」

佐倉に視線を移してから、女将はまた三宝に視線を戻して、今度はウインクして見せた。

「さあ、その辺はどうだか？　何にしても、物を捜し回る度に親父のその決まり文句がしきりに思い出されてね。ちゃんと決まったところに置いておかなきゃいかんと反省するんだが」

「ていしょ、て、定まった所、て書くのかしら？」

「そう。一定の定」

「いい格言ね。ここに叩(たた)き込んでおきます」

女将は額の生え際を指でつついたが、

「あ、そうそう」

と、指を離したところで、改まった素振りを見せた。

「定所じゃないけど、言いそびれるところだった」

「うん……？」

佐倉が首を傾げる。

「そこの〝ASIBI〟ってライブハウスには、看護婦さん、行ったことあって？」

女将の指は額から離れてこめかみの辺りで店の一角を指している。

三宝は首を振った。

「院長先生は？」

「ないよ。噂は小耳に挟んだことがあるけどね。最近出来たのかな？」

「ええ、去年の秋。奄美出身の歌手が来てライブショーをやるのよ」

「何の歌手？」

「島唄とかポップスね」

そう言えばスーパーでそれらしいポスターを見かけたことがある、と三宝は思い出した。

「うーん、島唄はいいが、ポップスは趣味じゃないなあ。若い娘さんはどうかな？」

佐倉が顔を半分振り向けるのへ、三宝は微笑と共に小首を傾げた。

「そーお？　島唄は年配者向きかも知れないけど、ポップスは若い人向きよねえ。今来てるのは島孝介って人だけど、結構人気があるのよ。百聞は一見に如かず、帰りにちょっとのぞいてらしたら？」

女将は佐倉と三宝を交互に見やりながら喋っている。

「どうするかな？　行ってみるかね？」

佐倉が腕を返して時計を見ながら三宝の目を探った。

「コーヒーは飲めるんだよね？」

「ええ。イベントの無い時はバーだから。専らカクテル系ですけど」

「よく知ってるね。女将も時々行くの？」

「地元出身の歌手が来た時はね。お付き合いで、たまに」

「ここを抜け出て？」

「人聞きが悪いわね。さぼって行くわけじゃないわよ。あちらは今頃から午前様まで営業しているから、ここが終わってから店の女の子達とちょちょっと顔をのぞかせるだけ。何せ歩いて一、二分ですから」

「じゃ、後学の為に行ってみるか？」

「ええ、是非」

女将は大きく瞳をめぐらして、三宝にまたウインクして見せた。

〝ＡＳＩＢＩ〟の客は圧倒的に若者で占められているが、中年の男女もちらほら見える。八時を少し回ったところで、店は開店したばかりだから、客が次々と入って来る。ステージに近い席から埋まっていく。

「出易いから、後ろの方でいいだろう」

ひと渡り店内を見やってから佐倉が言った。三宝が頷くのへ、

「ショーとやらを見たら帰ろう」

と佐倉は言い足して、入口に近い席に三宝を促した。

ボーイが注文を取りに来た。

「私はコーヒーでいいが、三宝は？」

「喉が渇いたので、ジンジャーエールを頂きます」

「お食事は？」

「食事はいい」

幾らかぶっきら棒に佐倉は返した。

「ライブは、何時から？」

ボーイは受け取ったメニューを小脇に抱え直した。

「九時からです。それが一回目で、次が十一時、最後が……」

「あ、もういい。一回目を見て帰るから」

(やはりぶっきら棒だ)

三宝は思わず佐倉を横目で見た。

「ショーの時間は、どれくらい？」

「三十分、です」

これには頷いただけで、幾分戸惑い気味の面持ちを返して立ち去ったボーイの後姿を佐倉は暫く追った。

「今時の流行なんだろうが、茶髪は好かん」

不機嫌の駄目押し、といった感じで佐倉が独り言のように言った。

「清潔感が無い。そう思わないかね？」

「女の人も、結構染めてますよね」

頷いてから三宝は言った。

「私は好かないね。東洋人は、男でも女でも黒髪が似合うんだ。ことに女性の髪は〝緑の黒髪〟と言ってね、男性の憧れの的とされたものだ」

「〝黒髪〟なのに、何故〝緑〟なのかしら？」

「緑と言ってもね、深緑だろうね。海の底のような。黒く艶々とした髪はそう見えるというたとえだな。西洋人にしてもね、本当の美人は黒髪に近い黒褐色だよ。エリザベス・テイラーやジェニファー・ジョーンズのようにね」

「エリザベス・テイラーは知ってるけど、ジェニファー・ジョーンズって、いつ頃の女優さん？」

「そうだね、大分古いが……」

「どんな映画に出てるの？」

「私が一番好きなのは〝終着駅〟だが、これは白黒映画だからね、ジェニファー・ジョーンズの黒褐色の髪を際立たせたのは、その二年後だったか、カラーで撮られた〝慕情〟だろうね」

前者は知らなかったが、後者はテレビの洋画劇場で見た覚えがある。テーマソングにも魅せられた。

「ヒロインは、確か、ベルギー人と中国人の混血女性でお医者さんでしたね？」

「そう」

佐倉の声が弾んだ。

「その女医を演じてたのがジェニファー・ジョーンズだ。チャイナドレスもピタッと決まってたけど、ここに焼きついているのは」

佐倉は額の上を指でつついた。

「何と言っても彼女の水着姿だ。今時のビキニじゃない、ワンピースの水着だったが、息を呑む程の美しさだった。黒髪と見事にマッチしててね」

「覚えてます。白衣も似合って、こんな女医さんなら頼りになるだろうなって思いました。どこから見ても大人で……」

「〝慕情〟に出演した時、彼女はまだ三十五、六だったんだよ」

「ええっ、そうなの？　四十五、六かと思った。その年齢の母に少し似ていたから」

「ああ……」

佐倉の口から嘆息に似た声が漏れ出た。

「そう言えば、似ているところがあったかなあ。目もと口もと、それに、ヘアスタイルも……」

折々病院で垣間(かいま)見た生前の母の白衣姿が、数年前テレビで見たジェニファー・ジョーンズのそれと重なって思い出された。父佐倉周平はひょっとしたら、若い日に憧れたジェニファー・ジョーンズの面影を亡き母志津に見たのだろうか？

清水の舞台から飛び降りる思いで、母の遺した日記を手にこの地に佐倉を訪ねた日、何よりも知りたかったのは志津への佐倉の思いだった。人妻である母が自分を身籠った、それと聞かされた時の佐倉の思いだ。自分は、母には望まれてこの世に生み出された。父――正男ではなく佐倉――はどうだったのか、と。

「三宝さんが誕生したことを、私ははっきりとは知らなかったからね」

今のように呼び捨てではない、他人行儀な物言いで、その時佐倉は絞り出すように言った。

「母はこの日記に書いてます。妊娠を告げ、あなたの子よと言った時、彼の顔から血の気が引いた。その瞬間、私は悟った、自分は覚悟の上で、ひたすら望んでこの子を身籠ったけど、彼にとっては青天の霹靂以外の何ものでもなかったのだ、と」

佐倉は苦しげな表情を見せた。

「男の哀しいところだね。女性は生命の誕生を胎内に感じられるが、男にはそれがない。事情も事情だった。私と志津さんが普通の夫婦だったら、勿論、彼女の妊娠を私は喜んだだろうけどね」

「だから先生は、母をののしられたんですね？」

三宝も他人行儀な物言いで返した。佐倉を父とは呼べなかった。

「先生にとって、私は望まない子だったから？」

佐倉の眉間に溝が刻まれた。

「今も言ったように、事情が事情だった。もし志津さんの告白が真実だったら、彼女のみか、私も重荷を負った、とその瞬間、思ったんだよ。自分はもう結婚できないのではないか、てね。大きな罪を犯してしまった、それを秘めたまま他の女性と結婚することはできないだろうし、もし告げれば、相手は逃げていくだろうと思ったからね」

佐倉のイメージが変わった。

(純粋な人なんだわ!)

ロマンスグレイの端正なたたずまいはさぞや女性の目を引くだろうが、少なくとも、女性を誑し込むプレイボーイではない、と確信できた。が、口を衝いて出た言葉は、裏腹に非難めいたものだった。

「でも先生は、結婚なさったんですよね?」

佐倉はまた苦渋の面持ちで三宝を見返した。

「その日記には――」

と佐倉は三宝が膝に抱え持っている包みを指さした。

「私が志津さんをののしった、それからのことは書いてないのかな?」

「東京へ一緒に行って欲しいと、先生の最後の当直の夜に、やはり夜勤をしていた母に電話がかかってきた、と書いてありました」

「そう、お腹の子が本当に私の子ならば、その子に対して、私として出来る、それが精一杯のことだった。仕方なく、というんじゃないよ。あなたのことを告げられた時、余りのショックに取り乱してお母さんに暴言を吐いてしまったが、自分はやはり志津さんを愛しており、やがて生まれ来る子供と三人の家庭を新天地で築けるならどんなに幸せだろうと思ってね。電話に最後の望みを託した。思い描いた明るい未来は、ひと晩で消えてしまったが……」

佐倉はうっすらと笑みを浮かべた。が、三宝の胸には切ないものがこみ上げていた。もとより自分の知らない若い日の父は、羽鳥宏に寄せた自分のそれのように、一途な思いを母の志津に寄せたのだ。それと信じられた時、自分との二十数年の空白の月日を受容できるように三宝は思ったのだった。

「そろそろ帰ろうか？」

島唄と、それとはガラリと趣きを異にしたポップスのライブショー第一部が終わりかけたところで、佐倉が促した。

「はい……」

と小さく返したものの腰を上げる気配のない三宝を佐倉は訝り見た。

「もう少し聴いていたいかい？」

「いえ、それより、お話ししたいことが……」

「うん……？」

「青木先生は、どうしても病院を移らなきゃならないの？」

佐倉の表情が強張った。

「青木君が、三宝に、何か……？」

「相談されたんです」

「いつ？」

即答できない三宝の目を佐倉は探り見た。

「ここへ来る前、だね？」

青木と二人でいるところを、父にどこかで目撃されたのだろうか？

「何となくそんな気がしたんだ」

視線を落としたところへ佐倉が畳みかけた。

「食事の行き帰りにアパートの前を通りかかったけど、車がないのを見て、何故か、ね」

「お父さんは」

ほとんど声にならない程低く声がくぐもった。おじと姪の関係と言ってある、二人だけで
周りに人がいない時はさておき、病院外でもうっかり自分を父と呼んではいけない、〃おじ

さん〃と呼ぶのも白々しいだろうから、呼称は省いて話すように、どこで職員や患者が見たり聞いたりしているか知れないから、敢えて呼ぶなら、〃院長〃と呼ぶように、と言い含められている。

「うん……？」

と返した佐倉の目が、ひときわ険しくなったように思った。近くのテーブルの客にも聞こえるはずはなかったが。

「青木先生に、余りいい感情を持っていないの？」

「そんなことはないが――」

佐倉はテーブルに肘を乗せ、両手を組んでその上に顎を置いた。

「当麻先生から頼まれてね。自分の所で研修を終える若い医者と交代させてもらえないだろうか、て」

「青木先生とでなくちゃ駄目なの？　沢田先生か、久松先生では……」

「青木君は、東京での研修を終えた時、本当は当麻先生の所へ行きたかった。でも、外科医が四人いて人が足りているんでと、ウチへ来たんだが……三宝は――」

両手に顎を乗せたまま、不意に佐倉は視線を上げた。

「青木君がいなくなると、困るのかね？」

「あ……いえ……」

不覚にも顔が赤らみ相手の目を避けている。

「私より、お父さんの方が困るんじゃないかと思って……」

「フム……」

「青木先生は、沢田先生はもとより、久松先生よりも手術が出来るし、麻酔だってお上手だから、結構頼りになっているんじゃなくって？」

「ま、それは、確かにね。しかし、沢田も久松も成長してきている。大きな手術はまだ任せられないが、助手としての務めは充分に果たせる。青木君がいなくなったら困る、ということはない。もともと三人でやっていたんだからね」

「泉主任は、青木先生が来てから手術を並列で行えるようになって効率がよくなった、超過勤務も少なくなって助かると言ってます。その辺はどうなのかしら？」

「フム……」

低く呻くような声を漏らして、佐倉は瞼を閉じた。三宝は逸らしていた目を戻して佐倉の横顔を見すえた。

「答をはぐらかされたが」

その視線に気付いているのかいないのかは分からなかったが、瞼を閉じたまま佐倉は口を開いた。

「私のことより、知りたいのは三宝の気持ちだよ。青木君に対する、ね」

今佐倉が瞼を開いてこちらに視線を投じたら自分は目のやり場に困るだろう。三宝は慌てて視線を正面に戻した。

「とても純粋な、いい方だ、と思ってます」

「それだけ、かね？」

「えっ……？」

思わず返した視線に、佐倉のそれが絡みついた。

「今の言葉は、彼への好意そのものだが、異性として青木君を意識している、とも取れる」

異性への好意――それは、高校時代の初恋以外にはない。青木へのそれは、かつて胸を焦がした熱い感情ではない、と三宝は自分に言い聞かせた。しかし、青木が今忽然と居なくなって遠い異郷の地に行ってしまったら寂しいだろうな、という思いが胸にこみ上げている。

それは、好意を抱いている沢田や久松に対する感情とは色合いが違っていた。

「青木君とは、付き合いを始めているのかな？」

佐倉が切り込んだ。

「いいえ……」

戸惑い気味に三宝は返した。

「でも、今日はデートしてきたよね？」

「デート——と言えるかどうか……」

「でも、二人で出掛けたんだよね？」

「いえ、別々に行きました」

「どこへ？」

「空港へ。レストランで待ち合わせたんです」

「そうして待ち合わせるのは、初めてかね？」

「ええ……」

反射的に返してから、また嘘をついたことに三宝はすぐに思い至った。デートは二度目だが、最初のそれは、自分は養父中条正男の、青木は江森京子の散骨のためのものだったことを説明するのは骨が折れる。〃嘘も方便〃と割り切ることにした。

「なるほどね。それなら人目につかないか……」

皮肉がかった物言いに聞こえた。

「で、デートと言えるかどうか、というのは？　別々に出て待ち合わせる——手が込んでるが、紛れもないデートじゃないのかね？」

「青木先生は、折入って相談したい、院長に取りなして欲しいことがある、て言ってこられたんです」

「フム……」

「こちらへ来てまだやっと一年だし、院長にはもっともっと教えてもらいたいことがあるから、もう暫くここにいさせてもらえるよう、あなたからお願いしてみてくれませんか、て……」

「私の教えを云々は、口実だろう」

「えっ……？」

「さっきも言ったように、青木君は本当は当麻先生の所で働きたかったんだからね。たまたま欠員がなかったんで事務局長の宮崎君に相談してこちらへ来ることになっただけで……外科医として彼が大成を望むなら、症例も多いし、移植までやってのける当麻先生の下で修業する方がいい。彼もそれは分かっているはずだ。それでも彼がここに留まりたいのは、三宝がいるからだろう。三宝と別れたくない、ただその一心でここに残りたいんじゃないのかね？」

　いつの間に父は青木の心を見透かしていたのだろう？　今日のデートは告白したが、それまで青木と自分が二人だけでいる現場を佐倉が目撃したことはなかったはずだ。佐倉の目の届くところで青木といるのは唯一手術室だけだ。そこで青木と自分が言葉を交わすことはほとんどなかった。むしろ、沢田や久松の方が屈託なく自分に話しかけ、自分も構えることなく応じていた。青木とは確かに、時に目が合うとその視線の強さにたじろがされることがあった。当初はさ程ではなかったが、ここ一、二カ月は意識するようになっている。父は果たして、そんな青木の視線を盗み見ていたのだろうか？

「私はお父さんと約束しました」

生唾を幾つも呑み込んでから、三宝は漸く声を絞り出した。

「十年間はお父さんのそばにいる、結婚もしない、て」

「うん……？」

佐倉は目を見開いた。

「だから、青木先生とも、特別なお付き合いをすることはありません」

佐倉の目尻が下がった。

「青木君の片思い、ていうことかね？」

「それはどうだか……そんな訳だから、青木先生をもう暫くここにいさせてあげて。彼が、お父さんの目に余るようなふるまいに及ばない限り」

言い切った。自分に出来ることはここまでだ。父がそれでも青木を放出するというなら、もう仕方がない。青木も最後にはそう覚悟してくれた。別れても、手紙を交わすことが出来るならば、と。それは出来ます――青木の切羽詰まったプロポーズに対する、せめてもの返答だった。

一悶着

その日矢野は午前中に七件の胃内視鏡（GF）と二件の大腸内視鏡（CF）をこなした。町ぐるみ検診が、農閑期を狙った初夏のこの時期に集中的に行われ、要精密検査と診断された被検者が病院に押しかけてくる。

乳癌検診で乳房に〝しこり〟があると言われて回されてくる中年から初老の女性が圧倒的に多いが、ほとんどは良性の乳腺症で、乳癌は毎年の検診で精々一人見つかる程度である。

胃の検診でひっかかる被検者も少なくない。透視機器を備えつけた車で技師が流れ作業的に行う。バリウムを飲んだところで、狭い回転式のベッドであっちを向きこっちを向きさせられるから、目まいを覚えて気分が悪くなり、バリウムを吐き出してしまう者もいる。癌の発見率は乳癌よりは大で、一人か二人は見つかる。

大腸癌の検診は便で行われる。便を異なる日に二回取ってそこに血が混じっていないかどうかを調べる。無論、肉眼では捉えられない〝潜血〟を見るのである。〝ヒトヘモグロビン〟と称されるこれが二回とも陰性であればまず癌はない。その確率は九五パーセント程度とされているから、バリウムと空気を肛門から注入して大腸を映し出す〝注腸検査〟の正診率とどっこいどっこいである。一回だけ陽性では癌があるとは言えない。たまたま固い便で切れ痔が生じて血液が混じってしまうこともある。二回とも陽性でも、出血源が癌とは限らない。憩室（けいしつ）といって、大腸の筋肉が欠けた部分がぶくっと袋状に外へ出っ張り、そこに便が長時間たまったりすると炎症が起こり、出血を伴うことがある。潜血に留まることもあるが、時に相当量の、無論目に見える血が肛門から流れ出て、大量の場合は、ショック状態から、高齢者では死に至ることもある。

ポリープでも陽性に出ることがあると言われている。ポリープは憩室とは逆で、内側の粘膜がぷくっと盛り上がったもので、くびれの有無や、その形態によって幾種類かに分類されている。タコの頭のように表面がつるっと平滑なものは良性でヒトヘモも陽性にはならない。便がこすっても出血することはないからである。表面がただれたものが陽性になる。ポリープで悪性が疑われるのはこのタイプのものだが、表面が癌化しているだけの早期癌なのでCFで根元から切り取れば後顧の憂いはない。

矢野はこの早期大腸癌の発見と切除に情熱を注いでいる。数年に亘って、非常勤のCF専門医について手ほどきを受け、今では教える立場にある。しかし、矢野の薫陶を受けていた塩見の姿はもうない。結局彼は奄美大島に行った。青木もそのまま奄美に留まっている。佐倉と当麻が話し合った結果そうなった。

もう一人部下が出来ると楽しみにしていただけに、矢野はやや落胆した。当麻を慕っていた青木のこと、てっきり塩見と交代でこちらへ来ると思っていたのだ。

「奄美の外科は定員オーバー気味になるじゃないですか？　本部はそれでもいいと認めたんですか？」

塩見と江梨子の送別会の席上、大分酒の入った矢野は赤い顔をして当麻に絡みついた。

「佐倉先生の引力だろうね。せめてもう一、二年は奄美にいたい、と青木君のたっての要望だそうで、佐倉先生としても無下に駄目だとは言えなかったようだ」

「ですから、本部の方は、それで納得したんですか？」

矢野が執拗に絡みついた。

「君達はここから離れられればいいんだろう？　離島まで行かなくても、九州あたりでも」

当麻の苦笑を見て、矢野は矛先を塩見と江梨子に向けた。

「まあそうですが……」

江梨子と顔を見合わせてから、塩見も苦笑の体で返した。

「僕はどこにどんな外科の先生がおられるか全く知らないので当麻先生に相談したところ奄美大島の佐倉先生なら君を任せられる、と言って下さったので……」

「本部はね」

当麻が助け舟を出した。

「僕と佐倉先生の話し合いで決めてくれたらいいと言ってくれたらしいんだよ。佐倉先生からの情報だけどね」

「ふん、そうですか」

矢野は鼻を鳴らした。

「折角ＧＦやＣＦを教えてやったのになあ」

「すみません。でもＧＦは佐倉院長や下の先生方もなさり、ＣＦは鹿児島の病院から二週間に一度専門の先生が来て下さっているそうです。矢野先生にご薫陶頂いた分は無駄にしないで頑張ります」

塩見はひたすら低姿勢に徹して矢野の口を封じた。

その日矢野が行った二例目の患者は六十八歳の女性だった。ヒトヘモが二回とも陽性に出て要精検と言われ、外来を訪れた。大塩の担当日で、大塩は直腸鏡で痔や直腸癌がないことを確かめた上で、大腸の他の部位も見る必要があると患者を説得して矢野にCFを託した。

当日、患者は夫に付き添われてきた。夫は七十二歳、妻と共に湖西中学の教師を長年務め、今は町の公民館の館長で妻も館内の図書室の室長をしているという。この辺では珍しいインテリ夫婦だ。

CFは施行前に膠（にかわ）のような液を二リットルほど飲まなければならない。下剤だから頻回にトイレに駆け込むことになる。大腸を空っぽにするためだ。この術前準備に懲りて二度とCFは受けたくないという者もいる。

CFも、以前に手術をしたことのある被検者では必ずと言ってよい程癒着があり、そのために大腸が屈曲していたり、可動域に欠けたりしている上、円滑にするするっとは進められず、腸壁を突っついたり、捻ったりすることになる。腸壁は胃壁に比べるとうんと薄いから、最新式の軟性の細いファイバーでも時に突き破ってしまうこともある。それでなくても、つついたり捻ったりしていると、患者は相当な痛みに悶える。

菊川（きくかわ）たゑは、四十代の半ばに子宮筋腫の手術で開腹術を受けている。果たせるかな、S状結腸の半ばでファイバーが進まなくなり、内腔（ルーメン）が追えなくなった。壁に突き当たっていわゆる〝赤玉〟に視野が遮られるばかりだ。止むなく引っ込めてルーメンを得、また突き進むが、やはり〝赤玉〟にぶち当たる。その度に患者は痛みを訴える。この点は肛門からバリウムと空気を送り込んで大腸を映し出す注腸検査の方が断然楽だ。大腸の長さ、太さ、走行を確実に把握できるメリットもある。ただ、大腸が長いと、重なり合った部分の病変を見落とし勝ちになる。小さなポリープなどは空気と紛らわしい場合もある。病変が見つかっても組織をつまんで病理診断に供することができないから、確定診断には至らない。下血を訴えて来た患者では原則として注腸は禁忌であるし、それが憩室からのものであるなら、CFではクリップで止血することができるが注腸では診断はできても治療はできない。

菊川たゑのCFにさんざ手子摺った矢野は、余程、中止して注腸に切り換えようかと思ったが、鎮静鎮痛剤でうとうとと眠ってくれたので続行することにした。幸い、ややにしてルーメンが拾え、ファイバーを押し進めることができた。

それにしても長いS状結腸で、便秘勝ちで下剤を手放せないのも宜なるかな、と思われた。

S状結腸を突き抜けると後はすいすいとルーメンを追って行けた。しかし、横行結腸がこれまた長い。上行結腸との境目の肝変曲部でまたルーメンが消え赤玉になって一苦労したが、S状結腸から下行結腸に移行するまでのもたつきほどではない。

大腸癌は圧倒的に左側結腸、つまり、下行からS状、更に直腸に多い。便が滞り易く、常在菌で本来は有益無害である大腸菌が病原化して粘膜に異変をもたらす。現に肉食を専らとする者にその傾向が強いとされる。肉食を好む欧米人に大腸癌が多いことからそんな仮説が生まれた。

菊川たゑのヒトヘモグロビン陽性の源はまず九分九厘癌であると矢野はみなしていた。それも、比較的発生頻度の少ない盲腸あたりだ、と。血液検査で腫瘍マーカーCEAが八・五と異常値を示していたこと、CT検査で腫瘍像が大腸の起始部、つまり盲腸か上行結腸に認められたからである。

果たせるかな、通常なら十分そこそこで終えられるところをざっと三十分も要したが、肝変曲部を越えると後はスムースに上行結腸から盲腸へと進め得たファイバーは、盲腸のほぼ半周を占める腫瘍を捉えた。

小腸が盲腸に移行する回盲部に生じた腫瘍は入口を塞いで腸閉塞(イレウス)を起こし勝ちになるが、菊川たゑの腫瘍は小腸の入口部と反対側に出来ており、内腔を塞ぐ類(たぐい)のものではない。もっとも、腫瘍は半年で内臓の四分の一ずつを占拠していくとされているから、一年後にはほぼ全周を占めることになり、イレウスは必至である。

腫瘍の大きさに比べてCEAがさ程の値でないのは、癌が盲腸に留まって、最も転移し易い肝臓など主要な臓器への転移がないからとみなされた。肝臓への転移があれば、CEAは三桁四桁に及ぶこともある。卑近なところでは当麻の恩師羽島富雄がその好例だった。胆管癌に次いで大腸癌が発見されたが、その時点で肝臓への転移も見出された。CEAは四五〇を示していたと当麻から聞かされた。動脈塞栓術(TAE)が転移巣に対して行われ、一旦は一〇〇を切って二桁にまで低下、TAEの効果を窺わせたが、その後また徐々に上昇し、当麻の結婚式に車椅子で臨んだ時点では一三四〇に達していたという。訃報が伝えられるのはもう間近だろう。

盲腸に癌腫を突き止めた段階で、矢野は外来に出ている当麻を呼ぶようナースに伝えた。

当麻は、患者に断って席を外し、小走りで内視鏡室へ馳せた。

「予測通り、盲腸(シーカム)でした。ボールマンIIですね」

矢野の言葉にモニターを見ながら頷いてから、

「家人にも見てもらおうか？」

と当麻は小声で言った。

「ご主人が付き添って来ておられるようだから」

「ええ、是非」

矢野の目配せに、ナースが小走りに廊下へ出てたゑの夫保(たもつ)を呼び入れた。

菊川保は銀髪(ぎんぱつ)をきちんと七三に分け、小ざっぱりとした身なりの老人で、痩身(そうしん)だが背筋はしゃんと伸びている。

「お世話をかけます」

と丁重に一礼してから、妻に目をやった。夫の声に菊川たゑは瞼を開き、助けを求めるように片手を夫に向けて虚空をまさぐった。夫はその手に自分の手を絡ませ、モニターに寄った当麻が指を触れて示す画面の像に目を凝らした。

「後で詳しく説明しますが、ここが出血源ですね。大腸の始まりの部分です」

当麻の言葉に菊川保はこくこくと頷き返した。いつしか妻の片手を両手に包んでいる。

「生検鉗子を」

矢野が介助のナースに言った。

「今からここの数カ所をつまみ取って顕微鏡で調べてもらいますから」

当麻の説明に頷き返してから、菊川保は食い入るように画面を見すえた。


三日後の週明け、約束を違えて菊川たゑは入院して来なかった。

CFの後、できればこのまま入院して手術に備えましょうという矢野の説得に、「疲れました、一度家に帰して下さい、週明けに出直して来ます」とたゑは答えた。

当麻は当麻で、たゑがまだ点滴を受けている間に夫を外来診察室に呼び、抗癌剤よりも何よりも手術が第一選択で、手術のリスクはほとんどない、輸血も不要、術後二週間で帰宅できると説明した。菊川保はいちいち頷き、早い方がいいでしょうからこのまま入院させて頂けますか、妻を説得します、と言って内視鏡室に戻って行った。

ところが三十分後、点滴を終えた妻と共に外来に現れた菊川保は、

「誠に申し訳ありませんが」

と、苦渋の面持ちで言った。

「検査が大分辛かったようで、手術は尚更恐い、二、三日考えさせて欲しいと言って聞かないんです」

手術は全身麻酔で行うから何ら苦痛なく終わる、辛いのはむしろ術後で、ガスが出るまで数日間鼻から胃に挿入した管を入れておかなければならない、大して苦にしない人もいるが、厭がって自分で抜いてしまう人もいる。その時はその時でまた対応を考えるが、と当麻は説得に努めた。菊川保がしきりに頷く傍らで、妻の方は膝に目を落としたままだ。

「分かったね？　先生の仰る通りにしようね」

さながら聞き分けのない子供を諭すように夫は妻の顔を下からのぞき込むようにして言った。仕方無く、といった感じでたゑがおずおずと顔を上げた。

「便が出難くなるとか、下痢を繰り返すとか、大腸癌ではそういう症状が起きると書いてあ

りましたけれど、私の場合、何もこれまでと変わったことはないので……」

夫は困惑の体で当麻を見た。

「奥さんの場合は、幸か不幸か、大腸の中でも一番太い盲腸にできたものだからです」

当麻はメモ用紙に大腸を描いて見せた。

「同じ大きさのものが左側の下行結腸に出来ていたら、無症状ではおれなかったんですよ。下行結腸は盲腸に比べたら半分くらいの太さしかありませんから、鉛筆のような細い便が出るようになって気付かれるんです。勿論、便秘勝ちになりますし、ひどい場合は完全に内腔を塞いで腸閉塞になってしまいます」

当麻は下行結腸に腫瘍を描き入れる。

「そうなってからでは遅いですよね？」

菊川保が得たりや応とばかり当麻に続けた。当麻は無言で頷く。たゑは薄い唇をひとなめしてからまた視線を膝に落とした。

我慢比べは当麻の方が先に折れた。

「ま、今日はお疲れもあるでしょうから」

たゑではなく保に言った。

「お宅に帰ってゆっくり休んで下さい。入院は週明けでいいですよ」

「すみません、我が儘を申し上げて」

たゑは消え入るような声で言って頭を下げた。夫が舌打ちして眉間に皺を寄せた。

「いいですよ、二、三日遅れたってどうということはありませんから」

妻に何か言いかけようとした菊川保を制して当麻は言った。

週明けに病院へ来たのは、菊川保だけだった。

「入院予定の菊川たゑさんがまだ入って来ませんが……」

正午を過ぎたところで、病棟婦長の長池幸与から当麻に電話が入った。

「整形の先生から、今救急車で入った圧迫骨折の患者さんを入れたいが整形の病棟は満員なので外科のベッドを借りたい、と言って来てますが、菊川さん用にキープしてあるベッドが一床空いているだけなので、どうしたものかと……」

整形の常勤医はいない。非常勤医が交代で週に二日来るだけだが、脳外科と共有している三階の病床は二十床のみで骨折の患者などは入院が長期に及び回転率が悪いからなかなか空床が出ない。脳神経外科も田巻が辞めて以来常勤医が来ず、鉄心会の宇治の病院から非常勤で中堅の脳外科医瀬戸山が週に一回来てくれているだけだ。三十代後半で十五年そこそこのキャリアを持っていて専門医の資格も取っており、交通事故などで頭を打って硬膜外出血を起こした患者が運び込まれた時は、手の空いている限り駆けつけて来て手術をしてくれる。当麻と矢野、大塩のいずれかが助手に入り、術後も当麻達が診ている。

脳出血や脳梗塞などは原則として内科医が診ているが、動脈瘤破裂によるクモ膜下出血や、脳出血でも穿刺（せんし）吸引して血腫を除去する方がよい患者の場合は、やはり脳外科医が駆けつけてくれる。脳外科の患者も入院が長引きベッドの占有率が高くて回転が悪い。脳外科にも十床割り当てられているが、常時ほぼ満床状態である。

「クモ膜下出血は無理だけど、外傷性の硬膜外血腫なら僕らでも出来そうですね。皮切をどう入れるか指示さえしてもらえば」

矢野は余り好まないが、積極的に脳外科の手術の助手についている大塩は一年も前にこんなことを当麻に漏らした。

「瀬戸山先生がすぐに来れない場合は、僕らで開頭を始めてたらどうでしょう？」

実際、宇治から湖西までは車で飛ばしても一時間以上かかる。急性硬膜外血腫の予後は時間との戦いで、血腫による脳の圧迫時間が長引く程回復は遅れ、死の転帰を辿るか、救命できても重篤な後遺症を残す。

当麻は大塩の提案に頷いた。

「僕もそう思っていたところだから、瀬戸山先生に相談してみるよ」

瀬戸山は二つ返事で了承した。

「CTの画像を送ってもらえば、皮切を図示して送り返します。僕としても助かります。ついでに、穿頭までして頂いてもいいですよ」

〝穿頭〟とはドリルで頭蓋骨に五カ所程孔をあけることだ。その孔から頭蓋骨の下、硬膜外に細い脳ベラを潜り込ませてもう一つの孔から出し、その脳ベラに沿って糸鋸を二つの孔から出し、両手で持ち上げて頭蓋骨を切り上げていく。同様の操作を数回繰り返せば頭蓋骨は五角形に切り取られ、硬膜外血腫が露見する。血腫は硬い頭蓋骨を押し上げることはできないから、硬膜を介して柔らかい脳を押し潰すことになる。そのために脳はダメージを受け、意識障害と共に重篤な神経症状を呈するのである。瀬戸山が駆けつけるまでの時間のロスが無くなったことは患者にとって幸いで、

「もし僕が遅れるようでしたら、血腫もできるだけ取り除いておいて下さい」

と瀬戸山は、初めて当麻と大塩が開頭まで進めた手術の後で言った。

「誠に申し訳ありません」

昼下がりに外来診療を終えた当麻に面会を求めて来た菊川保は、入って来るなり平身低頭して言った。当麻はまだ昼食を摂っていない。自分に付いていたナースには先に食べに行く

ように言って菊川を診察室へ招き入れたのだ。

「御丁寧に説明して頂いて、家内も素人なりに理解し、納得して帰ったものと思いましたのに、今朝になって、さあ出掛けようと申しますと、もう少し考えさせて欲しい、図書室である本を読んだら、手術も抗癌剤も寿命を縮めるだけ、癌で腸が詰まったら、その時はバイパス術とやらで脇道をつけてやればいいと書いてあった、と言うんです」

「それは、どんな本ですか？」

咄嗟に閃くものがあったが、当麻は敢えてワンクッションを置いた。

菊川保は膝に置いて抱え込んでいた鞄から一冊の本を取り出した。

「これです。今朝、公民館の図書室で借り受けてきました」

当麻は差し出された書籍を受け取った。予想通り、菅元樹(かんもとき)著『もう癌と戦うな』だ。

「私もこれは隅から隅まで読みました」

「そうですか」

凍りついていたような菊川の表情が弛んだ。

「私はまだ半分も読めていないんですが、家内の言う手術と抗癌剤治療に関する件はとくと読みました。冒頭からして、抗癌剤で苦しんだ挙句に寿命を縮めただけという、仙波(せんば)何とかさんというジャーナリストのことが書かれていて、抗癌剤は恐ろしい、絶対に厭と、家内は思い込んだようです」

「この著者は、ネガティブな面ばかりを強調し、徒に不安を煽り立てています。どんな薬にも副作用はあります。患者の体質の問題もあり、効果も副作用も一様ではありませんが、概して言えることは、良く効く薬ほど、相応の副作用も伴う、ということです。万能薬と称されるものにステロイドホルモンがあります。リウマチなどの膠原病や喘息の特効薬で、アトピー性皮膚炎その他皮膚病にも不可欠の薬ですが、使い方を誤ればショック死を起こすこともありますし、長期に使用すれば、糖尿病や胃潰瘍、白内障、骨粗鬆症をもたらします。

抗癌剤も表裏一体の薬です。マッチすれば劇的な効果をもたらしますが、癌細胞を殺すと同時に正常な細胞にもダメージを与えるので投与中は食欲不振や全身倦怠感をもたらします。女性にとっては何より辛い脱毛も生じます。しかし、この本の冒頭に出てくる仙波美子さんという人の書かれた本も読みましたが、治療の合い間には嘘のように元気を取り戻し、意欲も湧いてきた、と書かれています」

「でも、結局、お亡くなりになったんですよね？」

「そうですね。発見されてから六年半、でしたか……」

「その本では、その間仙波さんは何度も手術や抗癌剤治療を受けて入退院を繰り返した、副作用で苦しみ抜いた。挙句死んでしまったんだから、その苦しさに耐えたことは無意味だった、放っておいても五年、十年と生きられる人が何人もいる。精々放射線治療くらいに留めていれば苦痛も少なかっただろうに、というようなことが書かれています。

また、別の件では、私もテレビで時々拝見していましたが、ニュースキャスターの玉川千秋さんのことが取り上げられています。食道癌で手術を受けて、僅か数カ月で亡くなってしまった、と。家内はその件を読んでショックを受け、手術は恐い、と思い込んだようです」

「この本の著者は、例外的な一例二例、とりわけ、著名人が不幸な転帰を辿ったケースを取り上げ、針小棒大な表現に終始しています。仙波美子さんや玉川千秋さんが駄目だったんだからあなたもそうなりますよ、だから手術や抗癌剤はお止めなさい、精々放射線を少量当てるくらいにしておいた方が無難ですよ、と。因みに菅元樹氏は放射線科医です。外科医は口を開けば手術手術と言う、と批判していますが、菅さんも同じで我田引水的なことを言っています。仙波さんはリンパ節転移が分かった時点で、抗癌剤でなく放射線を少量当てていたら癌の進行を遅らせ、抗癌剤の副作用で苦しむこともなかった、玉川千秋さんも、延々十時間もかかるような、必然、合併症の起き易い大きな手術でなく、放射線治療を第一選択にしていれば早々に死んでしまうことはなかった、と」

「家内はそれを言うんです。だから自分の癌も放射線を軽く当ててもらえば小さくなり、問題を起こさないのではないか、と……」

「残念ながら大腸癌に放射線は効きません。仙波美子さんは発見後六年余り生き、それなりの仕事もこなされたんですから、彼女は苦しんだだけと言うのは筋違いでしょう。玉川千秋さんについては菅さんの批判も頷ける点はあります。しかし、菅さんのいけない所は、一を語って他の九もすべて同じであるかのように思わせることです。そしてその一は、大衆から愛されている芸能人や著名人に限られていることです。彼らの不幸な転帰は注目され、同情を集めます。名も無い一般庶民の死をたとえに取ったところでインパクトに欠けることを彼はわきまえているのです。実際は仙波美子さんや玉川千秋さんのような経過を辿る癌患者は十人に一人いるかいないかなんです。

私はこれまで食道癌の患者さんを何十人と手術しましたが、玉川さんのような経過を辿った患者さんは皆無です。無論、すべての人を救えた訳ではありません。術後一年や二年で亡くなられた方もいます。食道癌は五年生きられる人が十人中二人か精々三人という読みになっていますが、患者運に恵まれたのか、私が手術させてもらった患者さんの半ばは五年以上生きておられます」

「引っ張ってでも家内を連れて来て、先生の今のお話を聞かせるべきでした」

菊川は唇をかみしめ、悔しそうな表情を作った。

「奥さんの大腸癌のお話に戻りましょう」

時計は一時を回っている。二時からはカルテカンファレンスだ。

「大腸癌は、食道癌とは比べ物にならないくらい手術は簡単で、リスクもありません。放射線はもとより、抗癌剤もとりたてて有効なものは今のところないのです。

奥さんが望まれるように放っておいたらどうなるかは目に見えています。この前ご説明したように、半年か、精々一年以内には、盲腸の内腔を大きく占拠して腸閉塞を起こしてきます。目下は、癌に極近い所のリンパ節には転移があるかも知れませんが、他には見当たりません。菅さんは、周囲の組織に浸潤していても、転移がなければそれは本物の癌ではない、癌に似て癌にあらざる〝がんもどき〟だから放っておいてよい、などと言っています。しかし、肝心なことを言いそびれています。もう少し詳しく説明しますと――」

当麻は机上の本立てから『大腸癌取扱い規約』と銘打たれた小冊子を抜き出した。

「胃癌も同じですが、進行した大腸癌はこのように四つのタイプに分けられます」

菊川保は上体を屈めて当麻の示した図をのぞき込んだ。

「ボールマン分類と称されるものですが、富士山の裾野のように扇状に内側の粘膜が粘膜下から更に筋肉層に広がっているIII型と、粘膜から外側のするめの皮のような漿膜にまで全層に癌が及んでいるIV型は、往々にして周囲のリンパ節はおろか、肝臓や肺に転移をもたらす悪性度の高いものです。しかし、奥さんの場合は、幸い、ドーナツの輪のような盛り上がった〝周堤〟と呼ばれるもので一線を画されて正常の粘膜とはっきり区別がつくボールマンII型で、胃癌でもこの前そんな患者さんがおられましたが、非常に予後が良いものです。胃癌のその患者さんは、直径が九センチもあり、胃の出口を塞いでいましたが、手術で取り除けました」

「九センチと言うと、テニスの硬式ボールくらいありますね？」

菊川保が両手で輪を作って見せた。

「テニスを、なさるんですか？」

テニスウェアを身につけてラケットを握った姿が似合いそうな菊川保のスリムな体を今更のように見返して当麻は尋ねた。

「ええ、昔取った杵柄で時々……」

不意に当麻の脳裏に、遥か昔、熊本高校時代のひとコマが蘇った。他でもない、初恋の女性宮原武子のテニスウェア姿だ。柔道部のノルマとして課された校庭でのランニングで、時折垣間見たテニスコートの武子の楚々たる姿と屈託の無い笑顔が。

「奥さんもご一緒になさってるんですか？」

若い頃はさぞや愛くるしかったであろう、造作が小作りな菊川たゑの顔が武子のそれに重なった。

「ええ、四、五年前までは一緒にやっていたんですが、腰と、肘も痛いとか言い出して、やめてしまいました。最近は、芸事ばかりで花道や茶道に凝っております。坐ってばかりですから、便秘勝ちで、それもいけなかったんでしょうか？
ものの本によりますと、そんなことも書いてあったので、運動するようにと勧めていたんですが……」

廊下に賑(にぎ)やかな声が足音に交じって響いた。食事を終えたナース達が戻って来たのだ。

隣の診察室のドアが開く音がして、尾島章枝(おじまあきえ)が当麻の背後から上体だけをのぞかせた。

「お先でした」

振り返った当麻に小さく言うと、目の合った菊川にも会釈して尾島はすぐに上体を引っ込めた。

「あ、先生は、お食事、まだだったんですね」

菊川が恐縮の体で言った。

「いや、大丈夫ですよ。確かに、大腸はいつも空っぽがいいと言われています。ですから、排便は食事の回数と同じ、一日三回はあるのが理想的とされています。

それはともかく、奥さんの大腸癌は、先程お話しした胃癌の半分程の大きさです。ＣＴの画像で見る限り、肝臓や肺はもとより、周囲のリンパ節への転移も、二、三個あるかなしかです。ひょっとしたら、胃癌の患者さんのように、まるで無いかも知れません。

菅さんは、転移の無い癌は〝がんもどき〟で本物の癌ではないから放っておいてよいとこの本に書いていますが、転移が無くても癌は確実に大きくなります。胃癌の場合は、そうして入口や出口を塞いで食事が出来なくなります。大腸癌も、放っておけば腸閉塞を起こし、必ず手術が必要になります。

菅さんはその時点でバイパスをつけるか人工肛門をつければよいとでも考えているのでしょうか？　もしそうだとしたら、それこそ患者さんの命をあたら縮める暴論としか言い様がありません。

繰り返しますが、奥さんの大腸癌は、手術によってのみ根治が期待されます。手術の危険性は、限りなくゼロに近いと申し上げてよい類のものです。どうか、この本に惑わされないで、私の言うことを信じて頂くように、奥さんにお伝え下さい」

当麻は菅元樹の本を菊川の手に戻した。

「分かりました」

菊川は恭しく本を受け取り、深々と頭を下げた。

「先生の力強いお言葉を伝え、鋭意説得してみます」

菊川たゑがその日入院して来なかったことで、手術予定が少し狂った。今週の金曜にも入れる予定だったからである。午後のカンファレンスで今週の手術のスケジュールを立てる段に及んで、事と次第を当麻が告げると、矢野と大塩は顔を見合わせて舌打ちをした。

「信じられませんね、菊川たゑさんのようなインテリがあの本を鵜呑みにするなんて」

大塩が憤慨の体で声を荒らげた。

「ＣＦがこたえたんですかねえ？　大分痛がっていましたから」

矢野がお伺いを立てるように当麻を見た。

「それも多少あるかも知れないが、やはり菅さんの本に洗脳されたことが大きいようだよ」

「問題ですねえ。こんな本がベストセラーになっているのは」

大塩がもうひとつ舌打ちをして言った。

「当麻先生、反証本を書いて下さいよ。最近だけでも、菅元樹説を覆す恰好の患者さんがいますよね。幽門癌の岡田伊助さん、腹膜癌の小泉茂子さん。菅元樹はフリージャーナリストの仙波美子を例に出して抗癌剤をぼろ糞にけなしていますが、小泉さんのケースを知ったらギャフンと来ますよ」

実際、二人共順調な経過を辿っている。岡田伊助は至極当然だが、小泉茂子の経過には、当麻も驚いている。四桁の三千台にまで達していた腫瘍マーカーＣＡ１２５は、遂に正常範囲にまで減少している。排便排尿の不具合、妊娠満期かと見紛うような腹を抱えて苦悶した日々が嘘のようだが、それだけに再発への不安は拭えず、妹や友人達との団欒のひとときには忘れているが、血液検査の結果を待つ日々は針のむしろに坐らされている感じだと訴える。

「頂いたお薬で気分が和らいで助かっていますが、お灸のようなものもしていいんでしょうか？　友達が勧めてくれるんですが……」

　前回の診察の折、ややためらいを見せてから思い切ったように小泉は尋ねてきた。

「お灸と言っても、普通のそれではなく、何でも七種類の薬草からできているお線香を加湿器に入れて体中にそれを当てていくものだそうで、気持ちがいいわよ、て言ってくれるんですが……」

「ああ、それはよさそうですね。やられたらいいですよ」

　癌患者が往々にして手を出す怪しげなサプリメントより余程ましだ。

　当麻の即答が想定外だったのか、小泉は二つ三つ瞬きをしてから、不意に悪戯っぽい目を返した。

「実は、先生、もう、一度、試してしまったんです、すみません、事後承諾になってしまって」

「いや、いいですよ」

当麻は少しばかり意外といった顔を作って見せた。

「何にせよ、いっときでも病気のことを忘れてリラックスできればいいんです」

「はい。世間話をしながらやって下さるので、気が紛れます」

恐らく病みつきになりそうだ。しかし、それはそれでいい。不安から解放されている時間は少しでも長い方がよいのだ。

「確かに、二人のケースは好例だが、少なくとも、二、三年は経過を見ないとね」

大塩に相槌を打ってから、一呼吸置いて当麻は言った。

「岡田伊助さんは大丈夫だろうが、小泉さんは、二、三年後の再発の可能性が半分はあるからね」

「でも、菅元樹流に腹水を抜くくらいで放っておいたら、小泉さんは半年も持たなかったですよね。それが、抗癌剤で劇的に癌が消えてしまって、ＣＡ１２５も正常になっているんですから、それだけでもうインパクト充分じゃないでしょうか？　世間の人に早く知らせたいですよね」

「うん、まあ、小泉さんはさておき、岡田伊助さんのようなケースは幾らもあるだろうから、そのうち誰かが反証本を書いてくれると思うよ。この前の癌治療学会で、あれだけ菅さんを吊し上げていたんだから」

「だったらいいんですが、菅元樹はマスコミの寵児になったままで、週刊誌などもやたら取り上げてますよね」

「週刊誌には、菅元樹に槍玉にあげられた医者達の反論も出ていますけどね」

矢野が口を挟んだ。

「でも、完全に菅元樹贔屓ですよ。『週刊春秋』なんて特にひどい」

大塩が間髪を容れず返す。

「私も読みましたけど、確かにそうですよね」

婦長の長池幸与が相槌を打った。

「菅先生が『月刊春秋』でしたか、乳癌について書いている記事を読んだ時は、真っ当なことを言ってらっしゃる、て頷けたんですけど」

「そう、そこまではよかったんだが、後は筆が少し走りすぎてるかな」

「少しどころじゃないですよ、先生」

大塩がいきまいた。

「手術も抗癌剤も百害有って一利無し、なんて、暴論もいいところです。だから菊川さんのような犠牲者が出るんですよ」

「菊川さんは何とかご主人に説得してもらわないといけないね」

「旦那で説得しきれるでしょうか？」

「大丈夫。菊川さんは奥さんのことを本当に心配なさってるし、放っておいたらどうなるか、よーく理解して下さったから、首に縄をつけてでも引っ張って来られるだろう」

「どうですかねえ？」

矢野が苦笑した。

「あの夫婦はご主人の方が優しくて奥さんの方が気が強そうですから、ご主人は押し切られそうな気がしますが……」

矢野や大塩の危惧をよそに、翌週、菊川たゑは夫に手を引かれるようにして当麻の外来に現れた。

「先生からもう一度、例の、九センチもあった胃癌の方の写真など見せて頂いて、手術の必要性を家内に話してやって頂けませんか。その方の術後の経過などもお話し頂ければと存じますが……」

当麻は無論二つ返事で承諾し、患者がつかえていたにも拘らず、二十分もかけて岡田伊助の初診時の症状から胃カメラの所見、手術術式、術後の状況などを説明した。

菊川たゑは夫の肩に身をもたせかけるようにして当麻の手もとに目を凝らしていたが、当

麻が説明を終え、

「何かまだ納得できないことがありますか？」

と尋ねると、

「よく分かりました」

と観念したように頭を下げた。

「先生にお任せします。でも、手術は、痛くないようにお願いします」

「手術は、知らない内に終わりますよ。二時間もかからないと思います」

「先生がなさって下さるんですね？」

この手の手術は矢野でも大塩でも出来る、要精密検査と言われて矢野がＣＦで確認したから矢野に執刀させようと考えていたが、今この場は自分が頷かなければ取り繕えまい。当麻はたゑの目をしかと受けとめて、大きく頷いた。

生者と死者と

その週の金曜日、菊川たゑの手術は無事終わった。結腸右半切除にⅡ群までのリンパ節郭（かく）

清を行った。矢野に執刀させたが、夫の保と、名古屋と大阪から来たという息子と娘への術後説明は当麻が行った。

菊川の家族は控室でリアルタイムのビデオ映像で手術の一部始終を見ていたが、癌そのものは目にしていない。切除した大腸を切り開いて盲腸の内腔の半ばを占めている腫瘍を当麻が示して見せた時、一同の顔に驚きと納得の表情が浮かんだ。

「半年から、遅くとも一年後には、完全に腫瘍で塞がれていたでしょうね。触ってみて下さい。半分は正常の粘膜なので柔らかいです。固さの違いが分かります」

「えっ素手で触って大丈夫ですか？　癌はうつったりしないんですか？」

大阪の堺から来たという長女が当麻の顔を窺い見た。

「心配ありません。癌は伝染病じゃありませんから」

当麻は笑って答えた。保が先に指を出した。次いで名古屋から駆けつけた長男、最後に長女が恐る恐るといった感じで二人に倣った。

「ウワァー、固ーい！」

長女が父親譲りの明眸を更に大きく見開いた。

「こっちはフワフワしてビロードみたいなのに！」

癌をなぞった指を正常粘膜に移し、同意を求めるように彼女は父親と兄を見やった。

「他に、転移は無かったんでしょうか？」

菊川保が当麻に目を向けて言った。

「術前のＣＴで無いことは分かっていましたが、念の為、一番心配される肝臓も点検してみました。問題ありません。懸念されるのは唯一、リンパ節への転移ですが、癌に近いここに」

当麻は切除した臓器を左手で膿盆(のうぼん)からすくい上げて、小腸と大腸の間に扇状に広がる腸間膜を右手でつついて見せた。

「二、三、やや硬いリンパ節があります。ひょっとしたら転移しているかも知れません。でも、離れたこちらには柔らかいリンパ節しかありませんから、リンパ節を含めて癌の取り残しはないと思います」

「目に見えない所に残っている、ということはないのでしょうか？　菅先生の本にはそんなことが書いてあったように思います」

「一見転移は無いように見えても、本物の癌なら必ず転移を起こして来るから何をやっても無駄、〝がんもどき〟なら転移は起こさないから命取りにはならない、いずれにしても放っておいて、何か事が起こったら適宜対処すればよい、という訳ですね？」

「はい、確か、そのように……」

「菅さんは、肝心要(かなめ)なことをカモフラージュしています。転移が無くても、癌は確実に大きくなるということを。例外的に、甲状腺や前立腺の癌の中には、極々ゆっくりとしか増大しないものもあるとされています。しかし、胃や小腸や大腸のような消化管では、そういうことはありません。必ず増大して食べ物や便の通り道を塞いでしまいます。これを見てもお分かりのように」

当麻は左手に持ち上げたままの臓器を改めて三人の前に突き出し、癌を指でなぞってみせた。

「菅元樹説によれば、たとえばこの盲腸癌が小腸と盲腸の境目まで増大して腸閉塞を起こしたら、今私が手にしている部分はそのままにして、小腸と大腸の断端同士をつなぐ迂回路を造ってやれば腸閉塞は解除されるから、その時はその時でよい、ということになります。癌を残しても、まだ何年かは生きられるだろう、と」

「癌を残したままで、どれくらい生きられるものなんでしょうか？」

息子が興味津々といった顔で口を挟んだ。

「一年か、精々二年でしょう。物は違いますが、昭和天皇のご経過を見ればお分かりと思います。黄疸はバイパス術で引きましたが、残った癌からの出血が始まり、輸血輸血で凌ぎましたが、それも追いつかなくなって、結局は、一年後に癌死されました」

「もし、手術で癌を取り除いていたら、もう少し長生きされたのでしょうか？」

「八十七歳というご高齢でしたが、それまではお元気で公務をこなしておられましたからね。膵頭十二指腸切除(PD)という大きな手術にはなりますが、多分、耐えられて、少なくとも三年、余病を併発しなければ、五年以上生きられ、天寿を全うされたのではないでしょうか？」

三人三様に、驚きと感嘆が入り混じった表情を見せた。

「家内も、癌を取り除いて頂きましたから、三年、あるいは五年以上、生きられるでしょうか？」

菊川保が我に返った面持ちで問いかけた。

「充分、その可能性はあります」

「術後に、抗癌剤などは、必要ないのでしょうか？」

「術前に少し高かった腫瘍マーカーCEAが正常値に戻っていたら、癌は綺麗に取り除けたとみなされますから、抗癌剤は使わなくていいと思います」

「それは、いつ分かるのでしょう？」

「明日にでも分かります」

三人は顔を見合わせ、頷き合った。

翌日、鎖骨下から刺入した中心静脈栄養のチューブを抜いて、鼻から胃に挿入した管も、持続導尿のバルーンカテーテルも取り除かれたたゑは、夕刻には自力でトイレに立つことが出来た。三日目には排ガスがあり水分を摂取できた。

腫瘍マーカーCEAは三・六と正常域に復していた。子供達は安心して大阪と名古屋に帰って行った。

ドレーンからの排液は漿液性の薄いもので、それも五日目にはほとんど見られなくなった。

小腸と横行結腸の吻合部が順調に癒合している証拠だ。ドレーンが抜去され、三分粥が開始された。

「おいしーい、幸せ！」

スプーンでお粥を一口二口、口にしたところで、たゑは夫の保に微笑んで見せた。

「よかったな、手術してもらって」

保の返事に頷いたたゑの目にうっすらと涙が滲んだ。

「ご免なさい、色々我が儘を言って、心配させて……」

保は無言で小さくコクコクと頷いた。

「当麻先生に本を書いてもらわないといけないね。〝患者よ、癌と闘え〟とでも題して」

たゑは一瞬目を丸くしてから、いかにもと言うように、コクコクと頷き返した。

週末、午前の回診で、菊川たゑ他手術患者が落ち着いているのを確かめると、矢野と大塩に後事を託して当麻は上京した。

東京駅から山手線に乗り換えて大塚で降りると、タクシーを拾った。

虫の知らせだった。羽島富雄は気息奄々としていた。鼻にさし込まれたカテーテルは在宅用の酸素ボンベにつながれている。しかし、意識はしっかりしている。

「ヘビースモーカーのつけが今頃回って来たよ」

当麻の唐突な来訪に驚きながらも相好を崩して羽島は言った。

「抗癌剤で間質性肺炎を起こして、それが引き切れていないこともあるんですけどね」

羽島の地元茨城で医院を開業している長女が言った。当麻と塩見の結婚式に、羽島の車椅子を押して来た女性だ。週末毎、午前の診療を終えて父親の様子を見に来ているという。一カ月前に急に呼吸苦を訴えた羽島の指にパルスオキシメーターを当てた彼女は、酸素濃度が八〇パーセントを切り、聴診でバリバリと捻髪音（ねんぱつ）が聞こえたので急遽在宅酸素療法（HOT）（きゅうきょ）（Home Oxygen Therapy）の手配をした。

「いやあ、人間酸素無くしては生きられんことを思い知ったよ」

HOTに至る経緯を長女が語り終えると、羽島が目を細めて言った。二カ月の間に、羽島の相貌は大きく変わっている。剛毛と言える程豊かだった髪は抗癌剤の所為で大分抜けている。半分程になったその髪をオールバックにしているが、所々地肌が透けて見える。頰がこけ、顎が尖ってきている。

「楽になったと言って、時々鼻カテを外してこっそりタバコを喫ってるんですよ。ねえ？」

長女は傍らの母親、他ならぬ羽島の妻千賀に同意を求める。

「ほんと、医者の風上にも置けないわよねえ」

羽島はニタッと当麻に笑って見せる。

「鼻カテを外しても酸素を流しっぱなしだったらタバコの火が燃え移って部屋が吹き飛ぶのよ、て言っても聞かないんです」

長女が訴えるように当麻に言った。

「その辺はちゃんとわきまえてるさ。鼻カテを外す時は酸素も切ってるよ」

言い返した途端に羽島は咳き込んだ。当麻は羽島の脇に寄って和服の背を撫でさすった。

咳き込みは一分間も続き、長女が差し出したティッシュに痰を吐いたところで止んだ。ティッシュは赤く染まっている。

「血痰が出るようになったんですよ」

父親の手からティッシュをもぎ取って傍らの屑籠に放りながら長女が言った。

「いよいよだよ、当麻君」

羽島が顔を半分程振り向けた。

「後継者と目していたのに、俺に背を向けて君は別世界へ旅立ってしまったが、こうして俺の最期を見届けてくれるとはな。君はやっぱり、一番弟子だ。有り難うな。もう見納めだから、よーく顔を見せてくれ」

当麻が顔を寄せると、羽島は大きな、しかしさすがに艶を失って皺だらけの両手を当麻の肩に置いた。

「うん、いい面構えをしとる。精々長生きして、沢山の弟子を育ててくれよ」

何か言葉を返さなければと思ったが、喉もとにこみ上げた熱い塊に遮られた。

十分後、暇(いとま)を告げた。千賀夫人と長女が見送りに出た。

「僕と同期の、藤城君のことを聞いておられますか?」

外に出たところで、当麻は足を止めて二人に尋ねた。

「あ……」

長女が何かに思い至ったように当麻を見返した。

「先生のご結婚式の時、久野先生が仰ってましたね。劇症肝炎でかなり危ないというお話をされていたようでしたけど、その後音沙汰がないので、持ち直されているのかな、と思ってました。父も何も申しませんし……」

久野は羽島に藤城のことをまだ告げていない、とこの時当麻は初めて知った。

「藤城君は持ち直してます。先生はてっきり諦めておられたと思いますが」

「やはり、そうなんですか！」

長女が一驚の口吻と目を返した。

「藤城さんに万が一のことがあったら、新聞にも訃報が載るでしょうからその目で新聞を見ていたんですけど……。それにしても、久野先生か医局の誰かから、何の音沙汰もなく過ぎていることを父は不思議に思わなかったのでしょうか？」

「ここが」

と千賀夫人が自分の頭を指でつついた。

「自分や私達家族のことで一杯だったのよ。何度も遺書めいたものを書き直しては、どうだ、これでいいかと私に確認したりしていたから」

当麻は当麻で、久野章子が藤城のその後を羽島に話していないのは何故だろうと訝っていた。

長い手紙を寄越して以来、久野からの連絡はない。無論返事は認め、近いうちにまた藤城を見舞いに行ければと思っている、と書いた。

大塚駅に向かう道すがら、久野に電話をかけた。事前に連絡は入れていない。その後予断を許さない事態でも生じているのだろうか？　それならそれで連絡があってもよさそうなものだが……。通じなければ一人で消化器病センターへ赴くつもりでいた。

「どこから？　えっ、こっちに来てる？」

暫くコール音が続いたので切ろうかと思った刹那、コール音が止んで、普段より一オクターブも高い声が返った。軽音楽のメロディーや人の話し声が聞こえる。

（深刻な事態は起きていない！）と安堵した。

「今日は三時から新宿区の女子医会で講演を頼まれて京王プラザに来てるの。今はラウンジで有志とお茶を飲んでるところだけれど、いつでも出られてよ。それにしても何故事前に知らせてくれなかったの？　まさか、急に思い立ったわけじゃないでしょ？」

「ええ、まあ……」

我ながら曖昧な返事だったが、数秒と置かず、久野が畳みかけた。

「以心伝心よ。私もあなたに藤城君と奥さんのその後について報告しなければと思ってたから。こちらへ来れる？」

「出来れば消化器病センターへ直行したいのですが……」

久野を囲む女医仲間と顔を合わせるのは気が引けた。

「そーお？　初夜を共にした白馬の王子を皆に自慢してご披露したかったのに、残念ね」

周囲で笑い声が上がっている。こちらは苦笑の体で久野の二の句を待った。

「じゃ、三十分後にセンターで」

「藤城君は、もうICUを出てますよね？」

「ええ、でも奥さんの方がね、肺炎を起こして代わりにICUに入ってるの」

「ええっ！」

「大丈夫。マイコプラズマ肺炎だったけど、もうほとんど影は引いてるから。明日あさってには一般病棟に戻れるわ」

藤城はさておき、妻の春子からは、一筆なりと夫や自らの病状を伝える手紙が届いてもよさそうなものだったが、術後の回復もままならぬまま肺炎を併発していたとすれば、ペンを執るゆとりなどなかったのも頷ける。

大塚駅前でタクシーを拾った。新宿河田町の関東医科大までは二十分だ。

土曜の夕刻の消化器病センターは閑散としている。医者の姿はほとんどなく、ナースをちらほら散見する程度だ。

外科病棟のナースステーションで久野と落ち合うことになっている。

「あ、当麻先生だ」

ナースステーションの中をのぞき見た当麻に気付いて、若い医者が周りの二、三のナースに目配せして腰を上げた。修練士の何回生かに相違ない。当直についているのだろう。ナース達も、「えっ!?」という顔で一斉に当麻を見た。

「ここで久野先生とお会いすることになっているんですが、藤城先生と奥さんの検査データなど、ちょっと拝見していいですか？」

「あ、どうぞどうぞ。僕も今見ていたところです」

若い当直医はそそくさとテーブルのカーデックスを差し出した。

「先生が、執刀されたんですよね？」

空いた椅子に腰を落としてカーデックスを受け取った当麻に当直医は言った。ナース達の目もひしと当麻に注がれる。

「ええ、久野先生と一緒に。他に何人かの先生にも手伝ってもらいましたが……」

答えながら当麻は、当直医の白衣の胸のネームプレートに「今堀（いまほり）」と書かれてあるのを見て取った。

「先生は今、どちらにおられるんですか？」

今堀は肩が触れ合わんばかりに体を寄せて当麻を探り見た。

当麻は名刺を差し出した。病院名、住所、氏名、その脇に「外科医師」と記しただけのものだ。

「あぁ、以前にいらした病院に戻られたんですね？」

押し頂くように受け取った名刺に見入りながら今堀は言った。

「先生が日本で初めて肝臓移植をなさったのが、この病院ででしたよね？」

ナース達が改まった面持ちで当麻を見る。

「感激しました」

当麻が頷くのを見届けるや今堀は続けた。

「僕はまだ学生だったんですが、テレビや新聞で先生のことを知って、外科医になることを決心しました。だから先生が研鑽を積まれたこのセンターの修練士に応募しました」

「学校は、どちら？」

「札幌です。心臓移植で世間を騒がせた和田教授のいた。もっとも、僕がまだ生まれていない頃の話なのでよく知りませんが」

「故郷も北海道なの？」

当麻は今堀の色白で爽やかな顔に見入った。

「ええ、小樽です。先生に憧れて受けた西日本大と、滑り止めに受けた札幌医大にも拒絶され、一浪しました。二年目も西日本大を受けて駄目でしたが、札幌医大には入れて、親も二浪は勘弁してくれと言うので札幌医大に入りました」

ナース達がかすかに笑った。

「修練士は、何年目？」

「この春で六年目です」

「じゃ、青木君の二年後輩だ。知ってるよね？　青木隆三」

「あ、はい……彼は、卒業したら当麻先生の所へ行きたいと言っていたので、先輩が行かれたら僕も後から行きたいです、当麻先生にその旨伝えておいて下さい、て言ってたんですが、年賀状をもらってびっくりしました。先生の所でなく、奄美大島にいるんですね」

「僕が紹介したんだよ。生憎ウチはスタッフが足りてたんで」

「先生の病院、今も外科のスタッフは足りてるんですか？」

「うん……？」

今堀とやりとりしながらカーデックスの数値を追っていた当麻は、カーデックスを脇へやって今堀に目を凝らした。

「研修医が一人いたんだが、辞めて、やはり奄美大島に行ってね、欠員は一人あるが……」

「外科医は、先生の他に何人おられるんですか？」

「二人。一人は丁度君と同じ年齢かな。もう一人は少し上だが」

「君達、ここの話、久野先生には内緒だよ」

今堀は不意に傍らのナース達に向き直って指を唇に当てた。

「あ、はい……」

ナース達は顔を見合わせて肩をすくめた。

今堀は自得するように頷いてから当麻に顔を戻した。

「僕は今食道班で久野先生にお世話になっているので、漏れたらちょっとまずいかな、と思って。医局に残りなさい、と言われてるものですから」

「じゃ、見込まれてるんだね？」

かつて久野に慰留されたことを思い出しながら当麻は今堀の顔を見直した。久野の好みの風貌だと思った。

「さあ、どうですか？　でも僕は、さっきも言ったように、ここを出たら当麻先生に弟子入りしたいとずっと思ってるんです。今日はたまたまお会いできて、望外の幸せです。今すぐ欠員を埋めなくていいんでしたら、一年待って下さって、僕を雇って頂けませんか？」

「あ、久野先生が……！」

ナースの一人が今堀の白衣の袖を引いた。

「ムムム、何か良からぬ相談事をしているな」

当麻が言葉を返す暇もなく、久野が息せき切って入って来た。

「先生、またお手紙でも書かせてもらいます」

今堀が素早く当麻に耳打ちして立ち上がると、椅子を久野に譲るゼスチャーを見せた。ナースの一人が慌てて腰を上げ、自分の椅子を今堀に押し出した。今堀は素直にそれに腰を落とした。

「みんなに、この先生のこと、紹介した？」

当麻と今堀の間に体を入れた久野が今堀に言った。

「あ……改まっては……でも、皆、知ってるよね？　藤城先生の手術を執刀された方だってことは」

ナース達が顔を見合わせ、示し合わせたように頷いた。

「そう、命の恩人よ。羽島先生の跡を継いで教授になるのは、本当はこの先生のはずだったんだけどね」

「久野先生、またそんなことを……」

当麻は苦笑を返したが、今堀はコクコクと頷きを繰り返し、ナース達は小首を捻りながら互いの目を見やった。

「それより、何にしても、順調な経過のようで良かったです」

当麻はカーデックスを持ち上げて言った。

「音沙汰無きは無事な証拠、て思って下さっているだろうからその後の経過は敢えて伝えなかったけど……心配になって、わざわざ確認にいらしたの？」

「藤城君よりドナーの奥さんのことが気懸りだったものですから」

「以心伝心ね。肝機能が少し悪くなったくらいで、もう退院してもらえる、と思っていた矢先に肺炎で……あなたに伝えたものかどうか悩んだけど、呼吸器科の方で心配ないと言ってくれたものだから、余計な心配をさせてはいけないと思って……。その矢先にあなたのお出まし。タイムリーだったわ。藤城春子さんの胸部写真、見てもらった？」

「あ、まだです。すみません」

今堀が慌てて腰を上げようとした端、

「あ、取ります」

今堀に席を譲って背後に立っていたナースが動いた。今堀も腰を上げ、ナースがカラーボックスから引き出して来たフィルムをキャスター付きのシャウカステンにかけてテーブルに近付けた。

「ほらね」

日付順に今堀が並べた胸部の単純写真とＣＴのフィルムを順ぐりに指さしながら久野は言った。

「左の下葉が真っ白だったけど、もうほとんど消えかかっている。肝臓も順調に再生して来てるわよ」

久野の指が胸部から腹部ＣＴのフィルムに移る。

「良かったです。安心しました」

当麻は相好を崩した。

「じゃ、病室に行かせてもらってもいいですか？」

「ええ、一緒に行くわ」

当麻が腰を浮かせたのに合わせて久野が言った。

「奥さんの方から行きましょ」

「僕も、お伴（とも）していいですか？」

今堀がやや遠慮気味に久野の顔を見た。

「いいわよ。ご案内して」

今堀は大きく頷くと、当麻に目配せして先にナースステーションを出た。

行き違い

藤城春子は術前より一回りも小さく見えた。術前は四三kgだった体重が今日の時点で三九kgに減少しているのをカーデックスの記録で確認していたが、宜なるかなと思わせる痩せ様に、一瞬当麻は別人かと思った。顔も相応に小さくなった感じだ。

春子の病室は個室で夫のそれと隣り合わせていた。

当麻の出現に春子は目を丸くし、次いで何とも言えぬ複雑な表情を浮かべて上体を起こし、病衣の胸もとを合わせながらベッドに正座した。

「ご免なさいね、びっくりさせて」

部屋の隅に引っ込んだ今堀と入れ代わるように進み出た久野章子が口火を切った。

「当麻先生は、私にも予告なしに急にいらしたのよ。あなたの回復が遅れていることを報告しなかった私が悪いんだけどね」

「すみません」

春子は上体をくの字に折って深々と頭を下げた。

「一日も早く当麻先生にお礼状をお出ししなければと思いながら、体が思うようにならなかったものですから。今日やっと売店まで行って便箋を買って来て、今夜にでもお手紙を書くつもりでおりました」

「じゃ、以心伝心、てとこね」

久野が言って、当麻を見返った。

「伺ってよかったです」

久野に頷き返して当麻は言った。

「肺炎の方ももう心配ないということですから、安心して帰れます」

「主人の顔も、見て頂いたのでしょうか？」

「これからよ」

当麻の代わりに久野が答えた。

「奥さんは、今朝やっとマスクをつけてお隣に行ってもらったのよ。涙のご対面だったわね」

「はい……最後に見たのが昏睡状態の主人でしたから、パッチリ目を開いているのを見て、自分の目を疑いました」

顔は痩せ細っているのに瞼が腫れぼったいのは泣き腫らしたからだと合点が行った。昏睡状態で死の淵をさ迷っていた夫の姿が最後に見たものとあれば、助かって無事と知らされても自分の目で確かめるまでは何も書けなかったであろうことも理解できた。

「主人共々、晴れて退院できました暁には、改めて御礼に伺います」

新たな涙が目尻からこぼれ落ち、声も震え勝ちだが、気丈なところを見せて春子は言った。

「お顔を拝見してもう安心しましたから何もお気遣いなく。藤城君の顔を見て帰ります」

「折角の便箋だから」

久野が床頭台に瞳をめぐらし、真新しい便箋を指さして言った。

「お二人共無事退院なさった暁にはこの先生に書いてさしあげて」

「はい、必ず……」

春子は目尻の涙を拭った。

「ドナーの奥さんに万が一のことがあったら、藤城君に合わす顔がありませんから」

当麻の言葉に久野が相槌を打って春子に微笑んだ。片隅に直立不動の姿勢で佇んでいる今堀も顎を上下させている。

「いいえ、主人さえ助けて頂いたら、私はどうなっても構いません。二人とも助けて頂くなど、厚かましいと思っていましたから。今朝、別人のような主人の顔を見て、もう私はいつ死んでもいいと思いました」

当麻も、久野も、返す言葉を失って春子を見すえた。

藤城はうつらうつらしていた。三人に気付くと床頭台の明かりを点しリモートコントローラーでベッドの頭部を上げた。

窓はカーテンが引かれていないが、早春の黄昏（たそがれ）は夜の帳（とばり）に取って代わられ、室内に闇をもたらしつつあった。

「ルームライトもつけるわよ」

有無を言わさず言って久野は入口横のスイッチを押した。

「当麻っ……!?」

床頭台の明かりは、半ば正気に戻ったものの半ばは虚（うつ）ろな目でこちらを見やった藤城の怪訝そうな面持ちを浮き立たせたが、ルームライトが完全に部屋の闇を散らしたところで、藤城が病人とは思えない大きな声を放った。

「そう、あなたの救世主のご来臨よ」

久野が一歩前に進み出て言った。

当麻は更に二、三歩ベッドサイドに寄って藤城の片手を両手に捉えた。

「当麻、俺は君に、どう恩返しをしたらいいんだろう？」

藤城の顔がクシャクシャになった。

「何もしなくていい。奥さんに感謝してくれ。君が黄泉の世界からこの世に戻れたのは奥さんのお陰なんだ」

「私も恩を売っておくわ」

頷くばかりで言葉を返せない藤城に、久野が更に一歩当麻の横に身を寄せて言った。

「あなたが助かったのは、当麻君のゴリ押しを意気に感じて無茶なオペを許した私の決断のお陰よ。清水の舞台から飛び降りる思いだったんだから」

異論はない。あの時久野を説き伏せられなかったら、今のこの瞬間はなかった。

藤城の顔が更に崩れた。唇をわななかせて何か言おうとするが言葉にならない。

「第一に春子さん、第二に久野先生、第三に……」

「当麻鉄彦のメスの冴え……」

久野が当麻の口を封じるように言った。

「いえ好運です。藤城君は好運の星の下に生まれたんですよ、きっと」

「悪運よ」

久野がすかさず当麻に切り返した。

「悪運が強いんだわ。憎まれ者世に憚るの類ね」

ここでもやはり直立不動のまま部屋の隅でもらい泣きしていた今堀がくすっと笑った。当麻も思わず失笑したが、藤城は苦笑いした。

「僕は、そんなに、憎まれてますか？」

やっと言葉が口を衝いて出た。

「ま、ここに手を当てて、よーく考えてみることね」

久野は自分の豊満な胸に手をやった。藤城が肯んじ得ないといった目を返したが、久野は「うん？」とばかり悪戯っぽい目で肩をすくめて見せた。

「憎まれてなんかいないよ」

藤城の手を包んでいる両の手に力をこめて当麻は言った。

「君は愛されているよ。格別、奥さんにね」

「そうね」

久野がすかさず言った。

「体は私の半分くらいしかないのに、あなたへの愛情は倍くらいあるわね。いえ、もっとだな。何にしてもあなたには過ぎた女房だわ」

部屋の隅で今堀がまたくすくすと笑い、こらえ切れないように口もとに手をやった。

「先生のさっきのお言葉、少しきつ過ぎなかったですか？」

病棟のデイルームで二人だけになると、当麻は久野章子に言った。

「いいのよ、あれくらい言ってやって。スカッとしたわ。羽島先生の後釜に坐って天狗になってたから、この機会にたっぷり恩を売ってお灸をすえてやらなければと思ったの。あなたが来てくれてグッドタイミングだったわ。さすがに一対一で面と向かっては言い出しかねていたから」

「何にしても、助かってよかったです」

「あなた、本当にそう思ってる？」

「えっ……？」

「あなたはまたひとつ外科医としての勲章を立てた。私はそのおすそ分けに与って、高倉君あたりからは妬まれているけれど、さっきの今堀君達修練士からは尊敬の目で見られている。

あの夜は本当に、私にとっても夢のような一夜だったし、生涯で最も忘れられないオペになるでしょうね、それもこれもすべてあなたの大英断のお陰よ。でも、ここだけの話だけど」

久野はテーブルに肘を突いて当麻に顔を寄せ、囁くような口調に変わった。

「私は藤城君が助かったことを、素直に喜べないの。だから、あなたには申し訳ないけど、羽島先生にも、肝移植のこと、彼が九死に一生を得たこと、まだ話せてないの。奥さんが肺炎を併発してバタバタしていたこともあって」

「実は、こちらへ来る前、羽島先生のお宅にお邪魔し、最後のお別れをして来ました」

久野が大きな目をグルリとめぐらした。

「藤城君のこと、奥さんと娘さんには伝えました」

「お二人に？」

「お二人に伝えれば先生にも話して下さるだろうと思って……」

「あなたが肝臓移植をしたことを話した？」

「いえ、それは……」

「どうして？　あなたのことだから、自分の手柄話をするみたいで厭だったの？」

「いえ、久野先生からお手紙を頂いてからのその後の藤城君の経過は分からないままでしたし、奥さんから葉書の一枚もないままなので、ひょっとして、と思って。それと、羽島先生が藤城君のことを何も仰らないのは、藤城君は持ち直してまだ生きている、と思っているからじゃないかと憶測したんです。娘さんも、そんな風に思っていたようです」

「羽島先生、頭はしっかりしてらしたのかしら？」

「ええ。奥さんの話では、遺書を書くことに専念されて、他のことはもうどうでもよくなっていたようです」

「藤城君の生き死にも、ね」

「羽島先生の意識の中では、彼はもう故人になっていたのかも知れません。久野先生からの情報を聞いた時既に」

「〝死者は静かに逝くべし、生者を煩わすことなかれ〟と仰ったのは、ご自分のことだけでなく、藤城君のことも含めてのことだったのかしら？」

「僕は、そう受け取りました」

「どうしたものかなあ……」

久野の目が据わった。

「藤城君が生きていることは娘さん達が伝えてくれるとして、あなたが助けたことを知らなければ、本当の意味で冥土へのいいおみやげにはならないわね」

「いえ、藤城君が生きていると知って下さればそれで充分ではないでしょうか」

「あなた程ではないにしても、藤城君にも目をかけていらしたしね」

「そうですよ。でなければ、ご自分の手術を彼に委ねることはなかったと思います」

「藤城君にじゃない、あなたに委ねたんでしょ？」

「いえ、決してそんなことは……PDは彼の方が経験を積んでますから」

「数がすべてじゃないわ。外科医はセンスの善し悪しが第一。私は藤城君よりはセンスがいいと思ってるけど、あなたには敵わない。今度のオペで改めて思い知ったわ。あなたの手の動きについていくの、並大抵じゃなかったもの」

「そんな風に仰って頂けて、光栄ですが……」

「光栄も糞も……」

一旦引っ込めていた上体を、久野はまたグッと前に傾けた。

「羽島先生のテクニック、メッサーとしてのセンスを持っているのはやっぱりあなたなのよ。御大がそうしたように、あなたは野に下るんじゃなくって、王道に留まってじっくり弟子を育てるべき人なのよ」

「野に下っても、弟子は育てられます」

「数、数。数の問題よ！」

久野はぽっちゃりした手でテーブルを打ち叩いた。

「確かに、この前アシストに加わったあなたの部下達は将来性を感じさせるナイスガイよ。でも、勿体(もったい)ない。二人や三人の若者にあなたを独占させるのは。ここには毎年二十人もの修練士が押しかけて、全体で百人以上の大所帯なのよ。御大の生前葬でも分かったでしょ？彼らがここから巣立って日本のあちこちで腕を振るっているということが」

「不肖、僕もその一人と自負してますが」

「そんなこと分かってるわよ」

久野がまたテーブルを叩いた。

「あーん、じれったい！　この唐変木！」

久野は本気で怒っている、と当麻は感じた。

「あなたはその他大勢の中の一人に留まってはいけないの。山中重四郎先生や羽島先生が築いて来られた消化器外科の殿堂を守って、有為の医学徒を沢山育てて世に送り出す使命があるのよ」

「お言葉は嬉しいですが、僕がいなくても関東医科大の伝統は守られますよ。先生や高倉先生がいらっしゃるし、藤城君もカムバックすることでしょうから」

「私は食道で高倉君は肝臓、浜田先生は大腸よ。膵臓は誰がするの？」

「ですから、藤城君が……」

「無理よ」

「えっ……？」

「あなたには悪いけど、彼は言ってみればもう身障者のようなものよ。生涯免疫抑制剤を飲まなきゃならないし、拒絶反応だっていつ起こるか知れない。爆弾を抱えたようなものよ。ＰＤのようなストレスの多いオペは、もうこれまでのようなペースでは出来ないと思うわ。体力的にもね」

「そうでしょうか？　羽島先生はＰＤを受けられた後も復帰されましたよ。七十代にして」

「確かにね。でも、その無理がたたって寿命を縮めたんじゃないかしら？　免疫力が落ちて、癌につけ入る隙を与えたような気がするわ。余り摂生なさらなかったしね。相変わらずのヘビースモーカーだったし」

「ハンデは負いましたが、藤城君は復帰して頑張ってくれると思います」

「オー、マイ、ゴッド！」

久野は上体をのけぞらせ、両拳を上にして腕を広げて見せた。嘆息が二つ三つ、やや厚めの唇の間から漏れ出た。

「あなたは報われない友情を一方的に彼に捧げているように思えて仕方がないんだけど……まあ、いいわ。その代わり、約束して」

大粒の目がぐいと差し込まれた。

「何を、でしょう？」

「藤城君があなたの思惑通りにいかなかったら、つまり、拒絶反応や何やかやでもうメスを執れなくなったら、その時は帰って来てくれる、と」

「それは、ちょっと、お約束しかねます。先生のお気持ちは嬉しいですが……」

「あくまで、鉄心会に殉ずるつもりなの？」

「日本に行き場のない僕や部下の矢野君を拾ってくれましたから」

「徳岡鉄太郎はウチの理事長と似てるわ。心臓移植で世間を騒がせた和田さんがウチに来ていることを知ってる？」

「いえ、知りません。臓器移植法が成立する見込みが立ったからですか？」

「そうじゃない。和田さんもいい年だから、移植が解禁になってももうやらないでしょう。彼は、むしろ扁平胸の大家なのよ。理事長が期待してるのもそっちでの実績。何より、彼は広告塔になると理事長は見込んだのよ。昔、房総大を部下の不祥事で引責退職した山中重四郎先生を、羽島先生やその他の股肱の臣諸共受け容れたようにね。

徳岡鉄太郎もあなたが鉄心会の広告塔になる、あなたを慕って若い医学徒が全国から集まってくる、と見込んだのよ。でも、もう、鉄心会は先が見えたわよ」

「理事長の、病気のことですか？」

徳岡鉄太郎がＡＬＳを発症したことは内輪の極秘事項ではない。徳岡自身鉄心会の広報誌で告白しているし、広報誌は全国に出回っているから、周知の事実であろう。

「そう。二、三年で歩けなくなり、五年もすれば車椅子生活よね。もっとも、イギリスのホーキング博士のように、頭脳は衰えないから、ＩＴを駆使して何やかやと指図はできるでしょうけど」

てます」

「意気軒昂(けんこう)ですよ。理想の医科大学を建設するまでは死なない、後二十年は生きる、と仰ってます」

久野がまた腕を広げて肩をすくめて見せた。

「ひょっとして、あなたは本気でそれが現実になると信じてるの?」

「信じてます。こうと思ったらやり遂げて来られた方ですから」

「こういう噂もあるわよ。やたらに病院を建てて来たから、借金地獄で銀行管理下に置かれてるって」

「でも、もう、これだけ大きい組織になると、銀行も手を引けないんじゃないでしょうか?」

「甘い甘い。バブルが弾けてどうなった? 大手の証券会社や大企業がバッタバッタ倒れてるでしょ。自分の身が危なくなったら都市銀だって容赦はしないわよ。まして御大の先行きに不安を感じたら尚更でしょ。医科大学建設に幾らかかると思ってるの?」

「僕が二年程世話になった台湾の病院は地上十階地下二階、オペ室も十室を備えた大学病院並みの偉容を誇っていましたが、院長の話では、日本円で百億かかった、ということでした」

「正直な話だと思うわ。借金まみれの鉄心会に、銀行が更にそれだけの大金を貸すと思う?

それに、心配なことは他にもあるわよ」

「他にも……？」

「選挙よ。この秋の衆院選挙」

「はあ……」

「ＡＬＳの身で徳岡さんが出るか出ないか、それは知らないけど、鉄心会は何人かの候補者を立てるわね。徳岡さん以外は落っこちるのが関の山だけど、全体の得票数がある一定の数字を超えれば十億単位の政党助成金が得られるから、それを狙って。でも、それだけ候補者を立てればそれなりのお金が要る。政党助成金が得られなければ大出費になり、益々借金地獄になる」

　言われてみれば至極尤もだ。政治問題に関しては自分は関わりたくないが、政治は必要悪だ、医科大学を建設せんとする者が政界に議席を持っているかどうかで成否は左右されるのだとの徳岡鉄太郎の信念を批判するつもりはない。彼が理想とする医科大学の構想、理念は、自分のそれにぴったりマッチするもので、何としても実現に至らしめたい、その夢が叶った暁には、能う限り協力したい、と思うばかりだ。不治の病ＡＬＳを発症したことが紛れもない事実なら、悠長には構えておられない。それも久野章子の指摘通りだ。五年、いや、早ければ三年で徳岡は身動き出来なくなるだろう。

どこかで食事を一緒にと言う久野の誘いを慇懃に断ってセンターを後にした。徳岡鉄太郎を見舞うこと、それも今回の上京の目的の一つだった。

「遅れ馳せながら、今夜にでも羽鳥先生にあなたと会ったことを話して、藤城君が命拾いした本当の理由を話しておくわ」

タクシーを拾って、別れ際、久野章子はこう言って小さく手を振った。

国会議員

「よく来てくれた。君に相談したいこともあったんだよ。以心伝心だな」

唐突な——と言っても事務局長の宮崎に在不在の如何は確かめてあった——訪問にも拘らず、徳岡はまるで「待ってました」と言わんばかり、破顔一笑して当麻を迎えた。見た目はおよそ病人風情ではない。とは言え、

「お元気そうで何よりです」

との挨拶に、

「足にね」

と徳岡は表情を歪めた。

「力が入らないんだ。こんな具合に」

例によって大きな机の前に沈めていた体を起こしたが、両手を机に突いてやっとという感じだ。傍らに佇んでいた宮崎が慌てて駆け寄った。

「要らん、要らん、手を貸すな。これもリハビリだ」

徳岡は宮崎の手を払って机の前に置かれた専用のアームチェアに身を移したが、確かにぎこちない足取りだ。闊達な足取りで縦横無尽にこのビル内を歩き回っていた日が嘘のようである。心なしか、丸々としていた体もひと回り小さくなった感じだ。

「こんな恰好で失礼するよ」

アームチェアをリクライニングにし、上体をもたせかけた恰好で両脚を伸ばしながら徳岡は当麻と相対した。宮崎が守衛のように傍らに立った。

「あなたのお陰で、甦生記念は鉄心会の中でベスト5に入る黒字病院になっています」

当麻は上京の目的をまず尋ねられるかと思ったが、それはどうでもいい、と言うより、当麻の目的は自分に会うことだと信じ込んでいるかのように徳岡は単刀直入に切り出した。宮崎がいかにもといった顔で頷いている。

ねぎらいは嬉しいが、いきなりの経営の話は当麻の本意とするところではない。たった今別れて来たばかりでまだ耳にこびりついている久野の鉄心会批判の一言一言が否でも蘇る。

「何せ、外科の収入が断トツだからね。坂出病院も千波さんのお陰で黒字を続けているし、新設した千葉北病院も雨野さんを獲得して心臓のオペが始まり、飛躍的な増収になっている。僕に万が一のことがあっても、あなた方三人がいてくれる限り、鉄心会は安泰だ」

宮崎がお追従宜しくまたコクコクと頷くのを当麻は見て見ぬ振りをした。

「理事長には何としても医科大学を建てて頂かねばなりません。その夢を実現されるまではお元気でいて頂かないと……」

「無論だよ」

徳岡は鼻根に食い込んで完全に顔の一部になっているかのような眼鏡の奥で、大きな目玉をぎょろりとさせた。

「土地の目処（めど）は大まかついたよ」

「えっ、どちらにですか？」

「当初はね、郷里の徳之島にと考えていた。佐倉さんのいる奄美大島でもいいかな、ともね。何せ土地代が安いからね。今ある病院を増築し、周りの土地を買ってそこを大学のキャンパス兼医学部の諸施設の敷地とする案をね。宮崎に地主らに当たらせてみたが、案外色よい返事が得られたんでね」

　宮崎が大きく頷く。

「しかし、全国から人を集めるとなると、離島はやはり不便だ。娯楽施設が溢れる都会と違って、周りは海だから、娯楽となると釣りかマリーンスポーツくらいしかない。勉学に専念できる環境という点では健康的でうってつけなんだが、グローバルな時代だからね、海外の留学生を受け容れ、教師陣も国内のみならず国外からも招聘したいと考えているから、そうなると気軽に行き来できる国際空港の近辺がいい。と考えて、成田空港の近くの土地に目星をつけた」

「その土地は、もう買われたんですか？」

「いや、賃貸だよ。少し小高い雑木林になっていてね、どうせ遊んでいる山だから安くしときます、と地主が言ってくれた……」

「その林は先祖代々受け継いで来たものだそうで」

　宮崎が満を持してといった面持ちで言った。

「ご主人は学者さんで、日本の古典文学を大学で教えておられる方なんですが、理事長の理念にいたく共鳴されまして、固定資産税分の賃料さえ払ってもらえればいい、バブルが弾けて、土地はもう資産にならなくなったから、と仰って下さって」

当麻は胸が高鳴るのを覚えた。このやりとりを、今別れて来たばかりの久野章子に聞かせてやりたかった。

「ところで当麻さん」

宮崎が更に何か言い出そうとするのを制するように徳岡が言った。

「その地主さんも、鉄心会の理事長というよりも、国会議員ということで僕を信用して下さった。つまり末席ながら国政に与る人間ならあこぎなことはすまい、と。もっとも、政治の裏では色んな駆け引きがあって、およそクリーンな世界ではないんだが。

ま、何にしても、国会議員の肩書きが生きたわけです。その意味で、この秋の衆院選に出て再選を期すのはもとより、僕が代表を務める政党自由連合からも新たな候補者を立てて当選してもらい、同志を増やしたい。

穴場は、あなたのおられる滋賀一区です。大津、湖西市が選挙区です。銀次郎を出そうかと思ったが、彼はもう一期待ち、僕の鹿児島二区から出たいと言っている」

先日徳岡銀次郎が慌ただしく上京したのは、兄の見舞いというだけでなく、出馬の相談もあったからなのか？

「で、銀次郎が自分でなく立ってもらいたい人物として挙げたのが、湖西町町長の大川松男氏だ。当麻さん、あなたが肝臓移植で救った人物です」

「一度ならず、二度までですよね」

宮崎が熱い口吻で言った。

「二度目は台湾の病院でなさったとか……」

「それと知って、こんなゴッドハンドの先生に日本で腕を振るってもらわない手はない、と思いまして、甦生記念を引き受けたからには、是非とも当麻先生に戻ってもらいましょうと理事長に奏上したのです」

「どんなものでしょうな、当麻さん」

宮崎には一瞥をくれただけで、徳岡は当麻に目を据えた。

「大川さんは町長を三期務め、いずれも対立候補に大差をつけて勝っている。湖西地区では絶対の人気を誇っている、と見受けましたが、間近で見ているあなたの大川評はいかがですかな？」

「御存知かどうか、大川さんは、私の先妻翔子の父親で、義父に当たり、いわば身内同然ですから、身贔屓な評になりかねません」

「私は理事長の代理で熊本の教会での結婚式に出させて頂いてお目に掛かりましたが、それは気品のある方でした。さすがに大手術の後だけに多少やつれてはおられましたが」

宮崎の一言で、忘却の彼方に葬り去っていた光景が次々と当麻の脳裏に蘇った。呆け始めた父憲吉の、およそ脈絡を欠いた突拍子もない発言までも。台湾を引き揚げて翔子との新婚生活を古巣の湖西で送ろうとしている息子に向かって、憲吉は「ばってん、鉄彦」と呼びかけ、「お前は台湾に帰るとじゃなかとね？」と振り絞るような声で言って一同の目を白黒させたものだ。台湾には帰らない、これからは日本にいる、と返した当麻に、憲吉は肯んじ得ないとばかり首を振って言った。

「母さんが悲しむとよ。お前が台湾のシュバイツァーになるのが母さんの夢だったけんな」

「大川さんの体の方は、もう大丈夫なんだよね？」

徳岡の声が当麻を現実に引き戻した。

「ええ、三月に一度の割で私の外来に来てもらっていますが、お元気です」

「町長に三選されたのも、大病を二度も克服したという点が同情票につながったのかな？」

三期目の対抗馬は外科医院を開業している鬼塚だった。島田院長時代、何かと合併症を起こして当麻が尻拭いをしてやった男だが、さすがに身の程を思い知ったのか、当麻が帰って来た時にはもう手術は手がけなくなっていた。その憂さ晴らしという訳でもあるまいが、甦生記念病院が鉄心会に買収されたと知るや、〝開業医の敵〟鉄心会は断じて湖西郡の医師会には入会させるべからずとわめき出した。さては、ホスピスなど作っていかにも時代の先端を走っているかに見せかけているが、甦生記念は産科がなく、耳鼻科、眼科、小児科もない、所詮は個人病院で住民のニーズに対応できていない、自分が町長になった暁には大学病院にかけ合って全科の揃った総合病院を建ててみせる、と訴えて大川の再選を阻止しようとした当時の助役西をかつぎ出し、大川へのリベンジをけしかけた。だが、選挙に敗れて退職していた西は鬼塚の扇動に乗ってこなかった。

「鬼塚さんに勝ち目はありませんよ。まして鉄心会がバックについたら、風車に向かうドン・キホーテのようなものです。自分はもう晴耕雨読の生活に甘んじていますから、どうか他を当たってみて下さい」

鬼塚の再三の押しにも西は頑として頷かない。挙句はこう言い放った。

「それに、鉄心会傘下になった甦生記念の外科には、当麻さんが戻って来たというじゃありませんか。医療界ではバッシングを受けましたが、地域住民、つまり、患者にとっては彼はヒーローですよ。しかも大川さんの娘婿になっているようですから、強力な広告塔でもあり、それだけでも勝ち目はありません。敗残の兵が今更またのこのこと出て行っても、醜態をさらけ出すだけですよ。かのマッカーサーが現役を退く時言いましたよね。老兵は死なず、ただ消えゆくのみ、と。私もそんな心境です」

鬼塚は業を煮やしたまま引き下がったが、諦め切れず、大川松男は二度も非合法な移植術を受け、その度に数カ月も町政業務を怠った、いつまた病気がぶり返すやも知れぬ、いわば爆弾を抱えた半病人だ、これ以上の続投は許すまじ、と医師会で気炎を上げた。

「そこまで言うなら鬼塚さん、あんたが名乗りを上げたらいいじゃないか」

鬼塚の怪気炎に辟易(へきえき)気味の二、三の医者が異口同音に言った。同席者達はからかい半分でそれに和して手を叩いた。

「俺が出たらバックアップしてくれるかね?」

満更でもないといった顔で鬼塚が返し、一同をねめ回した。酒の勢いも手伝って一同は
「うんうん」とばかり頷いた。鬼塚は本気にして、

「よし、じゃ、立つぞっ!」

と、言い放った。

手術もやめ、患者には上から目線で乱暴な口をきく、何よりも見立ての悪い鬼塚の所に来る患者は年々減る一方で、手術を手がけていた頃には五人ほど雇っていた看護婦も、二人になっていた。受付で事務会計に与っている妻は夫の立候補に猛反対し、子供達も落選したら恥ずかしい、表を歩けないからやめてくれと懇願したが、「医者はもういい加減飽きた、宗旨替えする絶好のチャンスだから、やるぞ」と言って聞かなかった。

結果は惨憺(さんたん)たるもので、大川の得票の三分の一にも及ばなかった。後援を強いられた郡医

師会の面々は、鬼塚の選挙事務所から送られて来た鬼塚のポスターを自院の患者待合室に貼ることはなかった。

「対抗馬の鬼塚さんは大川さんが健康に不安を抱えている点をしきりにアピールしたのですが、大川さんは体重も戻って恰幅も元通りよくなってましたから、その戦法はかえって裏目に出たようです」

「うん、よかった」

徳岡が然りとばかりに顎を落とした。二重顎になっているそこの肉付きの良さはまだ変わらない。しかし、ALSによる筋肉の麻痺と衰えは下から上に上がって来て、やがて表情さえも奪っていく。まだ見るからに健康そうな徳岡に、近い将来そんな日が訪れるとは想像だに出来ないが――。

「銀次郎に言われて大川さんの履歴を宮崎に探らしたが、町長になるまで、彼は県庁の職員で部長まで行ってるんだね」

宮崎が大きく相槌を打って何やら言いたげに口をうごめかしたが、徳岡が先に続けた。

「と、いうことは、滋賀一区のもうひとつの選挙区で湖西より大票田の大津市にも昔の同僚や部下がいるはずだ。湖西郡では絶対的な人気を誇っているだろうから三分の二の得票は見込まれるとしても、それだけでは当選圏に入らないだろうが、大津市の半分かそこらの得票も望めそうだ。と、なれば、まず勝利は固いと思われるが、どうだろうね？」

「しかし、新人となると、どんなものでしょう？　やはり現職が強いのでは？」

「そうとも限らないよ。バブルが弾けて、国民の価値観も変わった。親方日の丸の企業も当てにならないし、バラ色の夢をふりまく政治家も信用出来ないことを人々は認識してきている。一方で、閉塞感の漂う世の中に風穴をあけて清新な空気を送り込んでくれる政治家を求めている。それに、現職はもう高齢で出馬するかどうかも未知数だ。出ないとなれば、余程の大物が出て来ない限り、大川さんで行けると思うよ」

義父大川松男がその期待に応えられるか否かは未知数だ。町長職は地元でもあり勝手知ったところだから無難にこなせているが、国政に与るとなると、地元を離れて大半は東京暮しになる。自分の目は届かなくなるが、さしずめ藤城にでも後事は託せるだろう。妻の頼子も上京して夫の身の回りの世話をしてくれるなら、田舎暮らしに慣れた大川もさ程ストレスを覚えずに過ごせるかも知れない。しかし、国政と町政では規模が違う。大川の年齢も懸念される。

「大川さんは、還暦を過ぎたくらいだよね？」

当麻の自問自答を察したかのように徳岡が言った。

「確か、六十二歳です」

宮崎がすかさず返した。

「まだまだ働き盛りだ。現職のそのじいさんはもう八十歳近いよ。潮時だよね」

徳岡がにっと笑って同意を求めるように当麻に目配せした。

「近いうちに宮崎を行かせるが、あなたからもそれとなくプッシュしてみてくれませんか」

(それはちょっと荷が重いな)

言葉にならない独白を当麻は胸の底に落とした。

(徳岡からの要請を受けて大川がすぐにハイと言うことはないだろう。乗り気になったとしても、健康状態を含めて自分に相談があるだろう。その時までは自分の口からは言うまい。静観するに如かずだ)

程なく帰途に就いた当麻は、徳岡とのやりとりを反復した挙句、こう結論づけた。

新大阪行の最終に近い新幹線と湖西線を乗り継いで家に帰り着いたのは、その日がもう数分で終わろうとする深夜だった。

家には明かりが点いている。玄関のインターフォンを押すと、

「はーい」

という富士子の声が返った。

京都駅で湖西線に乗り継ぐ前に連絡は入れてある。

富士子も今日は博多の家を引き揚げ、甦生記念病院の当麻の宿舎に移って来ることになっていた。身の回りの諸々の必需品は数日前に送られてきている。福岡亀山総合病院のホスピス病棟のコーディネーターの後任が決まったのはやっと二週間前で、その引き継ぎや博多の部屋の整理などに追われていたが、もういつでも行けます、と連絡が入ったのはこの週明けだった。

「翔子の使っていた簞笥（たんす）や衣装箱、鏡台などはそのままにしてあるが、どうしようか？」

という当麻の打診に、

「鉄彦さんさえ差し支えなければ、使わせて下さい」

と富士子は答えた。

「鉄彦さんがお留守の時も、翔子と一緒にいる気分になれるでしょうから。私のは妹にでも回します」

当麻は富士子の鷹揚さ、亡き翔子への変わらぬ思い入れに感謝した。

週末にはこれこれの用事で上京したいと思っている、何だったら東京で落ち合うことにしようか、との問いかけに、衣類、洗面具などを先に送らせてもらって、土曜日にはその片付けがてら湖西に赴き、そこでお帰りを待っています、と富士子は言った。

「お帰りなさい。お疲れ様」

ドアがあいてエプロン姿の富士子が満面に笑みを広げた。

「あなたこそ、お疲れさん」

返した当麻に、

「お風呂を掃除して、お湯を入れたところです」

と言って富士子は当麻が手に下げていた鞄に手を伸ばした。当麻は富士子を引き寄せ、背に腕を回した。

頬が重なり、ウェーブのかかった髪から馥郁（ふくいく）とした香りが鼻先をかすめた。

接待

大川松男が当麻の外来に現れたのは、週末の昼近くだった。三月に一度の定期の診察にはまだ一カ月も早い。心なしか思いつめた表情と相俟って、（さては？）と思い当たるものがあった。果たせるかな、

「体の方は別に変わりはないんですが、折入ってご相談したいことがありまして」

と大川は、当麻が型通りの診察を終えたところで言った。

「今夜、富士子さんとご一緒にでも、拙宅にお越し頂けないでしょうか？　遅れ馳せながらのお祝いもさせて頂きたいと思いますので」

富士子と東京で式を挙げたことは大川には知らせなかった。半月前、富士子が博多を引き揚げて当麻の宿舎に居を移して数日後、「翔子にも報告をしたい」という富士子の意向もあって、二人で大川家に赴いた。

大川松男と妻の頼子は、翔子の遺骨と遺影が収まっている仏壇の前に並んで手を合わせた二人に、

「これで娘もほっとしたことでしょう」

「ほんとに……」

と、目を潤ませながら言った。

「どうか富士子さん、娘が果たせなかった分も、当麻さんを幸せにしてあげて下さい。まかり間違っても、当麻さんより先に逝ってはいけませんよ」

大川松男が畳みかけると、

「富士子さんは健康そのもの、立派な体をしておられるから、大丈夫ですわよね」

と頼子が続けた。

「翔子は子供を欲しがっていましたし、私達も孫の顔を見るのを楽しみにしていました。それがあんな病気になってしまって……富士子さんには是非早く赤ちゃんを産んでもらって、私達にも見せにいらして下さいね」

富士子ははにかみながら、ちらと当麻を流し見た。当麻も含み笑いを返したが、ふっと異様な感覚に囚われ、思わず頼子を盗み見た。

「翔子は偉そうに、野球のチームが出来るくらい子供を産む、なんて言ってましたが……富士子さんなら出来そうだな」

大川はさり気なく当麻の視線を外して富士子に言った。

「そうですね、そんなことを言ってましたね彼女」

富士子は、その時当麻の脳裏に浮かんでいる思惑など思いも寄らぬ顔で屈託なく返した。

「でも、私ももう三十を過ぎましたから、九人産むには毎年のように産まないといけませんね。どこかの誰かさんみたいに、いっそ五つ子でも生まれれば二度で済みますけど……」

大川夫妻は顔を見合わせて笑った。当麻もつられて笑ったが、その時脳裏をかけめぐっていたのは、二度目の移植を受けた直後、台湾で唐突に大川が漏らした告白だった。県庁在職時代に短歌同好会が馴れ初めで情交を結ぶに至ったK子とのいきさつである。K子が産んだ男の子は、その後どうなったのだろうか？

もう成人しているはずだが、大川と接触はあるのだろうか？

結婚して子供が出来ているとしたら、大川にとっては孫が出来たことになる。夫とK子とのこと、夫がK子に子供を産ませることも妻の頼子は認めていたというが、その子の子、つまり、自分とは血のつながらない夫の孫を頼子が抱きしめることはあるのだろうか？

富士子に子供が出来たら見せに来て欲しいとさり気なく口にした頼子を見すえながら当麻が覚えた不思議な感覚はそんなものだった。

午後の回診を終えて宿舎に戻った当麻は、買い物に出るという富士子に大川から誘いを受けたことを告げ、スーパーから戻ったら一緒に行こうと言った。

「半月前にお邪魔したばかりなのに？」

富士子は怪訝な目を返した。

「あの時はご挨拶に伺っただけで早々にお暇したからね、大川さんも心残りだったらしい。今夜はご馳走して下さるそうだ」

「じゃ、夕御飯の支度はしなくていいの？」

「勿論」

何気ない会話に当麻は幸せを覚える。

目下は甲斐甲斐しく主婦業に専念しているが、富士子には既に二、三の要請が来ている。

一つは、腹膜癌の患者で抗癌剤が奏功している小泉茂子から、後輩の湖西高校の校長になった人に頼まれて、と前置きして、以前担当してくれていた古文の講義を改めて引き受けてくれないか、というものだった。富士子が非常勤講師として勤めていた時は、前日に博多から出て来て、時には妹の潤子のマンションに、時には翔子の生家大川の家に泊って翌日の講義に出ていたが、翔子が亡くなった後は博多に引き揚げていたから、その穴は教頭が埋めていたという。

「昔取った杵柄でアンチョコで予習しながら何とか胡麻化していますが、物覚えも悪くなり、何とも荷が重いなと感じていたので、もうこちらに落ち着かれるなら是非復帰して頂きたい」

教頭はそうエールを送っていますので、奥様に宜しくお取りなし下さい、と、富士子が宿舎に住むようになって間もなく、当麻は小泉から申し渡された。

今一件は、病院のホスピス長人見からの要請で、翔子の跡を継いで〝会堂〟で行っていた『平家物語』の朗読と講話を再開してもらえないだろうか、というものだった。

どうしたものかしら？　と相談を持ちかけられて、二つとも引き受けたらいいと思うよ、と当麻は答えた。

「子供が出来たら中断することになってかえってご迷惑をかけないかしら？　特に学校の方は」

「その時はその時、また教頭さんが何とかしてくれるだろうから、引き受けたらどうだろう。ホスピスの方はまたいつでも始められるだろうしね」

「分かりました」

その実富士子はどちらにもまだ応諾の返事を出せないでいる。何よりも、当麻との生活のリズムを把握すること、たとえ週に二日の非常勤でも、教材のテキストを隈なく読み返して自分なりの学習ノートを作ってからにしたいと、一向に腰を上げないねとけしかける当麻に富士子は返した。ホスピス病棟での『平家物語』の朗読も始めていない。もう一度、『源平盛衰記』や『義経記』といった『平家物語』の異本をじっくり読んでからにしたいと言う。

「異本の方があっと驚くようなエピソードが書いてあったりするのよ」

と言って、

「たとえば？」

と問い返す当麻に、

「たとえば、カンヌ国際映画祭で、邦画としては黒澤明監督の『羅生門』に次いで二番目のグランプリを受賞した衣笠貞之助監督の『地獄門』という映画の二人の主人公遠藤盛遠と袈裟御前は、実在した人物ということですけど、『平家物語』には出て来ないの」

と富士子は目を輝かせて言った。そうして滔々と、その二人は『源平盛衰記』にこそ登場し、人妻の袈裟をいかにしても我が物にせんとした盛遠が、それならば夫を亡き者にして下さいと訴える袈裟の言葉にしめしめと応じ袈裟の手引きで夜陰に乗じて屋敷に忍び込み、夫とおぼしき人物に刀を振りおろして首をはねる、が、それは覚悟を決めて夫になりすまして横たわっていた袈裟であった、それと気付いて己の浅はかさに思い至った盛遠は、髪を切り、袈裟の顔を描いた画紙を首からかけて懺悔の旅に出、荒行に身を砕いて修行の歳月を多年送り、やがて、蓮に座した袈裟が観音菩薩の如く優しい笑みをたたえている夢を見て、ああ自分の罪業はやっと許されたと得心、〝文覚〟と名を改める。正本とされる『平家物語』では初めてその文覚が、前身については何ら書かれることなく登場する——等を物語った。

当麻はいちいち頷きながら耳を傾けていたが、その実、『地獄門』は生前の翔子に促されてテレビで一緒に見ていた。その後翔子はやはり滔々と、富士子が語って聞かせてくれた『源平盛衰記』の件を、書棚からその本を引き出してきて朗読してくれた。夫を亡き者にしてくれたらあなたのものになります、と答えた袈裟に、盛遠は喜びの余りよだれを垂らしてよしよしと言ったと書いてあるのよ、と、翔子が悪戯っぽく目を丸めて見せたことを覚えている。

富士子の語り口はまた翔子とは違う趣きがあり、新鮮だった。翔子が既に語って聞かせてくれたとは、当麻は口に出さなかった。

大川夫妻は馳走を並べて当麻と富士子を迎えてくれた。頼子が専らキッチンと客間を行き来して料理を運んでくるので、

「お手伝いさせて下さい」

と富士子は大川が制するのを振り切ってキッチンに立った。

「あ、富士子さん」

煮物や揚げ物を盛った皿を手に二、三度往復し、

「じゃ、これでおしまい、宜しくね」

と吸い物を入れた器を載せたお盆を託された富士子が踵を返そうとした端、頼子が呼び止めた。

「はい……？」

立ち止まって振り返った富士子に、頼子がエプロンで手を拭きながらすっと体を寄せた。

「私は子宮内膜症という病気があって、なかなか妊娠出来なくて、翔子は結婚して四年目にやっとできたの。主人はどうしても男の子が欲しいというので、頑張って、二年後に妊娠できたけど、すぐに流れてしまって……その後、どうにも生理痛や何やかやで辛くて仕方がないから、思い切って手術を受けたの。このこと、翔子から聞いてらしたかしら？」

「一度、何かの折、弟か妹が出来たはずだけど、というようなことを聞いた覚えがあります」

「そう？　私もその程度にしか翔子には言ってなかったから。でも、そんな訳で、主人には負い目を覚えて来たのよ。翔子が早くに逝ってしまったことも、私に責任があるような気がして……」

「そんな風に思わないで下さい、お母様」

頼子の目にうっすらと涙が滲み出ているのに驚いて富士子は盆をカウンターに置き、頼子の手を両手に包んだ。

「翔子を産んでこの世に送り出して下さったことを、私はどれ程ご両親に感謝したか知れません。翔子と出会わなかったら、私はどんなに味気無い人生を送っていたか……勿論、当麻さんと巡り会うこともなかったでしょうから、今の幸せな私はあり得ませんでした」

「ありがとう、富士子さん」

頼子は空いている手でエプロンをたくし上げて目尻を拭った。

「どうか、翔子ができなかったことを、当麻さんにしてさし上げてね」

「はい……」

富士子はしっかり顎を落として頼子を見返した。


「富士子さんは、運転なさる？」

頼子から手渡された皿を食卓に運んだところで、大川が冷蔵庫からビール瓶を取り出して来て尋ねた。

「はい、まだ免許を取って日が浅いですけど……」

学生時代は大学院時代も含めて車の必要を覚えなかった。免許を取ったのは博多の実家に帰って亀山総合病院に勤めることが決まってからだ。

「じゃ、富士子さんはほんの一口だけにして頂いて、帰りは運転して頂きましょうか。まずは当麻さんに」

大川は瓶を傾けて当麻の前に差し出した。

「日本酒もありますよ」

当麻が手にしたグラスにビールを注ぎながら大川が言った。

「どちらがお好きですかな？」

「ビールは最初の一杯は美味しいですが、二杯目からはどうも……」

「お酒は？」

「むしろ日本酒の方が……精々二合までですが……」

（翔子は知っていたはずだが、そういう話題は口にしなかったのか？）

「私もどちらかと言うと日本酒です。あ、富士子さんも、少し」

大川は屈託なく、機嫌がよい。こんな大川を見るのは久し振りだ。

「富士子さんは、飲まれないんですかな？」

富士子のグラスに三分の一程ビールを注いでから大川は言った。

「ビールをほんの少し頂く程度です」

「はい、これをおつまみにして下さいな」

茹で上がったばかりの枝豆を皿に盛って頼子が入って来た。

「主人はちょっとお酒の量が嵩むとすぐに寝てしまいますのよ。でも、お医者様はいつ呼び出されるか分からないから、そうはいきませんわね？」

「家内はね、日本酒もビールも厭と言って、専ら養命酒なんですよ。それも御猪口にほんの一杯程度ですがね。あ、どうもどうも……」

ビール瓶を差し向けた富士子にグラスを取り上げながら大川が言った。

「だって、甘くて美味しいんですもの」

頼子が拗ねたような口調で言った。

「ビールも日本酒も苦くて厭なの」

これは富士子に同意を求めるように目配せして言った。

「養命酒のこと、そう言えば翔子さんから聞いてました。お二人は大体好みがお合いになるけれど、お酒の好みは別で、お母様は養命酒ひと筋だって……」

「翔子にも養命酒を勧めたのよ。体にいいからお飲みなさいって」

「翔子さん、飲んでましたよ。病気になってからですが……母上の言葉を思い出したんでしょうね」

当麻が返した。

頼子が愛飲していたからだとは聞いた覚えはないが、いつしか、食前にいそいそと取り出して来て、御猪口一杯の養命酒を一口一口かみしめるように飲んでいた翔子が思い出された。自分も付き合って何度か口にしたことも。

「遅きに失したわよね。病気になってからでは……」

突き放したような頼子の物言いに、当麻と富士子は思わず目を合わせた。二人の胸をよぎった思いが同じであることをお互いの顔に読み取っていた。一人娘を若くして失った無念さが今頼子の胸の中で頭をもたげていることを。

(富士子がいなかったら、自分も口を揃えていただろう)

と当麻は思った。

「癌も難病だが、ALSや筋ジス、これら神経の病気も厄介なものだよ、当麻さん」

先日の上京の折、鉄心会本部を去り際に徳岡鉄太郎がしみじみとした口ぶりで言ったことが次に思い出されていた。即答できない当麻に、

「そう言えば、あなたの亡くなった奥さんも神経の病気だったね」

と徳岡は、はたと思い至ったように続けた。

「ええ、神経鞘腫という、後腹膜由来の腫瘍でした」

当麻の返事に、

「言うなれば神経の癌だね。それに比べれば、同じ神経の病気でも、まだしもALSなどは恵まれた方かも知れない。昔はルー・ゲーリックみたいに二年やそこらで御陀仏だったが、今は気管切開してレスピレーターをつければ生き長らえられるんだからね」

と徳岡は、我が身を冒しつつある不治の病を、まるで他人事のように言ってのけた。さては、

「あと二、三十年もすれば、その神経鞘腫とやらや、僕のＡＬＳなど、訳の分からない神経の病気も、解明されるか、少なくとも、何らかの新たな治療法が生み出されると思うよ。その日を見届けるまでは死んでたまるかという思いでいるんだ」

と気炎を上げた。傍らに佇んで神妙な面持ちの宮崎が眼をしょぼつかせたが、当麻の胸にも熱いものがこみ上げていた。

「そう言えば当麻さん」

不意に大川が、頼子の言葉は聞き流したといった面持ちで当麻を見た。故人となった娘の話をこれ以上したくないのだろう。

「羽島先生がお亡くなりになりましたね」

「あ、はい……」

「遅れ馳せのお悔みで、何ですが、御愁傷様でした」

羽島の訃報も、当麻は久野章子から聞いた。自宅を訪ねて最後の別れを告げてから数日後、ほぼ一週間前だ。既に夜八時にさし掛かっていたが、当麻はまだ手術中だった。隣の中材で電話が鳴って外回りの紺野(こんの)が出たが、戻ってくるとメモを当麻に見せた。

「関東医科大の消化器病センターの久野先生からお電話で、手術が終わったらここへ電話を下さいとのことです」

　メモには久野の携帯番号が記されている。当麻の携帯には登録されているから必要ないものだが、久野は念を押したのだろう。

　羽島は自宅で、女医である娘に最後の脈を取ってもらうつもりだ、と言っていたから、久野の用事はひょっとして藤城か妻の春子にまつわるもので、それも何か急変でも起こったとの連絡ではないかと不安に駆られた。それだけに、一時間後、閉腹を大塩と矢野に任せて手を下ろし、更衣室に走って白衣から取り出した携帯に、

「あ、お仕事中、ご免なさい。羽島先生がお亡くなりになったので、取り急ぎお伝えしておこうと思って。一両日中には新聞に出るでしょうから、いずれ分かることだったでしょうけど」

　と久野章子が立て板に水の如く一気に口走るのを聞いて、

（結局、センターに入院されたのか！）

　と当麻は、意外な感と共に安堵した。

「娘さんでなく、先生が最後の脈を取られたんですか？」

　当麻の疑問に、

「昨夜、と言っても今朝早くに、どうにも息苦しくなられたようで、センターに入院する、

救急車を呼んでくれと奥様に仰ったみたい」

と久野は返した。

「挿管は止めてくれ、モルヒネで楽にしてくれたらいい、て、はっきり仰って……たまたまその時の当直が、この前あなたと対面して一緒に藤城君の病室に行った今堀君で、彼に呼ばれて駆けつけたけど……もう下顎呼吸だった」

〝下顎呼吸〟とは、死の間際になると、病人が乏しい空気を精一杯吸い込もうとするかのように顎を上下させることを言う。それが終わると、顎の動きは止まり、息絶えたかと思われる瞬間が来る。が、心臓はまだかすかに動いている。数十秒の後、思いっ切り深呼吸するように、患者は大きく息を吸い、吐き出す。〝チェーン・ストークス呼吸〟と呼ばれる現象だ。これと共に心臓は静かに動きを止める。〝チェーン・ストークス呼吸〟が更に一、二度繰り返されて患者は永遠の眠りに就く。

久野の話に耳を傾けながら、母峰子の臨終の一コマ一コマを当麻は思い浮かべていた。

「あなたに、ひとつ、褒めて欲しいことがあるの」

久野章子の口調が変わった。

「何だと思う？」

峰子にとって代わった久野の顔が眼前に迫った。

「さあ……何でしょう？」

「藤城君を、先生のご臨終に立ち会わせてあげたの」

「ああ……！」

思わず声が上擦った。

「まだ下顎呼吸が続いていた時よ。だから、結局、先生の最後の脈を取ったのは、私と藤城君、ということになった。あなたでなくて癪だったけどね」

「そんなことはありません」

当麻は久野を目の前にしているように頭を振った。

「何よりのお計らいでした」

久野が年下で気安い仲だったら、「それはまたとない粋な計らいだったよ」と言っただろう。

「でも、どうかな」

久野はクールに返した。

「羽島先生には、藤城君が命を取りとめた、それもあなたのお陰だった、ということをお伝えしたけど、遅きに失したわね。蘇った藤城君をご自分の目で見ることは叶わなかったから。入院されたその時に言ってあげるべきだったと、後悔してるわ」

「そうですね、元気になった藤城君を一目見せてあげたかったですね」

「藤城君でなくあなただったら、絶対にそうしていたわね。でも今堀君に呼ばれた時、藤城君のことは全く念頭に浮かばなかったの。あなたの顔はすぐに浮かんだのにね。下顎呼吸を続ける先生をじっと見ているうちに、言葉は悪いけど、手持ち無沙汰になって、あ、そうだ、つい目と鼻の先に藤城君がいるんだ、て思いついたの。しかもその時浮かんだことは、彼の為、というより、彼を呼んでやればあなたから褒めてもらえるだろうなってことだったの」

当麻は携帯を握り直したが、言葉は返せなかった。

「ご臨終には立ち会えませんでしたが、亡くなられる前にお会いできたので、悔いはありません」

大川松男の悔みに答えながら、当麻の脳裏には久野章子とのやりとりがフラッシュバックしていた。

「その上京の折に、鉄心会の徳岡先生も見舞われたのですね？」

「ええ。どうしてそれを御存知で……？」

「ゆうべ、事務局長の宮崎さんからお電話を頂きました」

大川と宮崎に接点はあったのかと一瞬思ったが、すぐに記憶が蘇った。翔子との結婚式を挙げた熊本の教会で二人は対面していた、と。

「当麻先生から聞いてくれましたか、といきなり言われ、何のことか分からず、戸惑いました」

頼子が「いかにも」とばかり頷いた。

「すみません。この人の荷物が九州から届いたりして、バタバタしていたので、つい失念しておりました」

富士子が相槌を打ってから当麻と共に一礼した。

「いやいや、それはいいのですが、余りに唐突なお話で、どうしたものか……明日宮崎さんが来られるというので、その前に当麻さんにご相談をと思って、ご結婚のお祝いを口実においで頂いた次第です」

「宮崎さんは、明日来られるんですか？」

「ええ」

「どちらでお会いになるんですか？」

「取り敢えずは拙宅へお越し下さるとのことですが、その後、徳岡院長と当麻先生共々席を設けたい、一泊も兼ねたいので吉野屋でどうかと言われまして……」

今日は土曜だから半どんで徳岡は外来に出ていたはずだが、自分は病棟の回診だったので声を聞くこともなかった。吉野屋での同席を自分にも求めるなら一言コメントがあってよさそうなものだが、今のところ携帯にメールも入っていないし、電話もかかってきていない。

「選挙のお話でしょうね？」

宮崎の電話の趣旨をまだ聞いていないことに思い至った。

「ええ、思いもかけないことで……」

頼子が相槌を打ち、

「困った、弱った、どうしたものか、て、電話を切ってからひとしきり悩んでますのよ」

と、大川の顔をチラチラ見ながら言った。

「一人で悩んでないで、色んな人に相談なさったら？　差し当たっては当麻さんのお考えを伺ってみたら、て申したんです」

「私は御存知のように田舎者ですから、国政選挙に打って出るような大それたことは分不相応と思いましてね」

大川が言った。

「それに、当麻さんには二度も命を助けて頂いて、何とかここまで生き延びて来られましたが、万が一東京へ出ることになれば、診て頂くことも出来ませんし……」

「町議会は高が知れてますけど」

頼子が続けた。

「国会ともなれば、時には徹夜の審議もあるようですものね。健康な人でも余程体力がないと務まらないような気がするんですよ」

相槌を打つ他ない。

「テレビで映されてるのも知らずに居眠りして糾弾された女性議員もいましたよね。松島みどりだったかな？」

国会中継のことを言っているらしいが、生憎日中にテレビを見る暇はないからそれには頷けない。富士子も同じだろう。

「徹夜などしたら、あなたはしょっちゅう居眠りするわね」

当麻と富士子が言い淀んでいるのを見て取った頼子は夫に視線を転じた。大川は苦笑を返す。

「何せ」

と頼子は再び視線を当麻と富士子に差し向けて続けた。

「この人は、今でも十時間寝ないと寝た気がしないと言うんですから」

七時のＮＨＫのニュースを見ながら食事をして、その後地元のケーブルテレビにチャンネルを替えて三十分、更に読書を三十分程して九時には床に就き、起床は七時と、判で押したような生活だと頼子はつけ足した。

読書は専ら短歌誌や歌集だという。

「そう言えばいつか町長さんの歌が新聞の歌壇で取り上げられているのを拝見しましたよ」

大川が短歌を詠むことは生前の翔子から聞いた。時々新聞や「NHK短歌」に出詠し、湖西にいた高校時代までは、入選した作品を「どうだ」と言わんばかり見せつけられたという。翔子と所帯を持ってそんな逸事を聞かされて以来、当麻は新聞の歌壇欄にも目を配るようになっていた。夜毎翔子が朗読してくれた『平家物語』には、しばしば和歌が登場し、翔子が披講すると、それは何ともリズミカルで心地好く耳に響いたから、いつしか短歌に興味を持つようになったのである。

「お恥ずかしい限りです」

大川が返した。

「自分では会心の出来栄えと思って家内や翔子に見せるんですが、二人で顔を見合わせて、どうかしらね、イマイチねえなどと専ら辛口の批評ばかりなので癪に障りましてね」

「私は短歌は百人一首くらいしか知らないのでとやかく申せないんですが、翔子はその方面も色々勉強して知ってましたから、なかなか辛辣（しんらつ）で、字余りはまだしも、字足らずはまず絶対によくない、特に第二句の字足らずは駄目と、厳しかったわね」

「字足らず字余りのことは、彼女、よく言ってました」

富士子が返した。

「百人一首には字足らずの歌は一つもない、字余りも二、三首あるだけだって」

「私も一度翔子にそう言われて調べてみたんですが、確かにその通りなんですよね。二句が六語で一つ足らなくても三句を句跨（くまたが）りで一つ足して六語にすれば十二語で同じになるからいいじゃないか、て口論したこともあるんですが、五六六と五七五ではリズム感が違う、数を合わせればいいってもんじゃない、センスが悪くて駄目、とこてんぱんにやられまして
……」

「彼女の修士論文は百人一首をテーマにしたもので、特にその韻律を論じたものでしたから、譲れなかったと思いますよ」

「えっ、そうなんですか？　何故私に見せなかったんだろう？」

大川は富士子から頼子に目を転じた。

「さあ、何故でしょうね？」

「その論文、僕の手許にあります」

大川夫妻は「えっ!?」とばかり視線を当麻に向けた。

「翔子さんの遺品の中に見つけました。綺麗にタイプ打ちしたもので、四、五十頁の冊子になっていますが」

「私も一部持っています」

富士子が少しためらった風を見せてから言った。

「彼女の形見のつもりで大切にしまってありますが、鉄彦さんもお持ちなら一部をお父様に差し上げてもいいわね」

大川夫妻が顔を見合わせた。

(自分達にはくれて何故親には見せなかったのだろう?)

富士子に頷きながら、当麻は疑問に囚われた。富士子の目もそんな疑問を放っている。

「私に見せなかったのは、レベルが高過ぎて理解に及ばないと思ったんですかな?」

当麻と富士子の胸の裡を読み取ったかのように大川が言った。

「きっとそうよね」

頼子が突き放すように言った。

「翔子はよく、お父さんの歌は我流だから、て言ってたもの。その割にはいい線、行ってるけど、てね」

「それを言うなら、啄木だって、近いところでは寺山修司だって我流だ。そうですよね?」

富士子に同意を求める目を差し向けて大川は言った。

「啄木は天才ですよ。比較になりませんわ」

頼子が突き放すように言った。

「それはそうだが、こう見えても、啄木の歌集はひと通り目を通して勉強したんだぞ」

大川が不服そうに口を尖らせて妻を睨み返したので、当麻と富士子は失笑した。

「じゃ、是非、翔子さんの修士論文をお読みになってレベルアップして下さい」

当麻が夫妻の間に割って入った。

「近々この人に持参させます」

富士子は当麻に頷き返した。大川は神妙な面持ちに返って一礼した。


食事が終わりかけた頃、当麻の携帯が鳴った。病院からかと一瞬身構えたが、声は男のバリトンで、覚えがあった。宮崎だ。大川家に呼ばれているが、宮崎からの申し送りを大川に伝えることを失念していたと詫びると、

「こちらこそ申し遅れました」

と宮崎は気を損じた風もなく答えた。

「明日、私がそちらへ伺うこと、徳岡院長と、できれば当麻先生にもご同席頂いて、例の件、

大川町長にご快諾頂くべくご協力をお願いしたいこと等、院長には伝えましたが、先生のお耳に達してますでしょうか？」

「いえ……院長は僕など門外漢だと思っているのではないでしょうか？」

「そんな……何と言っても、大川さんは先生の前の奥様の実父であられた方ですし、先生の患者さんでもあるわけですから、大川さんの健康面も含め、是非とも当麻先生にはご同席頂いてご意見を伺いたいのです。ところで、今日、大川さんとお会いになっているのは……？」

席を外して廊下に出ているが、当麻は声を落とした。

「正しくその選挙の件で相談したいので、ということでしたが、食事に呼ばれたばかりで、まだ本題に入っておりません」

「じゃ、脈はありそうですね？」

宮崎の声が弾んだ。

「さあ、どうですか……明日、宮崎さんの目と耳でお確かめ下さればと思います」

「いやいや、私などより当麻先生の説得こそ物を言いますよ。ただ私の方は、耳よりな情報を手みやげにして伺いますから、後は院長や当麻先生からプッシュして頂ければと存ずる次第です」

耳よりな情報？　何だろう？

問い返しても「それは明日、お目に掛かった上で……」と宮崎は出し惜しみして答えなかった。

食卓に戻ると、食器類は片付けられ、デザートの果物に置き代わっている。

「コーヒーを淹れますわね」

と言って頼子がキッチンに戻りかけた端、再び当麻の携帯が鳴った。

「お忙しいわね、病院からですか？」

当麻が取り出した携帯をのぞき込むようにして頼子が言った。

「ええ、でも院長ですから、病院ではないと思います」

当麻は腰を上げて頼子の後を追うような形で二、三歩足を進めたが、廊下にまでは出ず携帯を耳にあてがった。

「いやあ、すまん、すまん」

徳岡銀次郎の声は兄弟だけあって鉄太郎のそれと似ている。

「今朝話そうと思ってたんだが、外来に出たら診察に追われて、そのまま失念してしまった」〝失念〟の内容は、明日宮崎が来る、吉野屋で大川を交えて一献傾けたいから同席してもらいたいと、既に大川から聞いたことだった。

（明日の夜、富士子は一人で食事を摂ることになるな）

携帯を収めて最初に当麻の脳裏をよぎったのはこんな思いだった。

説得

「宮崎さん、早速聞かせて下さい。その、耳よりの情報というのを」

挨拶もそこそこに、吉野の妻が持ってきたおしぼりで忙しげに顔と首筋を拭ったところで、徳岡は開口一番、切り出した。宮崎は徳岡をじらすようにゆっくりと首筋を拭いながら、当麻と大川に目配せしてから、おもむろに徳岡に目をすえた。

「滋賀一区で二期務めた現職の本間さんが、この秋の選挙には出馬しないらしいんですよ」

どうです、ビッグニュースでしょ？　と言わんばかり、宮崎は小鼻をヒクヒクさせた。

「理由は？」

徳岡がすかさず尋ねた。

「体調が思わしくないようです。癌、じゃないか、と、私は睨んでるんですが……」

「本間さんは、確か、かれこれ八十近いですよね？」

大川が言った。

「七十八です」

徳岡が補足するように言った。

「年齢から言ってももうお引き取り願った方がいいですね。癌となれば尚更だが……」

「癌は、どこの癌でしょう？」

やっと会話に加わって当麻は宮崎に尋ねた。

「どうやら、胃癌のようなんです」

「手術はされたんでしょうか？」

「していないらしいのです」

「オペが出来ない程進行している、ということですかな？」

徳岡が身を乗り出した。

「進行癌は進行癌らしいですが、内々の筋に探らせたところ、今色々物議を醸している菅元樹の所に相談に行ったようで、手術はやらない方がいい、と言われ、様子を見ているとのことです」

「本間さんは確か慶京大の出身ですよね。同学の好（よしみ）で菅元樹さんを受診したんですね」

聞き役に回っていた大川が口を開いた。

「私も同学ですが」

「えっ、慶京大のご出身なんですか？」

宮崎が眉と共に目を吊り上げた。

「本間さんは法学部ですが、私は商学部です。二ツ橋を受けたが撥(は)ねられたもので……」

「それはいい！」

大川の右隣で、徳岡が拳を作って肩先に振り上げた。

「本間さんが出馬しないなら、是非町長を、後押ししてもらいましょう。同学の好で」

「院長さん」

大川が徳岡の拳をブロックするように手を上げた。

「私はまだ、選挙に出るとは決めておりませんので……昨日も当麻さんに相談しましたが、決意するには至っておりません」

「あ、そうだったの？」

徳岡は大川の左隣に坐った当麻の顔をのぞき込んだ。

「まさか、ドクターストップをかけた訳じゃないだろうね？」

宮崎も険しい目を当麻に注いだ。

「確かに町長は健康上の不安を漏らされましたが、その点は大丈夫と申し上げました。東京には私のかつての同僚や先輩もいますから、そちらでフォローをお願いできるからと……」

当麻は藤城のことを話した。脳死と生体との差こそあれ同じように肝移植を受けた立場で、術後に免疫抑制剤を使用していることも類似している、藤城はドナーの妻と共に無事退院し、現場に復帰している。君には大きな借りが出来たと言ってくれたから、大川のことは親身になって診てくれるだろうし心配は要らない、と。

「結婚式の後、そんな大手術をされたんですか！」

大川は感極まった面持ちで返した。

「じゃ、何もご心配ないじゃないですか」

宮崎が眉間に寄せた皺を解いて言った。

「ご上京の暁には、私共本部のスタッフも何かとバックアップしますよ」

「有り難うございます」

大川が当麻の横で腰を屈めた。

「慶京大のご出身なら、学生時代は東京で過ごされた訳ですから、満更知らぬ土地でもないでしょうしね」

宮崎が続けて同意を求めるように徳岡と当麻を見やった。

「ええ、それはまあ……しかし、家内は学生時代こそ京都で過ごしましたが、後はずっとこちらにおりまして、田舎暮しが身についておりますので、大都会の東京に出ることはもうひとつ気乗りがしないと申しまして……」

「それでしたら、多少ご不自由かも知れませんが、町長には単身赴任して頂くという手だてもあります。ウチの事務員を秘書にして頂ければ身の回りのお世話もさせますよ」

徳岡がしきりに相槌を打つ。

「こう言っちゃ何ですが町長、奥様は、〝亭主元気で留守がいい〟という心境じゃないんですか？」

「ま、そうかも知れませんが……」

大川は徳岡に失笑を返した。

「町長は、亡くなられたお嬢さんの他にお子さんは……？」

宮崎の質問に、大川は「えっ？」と小さく声を放って、訝った目を宮崎に返した。はっきり聞き取れなかったと言わんばかりに。

「お子さんは、亡くなられたお嬢さんお一人だったんですか？」

宮崎が問いを重ねた。

「ええ、家内は、何ですか、子宮内膜症とかいう持病がありまして、一人出来ただけでも僥倖だ、と婦人科の先生に言われました」

「ああ、内膜症ねえ」

　徳岡がすかさず言った。

「生理の際、血が逆流して腹腔内に漏れ、卵巣にもチョコレート嚢胞というものが出来たりする病気ですな。私の長女もそれで子供が出来なくて悩んでいます」

　当麻にも初耳な話だ。尤も、徳岡の家庭のことはほとんど知らない。医師住宅でも一番奥まった所、乙女ヶ池の端の家に夫人と住んでいることは知っているが、家に呼ばれたこともないし、日頃顔を合わせることもないから、夫人の顔も陸々知らない。

「それらしい方をお見かけするんだけど、会釈を交わすだけで、ご挨拶できないでいるの、いいのかしら？」

　富士子がこう言ったことがあるが、当麻自体徳岡の妻をよく知らないから何とも答えようがなかった。

「子供は三人いるらしいが、皆大阪や京都にいて、週末になると夫婦で子供さん達の所へ出掛けるらしい」

　当麻が富士子に伝え得たのはこの程度の情報で、何かの折徳岡自身の口から聞いたことだ。長女は二十代後半、下の二人はまだ学生だという。

「じゃ、お孫さんもおられないんですか？」

宮崎が念を押すように言った。

「ええ……」

大川は、聞き取れない程の声で答えた。

「身上調査はそれくらいにして」

徳岡がお茶をぐいとひと飲みしてから言った。

「選挙の話を煮つめましょうよ、宮崎さん」

「あ、そうですね」

宮崎が居住まいを正した。

「先刻申し上げたように、本間さんはそんな訳でまず出馬されないと思いますから、滋賀一区は全く白紙同然の状態です。大津の県庁にも長年お勤めになり、湖西町長も三期目に入られた大川さんは、うってつけの候補者で、当選も夢ではありません。是非、ご決断を頂きたいのです」

「宮崎さんがそんな風に仰って下さるからには、徳岡鉄太郎先生が旗上げされた政党から出馬、ということになりますか？」

大川が普段の声に戻って言った。

「それは——」

「いや、無所属でいいでしょう」

　宮崎が言い淀んだところへ徳岡銀次郎がすかさず言った。

「当初は旗幟を鮮明にしない方がいいと思いますよ。自由連合公認と銘打つと、我が鉄心会を快く思っていない医師会あたりを敵に回しかねませんし、甦生記念がバックにいることも知られてしまう。得策ではないよね、当麻先生」

　別のことに思いを馳せていた当麻は、慌てて徳岡を振り返った。

〝別のこと〟とは胃癌と聞いた本間正のことだ。菅元樹の進言で一年有余も無治療のまま放っておいたことが事実なら、これは看過できない、大塩が聞き知ったら、また改めて自分に発破をかけてきかねない、京阪新聞の斎藤も身を乗り出してくるだろう、今更手遅れかも知れないが、何とか手術を受けさせる手だてはないものか——そんなことを思い巡らしていた。

「仰る通りです」

　大川を挟んでいるからそのままでは徳岡と目が合わない。上体を屈め、大川の前に顔を突き出すようにして当麻は答えた。

「病院の名前は表に出ない方がいいと思います」

「うん」

徳岡が大きく顎をしゃくった。

「晴れて当選を果たした暁には、熱気が醒めた頃を見計らって自由連合に入党して下さったらいいと思いますよ。兄貴もそう言ってました」

大川は小さく顎を落としたが、うんともすんとも言わない。視線も下に落ちたままだ。沈黙がわだかまった。その機を捉えたかのように部屋の片隅に置かれた電話が鳴った。

当麻がにじり寄って受話器を取った。

吉野の妻からで、食事の用意が調った、運んでいいか、と言う。

「お願いします」

頃合いだろうと判断して当麻は即答した。宮崎と徳岡が幾ら説得しても、大川が今後この場で結論を出すことはないだろう、と思った。

前夜の段階では、大川はほとんど不出馬の意向だった。現職の本間正に敵うはずがない、恥をかくだけで町長職も失うことになるというのが第一の理由、万が一当選を果たしたとして、妻の頼子はおよそ上京の意思はないから単身赴任になる、専ら外食の生活になるのは心許ないし、続けられる自信が無いというのが第二の理由、第三には、何と言っても爆弾を抱えている身で、一介の田舎の長とは比較にならないハードなスケジュールに追われるだろう国会議員の職を全うする自信はない、というものだった。

三つ目の体の問題はそんなに案ずることはない、免疫抑制剤を服用しながら二十年三十年と延命し、仕事も立派にこなしている人もいるから、と、当麻は外国の例を挙げて大川の不安に答えたが、第一と第二の理由に関しては聞き手に終始する他なかった。

しかし、宮崎のもたらした本間正の情報と、単身赴任となっても不自由はさせないという徳岡と宮崎の言葉に、大川の気持ちは前日よりも前向きになっている、と感じとれた。食事を挟んで続いた話し合いでも煮つめる程の進展はなく、出馬しますとの言質を何とか大川の口から得て帰りたいという宮崎の意向は叶わなかったが、理事長の徳岡鉄太郎がＡＬＳという宿痾を負いながら秋の選挙にも打って出ることを宮崎と徳岡が異口同音に口にした時大川が身を乗り出して来たことで二人は手応えを覚えた様子だ。

だが、当麻は別のことに思いを馳せていた。子供は亡き翔子だけだったかという宮崎の問いかけに対する大川の返答だ。

翔子には弟がいる。職場で部下だったＫ子という女との間に儲けた子供で、妻の頼子も了解の上だった――台湾は台北のグランドホテルで思いも寄らず大川が打ち明けた告白の一つ一つが思い出されていた。翔子は腹違いの弟がいることを知らずにこの世の生を終えたが、その子は今頃どうしているのだろう？　生きているならもう成人のはずだが、塩見悠介のように逞しく生きているだろうか？

母親のK子は乳癌を患って、それを機に大川と別れることを決したということだが、無事でいるだろうか？

あるいは江森京子のような運命を辿り、もはやこの世の人ではなくなっているのだろうか？　無事でいるなら、県庁に勤め続け、息子の成長と短歌を生甲斐にした日々を送っているはずだ。もしそうでないなら、郷里は鳥取だということだったから、大川と別れて程なく鳥取に帰り、息子と共に親許に身を寄せたかも知れない。

しかし、何となく、K子は大津に留まっているような気がしていた。それは、最初の腎移植の記事を載せてくれた滋賀日日新聞をいつしか購読するようになっていたが、その歌壇コーナーで時々入選している歌の主が、何となくK子であるように思われていたからだ。大川は彼女の姓名は明かさず「仮にK子としておきます」と言って告白を始めたが、時折選歌に与る歌の主の名は「山科桂子」、実名か否かは分からない、明らかにペンネームと思われる者もいるし、「山科」も何となくそれ臭いが、名前の〝桂子〟は実名で、大川は咄嗟にそのイニシャルを取って〝K子〟としたのではないだろうか、と閃いたのである。いや、閃いたのは、山科桂子が大津の人であると知れたこと、ある時の入選歌に、同じく乳癌のために乳房を失った昭和初期の歌人中城ふみ子を詠んだものがあり、乳房を失った自分となぞらえていたからである。

それにしても大川夫妻はＫ子の産んだ子と何らかの接触はないのだろうか？

大川は世継ぎが欲しいと願い、頼子は自分はもう子供を産めない体だから他の女性との間に子供を儲けてくれてもいいと言い、大川はその言葉に甘んじた。Ｋ子は数年後に待望の男の子を産んだが、大川は頼子が望んだようには潔くなかった。子供を得て認知したら女とは即別れて欲しいと頼子は言ったが、大川はその後少なくとも十年はＫ子との交情を続けた。Ｋ子が乳癌を患って自ら大川との関係を断つまで。

世継ぎが欲しいというからには、産んでもらっておしまい、というわけではないだろう。Ｋ子はその子が成人した暁には実の父のことを明かしただろうし、自分が万が一の時には父を頼って行くようにと言い含めたに相違ない。翔子が生きている間は庶子のことは絶対内密にと願った頼子も、翔子が死去してからは、自分にとっては赤の他人だが、少なくとも大川松男の血は受け継いでいるその子の存在を無視できないだろう。しかし、Ｋ子に、〝万が一〟の時は訪れておらず、幸いにして生き長らえているとしたら、たとえ翔子がもうこの世の人でなくなっているからと言って頼子から何らかの行動に出ることは望まないかも知れない……。

当麻の脳裏をとりとめもなくこんな想念が駆け巡っていた。

寸評子

京阪新聞社の斎藤から電話がかかったのは、梅雨に入って間もなくだった。上坂の訃報だった。

「先生にお越し頂いて暫くは元気がよかったのですが、一カ月程前から何も受けつけなくなって、昨夜遅く、昏睡状態になり、今朝方亡くなりました」

よく持った方だ。斎藤と共に上坂を見舞った時、一瞥、（死相だ！）と感じた。これまでの経験では、それと感じてからの患者の寿命は、精々二、三カ月だった。それが、一年近くも持ったのだ。

「最初に癌が見つかった時点で先生に手術して頂いてたら、もう少し長生きできたかも知れませんが……」

「いやいや、僕が手術させてもらっても、上坂さんのは相当な進行癌だったようだから、余り変わりはなかったと思いますよ。上坂さんなりに色んな治療を受けて、それなりに効果があったんじゃないですか。思ったより長生きされましたよ」

「そうですね。先生に、亡くなられた奥様がホスピス病棟で平家物語の朗読をしているから上坂にも聞きに来るようにと仰って頂き、再発に怯えていた上坂にその旨話しましたが、冗談じゃない、俺はまだまだ生きるんだ、悟りなんか開いておれん、とにべも無く返されました。でも、その時にはもう肝臓に転移していたんです。医者は、精々後一年だ、て言ってました。それから思うと、仰る通り、よく持った方ですね。当人は、何とかは世に憚る、て言うじゃねえか、そう簡単に死んで口さがない連中を喜ばしてたまるか、とほざいてましたが……」

「それですよ、それ。その心意気が延命につながったんですよ。癌と闘うんだという気力を持った人は、もう駄目だと打ちひしがれて嫌々治療を受けている人より二五パーセントも延命したという報告もあります。ところで、最後はあのクリニックで亡くなられたんですか？」

「ええ。居心地がよかったようです」

「斎藤さんが最期を看取って下さったんですね？」

「ええ、まあ……何せ、身内らしきは皆無の人でしたから、これも腐れ縁かと思って……」

何のかのと言っても、斎藤は上坂に惹かれるものがあったのだろう。さもなければ、実質的にもはや上司ではなくなった人間を、これ程まで親身に面倒は見切れなかったはずだ。

「ところで、当麻先生」

感極まるものがあったか語尾を濁したままだった斎藤が、改まった口吻で言った。

「上坂を看取った前々日でしたが、まだ意識がはっきりしていて、細々とながら会話ができる状態だったので、何か思い残すことはありませんか、て尋ねてみたんです。暫くじっと考えていましたが、もしあの世とやらがあるのなら、そこに鎮座ましましてこの狂った地球の行く末を見届けたいものだと言うんです」

「日本だけじゃなくて、世界が狂っていると見ていたんだね？」

「そうですね。御存知かどうか、上坂はウチの新聞で、〝寸評子〟というちょっとしたコラムを他のデスク何人かと交代で担当していたんですよ。医療問題ばかりでなく、世界のあちこちで起きている紛争をネタにした文を書いていました。病気になってからもです。抗癌剤の副作用でグッタリして身動きならなくなった時は休筆して他のデスクに託していましたが……」

「読みたかったね。あの毒舌さながらの文章だろうけど」

「ええ、かなり辛辣で、ちょっと言い過ぎかな、というものもありました。でも僕は好きだったんですよ、その辛口の寸評が。中に、例の『もう癌と戦うな』の菅元樹を痛烈に皮肉ったものがありました。先生もお出になった日本癌治療学会のあらましをまとめた記事を書いたんですが、それを読んだ上坂が、是非その本を読みたいと言うんで、癌と懸命に闘っている人にこんな本を読ませていいかな、と思ったんですが、僕が渡さなければどうせ自分で手に入れるだろうからと思い、渡したんです。すると、一日で読み切ってしまい、挙句、この野郎、ぶった切ってやりたいよ、と、えらい剣幕で怒り、早速、痛烈な批判を〝寸評子〟で二回か三回に亘って書いたのです。肝臓の転移巣への抗癌剤の動注が効いて腫瘍マーカーが一桁低下して手応えを覚えていた時だったからでしょうね」

「その〝寸評子〟、バックナンバーがあるだろうから、是非読ませて下さい」

「ええ、ええ、勿論です。実は、もうひとつ後日談がありまして、その、思い残すことはないか、て尋ねた時、帰り際に、これをお前にやる、馬鹿げた菅元樹の〝がんもどき〟論とやらへの批判も含めて、いずれ本にしたいと思っていた闘病記だ、お前の今の筆力では無理かも知れんが、いずれ機を見て本にしてくれ、と言って、一冊のノートを手渡されたんです」

「ほー、そんな几帳面なところがあったんだね」

「そうなんですよ。開けてみたらまるで日記さながら、日付けを打って書いているんです。相当な分量で、優に一冊の本にはなると思うんですが……」

「上坂さんの弔い合戦の意味もこめて、まとめてみられたらいいですね」

「はい、上坂にいみじくも指摘されたように、僕にはとてもボスのようなメリハリのある文章は書けそうにないんですが、先生もそう仰って下さるなら、何とか頑張ります。それにつけて、ひとつお願いがあるんですが……」

「うん……？」

「先生のお弟子さんの大塩さんですか、彼も是非にと言ってました菅元樹との対談をして頂けませんか？　お膳立ては僕が整えますが」

当麻は一瞬絶句したが、すぐに返した。

「その話は、もう暫く待ってもらえないだろうか？」

「もう暫く、と言いますと……？」

「あと、一年か二年」

「そんなに先ですか？　先生のような実績と名声のある方が一刻も早く反論しないと、菅さんの本はミリオンセラーにもなりかねませんよ。そうなると、医療の現場に相当な混乱をもたらすんじゃないでしょうか？　手術や抗癌剤を勧められた患者が、菅さんの本を楯に、手術や抗癌剤のメリットは何もない、むしろその合併症で命を縮めるばかりだから止めときなさい、とここには書いてありますが、どうなんですか、と切り返して、医者を困惑させる事態が続出するんじゃないでしょうか？」

「しかし、菅さんの本がたとえミリオンセラーになっても、読んだ人すべてが癌患者ではないし、主治医と菅さんとどちらを信ずるかと言えば、やはり主治医の言うことを信じて、彼が勧める治療に身を委ねる人が断然多いだろうね。癌と診断されて、菅さんの言い分を信じて何もしないで放っておく人は、本を読んだ人の中でもほんの一握りだと思いますよ。第一、周りが放っておかないでしょう」

「確かに、仰る通りかも知れません。上坂がいい例です。他人の臓器をもらってまで命長らえようなんてあさましい限りだ、と言って、先生がなさろうとされていた肝臓移植にも反対していましたが、いざ自分が癌に冒されてみると、どんな手段を弄してでもいい、助かりたい、とあがいていましたからね。挙句は、先生が見舞いにいらして下さった時、肝臓を取り換えてくれ、などと口にしましたよね。だから、菅元樹の本を読んで、奴に俺の癌を移してやりたい、手前(てめえ)が癌になったらのたうち回るだろうに、なんて言ってました。病床日記にもそんな義憤を繰り返しぶちまけていますよ」

「そのノートを菅さんに見せてコメントを求めたらどうかな？」

「ああ、なるほど。それもいいアイディアですね。考えてみます。ですが、僕としてはやはり先生のような方に菅元樹と対決して頂きたいな。先方に当たってみるだけ当たってみていいですか？」

「あと一年、いやできれば二年待って欲しいと言ったのはね」

「あ、はい……」

「菅さんの説を覆す絶好の証人となってくれそうな患者さんが何人かいるからです」

「ほう……」

斎藤が受話器の向こうで身を乗り出したのが目に浮かぶ。

当麻はGISTや幽門癌の患者、さては腹膜癌の小泉茂子のことを話した。前二者は悪性で巨大なものだったが幸いリンパ節にも他臓器にも転移はなかった。菅元樹によればこれらは〝がんもどき〟で、放置しておくか、精々バイパス術で凌げばよいということになるが、取り残された癌は癌である以上どんどん大きくなり、周囲臓器に浸潤するか圧迫するかで重大な事態を引き起こし、やがて、そう多分二年以内には命を奪う。後者は、全く先の見えない絶望的なものだったが、一か八かの抗癌剤が劇的に効いて癌は嘘のように消えた。菅元樹に言わせれば、これこそもう何をやっても無駄、抗癌剤などは命を縮めるだけ、苦しくなったら腹水を抜いてもらうだけでいい、と言っただろうし、患者がそれを真に受けていたら、今頃はもう虫の息だったろう、等々。

「ところがその患者さんは、一年経って、癌が悉く消えたのみか、三千幾つまで上昇していた腫瘍マーカー125が到頭正常域にまで減少し、当人はおろか、僕らもびっくりしているんだよ」

「へーえ、正に奇跡ですね」

斎藤の声が上ずった。

「是非、今お話し下さった三人の患者さんを例に挙げて菅元樹と対決して下さいよ。一年二年先でなくて、今の時点で充分じゃないですか？」

「いや、菅さんは言うでしょう。まだ一年そこそこで何が言える、て。もう一年、いや二年もしたら確実に再発をみて、〝がんもどき〟ならぬ本物の癌だってことになるかも知れない、てね。そうなるともう議論が咬み合わなくなって平行線を辿るばかりだから、やはりもう少し先延ばしした方がいいのです。GISTと幽門癌の患者さんは、これまでの経験上、あと一、二年どころか永久治療が得られたと確信していますが〝腹膜癌〟はね、僕も初めてだから、迂闊なことは言えない、最低二年経っても腫瘍マーカーが正常なら、もう胸を張って菅さんと対決できるだろうけれどね」

「そうですかあ……」

斎藤のトーンが落ちた。

「斎藤さんは斎藤さんで、その間、上坂さんが遺した闘病記を整理して下さいよ。布施畑クリニックの先生や、上坂さんがこれまでかかった病院のドクター達にインタビューして尋ねたいことも多々あるだろうし、一冊の本にまとめるには一年やそこらかかるでしょう。その時点で、〝腹膜癌〟の患者さんが元気だったら、僕も飛び上がりたい程嬉しいから、協力しますよ」

「うーん、残念だなあ、すぐにもお膳立てを整えようと思ってましたのに……」

「急いては事を仕損じます。ま、慌てないで、じっくり取り組んで下さい」

長い電話になっている。手術を二件終え、部屋に戻ってひと息ついたところへかかってきた電話だった。午後八時を回っている。

「分かりました。少しまとまったら、拙稿を抱えてまたお邪魔します」

「でも斎藤さん、九月には衆議院の選挙でしょ。そちらで忙しくなるんじゃないですか?」

「あ、そうだ、そうでしたね」

斎藤は我に返ったようだ。

「先生のいらっしゃる滋賀一区は現職の本間さんが出馬しないというんで、激戦になるみたいですね。私のいる兵庫第五区も混戦模様ですが……」

「じゃ、ま、無理をしないで。上坂さんのこと、知らせてくれて有り難う」

「あ、いえ……どう致しまして……」

斎藤は何やら言い足そうとしたが、構わず当麻は先に電話を切った。

ひと息ついてから、三十分後には帰る、と富士子に電話を入れ、術後の患者を診に病棟へ赴いた。

出馬表明

「先生、これを見て下さい」

大塩が血相を変えて副院長室に飛び込んできた。午後の総回診を控え、ソファにもたれて仮眠を取っていた当麻は、短いが確かに見ていた夢を破られた。

大塩の手には、医局から持ち帰ったと思われる「滋賀日日新聞」が握られている。

「ここです、これです！」

当麻の横に息遣いも荒く体を滑らせた大塩は、予め広げて来た紙面の一隅をついて見せた。その忙し気な指先に、

「医師の荒井猛男氏、出馬表明」

の二段抜き見出しが躍っている。

「ああ、何てこったあ！」

当麻が一読して頷いたのを見届けると、大塩は右手の掌で額を打ちすえた。

「驚いたね」

新聞をテーブルに置いて当麻は言った。

「現職で当選が確実視されていた本間さんが出ないということで、他に有力候補もいないから、あわよくばと思ったんでしょうね」

鉄心会の宮崎にその後もさんざけしかけられているが、大川松男は、まだ正式に出馬を表明していない。告示まで一カ月余に迫っている。荒井猛男に先立って既に二、三の新人――と言っても前回に苦杯をなめた候補者も混じっている――が名乗り出る気配を見せているが、元大津市長以外は知名度に欠けるＮＰＯの代表や女性弁護士などで、どんぐりの背比べ、団子レースというのが巷の噂だ。

荒井の所属する雄琴病院もおよそ有名病院ではないが、「副院長」の肩書きが他の候補よりはインパクトを与えるかも知れない。

「奴は、そこにつけ込んだんですよ。さぞや、〝医学博士〟の肩書きもひけらかすんでしょうね。ああ、虫酸が走る！」

大塩は頭をかきむしった。

「何とか阻止できませんかねえ？　院長に出てもらいましょうか？　徳岡鉄太郎の弟と聞け

ば、知名度は荒井の比じゃありませんよね」

「院長は、理事長の地盤を継いで鹿児島県から出るつもりらしいよ」

「四年後に、ですか？」

「一応その予定らしいが、衆議院はいつ解散があるか分からないからね。それに、理事長は、今回当選しても、よく持って二、三年だと思うよ。いずれ動けなくなり、気管切開もしなければならなくなるだろうから、そうなると急遽院長が出ることになるだろうね」

「そうですか……」

大塩はまた頭を抱え込んだ。

「万が一荒井が当選するようなことがあったら、何をしでかしてくるか分かりませんよ。先生には恨みはないでしょうが、僕は散々奴をこきおろしましたからね」

「彼は君がここにいることは知っているのかな？」

「それはもう、知っていると思いますよ。蛇の道は蛇で、プロパーなんかに探りを入れてウチの情報も摑んでいると思います。何せ先生が有名人ですから話題になるでしょうし、僕のことなんかも筒抜けでしょうね。鉄心会に首を切られた腹いせもあるでしょうから、ここの動静は常に窺っていると思います。国会議員にでもなろうものなら、それこそあの手この手で嫌がらせをやってきますよ」

「たとえば?」

「たとえば——」

大塩は眉間に指を突き立ててグリグリッと回した。

「以前の町長選で、大川さんの対抗馬の西や鬼塚が唱えたという町立病院の新設をまた持ち出しかねません」

島田院長時代の湖西町の助役の名まで覚えているとは、大塩の記憶の良さに驚いた。

鉄心会の事務局長宮崎はその後も折に触れて出馬に踏み切るよう大川の説得を重ねていると聞いている。

「他の候補が出揃ってから結論を出したい、と言っているそうだから、大分前向きにはなってきている、と見込んでいるんだがね」

抄読会の後、院長の徳岡銀次郎は、大川のその後の体の具合を当麻に尋ねながら選挙の話題を持ち出して言った。徳岡は乗り気だが、当麻はどちらかと言えば賛成できない。本人が懸念するように、田舎暮しに慣れた身が突如大都会に出て行って、町の議会など比較にならぬハードな国会のノルマやスケジュールに順応できずストレスを募らせることになれば、折角保たれている健康状態が損なわれることにもなりかねない。しかし、大塩がもたらした情報は、傍観してはおれないとの思いに当麻を駆り立てた。荒井猛男は一度限りチラと垣間見た程度だから大塩が彼に抱いているような嫌悪感は実感を伴わないが、本当に大塩の言うような男だったら、国政に与るなどもっての外だ。

秋の衆議院選挙に立候補が予測されているのは、目下のところ荒井の他三名だが、著名人は見当たらない。その肩書きからして最有力候補と目されるのは、前大津市市長川端伊作くらいだが、七十六歳という高齢が懸念される。

「何とか、出てもらうよう、大川さんを説得してみるよ」

いきり立つ大塩を宥めるように当麻は言った。

「お願いします。僕は僕で何とかできないかと思って、荒井のこれまでの不始末をネットで流してやろうかと考えているんですよ。例の〝エホバの証人〟に無断で輸血をしてしまって裁判沙汰になっている一件をはじめ、その他諸々で、医者としての技量識見、人間性に欠けること甚しい男で、こんな奴が政治家になったら何をしでかすか分からない、と」

大塩は幾らか落ちつきを取り戻したが、たまっているものを吐き出し切れない面持ちで退座した。

夕刻、当麻は庁舎に大川を訪ねた。

「いや、私も驚いています」

テーブルの上には「滋賀日日新聞」の〝湖西欄〟が広げられている。

「直接この人と会ったことはありませんが、当麻さんが戻られる前の甦生記念病院のゴタゴタは否でも耳に入って来て、この荒井という人物がその張本人だと、島田議員からも再々聞いていましたので」

〝島田議員〟とは前院長島田光治の弟の春次のことだ。荒井の不祥事に続く病院の零落を見て見ぬ振りをし、自分は一切債務を負わないと啖呵を切って兄の院長や弟の事務長とも袂を分かった男だ。院長の光治が心労も重なって精神状態に異常を来し、実務が執れなくなって、鉄心会との交渉は結局事務長の三郎一人が当たることになったが、春次はその大童振りも対岸の火事とばかり見て見ぬ振りをし続けた。鉄心会が甦生記念病院を買収すると、もはや我が身に火の粉が振りかかることはないと見極めた安堵感も手伝って、荒井とその一味が病院を潰した、兄や弟は哀れその犠牲になったのだと吹聴して回った。鉄心会に取り入ることで、かつて兄の差し金で町議に打って出た自分に代わって三郎が納まっていた事務長職を狙ったのである。「ご挨拶に伺いました」と言って春次が突然訪ねてきた時のことだ。

「兄があんな風になってしまったのは、先生を守り切れなかった報いです」

春次とはほとんど初対面に近い。兄の光治が院長時代にちょくちょく病院に顔を出していて、一度、廊下ですれ違った折に、一緒に歩いていた光治から紹介された覚えがある。その頃春次が足繁く病院に顔を出していたのは、同僚の妻の術後の経過が思わしくなく、入院を取り持った立場上責任を感じて見舞いやら病状を兄に尋ねるためと聞いた。

　春次はその患者井上和子（いのうえかずこ）のことを持ち出した。

「お陰様で元気でおり、亭主の井上も喜んでいますが、あの時は肝を冷やしました」

　胆石が胆嚢（たんのう）の出口にはまり込んで急性胆嚢炎を起こした井上和子を執刀したのは、当麻に張り合っていた第一外科医長の野本六郎（のもとろくろう）だ。野本は胆嚢管と誤認して肝臓で作られた胆汁を十二指腸へ送る総胆管をくくってしまった。胆汁の流れが塞（せ）き止められるから数日後に黄疸を発症して患者は真っ黄色になった。野本は母校の近江大に患者を転送して自分の失敗をもみ消そうとしたが、島田が許さなかった。夫は町議会議員で町のＶＩＰであり、病院の不祥事は一患者の問題で済まされない、町議の間に甦生記念病院への不信が募り、もっと信頼に足る町立の総合病院を建てるべしという、次期町長を狙う助役の西とその支持者達の主張に恰好の口実を与えかねない、と。

「あの頃の兄は気概がありましたねえ」

　ひとしきり、おさらいをするように野本の不祥事を物語ってから、感慨深げに春次は言った。

「他にやれる外科医がいないならいざ知らず、ウチには当麻先生という練達の外科医がいて、お手伝いすると言ってくれているんだから、近江大に送るなど絶対に許さん、と、それこそ烈火の如く怒ったようですから。井上さんは町議の先輩ですし、病院を紹介した手前、私もはらはらしながらなりゆきを見ていましたが、兄の言う通り、当麻先生に野本の尻拭いをお願いすべきだと申しました」

遠い日の記憶が鮮明に蘇った。何年前のことだろうかと、それなりの年輪を刻んだ春次の顔を見ながら思ったものだ。

「でも結局野本は先生に助けを求めませんでしたね。兄に諫められて母校の卜部教授に泣きつき、助教授の実川さんを送ってもらいました」

(この男は何が言いたくて来たのだろう?)

改まって説明されることではないが、と当麻は春次を訝り見た。

「結果オーライだからよかったものの、馬鹿にならない謝礼を実川さんに払わなくちゃならないし、全く野本は余計なことをしてくれると、兄の怒りはなかなか静まりませんでした」

それも島田光治からさんざ聞かされたことだ。

「島田さん、そろそろいいでしょうか? 患者さんのご家族との面談が控えておりますので……」

嘘も方便と割り切って、苦痛になってきた会話を打ち切ろうとした。

するとと春次は、急に取り乱した風を見せてから居住まいを正した。

「お忙しいところを失礼しました。実は私……」

春次はポケットからハンカチを取り出して額に滲み出た汗を拭った。

「今年一杯で定年になります」

（もう六十歳になるのか？）

頭がやや薄くなり小皺の目立つ顔を当麻は改めて見直した。そう言えば当初見かけた頃は、肌に張りがあり、髪ももう少し豊かだった記憶がある。

「つきましては、来春にでも新たな仕事を見つけたいと思いまして……当麻先生のお取りなしを頂いてこの病院で働かせて頂けたらと、厚かましいお願いに参じた次第です」

「ここで、どういうお仕事を、ご所望ですか？」

思いも寄らない申し出だった。

「私は先生方のような専門職のライセンスは何も持ち合わせておりませんが、お聞き及びかどうか、当麻先生が甦生記念にいらした頃は弟の三郎が事務長を務めていましたものの、病院設立当初は私が事務長を拝命しておりました」

そう言えばそんなことを聞いたことがある、とおぼろ気に記憶が蘇った。

「町議に出るよう兄に説得され、出まして、何とか当選を果たしたので、弟の三郎に事務長に振り回されて、兄諸共、散々な目に遭いました。鉄心会が引き受けて下さらなかったら、二人とも自己破産に追いやられていたと思います」

淡々と他人事のように語っているが、今は東京の息子の許に引き取られている島田光治を日本に戻ってから見舞った折、妻の照子(てるこ)から聞かされた話では、病院の窮状を訴え、土地を担保に少しでも運転資金を作ってくれるようにとの照子の要請を断り、火の粉をかぶらぬよう春次は理事からも降りたそうで、春次の人間性に疑問を覚えたものだ。

「ま、鉄心会と、当麻先生や有能なお弟子さん達のお陰で病院は盛り返し、かつて大川町長に対峙した西助役がキャッチフレーズに掲げた町立病院建設の動きもなくなって、安堵しております」

「お申し出の件ですが……」

当麻は腰を浮かしながら言った。

「もとより私の一存では決めかねることですので、院長にお伝えしておきます」

「この病院は当麻先生で持っているようなものですから、先生の強いご推挙があれば院長は二つ返事で承諾して下さるのでは、と思いますが……」

春次は強いられた恰好で中腰になりながら狼狽気味に言った。

「いえいえ、そんなことはありません。事務職に関してはあくまで院長の裁量権の範囲ですから」

「しかし、弟三郎の再就職については当麻先生のお力添えによったものと伺っておりますが……」

「弟さんにはお世話になりましたし、主治医でもありますから、尽力させてもらいました。しかし、それも私の一存ではなく、院長の許可を得てのことです」

「当麻先生」

中腰から完全に立ち上がった当麻を、春次も立ち上がりながらおずおずと見上げた。春次は身長が一六〇センチそこそこしかなかった。

「亡くなられた奥様翔子さんを大川町長に頼まれ紹介させて頂いたのは私であることを、どうぞ、お忘れ下さいませんように」

捨て台詞（ぜりふ）のように吐いて、当麻が退去を促すように半開きにしたドアから春次は姿を消した。

当麻はこの一件を、春次の恨みを買うことは覚悟の上で自分の一存で握りつぶした。

図らずも大川の口から春次の名が出て思わず数カ月前の春次との不愉快なやりとりを思い出していた当麻は、春次がまだ大川の部下で役場に留まっていることに改めて思い至った。

「島田さんは、大川さんの下で助役を務めているんですね」

自分を訪ねて来た春次が恭しく差し出した名刺の肩書きを思い出していた。その名刺は、春次が去った後すぐにチリ箱に捨ててしまっていた。

「ええ。でも今年一杯ですね。彼ももう還暦で、一月が誕生日のはずですから。かく言う私も、還暦を疾うに過ぎました。よく生かして頂きました」

「まだまだですよ、町長さん」

春次のその後の動向を探ってみたかったが、早く本題に入らねばとの思いが先立った。

「私の恩師羽島先生は古希を過ぎてもメスを執っておられましたし、癌研病院の梶原（かじわら）先生は更に上を行って、喜寿まで手術をされてました。お二人とももう故人になられましたが」

「それは凄い。そんなお年で、手は震えてませんでしたか？」

「微動だに。羽島先生の先代の山中重四郎先生は、古希を迎えた頃には少し震えていました。けれど、それは多分にアルコールの所為だったようです。何せジョニ黒がお好きでいらしたので……」

「当麻さんは、酒も煙草もやられないし、スマートでいらっしゃるが頑健なお体をしておられるから、それこそ、その梶原先生の記録を更新して八十歳でもメスを執り続けておられるかも知れませんね」

「いえいえ、それは無理です」

失笑しながら、（八十歳！　その頃自分は何をしているだろう？）との思いが一瞬脳裏をよぎった。

「でも、お医者は続けておられるでしょうね。ご先輩の繁原康二郎先生のように」

「ああ、繁原先生！　あの方はまあ内科医で、しかもずっとエリートの道を歩いて来られましたから、大したストレスもなく来れたんでしょうね。僕は外科医でアウトサイダーの道を歩んで来ましたから、無意識の内にもストレスは溜まっていると思います。長生きはできないでしょうね」

「以前の病院は、近江大から来た医者達が勝手な振る舞いに及んで大変だったでしょうけれど、今はもう落ち着いて、それこそ当麻さんの天下ですから、何もストレスはないんじゃないですか。尤も、お仕事自体は大変でしょうけれど」

「そうですね」

女子職員が出してくれたコーヒーの残りを当麻は飲み干した。大川も手持ち無沙汰になった感じでコーヒーカップに手を伸ばした。

「今日、私が伺いましたのは——」

大川がカップを戻したところで当麻は切り出した。

「秋の衆議院選挙に出馬されるかどうか、まだ決めかねておられるのかお尋ねしたかったのと、もしまだ逡巡(しゅんじゅん)しておられるなら、是非出馬の決意をして頂きたいと、私からもお願いしたかったからです」

「その件でしたら、私の気持ちはほぼ固まりつつあります」

当麻は息を呑んだ。

「本間さんが出られるならまるで勝ち目はないでしょうから論外ですが、はっきり出馬しないと表明されたようですから、私如きもどんぐりの背比べに加わってもいいかな、と……」

「奥様も、了解して下さったのでしょうか？」

「いや……」

大川が苦笑を滲ませた。

「万が一当選したら、単身赴任で行って頂戴、と言われました。鉄心会の宮崎さんが何かとサポートして下さるということだから、それでいいでしょ、と申しまして」

当麻は言葉を返せない。

「家内はこの土地への愛着を強く持ってまして、翔子が亡くなってから、人様に勧められて猫を飼うようになりまして、家では庭にも出して気ままにさせてるものを東京のマンションに閉じこめる訳にはいかない、などと、そんなことも口実にしましてね」

猫のことは初耳だった。翔子が亡くなって以来大川家の敷居を跨いだことは二、三度あるかなしかだから、猫には気付かなかったのだろう。富士子の実家で飼っている〝巴〟を見かけて驚いた時、見慣れない人が来たら大概の猫はさっとどこかに隠れてしまって出て来ないんですよ、この子は例外的に人懐っこくてちょこちょこ顔を出すんです、と聞かされた。大川家の猫は〝大概〟の部類に入るのだろう。

「私は猫はあまり好きじゃないんですが」

相槌を返すばかりの当麻に大川は続けた。

「家内は結構慰められているようで、猫の方も専ら家内になついていて、夜も家内のベッドにもぐり込んで寝るんですよ」

「この前お伺いした時」

失笑を返してから、もうひとつ気がかりなことがあった、と当麻は思い出した。

「お庭に立派な盆栽の棚を見かけましたが……」

「あ、そうそう」

今度は大川の方が相槌を打った。

「最近、と言っても一年程前からですが、家内は盆栽にも凝り出しましてね、それも東京へ持っていくわけにはいかないからと、単身赴任を余儀なくさせる口実にするんです」

愚痴っているようだが大川の顔に思いつめた風情はない。単身赴任は既に覚悟しているものと見受けられた。それよりもむしろ、娘を失った哀しみを猫や盆栽で紛らせている頼子の心情が思いやられた。

「ところで当麻さん」

思い至ったように大川の口吻が改まった。

「私に出馬を促すべくわざわざお越し頂いたのは、何故でしょう？」

当麻は荒井猛男のことを話した。

「彼をよく知っている部下の大塩君などは、何としても彼の当選は阻止しなければと、躍起になっています。大川町長に是が非でも出てもらって、病院挙げて応援しましょうと」

「有り難いお言葉です」

心なしか大川の目が潤んだように思えた。

「ご期待に沿えるかどうか分かりませんが、そういうことなら私も出甲斐があります。甦生記念病院を守るためにも、微力を尽くさせてもらいます。でも、私は、荒井氏より、元大津市長の川端さんが本命でライバルではないかと思うのですが。ブランクがありましたが、知名度は私などとは比較にならないでしょうから」

「でも、川端さんはもういいお年ですよね。現職の本間さんと変わらないかと思いますから国会議員はちょっと重荷ではないでしょうか？　有権者もそう見ると思いますよ」

「私が当選しなくても、要は荒井氏が当選しなければいいのでしょうから、票を分散させて、荒井氏に流れる票を少しでも少なくするのにお役に立てばと思っています」

　そう言えば大塩が、似たようなニュアンスのことを言ったっけ、と当麻は思い至った。

「何が何でも荒井猛男が当選することだけは阻まなければなりません。たとえ大川さんが当選されなくても、荒井以外だったら誰でもいいと思いますよ」

　大塩の名を表に出したが、さすがに彼のこの言葉は大川に漏らせないと思って出掛けてきただけに、いみじくも大川自身の口から大塩の意図するところを読み取ったような言葉が出て、当麻は内心ほっとした。妻の頼子の心情、大川の健康面を考えれば、何かとストレスのかかる大都会に単身赴任することは夫妻それぞれにとって幸せなことではないように思える。大塩が望み、大川もそう考えるように、荒井は落選し、大川も次点くらいで落選するのが最善の結果ではないかと当麻も考え始めていた。

刺客

雄琴病院の事務長と名乗る男から大川松男が面会を求められたのは、選挙告示日の五日前だった。町長室は荷物を片付け中だから、午後の三時に自宅でその男を待ち受ける形になった。

応接間に通すと、五十年配のその客は不遠慮に部屋の調度や壁の絵をねめ回しながら名刺をさし出した。「猪瀬琢磨（いのせたくま）」とある。面識はないし、聞いた覚えもない。

「御立派なお宅ですな」

ダブルのスーツを着こなして縁無しの眼鏡をかけた風体は一見紳士然としているが、頭は五分刈りで、険のある顔つきと相俟って、一癖も二癖もある感じだ。愛想笑いもわざとらしく、素直に受け取れない。

咄嗟にこんな思いが胸をよぎった。

(長居をしてもらいたくない)

「お訪ねの向きはどんなことでしょうか？」

視線の定まらない相手に苛立ちながら大川は切り出した。

「あ、失礼しました」

男は返したものの、今度は視線をテーブルの上に泳がしている。

「煙草を吸いたいんですが、灰皿が見当たらないので……」

不快感が胸に湧き立った。

「拙宅では、煙草はご遠慮願っております」

「大川さんは、お吸いにならないので……？」

「御存知かどうか、私は大病を患った身で、現在ある特殊な薬を服用していますから、煙草は厳禁です。受動喫煙も宜しくないのです」

「確か、肝臓を取っ替えられたんですよね？　脳死状態の少年のそれと……一大ニュースになりましたから、覚えています」

猪瀬は右手の中指でこめかみの辺りを小突いた。

「どうぞ、ご用件を。この後まだスケジュールが詰まっておりますので」

町長室の片付け以外に取り立てて用事はないが、この招かざる客を早く追い払いたかった。

「大川さんは、ウチの副院長の荒井猛男が今度の選挙に出馬していることは御存知ですね？」

「ええ、承知しております」

テーブルに置いたままの猪瀬の名刺に改めて一瞥をくれてから大川は頷いた。

「巷の噂では、大川さんと荒井が一歩抜け出て接戦、となっています。各新聞も大体似たように書いていますから、その辺りも無論御承知でしょうが」

十日前は横一線と報じていたメディアも、昨日あたりは猪瀬が言う通りの記事を載せている。元大津市長が本命かと思っていただけに、意外だった。

「そこでご相談ですが」

無言で頷き返しただけの大川に、猪瀬が畳みかけた。

「大川さんが受けられた肝臓移植のこと、一大ニュースにもなりましたし、当時の新聞や週刊誌なども改めて引っ張り出して読み直しました。移植そのものについても勉強させてもらいました。大川さんが現在飲んでおられる薬が何かも見当がついています。移植の最大の合併症である拒絶反応を抑える薬ですよね？」

「そうですが……」

「で、移植を受けた人達のその後の経過も調べてみました。すると、確かに大川さんのように長く延命しておられる方もいるが、少なからず、拒絶反応で早々と呆気（あっけ）なく死んでいる人がいることも知りました。早期でなくともこの拒絶反応は数年を経て突然起きることもあって、その際も致命的である、ということも」

（この男、何が言いたいのだ？）

腹の底に吐いて大川は憮然と猪瀬を見返した。

「大川さんも、いわば爆弾を抱えられた身で、それがいつ爆発するか知れませんよね」

半ば断定的な物言いにムッと来たが、反論の言葉は出ない。

「ウチの副院長も懸念しております」

「それは、どうも……」

「副院長は義侠心を持ち併せておりまして、医者だから自分には分かる、大川さんの体では、市町村の長ならいざ知らず、国政の公務をこなすのは無理だから、お前行ってそれとなく立候補を取り下げられた方がいい旨進言して来い、と言われまして。医師としてドクターストップをかけたいが、同じ土俵の上に立つ身だから自分が直接しゃしゃり出ては角が立つだろうからと……」

（こいつは荒井の太鼓持ちか。それにしても、何という言い草だ！　主治医でもあるまいに！）

大川は胸に落とした独白を危うく口にして険しい目を相手に向けるところだった。

刹那、ドアに軽いノックの音がして、頼子がコーヒーカップを盆に載せて入って来た。

（客扱いをする必要はない！　コーヒーなんぞより箒を立てて持って来い！）

喉もとまで出掛った言葉を呑み込んで大川は舌打ちと共に妻を流し見た。

「お口に合うかどうか分かりませんが……」

コーヒーカップにはビスケットが添えられている。

「あ、これはどうも……」

猪瀬は頭も下げず軽く言って、頼子の頭の先から足もとまで不遠慮に見やった。

「どうぞ、ごゆっくり」

猪瀬をチラと見やって、頼子は逃げるように踵を返した。その後姿にも視線を送っていた猪瀬は、何かを含んだようなうすら笑いを浮かべて大川に視線を戻した。

「今のご婦人、失礼ですが、大川さんの本妻さんでいらっしゃいますか？」

コーヒーカップを取り上げようとしていた大川の手が止まった。カップの取っ手を持つ指が震え出し、危うくコーヒーがこぼれかかった。

「何ですか、その言い草は！」

引っ込めたが震えが止まらない手を和服の袂に隠して、大川は今度こそ怒りの目を相手に注いだ。

「いや、大川さんも隅に置けないお方で……清廉潔白なお方かと思ってましたら、意外や意外、思いがけない事実が飛び出しまして……」

猪瀬は床に置いた鞄を膝の上に取り上げると、中から茶封筒を取り出し、更にその中から一通の書類を引き出した。

「奥様はご存知かどうか、大川さんには隠し子がいらしたんですな」

猪瀬は上目遣いで大川を見ながら取り出した書類を勿体振って恭しく差し出した。「戸籍謄本」とある。

「もとより大川さんも重々ご承知で、ご自身も金庫あたりに保管しておられるかも知れませんが……」

硬直したなり口を利けないでいる大川の様子を楽しむかのように上目遣いを続けながら、猪瀬はやおら謄本をめくってみせた。

「この山科桂子、他ならぬ大川さんの愛人であった女性は、残念ながら故人になっておられますが、息子の無二（むに）さんは無論まだご存命で、大津の県庁に勤めておられる。大川さんの以前の職場ですな。その伝で大川さんが口利きをされたのかな。いや、まさか、ひょっとしたら隠し子と知れてしまう息子の為にひと肌脱ぐようなことはなさいませんわな？　おっと、ここは禁煙でしたか」

猪瀬は胸の内ポケットに忍ばせている煙草を取り出そうとして、引っ込めながらニヤッと大川を見やった。

「お引き取り下さい」

大川は喉の奥から声を振り絞ると、猪瀬の手を払い除けるようにして荒々しく謄本を閉じ、相手に突き返した。

「〝隠し子〟〝隠し子〟と人聞きの悪いことを仰るが、逃げも隠れもしない、私はちゃんと認知していますし、家内も承知しております」

「ほー、それはまた奥様は寛大でいらっしゃる。ウチの女房に奥様の爪の垢を煎じて飲ませてやりたいものですな」

猪瀬は卑猥な笑いを薄く伸びた唇に漂わせた。

「で、これを」

大川は謄本を指さした。

「どうするおつもりなんですかな？」

猪瀬はコーヒーを一口二口すすってから、大きく息を一つついて大川に向き直った。

「逃げも隠れもしないと仰ったが、そんな風に開き直っていいものかどうか……認知しているからと言って、大川さんが愛人を囲っていたことは事実ですし、今この状況下で世間がそれを知ったらどうなるか、お考え頂きたいと思ったまでです」

猪瀬はまたコーヒーカップを取り上げ、今度は残りのコーヒーを一気に飲み干した。

「あ、あなたは……」

不覚にも吃った。手は袂の中で小刻みに震えたままだ。

「あ、荒井猛男氏の指示でこんなことを調べ上げ、世間に公表されたくないなら選挙から降りるようにと、い、言い含められて、こ、来られたわけですな」

早口で一気に喋れば吃るまいと思ったが、そうもいかなかった。

「め、滅相もない！」

大川の吃音を真似るように返して、猪瀬は大仰に顔の前で手を振った。

「副院長は苟もドクターですからな。人の弱みにつけ込むようなことはなさいませんよ。あくまで、私の独断で調べさせてもらったことです。ま、下種の勘繰りという奴ですな、叩けば何か埃が出るんじゃないかと……」

「あ、荒井氏に、せ、選挙に、勝たせたいばかりに、ですな？」

「そ、それはそうでしょ。勝ってもらわなければ、ウチとしても困りますからな。病院挙げて応援してますし、地元の医師会やロータリークラブ、看護婦さん達からもご支援頂いてますから」

「私が出馬を取りやめたとしても、荒井氏が絶対に当選するとは、か、限らないじゃないですか。元大津市長や女性弁護士だって、手強い相手と専らの下馬評ですよ」

「川端さんはもうお年でよたってますよ。女性弁護士も、メディアで顔が売れてるタレント並みの弁護士ならいざ知らず、彼女は全くの無名で、地盤という地盤もない。ま、三番手ですな。地元の弁護士会などたかが知れてますから。そりゃ、大川さんの方が手強いですよ。下馬評通りです」

大川は瞑目（めいもく）した。気を落ち着かせ、唇や手の震えを止めなければならない。

喉が渇いている。潤（な）す何かを持って来させたいが、この場に妻は呼べない。

仕方なく唇を舌で舐めると、そのままきゅっと結んだ。袂に引っ込めた手は何度も握り直している。

「お考え頂けますな？」

猪瀬の声が遠くで聞こえた。大川はうっすらと目をあけた。猪瀬が前屈みになってこちらをのぞき込んでいる。

「ま、考えておきます。何せ、唐突なお申し出ですから、し、然るべき筋と、よく相談の上……」

「よく相談の上？」

一瞬の間を置いて鸚鵡返しすると、猪瀬はギョロリと目をむいた。

「このことは」

猪瀬は大川に突き返されたままの戸籍謄本を取り上げて、これ見よがしに顔の前で振った。

「奥さんはさておき、第三者には知られたくない秘密ですよね。第三者と相談なさる以上このことを隠してはおれますまい。それでもいいんですか？」

「ですから、その点も、充分考慮した上で……」

唇の震えは何とかおさまったが、袂に隠した手はまた震え出している。

「大川さん」

業を煮やしたような口ぶりと目つきで猪瀬は更に上体を前に倒した。

「時間が切迫しています。一両日中に決断を下されないと、私はそれこそ然るべき手段に及びますよ」

「そ、それを」

大川は顎をしゃくって猪瀬が手にかざしている謄本に視線を送った。

「マスコミにリークする、とでも？」

「いかにも」

猪瀬はにやりと笑った。

「さしずめ、週刊誌ですな。政治家や芸能人のスキャンダルなど、連中は手ぐすね引いて待ち構えているでしょうからな。飛びつきますぜ」

猪瀬は勝ち誇ったように大川の顔の前で謄本を打ち振った。

「女の問題では、かつて総理大臣を筆頭に、何人もの政治家が失脚しています。フランス人あたりは鷹揚で、大統領の愛人問題が発覚しても致命傷には至らないようですが、日本の大衆はまだまだそういったことに敏感で、すぐスキャンダルに発展しますからな」

「講釈はもう、その辺でよろしいでしょう」

漸く懐手を解くと、大川は毅然として言い放った。声はもう震えていなかった。

剣が峰

大川松男の時ならぬ訪問は当麻を驚かせた。朝、出勤間際に電話がかかってきて、今日のご予定は？　と尋ねて来た。生憎一日中塞がっている、夜八時過ぎなら手術も終わり体が空きそうだが、と答えると、当麻さんさえご迷惑でなければ、その頃お伺いしたく存じます、折入ってご相談したいことがありますので、と、性急な口ぶりだった。

大川の携帯に電話を入れた時は、八時を大幅に過ぎて九時近くになっていた。メジャーの手術が二件続いた。一件目は五十歳の女性の乳癌に対し、乳房切除と広背筋皮弁を用いての乳房再建術で、三時間半を要した。二件目は八十三歳の老女の胃癌に対し、胃の三分の二を切除するもので、矢野に執刀させたが、三時間そこそこで終えた。

病院の自室に戻って大川に電話を入れた。

「お疲れのところを申し訳ありません。すぐに伺います」

できれば一時間の猶予が欲しかった。空腹を覚えていた。家に帰って富士子と食事を済ませ、改めて病院に戻れればと思った。「すぐに伺います」でなく、「伺って宜しいでしょうか？」と婉曲な物言いをしてくれたら、一時間後にお待ちします、と答えられたであろうが……。

当麻はすぐに富士子に電話を入れ、大川が何かのっぴきならぬ用事で訪ねてくること、二、三十分で終わる話ではなさそうだから、先に食事を済ませておくように、大川との話が終わりかけた時点でまた電話を入れる旨、伝えた。その実、一時間程度なら、富士子は先に食事を済ませることはなく、自分が帰るのを待っているだろう、と思った。多忙を極める当麻とは、朝夕の食事時くらいしか話を交わせないし、一人で御飯を頂くのはおいしくないから、夜中にならない限り待ってます、と常々富士子は言っているからだ。

「いよいよ三日後、告示日ですね」

手術が終わって控室でひと息ついて雑談に及んだ折、大塩が二週間後に迫った選挙の話を持ち出した。

「もう新たに名乗り出る人はいないでしょうから、結局五人の争いですね。まかり間違っても荒井がトップに躍り出るなんてことはないですよね？　下馬評でもしも荒井がトップになんぞなっていたら、荒井のここでの不祥事を週刊誌辺りにぶちまけてやろうかと思っていたんですが」

荒井猛男とはすれ違ったくらいで直接対面したことはないから大塩の義憤はいまだに実感できないでいるが、荒井の人となりは大方想像できる。「彼が万が一にも国会議員になろうものなら、自分をクビにした鉄心会に何を仕出かしてくるか知れませんよ」という大塩の懸念も理解できる。

「先生が去られた後に病院に乗り込んで丁々発止やり合った僕がここにいることを奴は知ってるでしょうからね。あの手この手でこの病院の締めつけを企てて来ますよ。締めつけどころか、潰しにかかるかも知れません」

杞憂に過ぎると思わぬでもなかったが、全国的に町村の合併問題が浮上してきており、湖西町も隣接の町々と合併されるかも知れない。母体が大きくなれば医療福祉の面も取り沙汰され、もしも荒井が当選などしたら、機を得たとばかり、町村が合併して市が誕生した暁には市立病院の建設を強引に推し進めるだろう、と口角泡を飛ばさんばかりに力説する大塩の訴えも頷けた。

　そんな矢先の大川の唐突な面会の申し出に、ふっと不吉な予感が当麻の胸をよぎった。手術予定のない明日ならもう少し早い時間にゆとりを持って応じられそうだから、余程今日は断ろうと思ったのだが、一瞬後胸に兆したその不吉な予感が、喉まで出掛った断りの一言を押し戻していた。

　果たせるかな、電話を入れて五分も経ったかと思われた頃、遠慮気味にノックして姿を見せた大川は、常の生真面目な風貌が、何事か思い詰めているのか殊更生真面目に映って、当麻は思わず居住まいを正した。

「お疲れのところをすみません」

　当麻の勧めるソファに腰を落とすより先に大川は、電話をかけて来て開口一番吐いた台詞を繰り返した。

「お食事はお済みになったのでしょうか？」

「ええ、大丈夫です。どうぞ、おかけ下さい」

　まだ中腰でいる大川をソファに促して当麻も真向かいに坐った。

「他ならぬ、選挙のことですが――」

ソファに浅く腰かけ、上体をやや前屈みに、うつむき加減で大川は切り出した。亡き妻翔子を思い出させる形の良い唇がギュッと結ばれ、真一文字に引き伸ばされた。「はい……？」と当麻は二の句を促すように返したが、唇は結ばれたままだ。

沈黙がわだかまった。

「何か、変わったことでも、ありましたか？」

息苦しいまでに淀んだ空気を払いのけるように当麻は言った。

これも翔子を偲ばせる、初老にしてなお澄んだ目が当麻に凝らされた。

「立候補を、辞退させて頂こうと思いまして……」

当麻は絶句の体で大川を見返した。

（これは自分に対応できる事柄ではない）

咄嗟にそんな思いが脳裏に走った。

「そのことでしたら、僕でなく、徳岡院長か、宮崎さんにお話し下さった方が……」

「いや、当麻さん」

腰を浮かしかけた当麻を制するように大川はすかさず返した。

「出馬を断念する理由は、当麻さんにしか分かってもらえないことなのです」

大川は上体を起こして真っ直ぐ当麻を見すえた。

「以前――」

当麻が耳を傾ける姿勢を見せたのに安堵した面持ちで、ひと息ついてから大川は続けた。

「台湾で手術を受けた後、台北のホテルにご一緒させて頂いた折、長々とお恥ずかしい過去のことをお話しさせて頂いたこと、覚えておられますか？」

「覚えています。翔子さんに、腹違いの弟さんがおられる、ということですよね？」

「ええ。K子という女性との間に儲けた子供です。そのことは、家内と当麻さんだけにしか話してありません。翔子にも、結局、話せないままでした」

忘れもしない、陳肇隆（チエン・チャオロン）とその妻ホンダミエに会いに行った後、台北のグランドホテルで聞き知ったその事実を、当麻も生前の翔子に告げるべきかどうか迷った。それを知ったら娘は父親を軽蔑するでしょう、だから、すべてを知っている家内にも絶対に言わないようにと言ってあります、と大川は言ったが、自分との間に子を生せなかった翔子は、たとえ異母弟であれ大川家の血を継いだ者がいると知ったら安心するのではないか、大川が自分に聞かせてくれたいきさつを知れば、彼を一方的に咎めることはないだろう、と、思われた。だが、大らかな翔子のことだ。是非その子に会いたい、会わせて欲しいと言い出しかねない。母親は乳癌を患っているということだが、ひょっとしたらその母親にも会いたいと言うかも知れない。そうなったら大川は困惑を極めるだろう。そんな危惧の方が勝って、結局何も言えないまま終わった。妻の頼子には箝口令を敷いたということだが、自分には翔子に絶対言わないでくれとは大川は言わなかった。ひょっとしたら当麻の口から機を見て翔子に話してくれてもいいと思って自分に打ち明けてくれたのかも知れない。と、すれば、翔子に言わないと決めた自分の判断が是であったか非であったか、今以て当麻には分からない。

「ところが、そのK子と息子のことが、第三者に知れてしまったのです」

「第三者、と言いますと……？」

当麻は我に返って大川の思いつめた顔を見直した。

「雄琴病院の事務長と名乗る男です。今度の選挙に立候補している荒井猛男氏の懐刀と見受けました」

啞然たる思いだ。

「私とK子の関係、そして子供のことを、週刊誌にばらす、と脅してきました」

「K子さんと、息子さんは、今、どうしておられるんですか？」

「K子は、数年前、亡くなりました」

「確か、乳癌で手術を受けられたんですよね？」

「ええ、十年後に、肺や肝臓、骨に転移したらしくて……」

「K子さんが亡くなられたことを、大川さんはどうしてお知りになったんですか？」

「亡くなる直前に、私のことを息子に話したらしいです。息子は丁度成人式を終えたばかりで、京都の私学の大学生でした。無事大学を出た暁には訪ねて行こうと思っていた、と言って、県庁に就職できた旨の報告と共に、私の所へ来ました」

「じゃ、K子さんは、女手ひとつで立派に息子さんを育てられたんですね」

「そういう、気っ風のいい女でした。息子も、何かを私に要求するでなく、ただ自分の父親がどんな人間か知りたくて訪ねて来たようです。私が言うのも何ですが、K子の面影を宿した、爽やかな青年でした」

大川の顔が初めて和らいだ。

「息子さんとは、その後……？」

「年賀状だけやりとりしています」

「奥さんは、K子さんが亡くなられたことや息子さんが訪ねて来られたことをご存知なんですか？」

「息子が訪ねて来て暫くして家内に話しました。ですから、週刊誌沙汰になっても家内は格別ショックを受けることはないし、当麻さんもご存知のことですから、当麻さんに今更面目が立たない、ということもないんですが、私を応援していて下さる方々はさぞかし困惑されるだろうと思いまして……大火事になって皆さんにご迷惑をおかけする前に火の粉を払っておくべきだと思い至ったのです」

「それはつまり……」

「幸い、告示前です。立候補を断念します」

当麻を見つめたまま、大川はスパッと言い切った。

(どうしたものか……?)

大川の凝視は受け止めているが、言葉が出てこない。

大塩を呼びたかった。否、徳岡銀次郎も。否、宮崎もだ。彼らは異口同音大川の決断に待ったをかけるだろう。何故だ？　この期に及んで何故？　と畳みかけるだろう。その疑問を解くには今自分に語ってくれたいきさつをそっくりそのまま打ち明けてもらう他ないが、大川にそれが出来るだろうか？　出来たとして、決意を翻させる妙案を捻り出せるだろうか？

(それにしても、何という卑劣なことを！)

一度限り外科の地方集団会で垣間見た荒井猛男は、図体は大きいが童顔で、大塩が言うような悪党には見えなかったが……。

(彼の方が見る目があったんだ！)

大塩に脱帽の思いで当麻はひとりごちた。

「どうしたものか――」

先刻胸の裡に漏らした独白が我知らず口を衝いて出た。

「奥さんにも、今のご決意は、話されたんでしょうか？」

大川は大きく顎を落とした。

「ひと晩考えた末、思い切って家内にも洗いざらい話しました。自業自得ね、と一笑に付されました。分不相応な挙に出るからそんな目に遭うのだ、おとなしく田舎に引っ込んでおりなさいという天の声よ、とも……」

K子のことは頼子夫人も納得ずくと聞いたが、怨念とまではいかないものの、満たされぬ思いを内に秘めたまま頼子は長い歳月を耐えてきたのだ、と当麻は思った。

大川の目もと口もとに初めてうっすらと微笑が浮かんでいる。苦笑とも取れるが、皮肉をこめた妻の諧謔を甘受せざるを得ない男の哀しさも漂った。

「大川さん――」

やっと、絞り出すように当麻は声を放った。

「正直なところ、僕にはどうお答えしてよいか分かりません。大川さんに出馬を勧めたのが僕でしたら、あるいは僕の一存で、分かりました、と御決断に同意できたかも知れませんが、今回のことに関しては、ある意味、僕は門外漢で――」

ここまで一気に言ってから、これは些か責任逃れな発言だと気付いた。荒井を毛嫌いする大塩にせつかれたとは言え、自分もその気になって大川の決断を促したことを思い出した。果たせるかな、大川の目にも戸惑いと怪訝の色が浮かんでいる。

「大川さんが今お話し下さった出馬断念の理由を、僕以外の人、たとえばうちの院長や、鉄心会の事務局長宮崎さんにもお話し頂くことは、出来ませんか？」

ゆとりがあればまだしも、告示はもう目の前に迫っているのだ。

自分一人ではこの難題をしょい切れないとの思いに駆られていた。

意外な切り返しだったのか、大川は瞼を伏せ、唇をかみしめた。

「私からお話しするのは――」

ものの一分間も沈黙がわだかまったと思われる頃、漸く大川は唇を開いた。

「何となく気が引けます。当麻さんからお伝え願えないでしょうか？　勿論、K子や息子のこと、ありのままを仰って頂いて結構です。さもなければ、納得して頂けないでしょうし」

「僕から、ですか……」

二の足を踏むものがあります、と続けようとして思い止まった。この人は自分に下駄を預ける決意で来てくれたのだ。この場で翻意させることが出来ない以上、せめて間に立って解決策を探るのが、富士子と結婚するまでは義父であり、かけがえのない身内であった者への務めだろう。

「分かりました」

逸らしていた目を返して、当麻は逡巡を断った。

「然るべき人達に相談してみます。それまでは、大川さんから公然と出馬の取り消しを申し出ることは控えて下さいね」

「切羽詰まって身勝手なことを申し出て申し訳ありません」

大川は深々と一礼した。心なしか、その目にうっすらと光るものを見たように思った。


大川を見送った当麻は、重い足取りで家路についた。

玄関の明かりをつけて出迎えてくれた富士子に笑顔を返したが、着換えを済ませてリビングで相対したところで、怪訝な目を向けられた。

「何か、難しいお話だったの？」

「うん……？」

「浮かぬ顔をしていらっしゃるから」

「あ、そう……？」

胸にわだかまったものを洗いざらいぶちまけたいと思った。しかし、富士子の親友であった翔子の父親の秘事をそうそう簡単には口に出せない。

「ちょっと、オペでも疲れたからね」

たとえ打ち明けるとしても、今少し熟慮の上で、と思い直した。

「お昼御飯は食べたのかしら？」

自分も箸を取り上げ、「頂きまーす」と手を合わせてから、富士子は当麻の目をのぞき込んだ。

「ああ、一時過ぎにね」

「でももう九時間経ってるから、お腹ぺこぺこでしょ？」

富士子はちらと壁にかかった時計を見やって言った。

「あなたこそ。お腹空いたでしょ？　先に食べててくれてよかったのに……」

「私は適当におやつを頂いているから大丈夫。でも鉄彦さんはそうもいかないでしょうから」

「いや、僕も、オペとオペの合い間につまみ食い出来るから」

「つまみ食いって、オペ室に何か用意してあるの？」

「ああ、看護婦さんがおやつにね、ちょっとしたものを常備していて、出してくれるんだよ」

こんな他愛のない会話を交わしながら、この幸福な安らぎのひとときが終わったら、すぐ様次の行動に移らねばならない、と、当麻は切羽詰まる思いに駆られていた。

対　策

一時間後、当麻は大塩を伴って徳岡銀次郎の宿舎を訪れた。医師住宅の一番奥まったところにある3LDKの家に、徳岡は妻の孝子（たかこ）と二人暮しだ。息子二人は京都にいる。長男は銀次郎と同じく二浪して西日本大の医学部に入り、次男はこの春やはり西日本大の医学部を受験して落ち浪人中で、予備校に通っている。

「なまじ現役で入るより、医者を志す者は一度や二度試験に落っこちた方がいい。敗者の惨めさを痛感してこそ人を思いやれる人間になるし、逆境に耐える根性も養われる。すいすいと現役で入っていく人間は世の中自分の思い通りになると鼻高々で傲慢（ごうまん）になりかねない。そういうのに限って、社会に出た時、挫折を味わうとひとたまりもなくへなへなと落ち込み、奈落の底から這（は）い上がれなくなるのだ」

二人が受験に失敗した時、銀次郎は兄鉄太郎の自伝のこの件を息子達に読ませた。

「私学に入れてやる金はないぞ。浪人を重ねてもいいから国立大に入るんだ」

銀次郎は銀次郎で息子達にこう言い聞かせた。

「徳岡家二代で浪人を重ねること十回近く、しかし全員国立大の医学部に入った。私の、誇りである」

鉄心会の月報に自伝を連載している鉄太郎はこうも書いている。

「他学部の受験生にとっては無駄な歳月かも知れないが、医者を志す者には浪人時代はかけがえのない人間成長の時である。苦汁を嘗めてこそ弱き者、病める者の心情を思いやる心が醸成されるのである。

そもそも、机にかじりついて血眼になって勉強し、すんなりと合格を果たした弱冠十八歳の、やっと少年期を脱したばかりの世間知らずの人間が、その後も苦労なく医学部六年を経て人の命に与る医者になること程危ういことはない。

その点、欧米人は大人だ。高校を出たての若造や小娘を医者にはしない。他学部を一旦卒業した人間しか受け容れないのだ。日本流に言えば、最低四浪した苦労人だ。しかも、学問がよく出来るからというのではない、四年間学んだ学部には自分が本当に目指すものが見出せなかった、だから医学部を受け直そうと、そうした明確な志を持って医学部に入ってくるから大人なんだ」

これはつい最近、ＡＬＳと宣告された後の文章だ。徳岡鉄太郎の、逆境をものともせぬ不屈の精神に当麻は改めて感服させられた。

大塩にはまだ大川の一件を話していない。一時間程付き合えるなら一緒に来て欲しい、とだけ言って院長宅の前で落ち合った。富士子には聞かせられなかったからだ。

「ＢＳのＭＬＢを見て、それから風呂に入り寝ようとしていたところだよ」

時ならぬ訪問者を前にして徳岡は気を損じた風もなく言った。

「家内は今風呂に入ってるから、お茶も出せないが……」

「どうぞお構いなく。院長は明日上京されると伺ってたので、今日中にお話ししておかなければと思ったのです」

午前の外来診療を終えたら空路東京に発つ、と聞いている。兄鉄太郎の様子を見てくると。

「そんなに切羽詰まったことなのかな？」

大塩を伴っていることと相俟って、いつになく硬い当麻の表情に徳岡は不安を覚えたようだ。

「三日後に告示が迫っている衆院選のことです」

当麻は単刀直入に切り出した。

「フム……」

徳岡と共に大塩も訝った目を振り向けた。

「大川さんが、出馬を取り消すと言って来られたのです」

「ええっ！」

二人は異口同音吃驚（きっきょう）の声を放って互いの顔を見やった。

「何故？」

「どうしたんですか？」

これもほとんど異口同音に放って、二人はひしと当麻を見すえた。

「雄琴病院の事務長と名乗る者が、二日前唐突に大川さんを訪ねて来たそうです」

「雄琴病院？」

徳岡が訝った。

「今度の選挙に名乗り出ている荒井猛男がいる病院です」

大塩が当麻を代弁するように徳岡に言った。

「知ってるよ。院長もね。虫垂炎（アッペ）を全部挿管でやるというんで、診療報酬の査定委員会で問題になった病院だ」

「アッペを全麻で!?」

大塩がいきり立った。

「弁明が振るっている」

「何て言うんですか？」

大塩が畳みかける。

「以前にルンバールで患者を死なせたことがある、麻酔薬のアレルギーか何か分からんが術中にショック状態に陥ってそのまま還らぬ人となった。医療訴訟になって、最後は何とか示談で解決したが、それにしてもウン千万の和解金を支払う羽目になった。それ以来懲りてルンバールでのオペはやめ、安全な気管内挿管に切り換えている、と言うんだ」

「そんなの、麻酔薬のアレルギーじゃないでしょ！」

大塩がひときわ語気を強めた。

「ルンバールで上半身まで麻酔がかかって呼吸筋の麻痺を起こして呼吸が止まったことに気付かなかっただけじゃないですか」

「多分ね」

同意を求めるような大塩の目に、当麻は頷き返した。

「こうも弁明していた」

徳岡は記憶を辿るように視線を上に遣ってから言った。

「大体アッペは若い外科医に任せているが、往々にしてルンバールがうまくいかず結局挿管に切り換えざるを得ないことがある。ルンバールでは患者は意識があるから、後で本人や家人からクレームをつけられたりする。さては、術後に頑固な頭痛を訴えることがあって、それもクレームの種になったりする。一番恐いのは、アッペと診断して開けたものの別の病変が見つかった場合で、急遽全麻に切り換えなきゃならん。それやこれやで、ルンバールのいいところは何もない。始めから気管内挿管した方が余程安心してやれる、と、何やかや御託を並べたてた」

「査定委員会はそんな言い訳を認めたんですか？」

大塩が突っ込んだ。

「全麻でやっちゃいかんという法規はないからね。しかし、単純な虫垂切除（アペンデクトミー）で軒並み挿管というのは幾ら何でも認められないから削らしてもらう、パンペリを併発していたか、たとえば上腹部の疾患の誤診だった場合は認める、ということで一件落着したんだが、呆れたことに、その後も相変わらず挿管でアッペをやっている。病名に、大概〝汎発性腹膜炎〟と付記してあるんだ」

「そういうあこぎな医者が院長をしている病院だから荒井のような人間でも務まるんですよ」

「フム。ところで」

　徳岡が当麻に向き直った。

「雄琴病院の事務長が大川さんを訪ねて来たことと、大川さんが立候補をとりやめることと何か関係があるのかね？」

　当麻はかいつまんで事と次第を話した。

「そりゃもう脅迫じゃないですか！」

　大塩が唇を震わせた。

「大川さん優勢と知って、荒井が苦肉の策を捻り出したんですよ」

「選挙にズブの素人の荒井にそんな悪知恵が浮かぶかどうか……案外その事務長とやらの思いつきかも知れん。前に何らかの選挙に関わっていて、ずるい奥の手を覚えたのだろう。あるいは、何年か前の宇野首相の失脚にヒントを得たか……」

「ああ、なる程」

　大塩が大きく相槌を打った。

「大川さんのその一件は、宇野首相と違って、ｉｎｇじゃないですよね。もう大分過去のことじゃないですか！　相手の女性も故人ということですし……スキャンダルになり得ますか？」

「うーん、何とも言えないなあ」

徳岡は胸に腕を組んで、片手で顎をしごいた。

「一国の首相候補となればそういう下ネタは足を引っ張る恰好の材料になるでしょうけれど、全国的に名が知れているわけでもない地方の政治家のプライバシー問題などに週刊誌が飛びつくでしょうか？」

「飛びつく、と想定して対策を練らんといかんな」

「えっ……？」

「逆襲だよ」

「ぎゃくしゅう……？」

「我々が入る前の病院を、荒井は我が物顔で取り仕切って、結局潰してしまった。〝エホバの証人〟の輸血問題や麻酔事故で医療訴訟も起こされた。その辺をあげつらって、そっちがやるならこっちも荒井の前科を公にするぞ、とやり返すことだな」

「いいですね、それで行きましょう。ね、先生」

大塩が手を打って当麻の同意を求めた。

「しかし、君は直接荒井猛男と接触していないよね。彼の不行跡を一番よく知っているのは当時の院長の島田先生と弟で事務長をしていた三郎さんだと思うけれど、生憎島田先生はもうまともに話ができなくなってしまったから、三郎さんに聞き出すのが一番かな」

「当麻さんの取りなしで、宇治のウチの病院に行ってもらった人だね？　確か、あなたが腎臓移植をした……？」

「ええ、今はすっかり立ち直って元気でやっているようです」

「その島田三郎さんもいい証人だが、ウチが病院を引き受けるに当たっては、倒産に至った経緯など、つぶさに調べ上げたのは事務局長の宮崎だ。荒井とその一派に引導を渡したのも彼だから、宮崎にも出てもらおう。今日はもう遅いから、明朝一番で連絡してこちらへ来てもらうよ。メールを打っておこう」

徳岡は携帯を取り出した。この辺の手早さは頼もしい限りだ。

「明日、宮崎が来たら、吉野屋にでも集まろう。どうせ彼はそこに泊ってもらうことになるだろうから」

メールを打ち終えて徳岡が言った。

「でも、明日院長は上京される予定では……？」

「えっ……？」

と大塩が当麻を、次いで徳岡を訝り見た。

「取り止めるよ。明日是が非でも行かなきゃならんことはないから」

当麻は安堵した。大塩もほっとした顔を見せた。

「島田氏にも同席してもらおう。当麻さんから連絡してもらえるかな？　命の恩人の頼み事とあれば、何はさておいても出て来てくれるだろう」

大塩が大きく相槌を打った。島田三郎の腎移植の手術には大塩も立ち会っている。

「五時、でどうかな？　夕食前がいいだろう。明日は、オペは？」

「幸い、ありません。急患が入れば別ですが……」

大塩が頷いて、当麻を見返った。

「大川さんにも同席してもらったらどうでしょう？」

「さてね。それはどうかな？」

徳岡が当麻の目を探った。

「我々で対策を練って、具体的な案が出たところで、こうこうこうしようと思うんだがと、大川さんに打診した方がいいんじゃないかな？」

「そうですね」

先刻まで相対していた大川の深刻な顔が浮かぶ。了解済みとは言え、大川の秘事をさらけ出してしまったことに当麻はうしろめたいものを覚えている。翔子が生きていたら、大川は自分に相談するまでもなく出馬を断念していただろう。泉下の翔子は、父親のこの苦悩をどう見ているだろう？

　曖昧に返しながら、当麻の脳裏を様々な思いが駆け巡った。

緊急会議

　徳岡銀次郎と当麻、大塩、それに宇治の鉄心会病院から駆けつけた島田三郎が額を寄せ合っていた。

　徳岡が打ったメールに宮崎が気付いたのは、朝方、鳥取の宿でだという。鉄心会の新しい病院を米子市の郊外に建てる計画が持ち上がっており、その建設に待ったをかけている地元医師会との折衝に前日から赴いており、今日は午前の便で東京に帰る予定だった。徳岡が単刀直入に用件を告げると、

「どうしてそんなことに！　何があったんですか？」

　と宮崎は解せないとばかりの口振りで畳みかけたという。電話では意を尽くせないと思ったが、こちらへ来るまでに何らかの妙案を見出してくれたらと思ったから、かいつまんで大川の〝内々の事情〟を話しておいた、と徳岡は言った。

島田三郎は荒井猛男が衆院選に名乗り出ようとしていることについ最近気付き、

「対岸の火事と見ていていいものかどうか、先生はどう思っておられるのか、今日明日にでもお電話しようと思っていたところです」

と当麻に言った。

「その件で是非あなたのお知恵を借りたいと、徳岡院長も言われています。吉野屋に五時過ぎにおいで頂けますか？」

「吉野屋ですか？　懐かしいですねえ」

当麻の問いかけに、島田三郎は感慨深げに言った。

三郎は腎移植をして暫くは当麻が診ていたが、当麻の斡旋で宇治の鉄心会病院の医事課長に納まってからは湖西の自宅はそのまま、宇治の病院職員用のマンションに移り住んでいる。帰省するのは盆と正月くらい、妻の方が月に一度宇治に出向いている。

辛苦を共にして来た長兄の光治が去って、債務逃れに病院の理事を降りた次兄の春次が我関せずと言った顔で居残っている郷里には足が向かなかったのだ。自宅は春次の家とはさ程離れていない。帰ったら鉢合わせをしかねないと思うから、極力近付かないようにしている。

今回も自宅には寄らず吉野屋に直行したという。

「〝滋賀日日〟の今日の朝刊ですが、大川さんが頭ひとつ抜け出て、元大津市長と荒井が迫っている、と書いてありますよ」

三郎は鞄から取り出した新聞を広げて見せた。

「大川さんが出なくても、荒井が落ちてくれればいいんですが」

大塩が言った。

「落ちますよ。新聞の予測は大体当たりますから」

三郎が断定的に言い放った。

「荒井などが当選したら滋賀は終わりですよ。甦生記念病院にも何をしでかしてくるか分かりません」

「何をしてくると思うかね？」

徳岡銀次郎がすかさず返した。

「潰しにかかるでしょうね」

大塩が大きく相槌を打つ。

「どのようにして？」

「町立病院を建てようとするんじゃないですか？　まさかと思いますが、癌センターが必要だ、などとも言い出しかねません。湖南には成人病センターがあるし、大津市立病院や近江大もある。湖西、湖北が医療過疎だから、と言い立てたりして……」

「フム」

「何せ奴は鉄心会に首を切られたことを根に持ってるでしょうから、権力を握ったら大変ですよ。何としても大川さんに当選してもらわなければ……」

徳岡と大塩が相槌を返しながら当麻に目を移した。

「それがね、困ったことになったんですよ」

二人の目に促されて当麻は漸く口を開いた。

「困ったこと……？」

三郎が目を曇らせた。

「大川さんが、出馬しないと言って来たんです」

「ええっ!?　何故です？　どうしたんですか？」

三郎が畳みかける。

「卑劣な手段を弄して来たんです」

即答できないでいる当麻に苛立ったように大塩が返した。

「卑劣な？　どんな……？」

大塩は当麻を振り返った。僕が言っていいですか？　と目が問いかけている。

閉め切った部屋の外に足音が響いた。障子があいて、女将が廊下に膝をついた形で男を中へ導き入れた。

「いやあ、すみません、遅くなって」

額の汗を拭き拭き宮崎が入って来た。

「すまないのはこちらだよ」

徳岡銀次郎が自分の真向かい、島田の横に座蒲団を回しながら言った。

「御無沙汰してます」

三郎が隣に腰を落とした宮崎に恭しく一礼した。

「島田です。その節は色々お世話になりました」

「ああ、事務長をしておられた……？」

「はい。当麻先生に御紹介頂いて、今は、宇治の鉄心会病院におります」

三郎は胸のポケットから名刺を取り出した。

「そうでしたね」

自分も名刺を返しながら宮崎は言った。

「当麻先生と宮崎さんのお陰で、こうして生かしてもらっています」

宇治の鉄心会病院に三郎が就職口を得たのは、当麻の口利きもあるが、宮崎が陰ながら動いてくれたからだ。その実、二人が顔を合わせるのは初めてだ。

「こちらも初対面だと思うから紹介します」

当麻は傍らの大塩を手で示した。

「ウチの外科スタッフの大塩君です。僕より荒井猛男氏のことをよく知っているので来てもらいました」

「知っていると言っても、面と向かっては一度会ったきりなんですが……」

大塩は中腰になって名刺を宮崎と交換しながら言った。

「端から気に食わない男でした。そいつが国会議員に名乗り出たんで、何としても阻止しなければと、誰よりも強く思っていると自負しております」

「いやいや、その点では私も負けていませんよ」

三郎が身を乗り出した。

「本当に、腐った野郎です。奴のおかげで、兄も、私も、地獄に突き落とされました。恨み骨髄に徹しています。鉄心会さんが追っ払って下さらなかったら、奴を殺して私も死のうとさえ思っていました」

「いいですね、その怒り」

宮崎が膝を打った。

「私と一緒に、雄琴病院へ乗り込みましょう」

「えっ……？」

「さっき、こちらの先生が仰ったように、荒井は卑劣な手段を弄して大川さんの出馬を断念させようと目論んできたんですよ」

大塩がコクコクと頷いた。

「島田さんにはまだ大川さんの事情を話してないんだよ」

徳岡が宮崎に言った。

「当麻さん、話してやってくれるかな。僕は直接聞いてないから」

言われてみればその通りだ。当麻はかいつまんで大川に庶子のあること、その母親Ｋ子は既に故人であること、大川の妻は承知していること、認知した息子は健在で大津の県庁に勤めていること、荒井猛男が指示したのかどうかは分からない、参謀の事務長の思いつきかも知れないが、大川の戸籍謄本を取り寄せて庶子のいることを突きとめ、大川を脅迫に及んだこと、等を手短に語った。

「立派に脅迫罪が成立しますよ、それは」

三郎はすかさず返した。

「但し、大川さん本人が訴え出れば、ですが……」

「それが出来ないから、大川さんは身を引く方を選んだのでしょうね」

自分を訪ねて来た時の大川の思い詰めた顔を思い出しながら当麻は言った。

隣で大塩が歯ぎしりした。

「第三者でもこうこうこうと事情を警察に話せば受けつけてくれるんじゃないですか？」

「警察が入ると大川さんも事情聴取される。益々嫌気がさすんじゃないですかね？」

宮崎が眉間に皺を寄せて言った。

「そうですね」

三郎が同意した。

「それより、目には目を、歯には歯をで、逆襲をかける方が手っ取り早いと思いますよ」

「賛成です」

大塩が言った。

「僕は島田さん程詳しくはないですが、荒井の前科は妻の浪子（なみこ）から聞いてあらかた知っています。妻は部下の丸橋（まるはし）がしでかした医療事故の証人になって欲しいと弁護士から言われ、それが厭で退職届を出す羽目になったんです」

「その件ですが、恥ずかしながら、私も共犯者の一人でした」

三郎が大塩に頭を下げた。

「医療事故が発覚したら、ただでさえ落ち目でしたから、病院はもうお終（しま）いと思ったからです。浪子さんには申し訳ないことをしました。しかし、犠牲者は浪子さんばかりでなく、麻酔の白鳥先生もなんです。それは別件で、〝エホバの証人〟にまつわる事件でしたが……」

「確か、直腸癌のオペで大出血を引き起こして、絶対にやらないと家人に言っていた輸血をこっそりやってしまった一件だね？」

徳岡が言った。

「そうです。出来もしないのに、当麻先生に張り合うつもりでやったのでしょう」

三郎が返した。

「両事件とも訴訟になったようだが、決着はついたのかな？」

徳岡が続けた。

「どうなっておりますか？　先の件は、ウチに請求された五千万については鉄心会が買収の代償として払って下さって一件落着しましたが、荒井と丸橋に請求された分については知りません。私も心身共に疲弊してそれどころではなくなっていましたから」

「〝エホバの証人〟の件は、麻酔の白鳥先生が証人に立ったことで荒井も輸血をしたことを認めざるを得なくなり、訴訟になりましたが、荒井が巧みに言い逃れて〝エホバの証人〟側の敗訴になっています。納得できないと、〝エホバの証人〟側は上告しているようで、まだ係争中のはずです」

「そんな訴訟を抱えていてよくも衆院選に打って出れるもんだ」

大塩の語尾をすくい上げるように徳岡が言った。

「乗り込みましょう」

宮崎が断固たる調子で言った。

「その二つの訴訟事件を、それこそマスコミにリークする、厭ならあんたこそ出馬を断念しなさいと言ってやれば、奴(やっこ)さんはたじたじとなりますよ」

「交換条件に出してもいいですね」

大塩が言った。

「あんたの前科を黙っててやる代わりに、大川さんのプライバシーもリークするな、と」

「それがいい」

徳岡がはたと膝を打った。

「その線で行こう。明日の朝一番で雄琴病院に押しかけよう。さし当たって、宮崎さんと島田さんに先陣を頼もうか」

「僕も行きたいですが……」

大塩が訴えるような目を当麻に向けた。

「いや、君は出ない方がいい」

聞き役に徹していた当麻がかぶりを振った。

「どうしてですか？」

大塩は不満げに返した。

「荒井は僕を見たらギョッとしますよ。一度限りですが対面して、奴の学位論文のいい加減さを散々こきおろしましたから。お話ししたことがありますよね？」

「うん。だから、君が出ればかえって火に油を注ぐことにもなりかねない」

「でも、妻の浪子も荒井の犠牲者なんですよね。島田さんは覚えておられると思うけれど、〝エホバの証人〟に手術前の約束と違って無断で輸血してしまったことで訴追を受けた時、絶対にしていないということにしておけと荒井はオペに立ち会ったナース達へ箝口令を敷いたのです」

「その件に関しても、申し訳ない限りです」

三郎が大塩へ、次いで当麻にも頭を下げた。

「兄の光治が頭の病気で実務を取れなくなっていたこともあり、副院長の荒井が取り仕切っておりましたから、彼の言うなりにならざるを得なかったのです」

「ま、事務長の立場としては不可抗力でしたよね。でも、原告側は弁護士を立てて証人を得る算段に出ましたから、現場にいて輸血をじゃんじゃんしていたところを目の当たりにしていた麻酔の白鳥先生は、先の浪子さんと同じ理由で辞められました。幸い当麻先生が戻られて、心ならずも遠方の病院に就職していた妻も甦生記念に戻りました。その時点では、証言を求められたら本当のことを話す覚悟ができていたようです。でも、ほとんど同時に復職された白鳥先生が先に証言をして下さって、荒井の偽証が暴露されたのです。

　そもそも、直腸癌の部位からして、人工肛門になるはずがなかったんですよね。それが不用意な出血を起こして止血に手間取ったために術式を変更せざるを得なくなって、人工肛門を造ってしまい、ガーゼを詰め込んで丸一日経ってから抜いたという、お粗末な手術になったようです。無断で輸血をしたこともさりながら、術前の説明と違って人工肛門を造られたことも訴訟の理由の一つになっているようです」

「なるほどね。でも君は直接その現場を目撃していたわけではないからな。それより、自ら脛（すね）に傷持つ身でライバルの古傷をつついて出馬を断念させようとする卑劣さをあげつらった方がいいと思うな。病院を潰した経緯を改めて思い起こさせる意味で、宮崎さんと島田さんにお任せしたらどうだろう」

　当麻が大塩をなだめたのは、持ち前の一本気な性格から血気にはやって大塩が乗り込めば、端から喧嘩沙汰となり、荒井も何やかやと言い返し、引っ込みがつかなくなって談判決裂に陥ることが危惧されたからである。

「私がもうひとつ考えたのは、弁護士を立てることで、手配はしてある。明日にでも宮崎さんと島田さんが行ってくれるなら、西日本の鉄心会の顧問弁護士が大阪にいるから、同行させるが……」

「いいですね、賛成です」

宮崎がすかさず言った。

「弁護士に立ち会ってもらえば、こっちも本気で怒ってるんだぞ、場合によっては訴訟に持ち込むぞ、と向こうにプレッシャーをかけられます」

「よし、じゃ、早速連絡を取ってみるよ。その間に、食事の用意をしてもらおうか」

徳岡は携帯を取り出し、部屋続きの広縁の籐椅子に身を移した。

三郎が部屋の隅の電話ににじり寄って受話器を取り上げ、食事に掛ってくれるよう女将に告げた。

底辺の病院

雄琴病院に乗り込んだ宮崎と島田三郎、それに鉄心会の顧問弁護士為末卓郎（ためすえたくろう）と、大塩謙吾（けんご）

は、まずは病院の外観に一様に眉をひそめた。三階建ての建物がゴチャゴチャとした民家や店の中に窮屈そうに建っており、十台も入るか入らぬかの駐車場が申し訳程度に玄関横に設けられている。玄関と駐車場の僅かな隙間には、自転車やミニバイクが数台、ほとんどすれ合わんばかりに置かれてある。大塩が持参したカメラをカシャカシャと動かした。

病院は直方体の箱型で、コンクリート造り、当初は白かったのだろうが、今はくすんでところどころヒビも入っている。

「こんな所に入院はご免だな」

玄関前で落ち合って、四人は申し合わせたように病院とその周辺の景色に目をやっていたが、弁護士の為末が曰くありげな苦笑を浮かべて言った。

「いかにも安普請て感じですね。大分年季が入ってるようだが……」

宮崎が相槌を打ちながら言った。

「ウチの理事長が昔大阪の野崎に建てた病院さながらですね。ウチのは改装して綺麗になったが、こちらは古色蒼然としている。建ててそのままのようですね」

玄関からあんちゃん風情の若い男が出て来た。シャツにくたびれたズボンのいでたちで、腹巻きをのぞかせている。片手に薬の袋をぶらつかせている。四人に気付いて一瞬胡散臭げな流し目をくれたが、すぐに目をそむけて玄関横に体を滑らせると、ミニバイクに寄りかからんばかりに並んでいる自転車を荒っぽい仕草でガチャガチャ言わせながら払いのけた。

「糞ったれっ！」

という言葉を四人の耳が捉えたかと思うと、男はミニバイクを狭いスペースから引き出し、もう一度こちらに胡散臭げな一瞥をくれてからブオンブオンとエンジンをふかして走り去った。


男と入れ代わるように四人は中へ入った。

天井が低い。長椅子が数列並べられ、数えられる程の男女が物憂げな様子で腰かけている。昼下がり時のこの時間帯は午後の外来診療が始まっているようだ。

大塩を除く三人がカウンターで患者とやりとりしている事務服の女性に歩み寄って事務長の猪瀬に会いたい旨、告げた。前日に猪瀬には宮崎が大川松男の秘書だと偽ってアポイントメントを取ってある。案内役に部下を同伴するかも知れないと言ったが、さして警戒する風でもなく、「先日の当方の提案に対するご返事を頂ける訳ですな」と返った。そうだと答えると、「ではお待ちしています」と猪瀬は弾んだ声で言った。

大塩はロビーを離れて廊下に足を向けた。当麻に君は行かない方がいいと言われたが、妻の浪子の意趣返しと、荒井のような男を副院長に置く雄琴病院が一体どんな病院か見てみたいから是非同行させて下さいと嘆願を繰り返した。猪瀬と、ひょっとして荒井が出てくるかも知れない折衝の場では極力聞き役に徹し、まかり間違っても激高しないこと、それを守れるなら、と釘をさされ、「守ります」と誓ってやっと許しを得た。

（何だ、こりゃ！）

外来診察室の前まで来て、大塩は思わず独白を放った。診察室は三つあって、「第一」「第二」「第三」と表示されているが、狭い廊下を更に狭くしている三人掛けくらいのベンチが数台置かれ、二人、三人、患者とおぼしき人物が坐っている。彼らの存在がなかったら、独白に留まらず、大塩は声を上げていただろう。

各々の診察室の入口横に天井から床につきそうな長い垂れ幕――と言っても模造紙だが――がかかっており、そのいずれにも、「担当医　医学博士〇〇先生」と大書されている。荒井猛男のそれもある。

（この時代錯誤は何だ！）

大塩は震え出した手でカメラをその垂れ幕に向けた。それに気付いた患者が大塩に流し目を向けた。

大塩はカメラを収めるとロビーに取って返し、ベンチに掛けている弁護士の為末をつついた。

「ちょっと、来て下さい」

為末は「えっ？」とばかり大塩を見返したが、並んで掛けている宮崎と島田に軽く会釈をして、大塩の後を追った。

「この仰々しい掲示を見て下さい」

大塩は憤然たる面持ちのまま、垂れ幕を弁護士に示した。

「うーん、ウチの理事長が見たら頭から湯気を立てて怒るだろうな」

為末は苦笑しながら言った。

「〝医学博士〟なる肩書きを病院の宣伝に用いてはいけないことになっていませんか？　市中の看板にせよ院内の掲示物にせよ」

大塩がいきまいた。

「博士カッコ医学とか文学とかしなきゃいけない。それも精々名刺か、講演や著書の略歴に限られるんで、こういう掲示物は確かに違法ですな」

大塩は得たりや応と頷いた。

「破り捨ててやりましょうか」

「いやいや、そんなことをしたら器物損壊罪で訴えられるからそれはまずいですよ」

大塩が「荒井猛男」の垂れ幕に二、三歩踏み出してそれをひっぺがす素振りを見せたので、弁護士は自ら一、二歩垂れ幕に歩み寄って大塩を制した。

刹那、荒井の垂れ幕の脇のドアが勢いよく開いた。大塩と為末は思わずのけぞった。

荒井だった。一瞬、一対二で目が合ったが、息を吞んで佇んでいる二人を尻目に、荒井は左手に足を向けて立ち去った。

「こん畜生っ！」

かみしめた歯の間から声が漏れた。

「あれが荒井猛男ですかね？」

弁護士が大塩の耳もとに囁いた。歯ぎしりしたまま大塩は頷く。

「顔は幼いが、図体は大きいですね」

大塩は無言のまま頷き返した。

足音が背後に聞こえたかと思うと、一人の医者が傍らをよぎって垂れ幕のかかった診察室の一つに歩み寄った。ヨタヨタした足取りで背も曲がっている。白髪の頭頂部は河童さながらだ。八十歳は優に過ぎていると思われた。大塩はカメラをその老医師にも振り向けた。

（賞味期限の切れかかった医者じゃないか！）

大塩は苦々しく独白を吐き捨てた。

「お二人と伺ってましたが、また大勢で来られて物々しいですな？　ま、私はここで失礼しますよ」

狭い事務長室に四人を迎え入れた猪瀬は、二人掛けが精一杯の二脚のソファに四人を二組に分かれさせると、自分は机の前に座したまま言った。

「ほー、為末さんは弁護士さん？　大塩さんはドクター？　皆さん鉄心会の方ですな。大川さんとは直接関係がない方ばかりですが……」

四人が手渡した名刺を机に並べ、暫く繁々と眺めやってから、猪瀬はおもむろに顔を上げた。

「他ならぬ荒井さんがウチの病院と深く関わった方なので、猪瀬さんも、あるいはご存知ない彼の前科をお伝えしたくて皆で押しかけて来た次第で……」

宮崎が口火を切った。

「ゼンカ？」

猪瀬はすっ頓狂な声を上げた。

「いきなり人聞きが悪いことを仰いますな。喧嘩を売りに来られたんですかな？」

狭い額に三、四本の深い横皺が刻まれた。

「売りに来たんじゃありません」

宮崎が返した。

「買いに来たんです」

「買いに？　何のことです？」

「だって、売りに来たのはお宅の方でしょ！」

宮崎は語気を強めた。

「だからそれを買ったまでです」

「つまりは、泣き寝入りをしないということですよ」

島田三郎が続けた。

「何か、誤解をしておられますな」

猪瀬は一呼吸ついて言った。

「私が先日大川さんに申し上げたことは、大川さんの名誉を思って、老婆心から出たもので、喧嘩を売るなど滅相もない。言い掛りも甚しい」

「言い掛りはそちらでしょう」

宮崎が返した。

「対抗馬のプライバシーを週刊誌に暴くぞと脅しをかけて出馬を断念させようと目論むなど、いやしくも人の生命を預かる医療に携わっている人間のやることとですか！」

「先程、老婆心から、と申し上げました。何故なら、万が一大川さんが当選なさったら、週刊誌はネタ欲しさにそれっとばかり大川さんのプライバシーを虱潰しに調べてかかりますよ。そうして隠し子のあることはすぐに露見し、白日の下にさらされ、大川さんは窮地に追い込まれる。

要は早いか遅いかの問題で、国会議員になった喜びなど束の間、世間に恥をさらすだけさらして一巻の終わりでしょう。そうなる前にお引き取りなさった方が、深手を負わなくて済みますよと、何度も申し上げますが、老婆心から御進言させて頂いたまでで……」

「脛に傷持つ身で、よくも抜け抜けとそんなことが言えたものだ」

「何ですか、その、〝脛に傷持つ身〟とは？」

「さっき申し上げたでしょう。荒井氏の前科をご存知ないからそれをお教えに来たんだと」

「伺おうじゃないですか」

猪瀬はずり落ちた眼鏡を鼻根に押し上げて胸をそらした。

「荒井氏に同席してもらうのが一番ですがね」

為末が言った。

「猪瀬さんはあくまで荒井氏の代理人に過ぎないですよね。選挙参謀と言ってもいいのかな。あるいは、大川さんの戸籍を調べてアラ探しを思いついたのは猪瀬さんかも知れないが、陰で糸を引いているのは荒井氏でしょうから、我々としては、あなたが大川さんにそうしたように、荒井氏に直談判したいのですが……」

三人は相槌を打つ。

「生憎、副院長は今外来診療中で抜けられないのです」

「患者は一人いるかいないかぐらいだから、抜けられるでしょう」

大塩が声を張り上げた。

「それに、何ですか、あの仰々しい、見世物小屋の出し物の宣伝文句みたいな垂れ幕は。医学博士なんて掃いて捨てる程いるこの時代に、あんなもので患者を呼び込もうとする魂胆こそ浅ましい限りです。こんな誇大宣伝を思いつくのはいかにも荒井氏らしいですけどね。言っておきますが、これは医師法違反です。そうですよね、弁護士さん」

「ええ、多分……」

為末は大塩の、有無を言わさぬ、といった剣幕に押される形で頷いた。

「写真を撮らせてもらいました」

大塩は手に隠し持っていたカメラを猪瀬にひけらかした。

「あなたの向こうを張って、週刊誌に送りつけますよ。専門医制度が確立されて、臨床医の見識と実力こそが問われるこの時代に、それらとは全く関係のない博士号を金科玉条の如く奉っている場末の病院がある、その肩書きを大書した垂れ幕のある外来診察室に恥ずかしげもなく入って行ったのは、賞味期限の切れた前世紀の遺物みたいな年寄りの医者であった。その某医師の写真と共に、こんな解説をつけて送りつけたら、スクープものとして週刊誌は飛びつきますよ。そうして雄琴病院は天下の物笑いになるでしょうよ」

「か、勝手に当院の掲示物を撮ってもらっては困りますな」

猪瀬が声を震わせた。

「そのフィルムは、後で没収させて頂きますぞ」

「どこにも撮影禁止なんて書いてありませんから」

大塩が言い返す。

「むしろ、あのおぞましい外来の大書は、これを見よと言わんばかりじゃないですか！　恥さらしも厭わずね」

「そう言うあんたは博士号を持ってるんですか？　持ってないからやっかんでへらず口を叩いているんじゃないのかね？」

「そんなものはね、時間さえあればいつでも取れますよ。ことに、荒井が吹聴する博士号程度の論文は、馬鹿でもチョンでも書けます。臨床に何の役にも立たない論文を仕上げるために、何十匹という犬を殺し、外科医たるもの、本来は手術手技をマスターするために修業に明け暮れるべきを、殺したマウスを更に解剖してその組織を顕微鏡で調べる。と言っても病理医に教えてもらうだけ。二、三年のそのロスは、同じ年月を糸結びの練習や天下の国手の手術を見学して過ごした者に比べれば外科医としてはるかに大きな遅れを取ること必至です。荒井はそんな外科医の一人です。だから、力量もない癖に天下の国手当麻先生の抜けた病院にこれ幸いと押しかけてきて後釜に坐った。結果は、当麻先生が築いた実績を台無しにするようなミスばかりで、人間性もよくないからスタッフや患者の信頼も得られず、病院の衰退を招き、挙句、倒産の憂き目に追い込んだ。こちらの鉄心会が救いの手を伸べなかったら、甦生記念病院は完全にお陀仏でしたよ。荒井は多分、自分のそうした不行跡をあなたには内緒にしてるでしょうがね。何なら、当時事務長だったそこの方に洗いざらい荒井のやって来たことをぶちまけてもらいましょうか？」

　島田三郎がコクコクと頷いた。

「兄の院長も、荒井氏のお陰で病が高じて職責を果たせなくなりました。荒井氏はまたそこにつけ込んで兄をないがしろにし、院長気取りで人事を取り仕切り、自分の息のかかったドクターを母校から呼び寄せました。その横暴さに耐え切れず他科の常勤医が次々と辞めていき、病院はガタガタになりました。そういう状況になっても、院長の代理気取りでいながら、荒井氏は身銭を切ろうとは一切せず、職員の給料やボーナスの工面に駆けずり回っていたのは我々だったのです」

「どうですか？　これだけ荒井の前科を聞けばぐうの音も出ないでしょ」

　大塩が追い討ちをかけた。

「ご存知かどうか、多分ご存知ないでしょうね、荒井とその手下の医者が犯した医療ミスはまだ解決しておらず、係争中ですよ。何なら、具体的にこの方から根掘り葉掘り話してもらいましょうか？」

「いや、もう結構」

　猪瀬が漸く口を開いた。

「係争中というからには、どちらが正しいか裁断が下されていない訳ですからな。聞くだけ無駄だし、そんな脅しには乗りませんよ」

「いや、事務長さん」

　弁護士の為末がやおらという感じで身を乗り出した。

「係争の内容を聞かせてもらいましたが、明らかに荒井氏、つまり被告側に不利な状況で、これが、たとえば週刊誌などを通して公になれば、世間の同情は原告側に集まること必至です」

「〃エホバの証人〃の件は、既に新聞沙汰になったじゃありませんか」

　猪瀬が口を歪めて返した。

「しかし、荒井先生はびくともしてませんよ。これまでの例からしても、輸血をしたからと言って原告が勝訴になった例はなさそうですからね」

「問題は、そういうことじゃない！」

大塩が怒声を放った。

「荒井の力量では、輸血なしで出来るオペじゃなかった。それなのに、下手くそなオペをしでかし、大出血をもたらしたのです。この病院が誇示する医学博士がね。週刊誌があげつらうとしたらその点ですよ」

「いかがなものでしょう？」

黙り込んだ猪瀬を暫く見すえてから、淀んだ空気を払うように為末が言った。

「荒井さんもはたけば幾らでも埃が出てきそうだし、この病院の大時代的な喧伝も法にひっかかりそうで、これを白日の下にさらせば、司法の裁断を待つ前にマスコミの好餌となり、世間のひんしゅくを買いそうです。ひいては、お宅の病院の患者離れを招きかねません。

大川さんの戸籍謄本を取り寄せて庶子云々を持ち出し、それを本人に突きつけて出馬を断念させようとの目論みも、本人が訴えれば確実に脅迫罪になります。訴えなくて、第三者がこの事実をマスコミにリークすれば、物議をかもすことは必至で、万が一荒井さんが当選なさっても、忽ち世間から叩かれ、失脚の憂き目に遭うことは免れ得ません」

「そうは、思いませんな」

猪瀬が鼻の頭の汗を指先で拭いながら返した。

「アメリカの大統領選はどうです？　候補者同士、遠慮容赦なく相手の誹謗中傷のやり合いですよ。それこそ、侃々諤々ね。選挙とはそういうものだ。

大川さんに庶子があることは紛れもない事実です。それを突き止めたからご忠言申し上げただけで、脅迫罪云々などとは言い掛りも甚だしいというものです」

「いや、言い掛りでも何でもない！」

大塩が怒声を放った。為末が大塩の腕に手をかけて制する動きを見せたが、大塩はその手を振り切った。

「中傷合戦を是とするなら、こっちも受けて立ちますよ。大川さんはあなた方の目論み通り出馬を断念するかも知れないが、その代償は荒井にも負ってもらいます。今散々お聞かせした荒井の前科、この病院の前時代的な体質、それらをそっくり世間に公表しようじゃないですか。裁判で決着がついていなくてもマスコミは乗ってきますよ。週刊誌などを見てればお分かりでしょうがね」

「フン」

猪瀬は鼻を鳴らしたが、二の句を告げないまま大塩を睨みすえた。大塩も充血した目を猪瀬に注ぎ続けている。

「荒井さんをここへお呼び頂けませんかな」

淀んだ空気を払うように宮崎が言った。

「さっきも言った通り、副院長は外来で診察中ですから」

猪瀬が漸く大塩から目を転じて言った。

「我々が来ることを彼に伝えてないんですか？」

大塩が猪瀬の目を追うように言った。

「伝えましたよ。用向きを聞いておくようにと申しつかっております。検討した上で、必要ならば返事をするから、と」

「いや、それでは困ります」

為末がすかさず返した。

「もう時間がないのです。この場で白黒をつけないと我々は帰れません」

「白黒、と言うと？」

「あなたが大川さんの所に出向いて弄した脅迫まがいの言葉を撤回するか、しないか、この場でお答え頂きたい。あなたの一存で決められないなら、荒井さんに今すぐ我々の申し出を伝えて頂きたい」

「だから、副院長は診療中で手が離せないと言ったじゃないですか」

「手が離せない程患者がいるようには見受けられませんでしたがね」

大塩が間髪を容れず言った。

「二人か三人、そのうち、よぼよぼの何とか博士と称する医者の診察室の前にも一人か二人坐っていましたから、荒井さんの患者は精々一人で、疾うに診察は終わっているはずです。何なら、我々が診察室に乗り込んでもいいですよ」

大塩は腰を浮かせて今にも立ち上がらんばかりの構えを見せた。

「止めて下さいよ、勝手なことは」

本気に受け取ったのか、猪瀬も椅子から腰を浮かせて大塩を制する動きを見せた。

「ともかく」

宮崎が険しい目を猪瀬に向けた。

「告示日にあと一日しかない。事は急ぎます。我々としてはこのまま何の言質も取らずに帰る訳にはいかないのです。大川さんの戸籍謄本をマスコミにリークするという前言を撤回する旨の誓約書をお書き頂きたい。大川氏への謝罪を含めて、荒井猛男の署名でね。それが出来なければ、我々としても対抗手段に及びます。弁護士さん、そういうことでいいですよね？」

「前言を撤回するだけでは弱いんじゃないですか？」

為末が首を捻っている間に大塩が言った。

「向後一切大川さんと後援者には迷惑をかけないことを明記すべきです。大川さんが当選した場合、腹いせに荒井は何を企むか知れませんからね」

「後援者を付け加えるのはいいですね」

島田三郎が言った。

「つまりは鉄心会や我々のことになるのですが、鉄心会を追い出された荒井はその怨念に駆られて身の程もわきまえず選挙に打って出たんでしょうからね、自分が落選して大川さんが当選したらますます怨念をたぎらせて卑劣な手段を弄して来ることが考えられますから」

「なる程」

為末が頷いたが、その前に宮崎と大塩が大きく相槌を打っている。

「じゃ、為末先生」

宮崎が言った。

「今挙げた我々の要求を個条書きにして頂けませんか。荒井氏がここに来れないと言うなら、猪瀬さんに荒井氏の所へ持って行ってもらって、要求に応じる旨の荒井氏の署名と捺印をもらいましょう」

為末は頷いて、鞄から弁護士事務所専用の便箋を取り出した。

猪瀬は憮然たる面持ちであらぬ方に目をやっている。

為末は万年筆を手にし、慣れた手つきで便箋を埋めていく。

「では、読み上げます」

ものの十分で万年筆を置いた為末は、便箋を手にして一同に視線を送った。宮崎、島田、大塩は同意の合図に一斉に頷いて見せたが、猪瀬だけはそっぽを向いた。

「(一) 私こと荒井猛男は、今回の国政選挙に立候補予定の大川松男氏の身元調査を行った結果につき、選挙前及び選挙後もこれをマスコミ等第三者に公表することは厳として差し控えることを誓います。
(二) 万が一この誓約を破った場合は、私こと荒井猛男の当否の如何に拘らず、大川松男氏の後援者である鉄心会事務局長宮崎逸男(はやお)氏、甦生記念病院元事務長島田三郎氏が、甦生記念病院在職時代に私が犯した不祥事をマスコミに公表することも厭いません。
右、誓約致します」

「簡潔要領を得て結構ですが」

大塩が言った。

「甦生記念に勤めていた間に荒井が犯した不祥事を知る者は、宮崎さんや島田さんだけではありません。手術室に勤務し、荒井の手術をつぶさに見ていた麻酔医の白鳥先生、それに僕の妻の浪子もまた然りです。そこで、最後のところを『……島田三郎氏、その他、私が犯した不祥事を知る余人がマスコミに公表すること云々』として頂けませんか。いざとなれば、白鳥先生も妻も荒井の不祥事をマスコミに訴えてくれると思いますから」

「なるほど、そうしましょう」

為末は素直に頷き、新たに便箋をめくった。

「では猪瀬さん」

修正を入れた便箋を手にかざして、そっぽを向き続けている猪瀬に、為末は呼びかけた。

「これを荒井さんにご持参頂き、署名捺印を頂いて下さい。我々が先程来お話しした内容をとくとお伝え頂いた上で」

「さあてね」

手渡された便箋を見るともなく見やってから、猪瀬は首をひと振りした。

「副院長が応じるかどうか、保証の限りではありませんよ」

二の句は捨て台詞のように放って、猪瀬は荒々しく部屋を出て行った。

翻意

半時後、雄琴病院を辞した四人は、その足で真っ直ぐ甦生記念病院に戻ると、院長室に徳岡銀次郎を訪ねた。

「してやったりの顔と見受けたが……」

徳岡はざっと四人に視線を巡らして言った。

「図星です」

先頭に立っていた為末が言って、腰を落ち着けるなり鞄から取り出した便箋を徳岡に差し出した。

「張本人の荒井は到頭最後まで姿を見せませんでしたが……」

宮崎が言った。

「署名捺印は案外あっさりやったようです。脛に傷持つ身だから、合わす顔が無いと思ったでしょうし、抗(あらが)うのは得策でないとみなしたのでしょう」

実際、毒づいて席を外した猪瀬を見送った四人は、もう一波乱あるだろう、荒井は何のか

て、
のと抵抗してくるだろう、と囁き合っていた。それが、十分も経たぬうちに猪瀬が戻ってき
「大川さんの健闘を祈るとお伝えしてくれということです」

と、荒井の署名と捺印の入った便箋を突き出して見せたから、一同は驚きと共に拍子抜けの感を覚えた。

「じゃ、早速これを大川さんに見せて翻意を促さないとね」

徳岡は手にした〝誓約書〟を為末に戻しながら言った。

「行って来ます。大塩先生は……?」

「オペが始まってるようなので、僕はこれで失礼します。それのコピーを取って頂けませんか。当麻先生にも見せたいので」

「そうだな。何よりのおみやげだ」

徳岡の返事に頷きながら為末が誓約書をデスク脇のコピー機にかけた。

大塩はコピーを手に意気揚々と手術室へ急いだ。


胃癌の手術は矢野が執刀していたが、半ば終わりかけていた。白鳥が麻酔し、産休明けで職場に復帰していた浪子が器械出しをしている。

「お帰り」

目が合ったところで、当麻が言った。

「こちらはもういいから、隣でRPをしてくれないか」

RP（Retrograde Pyelography）とは外尿道口からカテーテルを挿入して膀胱の内尿道口を見つけ、カテーテルをそこに差し入れて造影剤を注入し、逆行性に尿管から腎盂を写し出す検査だ。数カ月に一度あるかないかの検査で、大塩は甦生記念病院へ来て初めて経験し、当麻が泌尿器科の疾患にも通暁していることを改めて認識させられた。ここへ来るまで勤めていた静岡の病院は一応総合病院で泌尿器科医も常勤医が一人おり、腎臓摘出などの手術時は大学病院に応援を頼んでいたから、外科の大塩が手を出すことはなかった。尤も、外科と泌尿器科の手術日は違っていたから、泌尿器科の手術がある時はちょくちょく見に行った。大抵は腎臓の摘出術で、患者を横向けにし、下部肋骨と骨盤の腸骨稜の間に切開を入れる〝イスラエル・ベルグマン法〟で行っていた。筋肉を切断して奥深い後腹膜腔に進むから視野が狭く、足台に立っても術者の背中越しに見るしかない見学者の視野にはなかなか入らない。腎門部の動脈、静脈、尿管が視野に捉えられることはほとんどなかったから、大まかな手順しか読み取れなかった。

当麻が腎摘を経腹的に行い、患者を消化器系の手術の時と同じように仰向けにして切開を腹直筋に沿って縦に入れ、筋肉は一切切断することなく後腹膜腔に至るアプローチを取っていることに、大塩は、目から鱗の思いがした。それを最初に知ったのは当麻が台湾へ行った後に甦生記念病院が外科医を急募している旨「週刊日本医報」に見て応募したい気になり、それまで当麻が手がけた手術の内容を知りたいと、取り敢えず当麻が在籍していた間の手術記録のコピーを送ってもらった時だった。片田舎の民間病院で大病院に伍して譲らぬ大手術中には、大学病院や癌センターも手をつけない〝エホバの証人〟の無輸血手術も幾多含まれているのに驚愕したが、腎臓癌に胃癌を合併した五十六歳の男性に対する「経腹的左腎摘除＋胃全摘除術」の一項にも驚愕したのだった。しかも、術前に胃癌と腎臓癌の重複癌との診断がついていたとしたら、まずどちらかを先に行い、日を置いて二期的にもう一方を行うのが一般的であろうが、当麻は一期的にこれを行っている。二期的に行えば切開創は別々に二本つけられることになる。一期的でも、腎摘にスタンダードとされる〝イスラエル・ベルグマン法〟でアプローチすれば、その切開創から胃はまるで見えないから、体位を変換して患者を仰向けにし、新たに腹部のど真ん中に別の切開創を置くことになる。これは患者にとって大変な負担だし、術後の痛みも相当なものだろう。その点、腹に一本の切開創を入れるだけで一期的に腎摘と胃切除をやってのければ手術時間も短縮できるし、腹筋を切断していないから術後の痛みも軽く済んだはずで、いかにも合理的だ。それにしても当麻はこのアプローチ法をどこで習得したのだろう？　会って話を聞きたいと痛切に思ったものだ。

「武者修行時代に癌研病院を回っていてね、梶原先生のオペばかりでなく、消化器科のオペがない時は胸部外科や泌尿器科のオペを見て回った。泌尿器科で初めて腎臓癌に対する腎摘のオペを見た時、経腹的にアプローチしていたので、これだ、と思ってね。それ以来〝イスラエル・ベルグマン法〟は放棄したんだよ」

数年後、念願叶って当麻と相見えた時、大塩はこのことを話題にしたが、当麻の返事に深く頷いたのだった。


RPの患者は今朝方に左の腰痛を訴えて受診したという。よく聞くと、発症は三日前で、かなりの痛みを覚えたが、置き薬の鎮痛薬を飲んだら少し治まったのでそのままにしていた、しかし、今朝になってどうにも鈍痛が取れないので来た、と。

左の腰の辺りを拳で叩くと患者はのけぞり、尿を調べてみると赤血球が多数見出されたことから、当麻は尿管結石を疑い、X線技師の鈴村にＤＩＰをやってくれるよう依頼した。ＤＩＰとはDrip Infusion Pyelographyの略で〝点滴腎盂造影〟。即ち、造影剤のウログラフインを点滴で落とすと、十〜十五分後に腎盂から尿管が写し出される。

「右は重複尿管で奇形の一種だが何ともない。左の尿管が上部までしか写らず、腎盂から尿管が拡張している。石は腹部単純では写っていないので石灰石ではない。しかし、拡張した尿管の先端にそれらしき影を認めるし、尿に異常細胞は見出されないからまず九分九厘石だろう。バルーンカテーテルで取れると思うから宜しく」

隣に患者が入ったと丘が告げて来たので足台を降りた大塩は、当麻からこう申し送られた。隣のオペ室に行くと、丘がシャウカステンにＤＩＰの写真を並べている。当麻が言った通りの所見が読み取れる。

まずは患者を横向けにし、両脚を抱えさせて丸めた背から針を脊髄腔に注入して麻酔剤を入れ、下半身の麻痺を図る。両脚を足台に乗せその後患者を仰向けにして痔の手術の時のように股を広げる〝砕石位〟にし、術者はその間に座るのだが、最初膀胱鏡をペニスに挿入する時は立ってペニスを左手に持ち、右手で硬性の膀胱鏡を慎重にペニスの入口、即ち外尿道口から挿入する。粗暴に行うと、硬性であるから尿道を傷つけたり、前立腺肥大があると尿道の奥、膀胱の根本にある前立腺を損傷したりして徒な出血を招き、以後の操作にさし障るのみか、術後も患者を痛みや尿閉で苦しめることになる。

ＲＰの成否は尿管が膀胱に入り込む内尿道口を探り当てることに尽きる。当初、矢野も大塩もこれを見出せず四苦八苦した。間歇的に尿が噴き出すからそれを目処に、と言う当麻の示唆で懸命に目を凝らし、すわとばかりカテーテルを挿入したら、左の尿管を写し出さなければならないものが反対の右だったりした。

時に当麻は意地の悪いことをした。両方の尿管にカテーテルを挿入するよう指示した。左の内尿道口は比較的容易に探り当てられたが、右のそれは幾ら探し回っても見出せない。早々に切り上げて隣で当麻と矢野が行っている手術を手伝うつもりが、一時間経っても探り当てられない。

「ギブアップです。右の内尿道口はどうしても見つけられません」

手を休めて隣のオペ室に行き当麻に訴えると、

「うん、鈴村君にCTのフィルムを持ってきてもらって。今日はわざと出してないんだよ」

当麻は曰くあり気な目で答えた。

「えっ……？」

訝りながら大塩がX線室に電話を入れると、鈴村がニヤニヤしながら上がってきて、おもむろに患者のフィルムをシャウカステンに並べた。

「あれっ!?　右の腎臓が写ってない！」

大塩が鈴村を訝り見ると、

「そうですね」

と鈴村は事も無げに答えた。

「右の腎臓は取ってるのかい？　当麻先生からは何も聞いてないけど」

「僕もそう思いました。でも、手術の既往歴はないんです」

「どういうことでしょうねえ」

「僕が言ってもいいのかな？」

鈴村はちらと隣のオペ室に流し目をくれた。

「ひょっとして――」

咄嗟に閃くものがあった。

「右の腎臓はもともとないんじゃないのかな？　つまり、先天的欠損症……そんなことがあるのかないのか、経験がないから分からないけど」

「さすがは大塩先生」

鈴村が黒縁の眼鏡の奥で悪戯っぽい目をぱちくりさせた。

「そうらしいですよ。だから念の為ＲＰをやってみようと。でも、大塩先生には内緒にしておいてくれと言われまして。どうしても右の内尿道口を見つけられなかったら種明かしをするからと」

大塩は力の抜けた足を隣に向けると、

「先生、ひどいじゃないですか。ＣＴを撮ってたのにわざと隠して」

当麻がチラとこちらに流し目をくれたのを捉えて言った。

「あはは、ご免よ」

当麻は屈託なく笑った。

「えっ、どうしたんですか？」

矢野が当麻を、次いで大塩を見た。

「いやね、ＣＴを見て僕も一瞬目を疑ったんだよ。無腎症なんて僕も初めての経験だったから。腎臓が無ければ尿管も無いはずで、当然内尿道口も左だけのはず。本当にそうか、確かめたくてね。見つからないというのが正解で、君の観察力がグレードアップしたことが分かって嬉しいよ」

矢野は事前に何も聞かされていないからキョトンとしていた。

当麻の思惑通り、これを機に大塩はＲＰに自信を得た。今回も左右の内尿道口を逸早く見つけると、左のそれにカテーテルを首尾よく挿入し、造影剤を流し込んだ。鈴村がポータブルの撮影機で写真を撮った。造影剤は細い尿管を写し出し、途中で切れている。午前中のＤＩＰの造影剤が消えている場所と、当然ながら一致している。両者はつながらず、数ミリの間隔で接している。つまり、そこに紛れもない石がある証拠で、大塩は更にカテーテルを押し進めた。造影剤の欠損部とカテーテルの間隔は数センチ、それと見計ってカテーテルを押し進めると、先端が何ものか――他でもない石――に当たった。石は尿管にラムネ玉さながらはまり込んでいて尿管との間に隙間はないからカテーテルをそれ以上進められない。石を取るにはカテーテルの先端を石より中枢側、即ち腎臓に近い側に進めなければならない。

大塩はカテーテルを抵抗ものかは押し進める。つまり、石を下から押し上げて、拡張した尿管に戻すのである。抵抗がなければ、石が上部に移動した証拠だからそこでバルーンを膨らませて下にカテーテルを引き戻せば石も引き出される。

この方法は百パーセント成功するとは限らない。石で尿の流れを塞き止められて水腎症になっても一カ月くらいは大丈夫だが、それ以上経つと細菌感染を起こして腎盂炎を併発しかねないから、外科的に尿管を開いて石を取り出すか、体外から衝撃波を送って石を砕くかしなければならない。後者はＥＳＷＬ（Extracorporeal Shock Wave Lithotripsy）と称されるもので、一千万円もする高価な機器だから、症例がさして多くない医療施設ではまず入れていない。甦生記念病院も当麻が腎移植まで手がけながら泌尿器科の看板は掲げていないこともあって、尿管結石の患者はさ程多くないから購入は控えている。尿管結石はまず二、三日で自然排出されるし、バルーンカテーテル、更には、腹部に僅かな切開を入れて後腹膜腔に尿管を探り、血管のカットダウン宜しく、尖刃刀で僅かな切開を入れて取り出す簡単な外科的摘出術もあるからだ。

大塩はバルーンカテーテル法で見事に石を捉えて体外に引き出した。五ミリ大程のギザギザの結石で、自然排出は難しかったろうと思われた。

してやったりとの思いをかみしめながら、取り出した石を当麻に見せるため隣のオペ室に移動した。

「よかった。明日退院してもらおう」

大塩が差し出した膿盆にチラと目をやって当麻は言った。今日の胃癌のオペは大塩に執刀させる予定だったが、どうしても雄琴病院へ行きたいからと大塩が申し出たので矢野に回した。

矢野の手も大分速くなった。開始から二時間五十分をデジタル時計は示しているが、胃全摘術の食道と空腸の吻合は終わり、空腸と空腸のブラウン吻合を残すのみとなっている。ブラウン吻合も食道空腸吻合も同じく器械吻合だから五、六分で終わる。後は腹腔内の洗浄、ドレーンの設置、そして閉腹だが、二十分も要しないだろう。

「石は患者さんにも見せました。尿管が膀胱まで綺麗に写し出されたフィルムも見せました。退院のこと、僕から話していいですか？」

「ああ、それが終わったら、こっちへ来て閉腹を頼むよ」

隣のオペ室に戻りながら、大塩は気が急くのを覚えた。ＲＰをやっている時は夢中で忘れていたが、一段落つくと、一刻も早く当麻に、雄琴病院を訪ね、首尾よく誓約書なるものを取ってきたこと、それにしても雄琴病院に日本の医療の底辺を垣間見る思いがしたこと、などを報告したくてうずうずしていた。一方で、当麻の忠告もものかは結構激高してしまったことは黙っていなければと――。

その頃、湖西町の町長室では、徳岡と宮崎、為末の三人が大川と対面していた。大川は明日にも明け渡すことになるであろう部屋に残っている私物の後片付けに来ていた。明日の告示日に名乗りを上げなければ大騒ぎになることは承知している。後援会の連中から、何故だ？　何故急に思い止まったのだと矢継ぎ早に質問が飛んでくるだろう。それにどう釈明するか、見られてはまずいから部屋には鍵をかけ、私物をダンボールに詰めながらあれこれと思い巡らしていた矢先に、これからそちらへ伺いたいが、と、宮崎から電話がかかって驚かされた。

慌ててダンボールを部屋の隅に押しやり、来訪者が三人あるから茶菓子を用意するよう秘書に指示して来客に備えた。

後援会事務所は自宅と役場の間、商店街の一角にある。今もそこには人が出入りしているだろう。妻の頼子は大川が出馬しないと告げるまでは、後援者にお茶の接待をしていたが、ここ数日はポットとコップを運んでさっさと家に引き揚げてきている。

「後援会の人達にはどう言い訳するつもり？」

昼食に家に帰った時、頼子が幾らか気色ばんで尋ねてきた。

「ま、健康上の理由、とでもしておくよ」

大川の返答に、

「それだけでは皆さん納得しないでしょうから、当麻先生に診断書を書いてもらったら？」

と頼子は言った。

「それを見せれば後援会の人達も納得すると思うわ」

（なるほど、名案だ！）

頷いた大川は、食事を済ませると甦生記念病院に電話を入れ、当麻につないでくれるよう電話口に出た事務員に伝えたが、生憎手術中で、終わるのは午後五時頃、こちらからかけますとのことです、と返った。

五時にあと三十分と迫った頃携帯が鳴って、すわ当麻か、それにしては少し早過ぎるな、と思って携帯を取り出したら宮崎からだった。

「出馬断念の理由をあれこれ考えておりました。なかなか思いつかないでおりましたところ、健康上の理由が一番よ、と家内に入れ知恵されましてーー」

もうすぐかかるであろう当麻先生からの電話を待っていたところです、と大川は、宮崎から一部始終を聞き終わったところで返した。

「こうして弁護士にも立ち会ってもらって荒井の言質を取りましたから、安心して、明日、立候補を表明して下さい」

徳岡銀次郎が宮崎に続けた。

「どうぞ、これを」

と宮崎は、大川の目の前に置いた荒井の〝誓約書〟を更に大川の手許に押しやった。

「何でしたら奥さんにもお見せ頂いて、安心させてあげて下さい」

大川は唇をかみしめていたが、ややあって、ゆっくり、大きく、頷いた。

電話が鳴った。大川の机の上で携帯が鳴っている。

「ちょっと、失礼します」

大川はソファから立ち上がって机に歩み寄り携帯を取り上げた。

「あ、当麻先生」

三人は一斉に大川の方を見た。

「この前は、失礼しました。雄琴病院の猪瀬氏の唐突な訪問を受けまして、すっかり取り乱してしまい、あのような決意に至ったのですが……今、思いがけなくも、猪瀬氏が前言を撤回する旨の報告を受けまして……」

「あ、ちょっと貸して下さい」

大川が言い淀んだのを見て、徳岡がまどろっこしいと言わんばかりに大川の携帯に手を伸ばした。

「徳岡だが、詳細は宮崎さんらに同行した大塩君から聞いてくれてるはずだが――えっ？　まだ？　今オペが終わったところ？　あ、それなら彼が追って話すと思うから……大川さん、予定通り、明日、出馬表明をして下さることになったよ」

宮崎と為末が破顔一笑した。大川は面目ないといった顔で三人の視線を受け止めた。

翌々日、各新聞の朝刊とテレビのローカルニュースは、来る衆議院議員選挙滋賀一区の立候補者を届出順に次のように報じた。

荒井猛男（40）　医師　無所属

佐藤美沙（48）　弁護士　共産党

与田孝平（38）　NPO法人「琵琶湖を良くする会」代表　無所属

川端伊作（76）　元大津市市長　無所属

大川松男（62）　元湖西町町長　無所属

演説会場

各候補者の宣伝カーが往き交うようになって、琵琶湖沿いの大津から今津に延びる国道一六一号線は俄かに騒がしくなった。外来中は言うに及ばず、密室同然の手術室にも、候補者の名前を連呼する鶯嬢の甲高い声が聞こえてくる。

告示から一週間程経た選挙期間のほぼ中日のある日、手術中に聞こえてきたそんな声の一つに大塩が逸早く反応した。

「まさか！　荒井の奴、どの面下げてこんな所へ！」

「湖西町の皆様、こんにちは！　こんにちは！　こちらは、この度衆議院議員選挙滋賀一区から立候補した荒井猛男です」

流れるような調子で口上を始めた鶯嬢は、更に「荒井猛男本人がご挨拶に伺いました」と続けた。

「荒井猛男です」

男の声が取って代わった。

「私荒井猛男は、甦生記念病院副院長として湖西町の皆様とは親しく交わらせて頂きましたが、志半ばにしてこの地を離れることになりました。在職中に痛感したことは、病院のマンパワー不足と、それに伴う診療科の少なさです。

　私は母校に掛け合って極力有能な人材を派遣してくれるよう、ひいては、近い将来、以前こちらの町役場の西助役や医師会の鬼塚先生が提唱しておられた総合病院にしたいと心砕いて参りましたが、地域の皆様の等しく願うところであったにも拘らず、現状維持で可とする一派に押し切られて悲願を達成できませんでした。その無念さを胸に留めておけず、今回の選挙に名乗り出た次第です。皆様の御支援、御理解を得て当選させて頂いた暁には、この悲願の達成に邁進（まいしん）する一存でおります。どうぞ来る十五日の投票日には、地域医療の充実に心血を注ぐこの荒井猛男、若さと健康を誇る荒井猛男に皆様の清き一票を投じて下さるよう、宜しくお願い致します」

「ふてぶてしい野郎だ！」

　大塩が消毒の手を止め、声が流れて来る方を睨んで言った。手術はこれから始まろうとしており、当麻は手洗い中で、大塩と矢野がシーツをかける前の患者の胸から腹にかけてイソジン液を浸した刷毛（はけ）で消毒にかかっている。

「若さと健康って、あてつけがましいよね」

矢野が呼応した。

「対抗馬の川端さんや大川さんを意識してのことだろうけれど」

「体力はあるか知らんが、所詮はでくのぼうの癖に！」

大塩が続けた。

「ホントですよ」

紺野が耳をそばだてながら言った。

「よく抜け抜けとこの界隈(かいわい)に来れますよね。散々荒し回って潰して行った病院の目の前で、白々しい」

「塩でもぶっかけて追っ払ってやりたいわ。汚れたパンツを屑籠に放って私らに捨てさせるような奴」

丘がいきまいた。器械出しの当番で、シーツに並べた手術器具を点検していた浪子は失笑した。

「今度来たらそうしてやろう」

大塩が言った。

「大相撲の土俵にあるように、たっぷり塩を用意しておいて」

「先生、本気みたい」

「本気だよ」

大塩がすぐに丘に返した。

「ぶっかけるだけじゃ気が済まん。奴の顔にこすりつけてやりたいよ」

当麻が入って来た。それが合図とばかり浪子が束ねたシーツを大塩に手渡し、次いで手拭き用のタオルを器械台に寄った当麻に渡した。

「誰に塩をぶっかけるって？」

当麻がタオルで腕を拭いながら丘を流し見た。

「あ、聞こえてました？」

丘が返して大塩と目配せし合った。

「敵に塩を送るとは聞いたことがあるけれど、ぶっかけるとは初めて聞いたよ」

「いや、先生」

大塩が患者の上半身を覆った上下のシーツをペアンで留めながら返した。

「ぶっかけるだけじゃ気が済まないから、メスを入れてその傷口に塩をまぶしたいくらいです」

「物騒だな」

浪子が手渡したグリーンの術着に腕を通しながら当麻は笑った。

「そんなことをしたら後に手が回りますよね？」

浪子が夫の失言をフォローするように言った。

「そればかりか、相手に同情票が集まって逆効果だろうね」

「それは、分かってますが……」

大塩のトーンが落ちた。

「それにしても、荒井の厚かましさはどうです？　鬼塚さんまで引き合いに出すなんて！　頭に来ませんか？」

「来るね」

当麻がさり気なく返したのでドッと哄笑が起こった。

「でも大丈夫。彼が当選することはまずないだろうから」

「そうあって欲しいですが、案外善戦してるって新聞では書いてますよね？」

「大川さんが頭ひとつ抜けて、後は横一線じゃないのかな？」

「ええ、新聞には大体そう書いてますが……」

医局には地方紙の「滋賀日日新聞」「京阪新聞」の他に全国紙も二、三閲覧されている。秘書が毎朝、前日の新聞と取りかえている。

塩見悠介と駆け落ち同然で奄美大島に移った加納江梨子の跡を継いだのは、地元の湖西高

校から京都の女子大に進んで卒後母校の図書館に勤めていた女性である。帰省した折恩師の武井静の家に遊びに行って、

「病院で医局の秘書を求めてるけど、よかったら応募してみない？」

と勧められたのがきっかけだった。

「新聞の予想が外れることはまずないから大丈夫だよ」

当麻が駄目を押すように言った。

当麻の執刀による胃癌の手術は二時間半で終わり、午後五時には後片付けも終わった。術後にひとわたり病棟回診を終えると、当麻他手術室のスタッフは自宅に戻っていつもより早い夕食を摂った。午後七時から湖西高校の体育館兼講堂で大川松男の個人演説会が開かれる。それに臨むためである。

当麻は富士子を助手席に乗せ、矢野と大塩を拾って会場に出掛けた。矢野の妻桃子は二人目を身ごもっていたし、浪子は赤子を抱えているから家に留まった。院長の徳岡と妻は先に出ているはずである。

定刻十分前に着いたが、臨時の駐車場と化した校庭は車で一杯だったし、会場も立錐の余地が無い程人で溢れている。三人が病院の医者だと気付いた何人かがすれ違い様黙礼していく。

「いいですねえ、湖西は断然大川さんの独壇場ですねえ」

中程の席を見つけて落ち着いたところで大塩が当麻に囁いた。頷いた当麻に、

「院長が最前列にいますよ」

と矢野が前方を指さした。

「医師会長と並んでますね」

「清水先生は多分、応援演説をするよ」

答えながら当麻は、その時するするっと会場の右端から前方に走り出てこちらにカメラを向けた若い男に目が行った。

「滋賀日日の寺谷さんですね」

当麻の視線を追った大塩が言った。

久々に見かけた。痔の手術を繰り返して絶食を強いられ一〇kgも痩せて面やつれた姿は嘘のように元に戻っている。

寺谷は自分の辛かった体験を数回に亘って記事にした。さすがに湖南赤十字病院の富永の名はT医師とのイニシャルだけだったが当麻と須藤は実名で書いた。僕の体験談、デスクのOKが出ましたから記事にしますが、先生と須藤先生は実名で出させてもらいますことご了承下さいと電話が入ったのは数カ月前だ。僕の名前は出さなくていい、須藤先生だけでいい

よ、と当麻は返した。僕は手伝っただけだから、と。えー、そうですか、と寺谷は腑に落ちない口吻で、じゃ、須藤先生に相談してみます、と言って電話を切った。

翌日、寺谷はまた早速電話を寄越し、僕の方こそ当麻先生のお手伝いをしただけだから、当麻先生の名前を出さないなら僕も出さないで欲しいと仰るんですよ、困りました、と言った。本当に困惑している口振りだったから、

「じゃ、こんな風に書いてくれるかな。伯父が腎移植を受けた関係で当麻を知っていたので相談したところ、肛門外科専門の須藤先生を紹介された、須藤先生でも駄目だったら窮極の手だてとして、開腹し、内腸骨動脈を結紮する、それは須藤先生の手に余るから当麻の出番だ、当麻はそれに備えて須藤先生の手術にも立ち会った、しかし幸い開腹に至らずに済んだ、とでも」

と返した。

「ああいいですね。それで行きます」

寺谷は声を弾ませた。

暫く経ってから、今度は須藤から電話がかかった。滋賀日日新聞を見たと言って遠くから何人か患者さんが来てくれました、と前置きして、

「寺谷さんの窮地を本当に救ったのは先生なのに、僕がおこぼれに与った感じで恐縮してい

ます」

と続けた。数日後、上品な京菓子が須藤から届けられて当麻は恐縮した。

大川松男の後援会会長前川は地元の農協の理事長で大川とは高校の同期だという。その旨自己紹介を終えてから、大川の人となりを高校時代のエピソードを交え、皆さん御承知と思うが歌人としての一面もあり、人の心のヒダを読み取れる人だと持ち上げ、湖西町から国会議員を輩出するなど前代未聞の名誉であり、是が非でも当選して頂きたい、と締めくくった。

次いで湖西信用金庫の理事長の滝川、最後に医師会長の清水が立ち、その後大川が演壇に立った。

淡々とした演説だった。力みもはったりもなく、国政選挙に名乗り出るなど夢にも思わなかったが、ある方々から強く背を押され、田舎者のこの私でもお役に立てるならと立候補を表明したものの、やはり分不相応ではないかと、告示日寸前まで迷いに迷っていたが、御支援して下さる方々に更に強く背を押され、正に清水の舞台から飛び降りる思いで立候補に踏み切りました、と、謙虚な物言いに終始した。最後に、

「万が一当選の栄に浴した暁には、年々深刻な問題と化しつつある高齢者対策、私自身大病を患い、死の淵をさ迷った貴重な体験から種々学んだ医療問題に取り組む所存でおります」

と締めくくって演説を終えた。好感を覚えたのだろう、会衆は万雷の拍手を送った。司会

の前川がとって代わり、

「御参会下さった方々で、特に大川さんに何か聞きたいことのある方は挙手を願います」

と会場を見渡した。

「ひとつ、質問」

手が挙がって、後ろの方で一人の男が立ち上がった。会場の整理に当たっていた後援会の若い女性がマイクを手に入口に近い所から小走りに男に近付き、マイクを手渡した。

幾十もの目が一斉に男に注がれた。

島田春次だった。

当麻は厭な予感を覚えた。役場を定年退職後のポストを求めて当麻に便宜を図って欲しいと春次が唐突な依頼をしてきたことはすっかり失念していた。その折の不快な感情、春次を見送ってからも尾を引いた後味の悪さが俄かに蘇った。

(何を言い出すのか？)

「あの人、見たことがありますね」

矢野が小声で囁いた。

「うん……」

「誰ですか？」

語尾を濁した当麻に、矢野の肩越しに大塩が訝った目を向けた。

当麻が答えようとした刹那、ポンポンとマイクの具合を確かめてから島田春次が喋り出した。

「私は大川さんの出馬に際してひとつ危惧する点があります」

会場がざわめき、発言者に改めて顔を向ける者が増し加わった。好奇の目が半分、咎めるような目が半分だ。

「他でもない、大川さんの健康面です。皆さん、御存知と思いますが、大川さんは二度に亘って肝臓移植という大きな手術を受けられました」

「何を今更！」

大塩が怒気を含んだ独白を吐いたが、場内はしんと静まり返った。

「その間、当然ながら長い入院生活を余儀なくされ、町長としての職務は事実上放棄した形になりました」

「あっ」

と矢野が声を上げた。

「思い出しました。島田院長の弟ですよね？　名前は忘れましたが」

「えっ、そうなんですか？」

無言で頷き返した当麻に大塩が尋ねた。当麻は無言のまま頷いた。

「町長不在でも何とか三役で切り抜けましたが、国会議員という職務は急に誰かがとって代わったり、代役を務めるわけにはいきますまい。我々が大川さんを頼って陳情に出向いても、肝心のご本人がまた病気で長期休んでいれば無駄足になるばかりです。どんなものでしょう？　大川さんは、もし我々が国会に押し出したとして、向後四年間、息災を保って国政に与り、我々の要望を国会の場で伝えて頂く自信はお有りかどうか、お伺いしたい」

発言者に向けられていた目が一斉に前方の大川と司会者に移った。

司会の前川は幾らかうろたえた面持ちで大川を見やった。

「何だい、あいつは！」

大塩が憤怒に耐えぬといった面持ちでひとりごちてから、

「荒井の回し者ですよね？」

今度ははっきり当麻を見すえて言った。

「大川さんの健康を気遣っているようで、その実、爆弾を抱えている病身だから国会議員の任には耐えぬだろうと言っているようなもんじゃないですか」

「多分、僕へのあてつけだろう」

「えっ？　先生への？」

「後で話すよ」

当麻は大塩の視線を逸らし、前方を指さした。演壇の後ろに下がって腰を下ろしていた大川が再び演壇に向かったからである。

最前列で立ち上がろうとしていた徳岡銀次郎がそれを見てまた腰を落とした。

「御指摘の通り、私は二度に亘って死の淵に立たされました。死線をさ迷いましたが、奇跡的に一命を取り戻しました。素晴らしい医学の進歩の賜物、恩恵を私程頂戴した者はないかも知れません」

「そんなことをお聞きしてるんじゃありません」

島田春次がまた立ち上がっている。

「大川さんが今後四年間、職責を全うできる保証というか、自信があるのかどうか、それをお尋ねしているのです。何故なら、最初の肝移植から、四年はおろか、二年も経たぬうちに、移植につきものの〝拒絶反応〟とやらで二度目の手術を受けておられます。その後は順調なようですが、完治ではありませんよね？　免疫抑制剤という、抵抗力を損なう薬を欠かせない状況のようですから、国会議員という激務にストレスが重なっていつ肺炎などを併発して命を落とすか分からない、いわば爆弾を抱えた身でいらっしゃると拝察しますが、御自身、その点、いかがお考えなのかと伺ってるんです」

「チックショー！　この期に及んで何を言い出すんだ！」

大塩がまたいきり立って背後に険しい目を向けたが、島田春次は逸早く着席していた。

会場の一部からはざわめきが起こったが、ほとんどの者は息を詰めて大川に視線を戻している。

「御指摘の懸念につきましては——」

大川は壇上のコップの水を一口二口、口にしてからハンカチで口もとを拭い、更に続けようとした。

刹那、大川の目の前で徳岡銀次郎が立ち上がって大川を制すると、頭をめぐらして島田春次の方に目をやった。

「鉄心会甦生記念病院院長の徳岡です。大川さんの健康問題に関しては、主治医が誰よりもよく知っているはずです。ここに来てますから、彼に答えてもらいましょう。当麻先生、宜しく」

一同の目が徳岡の視線を追った。

大塩が、次いで矢野が拍手した。富士子はやや心配げに当麻を見返った。

当麻は唐突な指名に一瞬たじろいだ風に見えたが、そっと富士子の膝に手をやってから腰を上げた。ざわめきが一段と高まったが、それは束の間で、また場内は水を打ったように静まり返った。

「大川さんの肝臓移植術を二度させて頂いた当麻です。

質問者のご指摘の如く、肝臓移植後の最大の懸念は、術後に服用しなければならない免疫抑制剤による拒絶反応です。これには術後間もなく起こる早期のものと、数年経って発症する晩期のものがありますが、大川さんは後者を併発しました。

私は最初の手術を、皆様御存知のように日本ではまだ臓器移植法案が国会で承認されていない時に、たまたまこの地の善意ある方の篤志を得てそのご子息の肝臓を大川さんに移植させて頂きました」

ざわめきが起こった。「武井先生だ」「息子は交通事故で脳死状態になったんだ」と囁き合う声が聞こえた。

「順調に経過していたのですが、ほぼ二年が経とうという頃、晩期拒絶反応が起き、二度目の肝移植に踏み切りました。私はたまたま台湾の知人の病院に勤めていて、院長の好意で、そこですみやかに脳死者からの肝臓を再移植することが出来ました。日本ではまだ脳死が個体死と認められていなかったので、私がもし日本に留まっていたら、最初の手術の時のようにドナー肝が得られていたかどうか分かりません。幸い台湾では日本に先立つこと十年、脳死は個体死と認められ、畏友陳肇隆先生を始め、台湾大学の外科医も肝移植に取り組み成功を収めていましたから、何ら抵抗なく行うことが出来ました。

　その二度目の手術からも早三年が過ぎようとしております。私は一年余り前に日本に帰って大川さんのフォローをさせて頂いていますが、健常人と何ら変わりはありません」

　大塩が手を叩いた。矢野も続いた。富士子も遠慮勝ちに拍手し、会場のあちこちからも拍手が起こった。当麻はマイクを握り直した。

「日本ではまだ大川さん以外脳死肝移植を受けた方はおられないので先の質問者の方に断定的なご返答は出来ませんが、私がいっとき師事したアメリカはピッツバーグ大学のスターツル先生は既に数多くの脳死肝移植の経験を持たれ、最長二十六年の長期生存者を報告しておられます」

「おおっ！」とか「ほおっ！」といった感嘆の声が随所で上がった。大塩と矢野が示し合わせたように手を叩いた。それに呼応するように聴衆が拍手をし、今度は長く尾を引いた。

「大川さんも長期生存者に入られると信じています」

　ひと息入れて当麻が続けると、再び大きな拍手が湧いた。「そうだ！」との声も飛んだ。

「一番恐いのは癌で、免疫抑制剤を中止しなければなりませんが、目下、定期的にフォローさせて頂いてますが、その懸念は全くありません。三十代で発病した悪性リンパ腫に始まり、四つの癌に見舞われながら、二十余年、政治の第一線で活躍しておられる与謝野馨さんのような方もおられます。与謝野さんも強運の持主ですが、ある意味で、大川さんの方がより強運をお持ちかも知れません。癌を幾つも経験しながら生き延びられている方は与謝野さん以外にも少なからずおられると思いますが、肝臓移植を二度も受けてご存命の方は、外国でもそうはおられないはずだからです。質問者への答になっているかどうか……」

ここで当麻はゆっくりと腰を下ろした。入れ代わって、

「如何（いかが）ですかな？」

徳岡銀次郎が立ち上がり、島田春次を遠く見すえた。

「当麻先生の回答で、納得して頂けましたかな？」

春次が腰を上げた。

「生きるも死ぬも運次第と仰ってるようで、要するに、大川さんの健康に関しては絶対的な保証はない、と私には受け取れました」

「クッソー、何が言いたいんだ！」

大塩が辺り憚らず春次を見返って憤った。

春次は続けた。

「それに、万が一大川さんが当選なさったら、東京に移られ、当麻さんの手を離れる訳です。現在定期的に受けておられる診察も叶わなくなるでしょう。東京には肝臓移植を手がけた医

者はいないはずですから、大川さんが急変した場合、応急の処置も叶わなくなるのではありませんかね？」

　大塩が不意にたまりかねたという面持ちで立ち上がった。富士子が顔色を変えて当麻を見た。

「当麻先生の下で働いている大塩という者ですが、要するにあなたは何が言いたいんですか？」

　矢野も顔色を変え、「いいんですか？」という目で当麻を見た。当麻は無言のまま腕を抱えて大塩を見上げた。

「大川さんの体を本当に心配している口振りとも思えません。大川さんが大病を経て更に再発の懸念を拭い得ないから選挙半ばでも立候補を取り下げるべきだと言っているように聞こえるんですよね。対立候補の回し者さながら」

　驚きの目が一斉に大塩と、次いで春次に注がれた。

「大塩君、言い過ぎだよ」

　当麻が大塩の袖を引っ張った。

「いや、言わせて下さい」

　大塩はカッターの袖にかかった当麻の手はそのままに口走った。

「医療に百パーセントという保証はありませんよ。勿論我々医者は、特に我々外科医は百パーセントの治療を目指して最善の努力を尽しますが、患者さんが持っている予備力というか、生命力までは推し測れません。その、推し測れない部分を、当麻先生は患者さんの持つ運と表現されたのだと思います。

大川さんに、当麻先生は最善至高の医療を施されました。余人の及ぶところではありません。そして、奇跡的に、死から生へと蘇らされました。

ついこの前も、先生は劇症肝炎で死の一歩手前まで行った友人を間一髪、ドナーを申し出た奥さんからの肝臓を半分その友人に移植して見事にこの世に引き戻しました」

「オーッ！」と感嘆のどよめきが起こった。

「不肖私もその手術に立ち会わせてもらいました。徹夜で立ち尽して十時間余、へとへとに疲れましたが、命ある限り最善を尽すのが我々医者の務め、後は患者さんの持つ生命力に委ねるしかない、と当麻先生は言われました。

その友人は、外科医で大学教授です。半年経ちましたが、大川さんと同じように、拒絶反応を予防する免疫抑制剤を服用しつつ、現場に復帰し、メスを執っておられます」

感嘆のどよめきは更に高まった。

当麻は大塩の袖にかけた手を自分の膝に戻した。

「あなたの言い分だと」

大塩は続けた。

「このご友人も、一触即発の身だからもうメスを執るのはやめ、外科医を引退すべきだ、ということになりますよね」

拍手が起きた。「そうだ、そうだ」という声が相和した。

次の瞬間、会衆は意外な光景を目にした。無言で席を立った島田春次が、そのまま踵を返して一同に背を向け、足早に会場から立ち去るのを。

後釜に納まるのは？

一週間後、午後八時からの開票即報を伝えるテレビに人々は釘付けになった。開票率〇パーセントながら早々と当選確実となった候補者がいる中で、滋賀一区の開票即報は午後十時になっても「当確」の赤文字が出ない。開票率三〇パーセントで、最多の票を得ているのは元大津市長川端伊作で二万票余り、二千票の差で大川松男が二位につけ、三位に三千票差で荒井猛男、五千票差で弁護士の佐藤美沙、一万票差で与田孝平と続いている。

「大丈夫かしら？　大川さん」

デザートの梨を皿に盛って来て当麻の横に腰を下ろしながら富士子が不安げな顔を向けた。

「正直言って」

フォークで梨を一つ口に運びながら当麻は富士子を見返った。

「大川さんは二番手くらいで落選するのがいいと思うよ。荒井猛男さえ当選しなければ」

「そうなの？」

富士子はやや意外といった顔で当麻を見た。

「この前の演説会であんな横槍が入って、あなたと大塩さんが一生懸命大川さんを擁護した手前、当選して欲しいわ」

「うん。あの場ではああ言い切る他なかったけれどね、大川さんの体のことを本当に考えるなら、単身赴任も、国会議員という職責も、プラスにはならないと思うんだよね。一期四年は務まると思うけど、一期だけでは国会議員として充分な働きはできないものね。二期、三期と続けなければ」

「でも、一期だけじゃ、次の選挙にまた荒井猛男が出て来て当選しちゃうかも知れなくってよ。だって、もし川端さんがこのままトップで当選したとしても、四年後は八十歳を過ぎてるからもう出ないでしょ？　そしたら、今回は三番手でも、大川さんと川端さんがいなくなったら自分がトップに躍り出られる、と思うかもよ」

「なるほど」

当麻は一瞬目を丸くして見せた。

「そうでしょ？」

富士子がその目をのぞき込んだ。

「でもね、その時はその時で、また宮崎さんや院長が黙っていないと思うよ。然るべき対抗馬を立てて応戦するだろうね」

今度は富士子が得心したように頷いた。

「大塩さんも躍起になるでしょうね。ひょっとしたら、自分が立つ、なんて言い出すんじゃないかしら？　それとも――」

富士子が悪戯っぽい目で当麻を見た。

「うん？」

「あなたに出てくれと言うか……」

「それはないよ」

冗談と思いつつ、当麻は生真面目な顔で首を振った。

「僕は政治家にはなれないよ。大塩君も、僕の部下である限り、それは許さない」

「どうして？」

「彼は外科医としての才能がある。それを究めて欲しいと思っている」

「第二の当麻鉄彦なのね？　あなたが第二の羽島富雄であるように」

「それはちょっと言い過ぎ、かな？」

「そうかしら？　あなたはもう羽島先生を超えたんじゃなくって？」

「とんでもない。先生は、七十半ばまでメスを執ってらしたんだよ。そこまで行って初めて肩を並べられた、と言えるだろうけど」

「あと三十年……？」

「気が遠くなるような長い道のりだよね。羽島先生がいかに偉大であったか分かるよね。五十年間メスを執られたんだから。僕はまだその半分も行っていない。ヒヨ子みたいなものだよ」

「ヒヨ子？」

富士子が目を瞬いた。

「そんなこと誰も思わないわよ。謙遜しすぎ」

「そうかな？」

「そういう鉄彦さんが私は好きだけど……」

「あっ！」

当麻の声に驚いて富士子が「えっ⁉」とその視線を追った。

「出たよ！　当確が。大川さんに！」

「わっ、ホント。得票数は二番なのに？」

「出口調査で優勢確実になったんだろうね」

当麻の携帯が鳴った。大塩からだ。

「先生、やりましたね、大川さん」

上擦った声だ。

「よかった！　よかった！　君の執念が天に届いたんだよ」

「いえ、そんなことは……でも、でも、これで今頃荒井はギャフンと打ちのめされてますよ。事務長の猪瀬もね」

「うん、また電話が入ってるようだから、切るよ」

「あ、はい……」

未練がましく語尾を濁しながら大塩は電話を切った。

新たな電話は大川からだった。

「お陰様で……でもまだ信じられない思いです」

当麻の祝辞に、大川もいつもよりトーンの高い声でこう返した。

キャッチフォンが次々と鳴って忙しくなった。滋賀日日新聞の寺谷、徳岡銀次郎、矢野、宮崎、と続いた。

「今、本部でテレビを見ています」

と宮崎は言った。

「早速大川さんにお祝いをと思ってかけているのですが通じなくて……取り敢えず理事長に伝え、それから先生におかけした次第です」

当麻は、大川から電話が入ったこと、大川はあちこちから電話が入ってつながらないのだろう、と返した。

「そうでしょうね。また少し経ってからかけてみます。それにしても万々歳ですね。理事長はトップながらまだ当確は出てませんが……」

そうだ、理事長も鹿児島から立候補しているんだった――大川のことが気になる余り、徳岡鉄太郎のことはすっかり失念していたことに当麻は思い至った。

「あそこはいつも保坂さんと競い合ってますからね」

宮崎の声が続いた。

「開票率九〇パーセントを超えないと当確は出ない状況です。多分、まあ、大丈夫でしょうけど」

前々回は保坂に苦杯を嘗めたが、前回は鉄太郎が雪辱を果たしている。しかし、今回は際どい勝負になりそうだ、と宮崎は踏んでいた。他でもない、徳岡が不治の病ＡＬＳに見舞われたことを鉄心会の機関紙で公にしているから、保坂陣営がその情報をキャッチして、徳岡は任期半ばで廃人同然になる、などと選挙民にそれとなく吹き込みかねないからだ、と宮崎は言った。

その懸念が杞憂に終わったのは、深夜に及び、日が改まってからだった。僅か数百票の差だったが、徳岡鉄太郎は議席を守った。


夫妻の携帯電話のみならず、大川家の自宅の電話も鳴りっ放しの日が続いた。祝電も束になって舞い込んだ。

祝電はどれも似たような文面で次々と繰っていったが、あるところで手が止まった。

「オメデトウゴ　ザ　イマス。

テンゴ　クノハハモヨロコンデ　イルトオモイマス。　ヤマシナムニ」

大川は思わず辺りを見回し、そっと頼子を流し見た。夫が携帯を耳に当てっ放しでいる時に自宅の電話が鳴れば、どうせ夫の関係者だと思いながら仕方なく受話器を取る。頼子は自分の携帯の対応にも忙しかった。世話役を務める婦人会の面々や、京都の女子大時代の友達だ。後者の電話は長くなる。これからどうするのか？　ご主人と一緒に東京に住むのか？　それともご主人は単身赴任なのか、等々を聞いてくるという。

山科無二の祝電に大川の手が止まった時、頼子は昼餉の支度をしながら、やはり昔の学友からの電話に応対していた。

無二のことを妻に隠しだてすることはないが、それでもこの電報を見たら頼子はどう思うだろうかと気になった。妻はまだ目にしていないから、抜き取って自分の鞄にでもしまっておく手もある。どうしようかと考えあぐねているうちに、「じゃあ、またね」と言って頼子は電話を切った。咄嗟に大川は息子の電報を和服の袖にしまい込んだ。電文の通り母親はもう泉下の人で、焼けぼっくいに火がつくわけでなし、この電報を見られてもどうということはないのだが、庶子の存在はやはり妻に気兼ねするものがあった。雄琴病院の猪瀬が自分の戸籍謄本を手に脅迫に来たことを打ち明けた時、返って来た頼子の「自業自得ね」の一言が胸のどこかにくすぶっている。

頼子はやはり東京には行きたくないという。大川は赤坂の議員会館に事務所を、その近傍の議員宿舎に住居を与えられる。後者は独り住まいには勿体ない程の広さだと聞いている。

一緒に行ってくれないかと頼んだが、頼子は首を縦に振らない。盆栽の手入れもあるし、猫もいるから自宅から離れられない、庭のないマンション住まいは考えただけで息が詰まる、と。食材は定期的に送る、簡単な料理を教えておく、だから当面は不自由を凌いで欲しいと訴える。無理強いは出来ないと大川は諦めている。

山科無二には礼状を認め、自分は単身赴任になりそうだから、もし上京の機会があったら寄ってくれたらいい、一献傾けるよ、と結んだ。

国会は選挙から一カ月以内に開かれると聞いている。その間落選者の議員事務所や宿舎の立ち退き、新人議員の入れ代わりが行われる。悲喜こもごもの数日間だ。

当選者は地元民への挨拶回りや名刺作り等、何やかやで多忙を極めるから、当選したら即上京というわけにはいかない。

大川が、どんな所か見るだけ見ておく、荷物の整理もあるからという頼子を伴って上京したのは、支援者への挨拶回りや礼状書きを終え、議員宿舎に送る荷物を引越し業者に託し終えた翌日、選挙日から十日後のことだった。

引越し業者が待ち受けていて、ベッドや蒲団、洗濯機、冷蔵庫、箪笥、テレビなどを運び入れるのに二時間余を費した。頼子が食器、洗面具などを洗い直してくれた。

片付けが終わって赤坂プリンスホテルで夕食を摂ったが、その席に徳岡鉄太郎と宮崎を呼んだ。返礼と徳岡の当選祝いも兼ねてのつもりだった。

「私はもう今回で終わりだが、大川さんには二期、三期と務めて頂き、日本の医療改革にご尽力頂きたい」

徳岡はこう大川に発破を掛けてからひとしきり熱弁をふるった。

「政府は医療費の削減ばかりに躍起となっていて、医療は本来どうあるべきかをまともに論じようとしません。医療界の末端でどんなおぞましい医療が為されているか探りを入れようともしません。

そして、全国で現役の医者は四、五十万人いると思われますが、確たる信念を持って医者になった者、医療の何たるかをわきまえている医者はその三分の一もいないでしょう。社会的ステータスがいい、金が儲かる、サラリーマンと違って定年がない、やろうと思えば死ぬまでやれて金も手に入りリッチな生活が保証されている、といった唯物的な考えで医学部に入って来る者がほとんどです。そういう腐った性根を叩き直してまともな医者を世に送り出そうという気概を持った医学教育者は、残念ながらこれまた極く少数です。つまり、医科大学からして根本精神がなってない。教授連の中に真の教育者がいない。業績を挙げて学会で名を成し、有力なポストに就くことばかりを考えているエゴイストばかりです。

私が医学生時代に生化学の講義を受けた某教授は、口を開けばノーベル賞、ノーベル賞で、自分はもうあと一歩でノーベル賞を取り損なった、と、そんな自慢話に終始していました。まあ彼は直接患者を診る臨床医じゃない、基礎医学者だからまだしも、彼のような名誉欲に取り憑かれた人間が臨床医の大学教授になったら大変ですよ。否、既にトップに昇りつめた教授連の多くはそうした、医療の何たるかを履き違えた人間が多いから、我が国の医療界はいびつで偏狭なものになってしまっているんです。

だから私は、医療の本質をわきまえた医学生を育てて世に送り出すべく、画期的な教育方針に根ざした医科大学を建設することを思い立ち、漸く、成田と羽田の中間辺りに一万坪の土地を得ました。私の任期中に竣工の日を見たいと思っています。大川さんには是非私と共に日本の医療改革のリーダーシップを取って頂きたいと願っています」

「滅相もありません」

大川は平身低頭した。

「私は医療の恩恵に誰よりも浴した身でありながら、今仰られた医療界の問題点については何も知らないも同然ですから、一から勉強しなければと思っています」

「そんなことはないでしょう」

宮崎が遮った。

「当事者ではなかったかも知れませんが、大川さんの地元の甦生記念病院、私共で買収するまでのすったもんだは御存知ですよね？」

「さあ」

大川は首を傾けた。

「どこまで理解していたかどうか……今回荒井猛男なる人物が出て来て、宮崎さんや当麻さんから、彼にまつわる一連の不祥事を聞かされ、島田院長や弟さんの事務長がいかにそれに振り回されご苦労なさったかを知った次第で、お恥ずかしい限りです。それまでの病院のごたごたと言いますと、荒井氏が来る前、当麻さんが私に武井誠(まこと)という少年の肝臓を移植してくれたことで受けたあらぬバッシング程度で、院内のそうした圧力に抗し得ず、命の恩人である当麻さんを留め得なかった前院長の島田氏に失望するあまり縁切りを宣言してしまいましたから、娘婿となった当麻さんが台湾に行ってしまったこともあって、その後の病院には関わらずじまいでした」

「荒井猛男とその一派の横暴振りも、大川さんの耳には入ってなかったんですね？」

宮崎が徳岡鉄太郎をちらと見やってから言った。

「ええ、今回私を推挙して下さるに当たって、荒井氏の当選を阻まねばならない理由を宮崎さんや先生方が諄々(じゅんじゅん)とお話し下さって、初めて知ったような次第です。甦生記念病院が町立でしたら、もう少し早く深刻な内部事情を把握できていたでしょうが……」

「それはそうと大川さん」

徳岡が改まった口吻で言った。

「あなたが当選して下さって荒井を退けたことはめでたい限りですが、ひとつ、心配があります」

「はあ……」

終始聞き役に徹している頼子も、不安げな眼差しを徳岡に向けた。

「あなたの後継者のことです」

「はい……？」

「あなたの息のかかった方が町長に立候補して下さればいいですが、我が鉄心会に反感を抱いている、たとえば地元の医師会の誰かが色気を示してしゃしゃり出てあなたの後釜に納まるようなことがあると、これまた一難去ってまた一難ということになりかねませんよね」

「私も、それを心配しております」

初めて頼子が口を出した。

「巷では、余り評判のよろしくない鬼塚医院の院長がまた立候補するとかしないとか、噂になっておりますので」

「オニヅカ、ですか？」

宮崎が手帳を取り出して「鬼塚」と書き、頼子に示した。

「こう書くんでしょうか？」

「ええ、そうです。外科の先生なんですが、手術があまりお上手でなくて、色々トラブルを起こして、自分の手に負えなくなると大学病院に送ったりして……」

「当麻先生の所には回さないんですか？」

「自分の不手際を地元のドクターには知られたくないんでしょうね。患者さんや身内の方がしびれを切らして自ら甦生記念に移って来られることはままあったようですが。尤も、鬼塚さんはもう最近は手術はしておられないようですけれど」

「そんなヤブ医者で評判の悪い人物が町長に名乗り出ても、当選は無理でしょう」

徳岡が言った。

「ええ、でも、もし他に立つ人がおられなかったら、どうでしょう？」

「それは、あり得ますね。鬼塚さんは前にも立っていますし……」

大川が、憂いを帯びた目を徳岡に、次いで宮崎に返した。

「と、なると――」

宮崎が徳岡の目を窺い見た。

「我々も乗り出さなきゃなりませんね」

「フム」

徳岡は腕を抱え込んだ。

「地元の医師会で、もう少しましなドクターに立ってもらいますか？」

「いや、医者はよした方がいい」

徳岡が宮崎に返した。

「ウチのドクターならまだしもだが……」

「そうですね。銀次郎先生に立ってもらいますか？　理事長のバトンを継ぐまで」

「ウム」

徳岡は胸に腕を組んだまま顎をしごいた。

「それとも――」

徳岡の二の句が出てこないのを見て、宮崎は大川に視線を転じた。

「この前色々荒井の前科を探る上で尽力してくれた島田三郎氏に出てもらいますか？」

「それがいい！」

徳岡が腕を解いて叫ぶように言った。

「そうですね、名案ですね」

大川が大きく頷いた。

「私を死の淵から救い出してくれた当麻さんを庇い切れなかったことで当時の島田院長には苦言を呈し、思い余って縁切りまで捨て台詞に吐いてしまい、院長を追い詰めてしまったことが悔やまれるのです。後で事務長の三郎さんが来られて、院長は当麻さんの慰留にこれ努めたが、当麻さんの意志が固く、自分が身を引く方が病院にとってもいいことで、院長も板挟みから解放されて楽になる、どうか院長を支えてやって欲しいと逆に励まされたことなどを苦渋の面持ちで弁明されました。誠実な方だとの印象を受け、当麻さんと婚約していた娘からも、当麻さん自身は少しも島田院長を恨んでいない、自分は病院を辞めざるを得なくなることも覚悟の上で敢えて町長の肝臓移植に踏み切った、それが出来たのは島田院長の英断のお陰で、自分が辞めることはその思いに報いる意味もある、と言っていたことを聞かされまして、ああ本当に申し訳ないことを口走ってしまった、私が生きているのは島田院長のそのご英断あってこそだ、と深く反省させられた次第です。折を見てお詫びに行かなければと思っているうちに、心労が重なったことも手伝ったのでしょう、院長は体調を崩され、認知症になられてしまったと伺い、その機を逸してしまいました。せめて三郎さんに慚愧の思いをお伝えできればと思ったのですが、ご存知のように病院はガタガタとなって、鉄心会さんの肝煎りで助けられたものの、三郎さんも引責の形で辞められてしまったのと、私自身また死線をさ迷うことになって、そちらの機会も失ってしまいました。

それにも拘らず、この度の私の立候補に際して難癖をつけて来た雄琴病院の事務長に宮崎さん共々対峙して下さったと知り、遅れ馳せながら御恩返しをしなければと思っている次第です。もし彼が立って下さるなら、私も応援に駆けつけ、及ばずながら力になりたいと思います」

「それでしたら」

大川の長舌に頷きながら聞き入っていた徳岡は、やおら、という感じで口を開いた。

「その島田三郎さんに、町長選に打って出るよう大川さんから勧めてくれませんか？　勿論、宮崎からもプッシュさせますが……」

「私が、直接、島田さんにお会いして、ですか？」

「直談判は宮崎にでも行かせます」

宮崎が頷いた。

「ですから、大川さんは電話ででも打診してみて下さい。奥様からもプッシュして頂ければ心強いですが……」

頼子は戸惑いの目で夫を見てから、

「私如きが、そんな大役、荷が重すぎますわ」

と肩をすくめた。

「そんなことはありませんよ」

徳岡は即座に首を振った。

「地元では並びなきファーストレディでいらっしゃるから、奥様の言葉は重みがあるはずです。島田氏も心を動かすと思いますよ」

宮崎が相槌を打つ。頼子は困惑の体でまた夫を見た。

「電話をかけて下さるだけでいいですから」

徳岡が駄目を押すように言った。

「分かりました」

言葉を返せないでいる妻をみかねたように大川が言った。

「今回のことでお世話になったお礼を申しそびれていますから、それも兼ねて、早速電話をかけてみます。家内にもかけさせます」

「何でしたら」

宮崎が携帯を取り出して言った。

「今からでもかけてみられますか？　私も出ますし、理事長も出られますよね？」

「ああ、善は急げだ。それがいい」

徳岡がコクコクと頷いた。

羊頭狗肉

島田春次が雄琴病院に足を踏み入れたのは、弟の三郎が湖西町の町長選に出るらしいとの噂を耳にした直後だった。

「事務長の猪瀬さんにアポイントメントを頂いているのですが……」

がらんとしたロビーの受付で名刺を差し出して応待した事務員に言うと、三十がらみの女性は胡散臭げに春次と名刺を交互に見やってから、

「ちょっとお待ちを……」と言って、物憂げに名刺を指の先につまんで奥へと引っ込んだ。

事務員の貧相な胸につけられたスマイルワッペンが春次の脳裏に残像を刻み残した。見れば他の事務員の胸にも同じワッペンがついているが、誰一人微笑んでいるものはいない。

（愛想笑いの一つもしたらどうだ。羊頭狗肉もいいところだ）

毒づいたところで、女性事務員と入れ代わるように、白衣をまとった大柄な男が奥から出て来た。

（荒井だ）

甦生記念病院に彼が勤めていた時は、自分の足も病院から遠退いていたこともあって相見(あいまみ)えたことはないが、先の衆議院選挙で宣伝カーに乗ってたすき掛けでマイクを握っていた姿に見覚えがある。

荒井も先の事務員と同じ胡散臭げな目で春次に一瞥をくれてから通り過ぎた。

(感じはよくないが、この際、背に腹は代えられんか。ま、押し出しだけは悪くない)

肩を怒らせ気味にのっしのっしという感じで立ち去る男の背を見送りながら春次は呟いた。

先刻の事務員が戻ってきて、「どうぞ」と無表情に言うと、さっさと背を向けて先立った。

春次は慌てて後を追った。

案内された事務長室は、猫の額さながらの狭さで、小さな文机とそれに見合った椅子、少しばかりの間を隔ててほとんどドアすれすれにソファが二脚、これも小振りのテーブルをはさんで置かれている。

「大川さんの下におられた訳ですな?」

春次の名刺をテーブルに置いて猪瀬は顔を上げた。

「その方が、どうしてまた私共の所に……?」

「私は、先の選挙で、お宅の副院長に一票を投じました」

「ほー！　それはそれは……」

猪瀬の顔が綻んだ。

「大川さんの立会い演説会では、健康上に問題があるから出馬は断念するようにと申しました」

「ほっほっほ――」

猪瀬は口を尖らせた。

「それはさぞかし物議をかもしたでしょうな？　後々大丈夫でしたか？」

「その時点では私はもはや大川さんの部下ではありませんし、来年には定年を迎える身ですから、別に、恐れるものはありません」

「ほー、定年……？」

猪瀬は春次の顔を見直した。

「役場は何歳で定年ですかな？」

「一応六十歳です。嘱託でその後二年は勤められますが」

「なるほど」

猪瀬はやおら胸のポケットから煙草を取り出すと、テーブルの上にポツンと置かれたライターを取り上げて火を点けた。テーブルには灰皿も置かれてあり、吸い殻が何本か入っている。そう言えば部屋に入ってきた時煙草臭いと感じたことを春次は思い出した。先刻すれ違った荒井かこの男が吸ったものに相違ない。

春次は一年前から禁煙している。二年前の町の検診で糖尿病が見つかり、要検査の紙が回って来たので近在の開業医清水医院を訪れた。糖尿病の薬を一種類だけ出す。後は食事と運動療法を。煙草はご法度。糖尿病で煙草を吸っていたら心筋梗塞や脳梗塞になる確率がそうでない人の三倍も五倍もある、と脅かされた。自分では止められそうにないから止められる薬でもあれば飲みたいというと、〝チャンピックス〟なる薬を処方された。一カ月服用して試しに煙草を呑むと吐き気がし気分が悪くなった。

「じゃ、止められそうだね」

清水はにんまりとして言った。

「大体この薬で禁煙に成功する確率は二人に一人だが、あんたは成功者に入ってくれた」

脱落者の中には、受動喫煙、つまり、他人が吸っている場に居合わせてその煙を吸っただけで折角続けられていた禁煙がご破算になる者もいるという。

猪瀬がしきりに吐き出す紫煙は狭い部屋にこもって春次の鼻先をくすぐり、自分も吸ってみたいという欲求に陥った。

刹那、ドアにノックの音がして、先刻とは別の女性が茶を盆に載せて運んで来た。彼女の胸にもスマイルワッペンがこれ見よがしについているが、無表情のまま、「あ、どうも……」

という春次の会釈にも一言も言葉を返さず、茶飲みを無造作にテーブルに置くと、盆で紫煙を払うようなしぐさを見せながらそそくさと立ち去った。

紫煙が隣の事務室に少し流れ出て春次は一息ついたが、それでは足りぬとばかり茶を口に流し込み、手巾を取り出して鼻先を拭った。

「本日伺いましたのは――」

早くこの場を去りたい思いに駆られて春次は切り出した。

「他でもありません。私のおります湖西町は大川さんが抜けられたので町長不在の状況で、近く補選が行われます」

「そうですな」

百も承知と言わんばかりの顔で猪瀬は返した。

「今も副院長とその話題に花を咲かせていたところです」

「荒井先生と……」

「左様」

猪瀬は上体を屈めて煙草を灰皿に揉み消し、おもむろに春次を上目遣いに見た。

「副院長もこちらに来られるまでは湖西の病院におられましたからな、新たな町長選には無関心ではおれないようで……ひょっとして――」

猪瀬の目つきが鋭くなった。

「島田さん、あなたが補選に打って出られるおつもりで……？」

「いえいえ」

春次は激しく首を振った。

「でしたら何もこちらへお伺いすることはない訳で……国政選挙でもありませんから」

「確かに――」

猪瀬は上体を戻してまた煙草を取り出した。

「と、なると、私に出馬せよとでも……？」

「えっ……？」

「いやいや、冗談です、冗談」

ライターを取り上げた手を猪瀬は顔の前で振った。

「いや、事務長さんが出られる気がお有りなら、それはそれで一肌脱ぎますよ」

「えっ、あなたが……？」

今度は猪瀬が訝った。

「また、どうしてあなたが、地元民でもないよそ者の褌担ぎを……？」

猪瀬は油ぎった鼻から紫煙を吐き出した。

「実は――」

懐かしいニコチンの匂いに鼻先をくすぐられながら、春次は紫煙に霞む相手の目を見返した。

「今は地元を出て宇治におります愚弟が、立候補の意を漏らしておるようで……」

「ほー、弟さんが？　何をしてなさる方ですかな？」

「鉄心会の宇治病院で医事課長をしております。その前は甦生記念病院の事務長を」

「はてな？」

猪瀬は天井に目をやった。何かに思い至った風だ。

「正直に申して分不相応です」

春次は、猪瀬と弟の三郎が既にこの席で対面していることなどには露思い及ばないまま言った。

「失礼だが、同感の至りですな。しかし、立候補は本人の意向でですかな？　それとも、周りの誰かに焚きつけられた……？」

「本人は分不相応とわきまえているはずですから、後者だと思います」

「誰が焚きつけたとお思いですかな？　心当たりは？」

「定かでは、ありません。ですが、前町長の大川さんか、甦生記念病院の関係者だと思います」

「でしょうな。普通だったら、大川さんは助役のあなたにバトンを渡そうとするはずですが……」

「不徳の至りです。私と大川さんは反りがもうひとつ合いませんで……ですから先の衆院選でも私は大川さんに票を投じませんでした」

猪瀬はまた鼻から紫煙を吐き出した。

「今日お伺いしましたのは」

天井にフワフワ昇っていく紫煙を目で追ってから春次は切り出した。

「荒井先生に、町長選に出て頂くよう、事務長さんからでもプッシュして頂ければと思いまして……」

「つまり、お宅としては、弟に町長になられては困る、という訳ですな？」

「ええ……」

「兄弟なのに、何故です？」

猪瀬は紫煙を春次に吹きかけた。

「お恥ずかしい限りです」

「ふむ……」

猪瀬は大きな鼻孔からまた紫煙を吐き出した。春次の臭覚はその香気に耐えられなくなった。

「すみません、煙草を一本、頂戴できますか？」

「うん……？　あ、どうぞどうぞ」

猪瀬はテーブルに置いた煙草のケースを持ち上げて春次に差し出した。春次は破られたケースの端から一本取り出すと、

「すみません、お火を……」

と、猪瀬が咥えた煙草に近付けた。猪瀬は煙草を口から離して手に取ると春次の煙草に押し当てた。

「血は水よりも濃いと申しますが」

咥えた煙草に火がついて一服吸ってから、春次はやおらという感じで猪瀬に目を合わせた。

「私共兄弟の場合は逆でして、弟とは犬猿の仲です」

「ふん、ま、そういうケースもままありますな。私も兄がいるが、ほとんど没交渉です。特に仲違いしてるわけじゃないが、生き方が違いますんでね」

猪瀬は半分ほどになった煙草をまた灰皿に圧し潰した。

「実はね」

頷きながら一服一服を惜しむように紫煙を吐いている春次に、猪瀬は改まった面持ちで目を据えた。

「以心伝心ですな。副院長は湖西町の町長選に出る気ですよ」

「えっ、本当ですか？」

春次は慌てて火がついたままの煙草を灰皿に置いた。

「副院長も湖西町にまるで因縁の無い人でもない、鉄心会が入ってきて、不本意ながら甦生記念も辞めざるを得なかったいきさつもあったとかで、リベンジを期したいようです。鉄心会をつぶすべく、町立病院を建ててやるっていきまいてますよ」

「それは心強いです」

破顔一笑して春次は灰皿に置いた煙草を取り上げ、一服二服吸ってから揉み消した。

「及ばずながら、応援させて頂きますよ。その旨、荒井先生にお伝え下さい」

春次は腰を浮かした。次の計画に心急くものを覚えていた。

血は水よりも薄し

雄琴病院を出た春次は、暫く車を走らせたところでコンビニを見つけると、煙草とライターを買った。うしろめたい気持ちが半分以上あったが、車に戻って一服吸うと、「やっぱり止められんわい」とひとりごちた。

続け様に二服三服吸った。シートをリクライニングにして吸い続け、指が熱いと感ずるまでに少なくなった残り滓（かす）を窓から外に捨てると、リクライニングを戻してやおらアクセルを踏んだ。

訪ねて行く人間にアポイントメントは取っていない。名乗れば拒絶されるかも知れないから、在不在の如何を電話口に出た職員に尋ねただけで電話を切った。

没交渉になってから久しい。長兄光治が息子の待つ東京に移る時も見送りに行かなかったし、三郎が糖尿病から腎不全を併発して病臥（びょうが）の人となり、挙句当麻により妻の腎臓の一つを移植されて九死に一生を得たことも人伝（ひとづて）に耳にしたが、一度も見舞いに行っていない。暗黙の裡に兄弟の縁は切れたと思っている。

（なのに畜生！　何故今更俺の方からのこのこ出掛けて行かなきゃならないんだ!!）

車の中でもひとしきり毒づいた。

没交渉には変わりはないが、先日、久々に姿だけは垣間見た。それも癪の種だ。自分を死の淵から救い上げてくれた当麻鉄彦を守り切れなかったと言って兄の光治に絶交を宣言した元町長の大川が今回の衆院選に打って出た時、その陣営の中に弟の三郎がいることを人伝に聞いたが、果たせるかな、湖西高校での大川の立ち会い演説会で最前列に並んでいる三郎を見出したからである。

目指す病院が視野に捉えられた時、春次は目を瞠った。たった今見て来た雄琴病院とは雲泥の差を誇る偉容で、甦生記念病院よりも大きいと思われる。

（畜生！　こんな大きな病院で医事課長に納まってやがるんか！）

駐車に苦労した雄琴病院とは異なって、駐車場も広々としている。優に百台は置けそうだ。八割方車で埋まっている。半ばは職員の車だとしても、昼時を迎えているのにまだ相当な患者がいると思われる。

院内に入って春次は更に目を丸くした。ロビーの広さがこれまた雄琴病院の数倍はあろうかと思われ、長い廊下が続いている。

ロビーには車の台数から想像されただけの患者が数十脚の長椅子を占めている。閑古鳥が鳴いていた感の雄琴病院のロビーとこれまた対照的だ。

偽名を使おうかどうか迷ったが、本名を名乗ってもよもや逃げ出すことはあるまいと思って、受付で名刺を差し出し、島田三郎と面会したい旨告げた。

「アポイントメントは取っておいでですか？」

若い愛想のいい女性が尋ねた。

「いや、ちょっとそこまで来たので……島田三郎の兄です」

兄と名乗るのは咄嗟の思いつきだ。肉親となれば否でも取りつぐだろう。果たせるかな、事務員は「あー」と納得のいった顔で改めて春次の名刺に一瞥をくれてから奥に引っ込んだ。

待つまでもなく、三郎はすぐに現れた。笑顔は無い。咎めるような目つきで足早にカウンターを抜けて春次の手前まで来ると立ち止まった。

「どういう風の吹き回しだい？」

三郎は冷たく言い放った。背後の職員やロビーの患者を慮（おもんぱか）ってだろう、押し殺した声だ。

「ご挨拶だな」

春次は苦笑を返した。

「ま、門前払いを食らわさなかっただけでも可とするがね」

「京都まで、何の用事で出向いたんだい？　立ち寄っただけということだが……」

「京都に用事があったんじゃない、雄琴だ」

「雄琴？」

押し殺したはずの声が上擦った。

「ああ、雄琴病院。お前も満更縁がないわけじゃあるまい？」

三郎は絶句の体で春次を見返したが、一呼吸置いて、

「ここではまずい。外へ出よう」

と春次の腕を引いた。


病院の前の道を暫く行くと、大衆食堂がある。春次の方を振り返りもせず、三郎は一歩先立ってさっさとそこへ入って行くと、隅の方に辛うじて空いている席に腰を落とした。

「俺は病院で食べるからいい。何か注文しな」

三郎はメニューを取って春次の前に置いた。

「親子丼」

注文を取りに来た店員に春次はぶっきら棒に言い放った。

「お二つですか？」

メモを取りながら店員が言うのへ、

「いや、ひとつだけ」

三郎は愛想笑いを返して、店員が運んで来たコップを手に取った。春次も一気にコップの

水を半分程飲んだ。

「で、用事というのは？」

三郎は春次が口を拭っているのももどかしげに性急に切り出した。

「雄琴病院とは関係あるまい？」

春次は一呼吸置いてから弟を見すえた。

「大いに関係ありだ」

三郎は目だけで訝って見せた。

「お前――」

春次は弟を見詰め直した。

「湖西町の町長補選に打って出るって、本当か？」

三郎は絶句の体で春次を見返した。

「どうやら、本当らしいな」

苦笑を浮かべて言い足してから、

「止めとけ」

と春次は大上段に言い放った。

「お前に勝ち目はない。恥をかくだけだ」

三郎はコップの水を二口三口すすると、春次に向き直った。

「あんたに指図をされる謂れはない。あんたとは疾うの昔に縁を切った」

「ふん、疾うの昔か……」

春次は煙草を取り出した。

「まだそんなに昔じゃないぜ」

二の句を継いでライターをシュッと鳴らした。

「お前はいざ知らず、俺は多少ともお前に兄弟のよしみを感ずるから、老婆心ながら、遠きをも厭わず忠告に参上遊ばしたんだ」

春次は紫煙を三郎に吹きかけた。三郎は忌まわしげな目つきで煙を片手で払った。

「余計なお世話だ」

三郎は後にのけぞって言った。

「勝ち目はないと言ったな？　選挙なんて蓋をあけてみなきゃ分からんさ」

「ふん、お前、対抗馬が誰か知ってるのか？」

「知ってるさ。だから打って出ようとしてるんだ。甦生記念を滅茶滅茶にしていった野郎に町を思い通りにさせてたまるか！　負け犬の癖によくもいけしゃあしゃあと出てこれるもんだ」

三郎は目をむいた。

「大口を叩ける身分か？　お前こそ負け犬じゃねえか」

「何で俺が……？」

「ふん、」

春次はまた紫煙を鼻から吐き出した。

「よくよく胸に手をあてがって考えてみろ。おめおめと湖西町に大きな顔で名乗り出られる分際かどうか」

「俺が何をしたと言うんだ」

三郎は胸に腕を組んで春次を睨みすえた。

「お前と兄貴の体たらくで甦生記念は悪名高き鉄心会に乗っ取られた。兄貴は頭がおかしくなり、お前は酒浸りで身を持ち崩した。人が二人三人集まりゃ二人の噂話で持ち切りで、俺も女房もどれだけ肩身の狭い思いをさせられたことか」

「言わせておけばへらず口を叩きおって！」

三郎は気色ばんだ。

「病院を潰した張本人は荒井とその一派だ。手術や麻酔の失敗で、当麻先生が抜けてただでさえ減った患者を更に減らして病院を赤字にした。俺と兄貴はその尻拭いに躍起となったが、あんたは高みの見物で知らん顔だった。職員の給料の工面に俺も兄貴も兄貴の嫁さんも私財を投じたが、あんたはビタ一文出さなかった。災いが及ぶのを恐れて理事も降りてしまった。あんたこそおめおめと湖西町の役場に残っておれる立場じゃない。恥を知れ！　恥を！

で、なんだ、俺が町長選に打って出るのが癪だということで、病院を潰してとんずらした荒井をかつぎ出して片棒をかつごうってのかい？　とんだ了見だぜ」

「お前のその台詞、そっくりそのまま返してやる」

すっかり血の気の失せた顔で春次は言った。

「荒井氏はこの前の選挙で三万票を取った。内一万票は湖西地区からだ。湖西町の有権者は四万人弱だから投票率が六割と見積って二万そこそこ、一万票取ればまず当選だ。お前に勝ち目はない。精々数千票だ。恥を思い知るのはお前の方だ。絶交しても血はつながっている兄弟のよしみで忠告に来たまでだ」

「ふん、有り難く承っておくよ。俺はまだ出ると決めた訳じゃない。荒井が出るとなりゃ、甦生記念の徳岡院長あたりが名乗り出てくるかも知れんさ。じゃあな」

三郎は立ち上がると、テーブルのコップの水を一気に飲み干してさっさと踵を返し店を飛び出した。

困　惑

週末、思いがけない電話が当麻に入った。滋賀日日新聞の寺谷からだ。お伝えしたいことがあるのでお時間を取って頂けますかと言う。一時過ぎなら手が空くよと答えた。

午前中は回診だ。入院患者の急変や緊急の手術が入らない限り時間の調整はできる。ここのところ二週続けて土曜の午後は急患で潰れている。急性胆囊炎の中年女性と、十二指腸潰瘍の穿孔を来した若者だ。手術自体は一時間そこそこで終えられたが、術前の準備、術後の手術記録、点滴の指示などで、患者は正午過ぎに救急車で運ばれて来たが、当麻他外科スタッフの手が空いたのは午後三時過ぎだった。

先週の土曜は病院のソフトボール大会が午後一時から湖西中学のグラウンドで開かれたが、当麻も矢野も大塩も参加する予定で張り切っていたのに出鼻を挫かれた。三時過ぎに急いで駆けつけた時には試合は終わりかけていた。

「先生方、ピンチヒッターでどうぞ」

と、大差で負けているチームの面々が九回裏の出番を当麻達に譲ってくれた。当麻はレフトフライ、大塩はセンター前にヒットを放って一塁に出たが、矢野が平凡なセカンドゴロでダブルプレーをきめられ、あっさりチェンジとなった。

「あー、消化不良だなあ」

すごすごと戻って来て誰にともなく大塩が大声で嘆声を放ったので哄笑が起こった。

「俺も消化不良だよ」

徳岡が大塩の肩をポンと叩いて言った。勝ちチームのキャプテンだ。

「みんなバカスカ打ってるのに、俺だけ四打席四三振だもの」

一段と大きな哄笑が暫く尾を引いてお開きとなった。


痔(へも)の手術の失敗で一〇kgも体重を落として見る影もなかった寺谷だが、すっかり元通りの体に戻り、元気潑溂(はつらつ)とした顔で現れた。

しかし、ひとしきり自分と、当麻に腎移植を受けた伯父の近況を伝えてから、やおらという感じで話題を変える構えを見せた顔は深刻味を帯びた。

「実は、大川さんが抜けた後の湖西町の町長選のことで、聞き捨てならない情報が耳に入ったものですから」

と前置きしてから、湖西と湖東を担当している今津支局の人間から入った情報です、と寺谷は続けた。

「昨日、立候補予定者に対する説明会があって支局の宇木君も立ち会ったそうですが、来ていたのは何と雄琴病院の事務長一人だったそうです」

「えっ、彼が町長選に？」

「いいえ、事務長はこの前の衆院選に出た荒井猛男の代理人として来たようです」

寝耳に水だ。

「と言うことは、荒井氏が町長選に打って出る、ていうこと？」

「そうらしいです。自分は甦生記念にも勤めたことがあり、湖西にも縁のある人間で、やり残したこともあるので、というのが本人の弁だとその代理人は言っていたそうです」

（何があるというのだ？）

「やり残したこと……？」

と続けようとした二の句は呑み込んだ。寺谷の口が先に開いていた。

「ええ。自分は医者だから、医療福祉を第一に考えている。その観点からすると湖西の医療はまだまだ充分ではない。先の衆院選でも訴えた通りで、その折掲げた公約を現実のものにしたい、つまりは町立の総合病院を建てることだ――と」

（厄介なことになった！）

当麻は独白を胸に落とした。

（どこまで執念深い男だ！　それにしても、島田三郎はどうしたのだろう？）

大川の後任の問題は、大川自身よりも、むしろ徳岡が気にしていたことだ。なればこそ、島田三郎を強く推し、町長選に立つよう本人にも働きかけたはずだ。自分には荷が重過ぎるが、万が一兄の春次でも名乗り出るようなことがあれば立つ、と答えてくれた、脈は充分あったよ、と徳岡から聞いている。

徳岡が恐れていたのは、地元の医師会から、誰かが立つことだったが、

「この前の医師会の会合で、そのころ話題になったが、誰かが立つという動きはなかった。むしろ、徳岡さん、あんたが立つんじゃないかね、て言われたよ」

と、満更でもない顔で徳岡は言ったものだ。

「荒井氏には〝エホバの証人〟の医療訴訟問題で取材を申し入れたことがありますが、けんもほろろ、無下に断られました」

当麻が考え込んでいる間に寺谷が続けた。

「何て感じの悪い奴かと思ったんですが、先の衆院選に絡んでの取材では手の平を返したように愛想良くて、裏表のある人間だなあ、こんなのが国会議員になったら大変だぞと思いました。幸い落選してくれてホッとしましたが、曲がりなりにも三万票、湖西地方で一万票近

く取ったので、町長選ならいける、と見込んだんでしょうかね？」

「まさかと思ったが、よもやまた出て来るとはねえ」

荒井の奴、このままただでは引き下がらないと思いますよ——大川の当選祝いを徳岡銀次郎の肝煎りで宮崎、島田三郎、病院からは徳岡の他当麻、矢野、大塩が参席して吉野屋で開いた折、ふと大塩が漏らした一言が思い出された。ひょっとしたら町長の後釜を狙ってくるかも知れませんね——大塩はこうも言って、その時はどうしましょう、と一同に問いかけたものだったが……。

寺谷のもたらした情報を、当麻は徳岡に伝えてどうしたものか相談に及んだ。

「そうかあ、大塩君の懸念が当たったか……それにしてもしぶとい野郎だな、荒井ってのは。鉄面皮というか……」

徳岡は嘆息を漏らした。

「奴を無投票当選させるわけにはいかんが、島田氏はまだ腹を決めかねているのだろうか？」

「そうですね。兄の春次氏が立つなら自分も出ると言ってましたが、荒井氏相手では荷が重いと感ずるでしょうね」

「うーむ……」

徳岡は胸に腕を組んで天を仰いだ。

「衆院選の一万票がそのまま町長選でも荒井の方に行くとは思えないが……」

思案の体のまま独白のように徳岡は呟いた。

「たとえ行っても——」

当麻は算盤(そろばん)を弾いた。

「一万票では勝てませんよね。候補者が何人も立って票が分散するようなら別ですが……」

「一度選管に問い合わせてみよう。湖西町の有権者数、投票率等」

「そうですね。人口も有権者数も大分違ってきているでしょうからね」

「子供は減ったが、有権者数はむしろ増えているんじゃないかな?」

「でも、若者も減ってますよ。高校までは地元に留まっても、就職先は京阪神方面がほとんどですからね」

実際、湖西地方も高齢化社会になりつつある。患者の七、八割は六十五歳以上の老人だ。

総合病院の必須科目とされる産婦人科の増設を当麻は数年来徳岡に進言し、徳岡も、そろそろ本腰を入れないといけないね、と前向きな姿勢を見せているが、少子化も進み、生産年齢の若い女性は地元での就職、結婚が困難な状況で他県に流れているから、「増科しても産婦人科部門は赤字覚悟でやらないといけない。それだけの余裕を得てから考えよう」と言葉を濁している。しかし、タイムリミットに来ている、と当麻は感じている。現に、荒井が町長選に名乗りを上げ、産婦人科を併設した町立の総合病院を建てることをスローガンに掲げようとしているなら、足下に火がついた感じだ。理事長の夢である医科大学が実現したらそこには無論産婦人科も設けられ、毎年十数人の産婦人科医が誕生するだろうが、いっぱしの臨床医が出来上がるまでには十有余年の歳月が必要だ。足下の火を消すには到底間に合わない。

「選管に説明を聞きに出向いたのは荒井の代理人だけだったとしても――」

徳岡が話題を戻した。

「告示までにはまだひと月ある。島田氏に決意を促すのはもとより、何としても荒井の当選を阻止する秘策を練らないとね。大塩君が言った、マスコミを利用するのも一つの手だてだが……。あるいは荒井の前科を個条書きにしたビラをばらまくとか……」

「しかし、それをやったら、荒井側は反撃に出るような気がします」

「うん……？」

「衆院選では思い止まりましたが、大川さんの例の問題を改めて週刊誌にリークする手段に出るかも知れません。そうなると、泥仕合になりかねませんよね」

「うーん……そこまで考えるかね？」

徳岡は胸の腕を組み直した。

切羽詰まる

告示日が十日後に迫った。

ここ数日、手術が終わってひと息つくと、話題は専ら町長補選のことになる。医者達ばかりではない、目下のところ立候補予定者が荒井猛男一人だけだと聞き及んだ看護婦達も寄ると触るとその話になる。皆一様に憂い顔だ。

「先生、誰か医師会からでも立候補する人はいないんですか？」

医師の控室へ茶菓子を運んで来た紺野が、当麻達の話題が町長選になっていると知って口を差し挟んだ。

「このまま荒井が無投票当選になってしまうんでしたら、大川さんが町長を辞めて国会議員になったことが仇になりますよね」

「今もその話をしてたんだよ」

すかさず大塩が浮かぬ顔を返した。

「誰もいなきゃ僕が立ちたいです、て言って当麻先生に叱られたところ」

「そりゃそうですよ」

紺野が返した。

「先生はこれからこの病院をしょって立たなきゃならない人なんだから、それはいけません。ね、先生？」

紺野がお伺いをたてるように当麻に屈み込んだ。当麻は苦笑の体で頷く。

「ちらと耳にしたんですけど……失礼します」

紺野は当麻が掛けているソファの端に腰を落とした。

「ウチの前の事務長の島田三郎さんが出るかも知れないって、本当ですか？」

「紺野さん、どこからそんな話を……？」

「いえ、実はね、二、三日前スーパーで島田さんの奥さんにバッタリ出会ったんですよ。家が近いんで、以前も時々出会って、挨拶くらいは交わしていたんですけど、今度に限って、レジを終えた奥さんが私を待っててくれて、駐車場でお別れかなと思ってたら、荷物を車に入れたところで呼び止められて、立ち話になったんです」

「それで……？」

もうひとつのソファに矢野と並んで腰掛けている大塩が身を乗り出した。

「それで――」

紺野は大塩を振り返った。

「ウチの人が町長の補欠選挙に出たい、て言うんですよ、どう思います？　て」

「いいじゃないですか。ねえ、先生」

大塩は身を乗り出して当麻に目を向けた。

「うん……でも、その続きがありそうだな。あなたにどう思いますって聞いたのは……？」

「奥さんが、そんな分不相応なことはやめときなさい、今の平穏な暮らしで充分じゃない、て返したら、それは分かっているが、止むに止まれぬ事情があると言って、荒井のことを持ち出したそうです」

「それで？」

大塩が急かした。

「奥さんも島田さんが事務長をしていた頃からさんざん荒井のことを聞かされていたけれど、彼が補選に出るなんてことは知らなかったから、夫の言い分を聞いて言葉を返せなくなったそうです」

「つまり、島田さんが町長選に出ることを認めた、てこと？」

「認めた訳じゃないから私にも相談を持ちかけてきたのね。夫の話を聞いてる限り、光治兄さんそっちのけでワンマン振りを発揮して、挙句病院を滅茶滅茶にして、お陰で兄貴も自分も心身共に疲れ果てて病気になっちゃった、そんなやつを地元のトップにさせることは絶対出来ん、誰も名乗りを上げそうにないから自分が出る、て言い張るんだけど、腐っても鯛、相手がドクターでは勝ち目はないから何とかして思い止まらせたいと思ってるんだけど、て。夫が出れば自分も選挙運動を手伝わなきゃならないけど、負け戦と分かってるのにそれも苦痛で、と仰るの」

「奥さんの気持ちは分かるけど、荒井をぬくぬくと無投票当選させるわけにはいかないから、奥さんは目をつぶって島田さんを出してあげて欲しいな」

「奥さんは、思い余って、夫同士は仲違いしたようだけど自分達はそうでもなかったので、すぐ上の兄の春次さんに出てもらって欲しい、て彼の奥さんに持ちかけたそうなんです」

「分かったよ！」

当麻がハタと膝を打った。

「そこから荒井側に漏れたんだね。三郎さんが町長選に出る、てことが……」

「そうかあ」

大塩も腑に落ちた顔で頷いた。紺野がすかさず畳み掛ける。

「でも、島田三郎さんで荒井に勝てますか？　地元にいなくなった人が……。鉄心会から追い出されたからそのリベンジに立つ、て思われないかしら？」

「そんな噂が立ってるの？」

聞き役に徹していた矢野が訝った目を紺野に向けた。

「いいえ、私の勝手な想像です。当麻先生と矢野先生が戻って来て下さるまでは、院長も事務長もいなくなりましたから、甦生記念は完全に鉄心会に乗っ取られた、て専らの評判でしたよ。私達も色々聞かれて困りました。それにしては病院の名称が変わらないなあ、て不思議がる人もいましたけど」

「それは当麻先生の肝移植やホスピスで甦生記念が全国的に有名になったからだよ」

大塩が言った。

「消してしまうのは勿体無い、いい名称だし、と理事長の鶴の一声で残してくれることになったらしいよ。名称の由来も聞いて感激しておられました、と、宮崎さんが言っていた」

不意に島田光治の顔が当麻の瞼に浮かんだ。賀状は欠かさず出しているが、返って来るのは夫人の筆跡で、今年のそれは、「主人は体は息災ですが、私や息子が誰であるかも分からなくなりました」と添え書きされていた。

（分からなくなって幸せだったかも）

賀状を見た時は何ともやる瀬ない気分になったが、今のこの状況を知れば心穏やかでおれなかっただろう。

島田光治の折々の顔が懐かしさと共に去来した。ある衝動が当麻の胸を突き上げた。

「ちょっと、院長室へ行ってくるよ」

言うなり当麻は席を立ち、更衣室に走った。


「いやあ、以心伝心だね」

当麻が切り出した一言に大きく頷いてから、徳岡銀次郎は言った。

「俺も腹を決めなければと思ってね、兄貴や宮崎に覚悟の程を打ち明けたところだよ」

「今かけておられた電話がそうですか？」

息せき切って当麻は院長室に馳せたが、ドアをノックしようとして、中から徳岡の話し声が聞こえて来たので手を引っ込めた。一瞬、誰か先客と話しているかと思ったが、聞こえてくるのは徳岡の声ばかりで、電話でのやりとりだと知れ、声が途絶えたところでドアをノックしたのだった。

「院長、町長選に出馬して下さい」

面と向かうなり当麻は切り出した。

「島田三郎氏も決断できないでいるようです。このままでは荒井猛男がすんなり町長に納まってしまうかも知れません。そうなったら、恩義を受けた前院長に顔向けできません」

当麻は一気に続けたが、徳岡はそれを反復してかみしめるようにいちいち頷いて黙って聞いた挙句、「以心伝心云々」と返したのだった。

「そう。二人とも二つ返事で賛成してくれた。告示の日が迫っているのに荒井以外立つ者がいないでどうする気だと、こちらから探りを入れようと思ってたところだと言ってくれた」

「じゃ、島田さんにはもうお引き取り願ってもいい訳ですね」

深い安堵の思いが胸に満ちるのを覚えながら当麻は言った。

「いや」

徳岡は首を振った。

「彼にも出てもらおう」

「院長が出れば落選と分かっててもですか？」

「彼にはスケープゴートになってもらう」

「と、言いますと……？」

「俺と荒井で一対一になるより、二対一で荒井に対した方が得策だろう。島田氏も何千票かは取るだろうから、その分荒井へ流れる票は少なくなる」

「院長へ流れる分も少なくなりませんか？」

「それもあるだろうが、票が三人に分散した方がいいように思うんだ。見込み違いかな？」

「うーん、どうでしょう？」

「兄貴は宮崎から荒井の前科を色々聞いているから、たとえ衆院選で湖西票が一万近くあったとしても、それがそのまま町長選に反映されることはない、精々その半分だろう、一対一でお前の楽勝だよと言ってくれたが、宮崎は、島田氏がスケープゴートになってくれるならそれはそれで有り難いし、票が三つに分かれても、俺か島田氏のそれが荒井に一票でも上回ればいい訳で、一対一よりは二対一の方がリスクは小さいかも知れないなと、俺の意見に賛成してくれているが……」

「選挙にはお金も掛りますし、院長のスケープゴートにというだけで島田さんがはいそれならと応諾するとも思えません。彼が渋っているのは、経済的な問題もあると思います。ですから、彼には後援会長にでもなってもらって、院長お一人で荒井に対峙した方がいいと思います。理事長のお考えに賛成です」

「後援会長ねえ……なるほど」

徳岡は当麻の顔を見すえた。

暗転

寺谷が興奮の面持ちで当麻の部屋に駆け込んで来たのは、町長選の告示日の夜だった。

「いやあ、よかったです！　立候補者は徳岡さんと荒井の二人だけでした」

寺谷は告示のタイムリミットまで役場の選挙管理事務所で取材に当たっていたという。

「先生から徳岡院長が出馬する決意を固めてくれたとお聞きするまではらはらどきどきでしたから、これでグッスリ眠れそうです」

当麻が寺谷に徳岡の出馬を告げたのは一週間程前、院長室に駆け込んだ数日後だった。その前に当麻は島田三郎に電話を入れて、かくかくの次第となった、ついては後援会長を引き受けてくれないかと持ちかけた。

「肩の荷が下りました。本当にもう立つ人がないなら、清水の舞台から飛び降りるつもりで私が名乗り出なければと思い詰めていました。徳岡院長が立って下さるなら、ひと安心もふた安心もできます。出来る限りお手伝いさせて頂きます」

声を弾ませたのは島田三郎ばかりではなかった。真っ先に「万歳！」を叫んだのは大塩だ。

「島田さんではもうひとつ弱いかなと思っていましたが、荒井の無投票当選は絶対許せないから、他に誰も立たないなら、何としてでも島田さんに出てもらわなければと思っていました。先生がちょっと危惧されていたように、経済的な問題で島田さんが躊躇しているというなら、僕が選挙費用を立て替えてでも出てもらおうと思っていました。あるいは院長と先生の許可を頂いて院内でカンパを募らせてもらおうかと……」

矢野も喜んだ。

「荒井が無投票当選して町長にでもなろうものなら、大川さんが国会議員になってくれていても湖西町の舵取り（かじとり）は町長の裁量権内で大川さんが口出しできるものではないだろうから、もうお先真っ暗、郷里に帰ろうかとまで考えていました」

これには驚かされた。表立って騒いでいたのは大塩で、矢野は専ら聞き役に回っていたから、まさかそこまで思い詰めているとは！

とは言え、徳岡が絶対に当選する保証はない、と当麻は考える。医師会の中にはいまだに鉄心会を快く思わない連中もいるだろうし、住民の中にはかつて荒井に世話になった者もいるだろう。荒井の不祥事が表立ったのは〝エホバの証人〟に対して術前の約束に反して無断で輸血をしてしまったことくらいで、新聞沙汰になったとは言え荒井の減点にはなってはいまい。〝エホバの証人〟が一般人には受け容れられていない、寧（むし）ろ、反感を覚えている者の方が多いとみなされるからだ。

告示日から選挙日までは一週間しかない。徳岡は診療の合い間に宣伝カーに乗った。選挙事務所はこの前の衆院選で大川が使った商店街の一隅に構えたが、荒井のそれは湖西町の南端、志賀町のコンビニエンスストアの隣の空地にテントを張って設けられた。コンビニに出入りする客層を狙ってのことだ。

田園地帯や冬は積雪で孤立化する朽木村はさておき、他の湖西地区はほとんど国道一六一号線を行き交っての選挙戦だから、両者の宣伝カーは何度もすれ違う。

二日と経たぬうちに、地域住民は寄ると触ると一つの話題に花を咲かせた。

「島田兄弟が敵味方に分かれてるぜ」

「春次さんと三郎さんはそんなに仲が悪かったんかいな」

「長兄の光治さんは呆けてしもうて東京の息子さんに引き取られたらしいが、呆けてよかったなあ」

徳岡も荒井も軽トラを改装してオープンカーに仕立てた車に乗って数名の支援者と共に立ったままマイクを握っている。その支援者の中に、徳岡側は島田三郎を、荒井側は島田春次を見出して人々は色めき立ったのだ。

荒井は甦生記念病院の前でも朝昼夕と車を停めて熱弁を振るった。この病院は残念ながら住民の皆さんのニーズに応え切れていない、足りない科が幾つもある、自分は大学病院とコネをつけ、それらを充足した町立の総合病院を建てるつもりだ、云々の決まり文句だ。

徳岡も負けていなかった。鉄心会は前院長島田光治氏の理念を受け継ぎ、この地の中核病院としての機能を果たして来た、荒井氏は大学病院とコネをつけて総合病院を建てるといきまいているが、彼ははるか北の奥羽大学の出で、コネなどたかが知れている、西日本大や近江医科大なら、私も疾うに接触し、たとえば完全に欠落している産婦人科を開設すべく人を送ってくれるよう交渉してきたが、大学病院自体産婦人科の入局者が年々減っており、地方の病院へ人を送り込める状況ではない、荒井氏もそうした事情は重々知りながら、絵に描いた餅を売ろうとしている、およそ現実味がない、それよりは、全国にあまたの系列病院を擁する我が鉄心会で人材を養成し、不足する病院に派遣する方が余程早道であり、皆さんが本当に産婦人科の開設を望むなら、それに向かって最大限の努力をすることをお誓いする、云々。

「荒井のふてぶてしい顔を見かける度胸糞が悪くなり、居ても立ってもおられなくなります。僕も院長の応援に行かせて下さい。仕事に穴を空けることはしませんから」

大塩は当麻にかく嘆願して許可を得、宣伝カーに乗った。

「僕も行かせて下さい」

と矢野も申し出た。

徳岡は個人演説会を湖西高校で開いた。これには当麻も富士子を伴って加わったが、徳岡の演説の前にマイクを握ったのは大川松男だった。国会開期中だが、国会の本会議は火、木、金曜だから、その合い間を縫って駆けつけた。

大川は宣伝カーにも乗って徳岡の応援演説を行った。


「大分お疲れね」

帰宅した大川を玄関に迎えて、顔を見るなり頼子は言った。火曜の夜遅くに帰省した大川は、久々に頼子の手料理を少量の晩酌と共に食べ終えると、一風呂浴びてすぐに寝入ってしまった。夜中に尿意で目覚めトイレに立ったが、夜明けと共に床を抜け出した時には、トイレに立ったことも記憶がおぼろだった。

翌日は朝食を終えてから徳岡の選挙事務所に出掛けた。徳岡の後援会長が島田三郎と知ったから、自分のスケジュールを事前に島田に伝えてある。投票前日の土曜には徳岡鉄太郎が応援に駆けつけ、宣伝カーにも乗ると聞いて、自分は水曜一杯お手伝いして帰らせて頂きます、と言ったが、「いやあ大川先生、出来ましたら是非理事長先生と一緒に宣伝カーに乗って下さい。国会議員の先生がお二人も並ばれたら、荒井陣営、ギャフンと来ますよ」

と島田三郎が言った。当麻にも会って、書いてもらった紹介状を関東医科大の藤城教授に持参したことを報告しなければならないが、当麻の体が空いているのは土、日くらいだとも思い至り、それならと、大川は請暇書を出して週末まで滞在を延ばす旨島田に返した。

二日間は慌ただしく過ぎた。聴衆の反応は上々で、一同は機嫌よく「ではまた明日」と交わし合って散会した。

大川がひと風呂浴びている間に食事の支度に掛っていた頼子が、大川が風呂から出て着替えたところで、何かを思い出したように台所から声を掛けた。

「あなたが今朝出掛けた後、お昼頃速達が届いたのを言うのを忘れてたわ」

「速達？　どこから？」

「どこかの出版社かしら？　週刊春秋とか何とか……食卓の上に置いてあるけど……」

「本でも送って来たのかな？」

「そんな部厚いものじゃない。薄っぺらな封筒よ」

厭な予感がした。

台所に向かうと、食欲をそそるいい匂いが鼻をついたが、大川は押し黙ったまま食卓の中央に無雑作に置かれてあるA４サイズの封筒を手にして隣の居間に移った。

ソファに腰を落とし、おもむろに封を切った。頼子の言う通り薄っぺらな封筒から出てきたのは、三枚の紙だった。二枚は二つ折りになっている。一枚はB5版大の書状らしきものがそのまま入れてある。

大川はまずその書状らしきものに目を走らせたが、忽ち顔から血の気が引いた。

「同封の記事を明日発売の小誌に掲載させて頂きます。御了承下さい。なお、同記事は、さる信頼すべき筋より得た情報で、事実に相違ないと確認致しております」

大川は震える手で二つに折り畳まれた紙を開いた。見覚えのある週刊誌のゲラ刷りだ。

「大川松男国会議員に隠し子露見！」

の大見出しが躍り、いつの間に、どこで手に入れたのか国会議事堂を背景に、名前の入ったタスキを掛けた選挙運動中の自分の写真と、顔はモザイクのぼかしが入って分からないようにしてあるが、どうやら滋賀県庁の中で撮られたらしい全身像の造りから息子の無二と分かる人物の写真が載っている。

（いつの間に、誰がこんなものを⁉）

気が遠くなりかけたが、反射的に携帯に手が伸びていた。「週刊春秋」の電話番号をプッシュする。震える指での操作で番号を押し間違え、一度は、「お客様のおかけになった電話番号は現在使われておりません」と出、一度はコール音が切れて「もしもし」と女の声が返ったから、すわとばかり「週刊春秋?」と問いかけると、「違います」と一言、電話は切れた。三度目、今度こそ間違うまいとかける。だが、

「こちらは週刊春秋です。土曜、日曜、祝日はお休みを頂いております。御用の向きは平日の午前九時から午後五時まで承りますので、おかけ直し下さい」

　と返るばかりだ。二度聞き直したところで大川は唇をかみしめて電話を切った。


「どうなさったの?」

　夫の顔色が無く、箸が進まないのに気付いた頼子は、俯(うつむ)いたままの夫の顔をのぞき込んだ。

「うん、ちょっとな」

　妻とは視線を合わさず、目を伏せたなり大川は返す。自分はもうほとんど茶碗を空にしているのに、夫は半分も進んでおらず、黙然として大儀そうに口を動かしているだけだ。疲れたとは言いながら朗らかな笑顔を見せて帰宅した夫の急な変貌振りに頼子は訝った目を注ぎ続ける。

「週刊誌に、何か気に沿わない記事でも……?」

　返事の代わりに、大川は箸を置いて立ち上がった。取り残された頼子は夫の消えた空間に目を注いだままだったが、それはほんの数秒だった。

大川は「週刊春秋」のゲラ刷りを手に戻ってくると、無言で頼子に示した。

一瞥した頼子の顔からも忽ち血の気が引いた。

「一体、誰が……？」

「決まっている」

「えっ？」

「荒井陣営の人間だよ。形勢不利と見て、非常手段に訴えて出たんだ」

「じゃ、この前の衆議院の選挙の時、あなたが出るのを止めさせようとして来た人達？」

「恐らく、そうだろう」

「あの時は引っ込めたのに、何故今頃？　それも、立候補者でなくて第三者のあなたに矢を向けるの？」

「私と徳岡院長とは一つ穴の貉とみなしているんだろう。私の不祥事を世間に晒せば、徳岡さんにも傷を負わせられると踏んだのだろう」

「あなたが徳岡さんの応援に来なければこんなことはしなかったのかしら？」

頼子は手にしたゲラ刷りの記事に改めて目を落とした。

「それはどうだか……」

「で、どうなさるの？　このまま泣き寝入りはできないでしょ？　何とか止めさせなければ……」

「週刊春秋に電話したが通じない。明日発売ということは、その記事はもう刷り上がっているんだ」

「差し止めることは出来ないの？　弁護士を介して」

大川は妻の手からゲラ刷りを奪い取って目を凝らした。

「そうだな」

弱々しく返すと、大川はゲラ刷りを手に、沈鬱な面持ちで書斎にとって返した。

不肖ならぬ子

大川が真っ先に電話をかけたのは島田三郎だった。

「のっぴきならぬ事態になりました。至急ご相談したいが……」

と切り出すと、島田は「すぐに伺います」と言って、十分後には車で馳せて来た。

「こんなものが送られて来ました」

書斎に通すや否や、大川は例のゲラ刷りを島田に見せた。

一瞥するなり、島田も顔色を変えた。

「これを、明日載せるというのですか？」

「反論の時間を与えてはまずいと踏んだのでしょう。先刻出版社に電話を入れましたが、誰も出ませんでした」

三郎は顔をしかめて頷くと、胸のポケットから携帯を取り出した。

「為末弁護士に相談してみます。この前雄琴病院に一緒に乗り込んでくれた先生です。大川さんもお会い下さってますよね？」

大川は無言で頷いた。

暫くコール音が続いている模様で、島田が苛立ちを見せた、と思った端、相手の声がわずかに聞こえ、島田の顔が綻んだ。

「荒井が誓約を破りました」

いきなりの切り出しに、相手の声は返らない。絶句したようだ。

「誓約を破って、例のこと、週刊春秋に漏らしました。明日発売の号に載せると告げて、そのゲラ刷りがご本人に送られて来たんです」

「大川さんに、ですか？」

やっと相手の声が返った。

「ええ。今、大川さんから相談を受けてお宅に駆けつけたところです。どうしたものか、私には判断しかねるので先生のお知恵を拝借したくてお電話させてもらいました」

「そのゲラ刷りを――」

弁護士はまた少し間をあけてから言った。

「取り敢えず、ＦＡＸで、私宛に送ってくれませんか？」

「分かりました。えーと、先生のＦＡＸは……？」

「名刺に事務所と自宅と、両方のが書いてありますが、自宅へ送って下さい」

島田は慌てて胸の内ポケットを探り、手帳らしきものを取り出した。


一時間後、島田三郎は湖西町の実家に引き上げた。十分程遅れて家を出た大川は、国道一六一号線を大津に向かって車を走らせた。

三十分も経ったところで、左手にきらびやかなネオン街が遠くに見て取れる所にさしかかった。「雄琴温泉」「サウナ」「××ホテル」等、けばけばしい原色のネオンが煌（きら）めいている。

(あの一角に荒井や猪瀬の病院があるんだな)

スピードを緩めてゆっくり車を走らせながら大川はひとりごちた。

落ち合う場所が近付いている。息子の無二が指定したファミリーレストランだ。出がけに無二が伝えて来た電話番号をナビに入れてセットしてきた。

無二は、時々そのファミレスを利用する、住んでいる大津のマンションからは車で十五分程だ、と言った。

「何なら、お父さんの家に近い所を指定して下されば、そちらへ行きますよ」

と言ってくれたが、

「いや、いい。そっちの近くでいいよ。但し、ナビの入る一六一号線沿いの店にしてくれれば」

と返した。

帰りには、雄琴病院に立ち寄ってみる心積もりもあった。人任せにして自分は足を踏み入れたことがない、しかし、場合によっては自分もいつかその敷居を跨ぐことになるかも知れない建物を見ておきたかった。

無二は先に着いていた。勝手知ったところか、奥の二人掛けのテーブルに、こちらに顔を向けて坐っている。手にした本に目を落としていたが、近付いた大川の気配に気付いて目を上げて一礼した。他人行儀な仕草だと思ったが、K子譲りの切れ長の目には微笑が浮かんでいる。

（私にはまだこの子がいる。何を失っても……）

大川の胸に切ないものがこみ上げた。

「大分、待たせたかな？」

席に着きながら大川は言った。

「いえ、ほんの五分程です」

無二は本を閉じて微笑を広げた。

「そうかな？」

大川はテーブルの隅に置かれた本を指さした。

「ちゃんと時間潰しの本を持って来ている。その倍は待ってくれたんじゃないかな？」

無二は視線を上げ、店の片隅の壁にかかった時計を流し見た。

「着いたのが九時二十五分でしたから……そうですね、正確には九分程待ちましたか」

大川は、携帯を取り出した。

「私が家を出たのは九時五分だったから――余程飛ばしたつもりだが、やはり三十分はかかったね」

「そんなに飛ばさないで下さい。一六一号線は事故が多いですから」

「ああ。ところで、何を読んでたんだね？」

大川は裏返しにされてテーブルの隅に置かれた本に手を伸ばして手許に引き寄せた。

「ほー、『宮沢賢治歌集』？　へーえ、賢治は童話と詩ばかりと思ってたが……」

「歌もいいです」

無二がすかさず返した。

「僕も新聞の書評欄で初めて知って、買いました」

「そうか。私にも一冊送ってくれればよかったのに……」

大川は本を息子の手に戻して言った。

「あ、気が付きませんでした。すみません」

「いや、いいよ。私も本屋に注文してみるよ」

「何でしたら、僕が買ってお父さんの所へ送りましょうか？」

「えっ、そうしてくれるかい？」

「お安い御用です。ただ、東京の住所を知らないので、教えて下さい」

大川は胸を探って名刺入れを取り出した。

「議員宿舎……？　赤坂にあるんですか？」

受け取った名刺に見入りながら無二は言った。

「議員さんにはすべて割り当てられるんですか？」

「うん、希望者にはね。関東一円に住む人は自宅から通えるからね」

「ああ、なるほど。部屋は広いんですか？」

「充分だよ。単身赴任者には勿体ないくらいだ。でもな」

「えっ……？」

名刺に見入っていた無二が訝った目を上げた。

「私はもう近々、そこを出ることになるかも知れない」

無二の目が陰った。

「どういう、ことですか？」

大川は名刺入れと一緒に取り出していた四つ折りの紙を広げた。

「今日、こんなものが送りつけられてきた」

無二は名刺をテーブルに置いて大川が差し出したものを受け取った。眼の色が変わった。

若いウェートレスが水を運んで来た。大川は息子の額の辺りに目を凝らしながら、グラスに手を伸ばし口もとに運んだ。無二は身じろぎもせず活字を追っている。

「日付が、明日になっていますね？」

「そう、明日発売の号に載る」

「僕の写真を、いつの間に撮ったんでしょう？」

「知らない間に撮られたんだね？」

「ええ……マスコミの関係者は、新聞社も含めてちょくちょく見かけますから、カメラを持ったそれらしき者がウロウロしていても大して気にかけないというか、慣れっこになってしまって……無防備なところを盗み撮られたんですね。モザイクが掛ってますが、間違いなく僕ですね」

「しかし、お前が県庁にいることがどうして分かったんだろう？」

「そうですね……」

無二は虚空に視線を流したが、すぐに元に戻した。

「つい最近調べたんですよね？　どこから探り当てたのか……？」

「どこに勤めてるか、見知らぬ人間から尋ねられたことはなかったかね？」

「さあ、そんな覚えは……」

「近所付き合いはあるのかね？」

「マンション住まいですが、自治会があって、自治会費を集めに来たりしますから、そんな時に顔を合わせるくらいで。でも、母は生前、集金の当番が回って、隣り合う部屋の人達とはちょくちょく話をしていたようですが……」

「その人達は、お前が県庁に勤めていることをお母さんから聞いて知ってるんじゃないのかい？」

「あー、それは考えられますね」

無二は自得するように大きく頷いた。

「電話帳には、登録してあるよね？」

「ええ……母の名になっていたんで、母が亡くなった後僕の名で登録しました」

「分かったよ」

「えっ……？」

「山科なんて姓はそうそうないだろうから、電話帳で住所を調べ、お前のマンションを探り当て、隣人からお前が県庁に勤めていることを聞き出したんだ」

無二は唇を結び、大川を見詰めたまま、今度は小さく顎を上下させた。

「いずれにしても――」

大川は、グラスの残りの水を飲み干すと、一息ついてから口を開いた。

「お前には、申し訳ないことになる」

無二の喉仏が二、三度上下した。

「この記事は、絶対に出るんですか？　こんな風に、直前に通告して、有無を言わせず出してしまうんですか？　差し止めることは出来ないんですか？」

大川はゆっくり頷いた。

「やれることはやった。週刊春秋にも電話をかけたし、知り合いの弁護士にも相談した。しかし、相手は出ない。出版社か印刷所に直接押しかけて火でも放たない限り食い止められないだろうと、弁護士もお手上げだと言う。受けて立ち、次善の対策を考えるか、無視するしかないだろう、と」

無二は唇を引き締めた。

「僕は、大丈夫です」

わだかまりかけた沈黙を払って言った。大川は驚きの表情で息子を見返した。

「幸い、母がその記事を見ることはありませんし、僕は、お父さんの子と知れても、何も恥じることはありませんから」

頬から顎にかけての、青々とした髭剃り跡に、大川は見入った。顎がしっかり張って、男らしい顔つきだ。

「それより、お父さんの方が心配です」

やや大きめの、そこも男らしいと感じさせる口から矢継ぎ早に言葉が衝いて出る。

「先程、いきなり、議員宿舎を出るようなことを言われましたから」

「ああ……」

「それはつまり、議員を辞める、ということですか？」

「うん。ま、その覚悟もしておかなければならないと思ってね」

「でも、幸い無所属なんですから、どの党からも責められることはないんじゃないですか？」

「迷惑をかけるとしたら、徳岡さんの鉄心会だろうね。ひいては、今度の湖西町の町長選に立った甦生記念病院の院長だ。敵は、それを目論んだだろうが……」

「そうか！」

無二は拳を作ってテーブルを打ち叩いた。

「そういうことか！　じゃ、週刊春秋にこれをリークしたのは、徳岡銀次郎さんの対立候補側の誰かなんですね？　相手も、確か、医者でしたよね？」

「雄琴病院の副院長だ。この前、衆院選に出たばかりだ」

「ああ、そうでしたね。当人はいざ知らず、雄琴病院、評判が悪いですよ。医療整備課に短歌仲間の親しい友人がいるんですが、この前も監査に入ったら、外来に担当医の名前の横に『何々医学博士』と時代掛かった垂れ幕をデカデカと掲げているそうで、誇大宣伝もいいところ、医師法にも抵触するはずだから取り外すように警告を放ってきたそうです。医療費が高いことも有名で、患者からも再々、過剰診療じゃないかとクレームが寄せられているようです。そんな悪徳病院の医者が衆議院選に当選するはずはない、まかり間違って入るようだったら滋賀県の恥だ、とその男はいきまいていました。義憤をこめた短歌も詠んでいましたよ」

母親K子と自分の血を引いたのか、中学生の頃から百人一首に親しみ、高校に進んだ頃から歌を詠み出した、と、初めて自分を訪ねて来た時無二が言ったことを大川は思い出した。滋賀日日新聞の文芸欄で、時に無二の歌を見出して頰が弛む時がある。自分の歌が載る時もあるから、その時は息子がにんまりしてくれているだろうと想像し、親子の絆を覚えてきた。

「思い切って出て来てよかったよ」

大川は隣のテーブルに来たウェートレスにコーヒーを注文してから言った。

「お前に話した通り、私には翔子という娘がいた。しっかり者で、こんな時頼りになるだろうにと、夭折したことを今更にして口惜しく思ったが、私にはまだお前という息子がいてくれる。お前のお母さんや家内には済まないことをしたが、今こうしてお前に助けられていることを思うと、改めて二人に感謝したい気持ちだ。ここへ来るまでの私の心境は、こんなものだったよ」

大川は胸の内ポケットにさしていたボールペンを取り出すと、テーブルに置かれた紙ナプキンを一枚つまみ取って、そこに即興で作った短歌をサラサラと書き付け、無二に差し出した。

身の程をわきまえずして公人と
なりし報いか　吾が秘事暴かる

「五句目は一字字余りだが、許してもらおう」
無二はそれには答えずじっとナプキンに見入った。声を立てずに披講している——と、その唇の動きを見詰めていた大川には映った。と、見る間に、切れ長の目から一滴、また一滴、涙が流れ落ちて頰を伝った。

動揺と義憤

翌朝、大川は島田三郎に電話を入れ、例の一件を当麻と徳岡に伝えてくれるよう、自分が徳岡の宣伝カーに乗ることは逆効果になると思われるので控えたい、これから東京に帰る、彼の地で朗報を待っている旨お伝え願いたい、と後事を託した。

息子に会ったことも伝えた。さぞやショックを受けるだろうと懸念したが、僕は大丈夫だからと、かえってこちらのことを案じてくれ、慰められた、それで自分も成り行きに任せる気持ちになれた、心配なのは家内だが、これまで隠しだてしていた訳ではなく、すべてを承知してくれているのでやたら取り乱すことはなかった、しかし、何せ田舎なので何やかや雑音が入らないとは限らない、居辛くなったらほとぼりが冷めるまであなたの所に居候させてもらうと言ってくれた、云々。

だが、三郎の気は重い。行きがけにコンビニに寄って、人目を気にしながら「週刊春秋」を買った。

夢であってくれ——と、祈るような思いで表紙に見入る。すぐには目に入らなかった。大きな活字の見出しはテレビのワイドショーでもしきりに取り上げられている芸能人の麻薬使用や、他のゴシップを取り上げたものだ。

(載っていない！)

と胸中で快哉を叫んだ刹那、

「新人議員に早くもスキャンダル！」

の見出しが目に入った。先の大見出しより活字のポイントがかなり小さいから見逃したのだと思い至った。更にワンポイント小さい活字が連なっている。

「滋賀一区で初当選の大川松男氏に隠し子露見！」

心臓が躍り、手が震え出した。傍目を気に掛けながら、震える手で冊数を数える。ヌードやエロ小説を売り物にしたものと違い、どちらかと言えば硬派の週刊誌だからさ程捌けないとみなしているのか、他の低俗な週刊誌に比べて嵩は小さい。が、二、三冊は既に売れた模様だ。新聞の広告に地元選出議員の名前を見出して早々と手にした者がいたかも知れない。

三郎は残った「週刊春秋」五冊をすべて取り上げるとレジに急いだ。

店員は一瞬怪訝な目で三郎を見たが、すぐに顔が綻んだ。

「この週刊誌、今朝もう誰か買いに来た？」

「ええ、五冊程……ですか。今日はよく出ます」

若い、ニキビ跡を残した丸顔で童顔の女店員は、納品伝票をパラパラッとめくりながら言った。

「えっ、そんなに……!?」

予測の倍だ。

「これで全部だけど、またすぐ注文を入れるんだろうね？」

「あ、もうありませんか？」

店員は週刊誌を袋に詰めながら問い返した。

「うん、ない」

「じゃ、すぐに注文を入れると思います。次の号までにまだ日にちがありますものね」

(しまった！)

と三郎は舌打ちした。

(二、三冊残しておくんだった！)

その二、三冊もすぐに捌けるかも知れないが、残っていれば店員が再注文することはないだろう。

(とちった！)と歯嚙(はが)みしながら三郎は病院に急いだ。

当麻は回診を大塩に託して副院長室で待っていた。三郎が抱え込んだ週刊誌を見て、悟るところがあったのか、顔色を変えた。

「まさか……？」

三郎が一冊を抜き取って差し出すと、当麻は呟くように言って三郎の目を見すえた。

「その、まさか、です」

三郎は表紙の一点を指さした。当麻はその指先に目を凝らした。

「荒井一派の仕業に違いありません。卑劣な奴らです」

当麻はゆっくりと目次を開き、更に頁を繰った。

「大川さん本人には、昨日の夕刻、ゲラ刷りが送られて来たそうです。すぐに連絡を受け、為末弁護士にも相談しましたが、食い止めることは出来ない、出た上で対策を講じよう、との返事でした」

「息子さんまで、どうやって探り当て、いつの間に写真を撮ったんだろう？」

当麻の疑問に、三郎は答えられない。

「院長には、この記事は……？」

「まだ何も連絡がありませんから、見ておられないと思います。ウチは滋賀日日とY紙を取っているんですが、Y紙には週刊春秋の広告が載っていました」

その時当麻の携帯が鳴った。

「院長ですかね？」

三郎は白衣のポケットから取り出した携帯を開いた当麻に身を乗り出して問いかけたが、かすかに聞き取れる声で徳岡ではないと知れた。

電話の主は滋賀日日新聞の寺谷だった。

「Y紙の広告欄、ご覧になりましたか？」

息急き切った声だ。

「Y紙は取っているが、今朝は急いでいたんで見る間もなく病院に出てきてしまったが、今、島田三郎さんが駆けつけてくれて、週刊誌そのものを見せてもらったところだよ」

「僕も驚いてすぐにコンビニで買ってきたところです。先生にFAXでもお送りしようかと思って……」

「有り難う。今読み終えたところでね」

「荒井陣営の抜け駆けですね」

「多分ね」

「先生の、今日のご予定は？」

「午前中は回診で、今ちょっと抜けて来たところだが、午後からは手術が二つばかり入っているので抜けられそうもないんだけどね」

「分かりました。僕はこれから期日前投票所に出向いて、地域住民に当たってみます。この記事がどれくらい影響があるか分かると思いますから」

「有り難う。またその結果を聞かせてくれるかな」

「勿論です。一日駆け回れば数百人の声は聞けるはずですから、およその予測は立つと思います」

電話を切ったところで三郎がすかさず身を乗り出した。

「院長は病院に来ておられますか？」

「どうだろう？　重症患者がいれば一度は診に来てから後援会事務所に顔を出すと思うが……」

入院患者も選挙民だ。選挙にうつつを抜かして平常の診療をいい加減にしていたら、患者や家族の不興を買い、票を失うことにもつながりかねない。さすがに徳岡はその点もわきまえているから診療には手を抜かない。スタッフにも、患者やその身内に自分に一票を投じることを強いたり、媚を売るようなことは一切しないよう言い含めている。選挙運動は院外にのみ留めるべし、と。

廊下に聞き慣れた足音が響き、止むと同時にドアがノックされ、当麻が「はい？」と返すとほとんど同時に、徳岡銀次郎が顔を出した。白衣姿で手には聴診器を下げている。

「お早うございます」

島田三郎が席を譲るように立ち上がった。

「それは――」

と徳岡は、三郎の動きを制してから、テーブルの上に重ねられた週刊誌を指さした。

「週刊春秋だね？」

三郎が答えるより早く、徳岡は一冊を取り上げている。

「今、病棟に行ったら、ある患者が、これを見ましたかってY新聞を広げて見せたんだ。大川さんは知ってるだろうか？」

「実は院長先生――」

三郎が昨夜のいきさつを話した。徳岡や当麻に宜しく伝えてくれと言って大川が今朝一番の新幹線で東京に戻ったことと共に。

「島田さんは、コンビニでこれを買い占めてくれたんですよ」

三郎が語り終えたところで当麻が言った。

「でもまたすぐに取り寄せるでしょうから、明日の朝も行って見て来ます」

「済まないね。しかし、コンビニは数軒あるだろうから、ウチの者に手配して毎日買い占めさせよう。町の人がこれで皆反大川、ひいては反徳岡に転ずるとは思えないが、田舎の人間は固いからね。それなりの倫理観も持っている。目に触れないに越したことはない」

「そうですね」

三郎が相槌を打つ。

「毎日十冊入荷するとして一週間で七十、コンビニは精々三、四軒ですから、三百冊そこそこでしょうが、読んだ者は口コミで周りに広げますからね、その三倍四倍に膨れ上がりかねません」

「読んだ者が全員反徳岡に転じたら一千票余り流れかねないね。万が一接戦となったら一千票は大きい」

「そんなことはないと思いますよ」

当麻が口を差し挟んだ。

「先生に新聞を見せた患者さんはどうでした？　大川さん、ひいては院長に批判的でしたか？」

「うーん」

徳岡は苦笑を見せた。

「大川さんは固い人だと思っていたが、意外だなあと、どちらかと言えば失望気味だったかな。私のことは、院長、大丈夫か、とばっちりを受けやせんか、と心配してくれたがね」

当麻はコクコクと頷いた。

「大川さんが議員辞職でも表明したら事ですが、少なくとも町長選までにそんな事態が起ることはないでしょうし、そこは大川さんもわきまえておられるでしょうから」

三郎が相槌を打つ。

「大川さんが今朝早々と東京へ発たれたのも、留まっていては院長の足を引っ張ることになる、荒井陣営の思う壺にはまる、と憂慮されたからだと思います」

今度は徳岡がいかにもとばかり頷いた。

「問題は、荒井側がこれをネタにアジって、選挙民を惑わしかねないことだよね」

「自分達でリークしておきながらですか？」

三郎が目を三角にした。

「一旦節操を捨てたらとことんやるだろう」

徳岡も眉根を寄せた。

「そうだ、こうしてはおれん、あなたが買い占めてくれたコンビニはいいとして、他のコンビニからこれを消さなければ」

徳岡は憎々しげに「週刊春秋」をテーブルに叩きつけた。


徳岡の懸念は杞憂に終わらなかった。選挙カーで仁王立ちになった荒井は、辻々に車を停めると、「週刊春秋」を振りかざしながらマイクを握った。

「皆さん、湖西町の皆さん、今日発売の週刊春秋をご覧になられましたか？ 先の衆議院選挙で皆さんが国会に押し出した大川松男氏の醜聞が暴露されています。

昨日まで大川氏は、何食わぬ顔で宣伝カーに乗り、徳岡候補の応援演説をやっていました。

さすがに今朝は姿を見せません。皆さんに合わせる顔が無いと、早々に尻尾を巻いて逃げ果せたようです。今頃は恥じ入って新幹線の中で縮こまっていることでしょう。

皆さんは、人の道に外れた過去を持つ人物を、それとは知らぬこととは言え、十年もの長きに亘って町長に押し上げてきました。

大川さんの功績と言っては何もありません。湖西町は、何も変わっていません。高齢化が進む一方で、今となっては稀少価値となった若い人達がこの地に根を下ろして何とか地域の活性化を図ろうとしても、若いカップルが安心して子供を産める場所さえこの地域にはないのです。

私はかつてこの地域で唯一の病院である甦生記念病院の副院長を務め、マンパワー不足を補うべく、母校の大学病院の教授とコンタクトを取り、胸部外科医、内科医、ホスピス病棟長を送ってもらいました。行く行くは産婦人科の教授とも掛け合い、常勤の産婦人科医を送ってもらう計画を立てていました。

それを阻んだのが、今回対抗馬として名乗りを上げた徳岡銀次郎氏です。医師会と常にいざこざを起こし、押しの一手で病院を次々と建てて来た悪名高き人物、医師会の敵鉄心会の総師徳岡鉄太郎氏の血を分けた兄弟です。

鉄心会は、私が折角母校から呼び寄せた優秀な医者を次々と追い出し、近江大とのパイプも断ち、物議をかもして日本におれなくなった医者や、傘下のあちこちの病院からかき集めた医者達で何とか体裁を繕ったものの、所詮は寄り合い所帯で、手薄な所だらけ、先程申し上げたように相変わらず産婦人科は欠けたままで、およそ総合病院としての機能を果たしておりません。

皆さんにお約束します。私を町長に選んで下さった暁には、母校や、近江大とももう一度掛け合ってパイプをつなぎ、全科揃った総合病院を建てることを。人材は確保出来ても建物は一朝一夕には出来ません。皆様方の貴い税金を使わせて頂くことにもなります。しかし、この地に名実共に公的な総合病院が出来れば、若いスタッフも集まり、地域の活性化、ひいては湖西町の内需拡大につながり、湖南、湖東に向いている人々の目をこの湖西に向けることが出来ましょう。

私は任期四年のうちに総合病院を建てることをお約束します。私の思いを汲み取り理解し、自分も長年同じ思いでいたと、湖西町役場の島田春次助役も応援に駆けつけて下さいました」

荒井の隣で鉢巻き姿の春次が相好を崩して一礼した。荒井がマイクを春次に渡した。

「荒井先生には御覧の通り若さと体力、漲るエネルギーがあります。頼もしい限りです。私も大川町政には長年疑問を抱き、鬱々として過ごして参りました。誰も立候補しないなら自分が立つしかないとまで思い詰めましたが、この度、思いがけず、国政には臨めなかった分、地方の活性化に貢献したいという荒井先生の熱い理念に胸を打たれ、是非とも先の衆院選で先生に投じて頂いた一票を、此の度も投じて頂きたいと、老骨に鞭打って駆け参じた次第です。宜しく、宜しく、お願い致します」

まばらながら拍手が起きた。

と、車の前に立っていた十数名の運動員が一斉に動き出し、聴衆の中に割って入ったかと思うと、手にしていたビラのようなものを配り出した。「週刊春秋」の大川松男にまつわる記事のコピーだ。

コピーの一部が、荒井の選挙カーを追い、聴衆の中に紛れ込んでいた滋賀日日新聞の寺谷の手に渡った。

正攻法

徳岡銀次郎の選挙事務所に集った面々の間に大きな動揺が広がった。選挙カーに乗り込もうとしていた折しも、寺谷が駆け込んで来て一同に「週刊春秋」の切り抜きのコピーを見せたからだ。

　事務所内には、逸早く徳岡の指示で町内のコンビニから買い集めた「週刊春秋」が積まれてある。

「こういう手があったか！」

　徳岡は寺谷が持って来たコピーを見て切歯扼腕（やくわん）の面持ちで嘆息した。

「一歩先んじられたな。コピーが出回った以上、明日からは買い漁っても無駄だから行かなくていいよ」

　週刊誌をかき集めて来た運動員達に徳岡は言った。

「悔しいですね」

　大塩が鉢巻きをしめながら言った。

「誓約を破った上にかかる卑劣な行為に及ぶとは！　こうなれば、こちらも大人しく構えていないで、目には目を、歯には歯をでひと泡吹かせてやりませんか」

「何か、妙案はあるかい？」

「荒井の医療ミスとその隠蔽（いんぺい）のあれこれをぶちまけたらどうでしょう？　それをやられたら困るというので大川さんのプライバシーを暴くことを引っ込めたいきさつを週刊春秋に送り付けたらどうですか？」

「残念ですが大塩先生」

島田三郎が苦渋の表情で言った。

「もう間に合いません」

「えっ……？」

「週刊春秋が取り合ったとして、次号が出るのは一週間後です。選挙はもう終わっています」

「あ、そうかあ」

大塩は平手で額を小突いた。

「敵はその辺も読んでたんでしょうねえ。選挙の運動期間が一週間しかないことを見込んで」

寺谷が口を尖らせた。

「国政選挙や知事選なら二週間ありますが……」

「じゃ、こういう方法はどうです？」

大塩が返した。

「さっきのことをワープロで打ってコピーを取り、聴衆に配る、というのでは？」

「なるほど、それなら充分間に合うか……？」

徳岡が半ば首を傾げ、半ば頷きながら言った。

「それもいいかも知れませんが――」

当麻が口を出した。

「中傷合戦で泥仕合になりますね。相手と同じ土俵に立つことになって、院長の品位を下げることになりませんか？　そうなると、町の人達は、自分達に実利のある施策を訴えた方を取りかねません。相手は、総合病院の建設を公約に掲げていますから、その方になびくことも考えられます。助役の島田春次氏を引っ張り出してきたのも、その公約に現実味を帯びさせる意図があってのことでしょう」

「じゃ、このまま、相手のやりたい放題させておくんですか？」

大塩が納得しかねるといった顔で言った。

「期日前投票をする人が全体の二、三割はいるはずで、その動向を寺谷さんが探ると言ってくれたから、暫く様子を見よう」

「それでもし荒井が優勢という結果が出たらどうします？　ビラの効果を認めざるを得なかったら」

大塩の懸念は続く。徳岡の顔色も変わった。

「それでもあくまで正攻法を貫くべきだと僕は思う」

「正攻法……？」

徳岡と大塩が異口同音に問い返した。

「中傷合戦ではなく、鉄心会の鉄心会たる所以(ゆえん)を人々に知ってもらうことです」

「フム……」

「鉄心会がローカルな病院ではなく、全国規模の、それこそ離島にまで立派な分院を持った病院であること、それは理事長の、無医地区をこの国から無くしたいという、ご自分の体験に根ざした切実な思いによるものであることをアピールしたらどうでしょう。産婦人科や小児科を志す医者が減っており、その影響は確かにこの地域にも及んでいるが、それをも解消しようとして理事長は新設医科大を建設しようとしており、着実に実現に向かっていることも訴えたらいいと思います。

とにかく、鉄心会の理念を知ってもらうことです。それには、いつか理事長が我々を集めて新設医科大の構想を述べられた、その内容を要約した〝鉄心会便り〟をコピーして配ったらどうでしょう？　鉄心会のパンフレットと共に」

「なるほど」

徳岡が得心したように言った。

「早速宮崎に言って今日中にでも持って来させよう」

「理事長の演説の要約を載せた号は医局にありますから、秘書に大至急コピーを取ってもらいますよ」

いきまいていた大塩も、矛を収めた感じで言った。

慌ただしく時が流れた。徳岡の指示を受けた宮崎は、本部の部下を一人伴って、持てる限りの鉄心会のパンフレットを手に羽田から関西国際空港に飛び、空港からはレンタカーを借りて湖西町に向かい、選挙カーを止めて演説中の徳岡と昼下がり時に合流した。

徳岡は当麻の説く〝正攻法〟に準じた演説を行った。

「産婦人科の問題も切実です」

演説の始めに徳岡はこう切り出した。

「若いお母さん方が湖東や湖南の病院まで出向いてお産をしなければならない現状は、私も深く憂慮し、出来る限り近い将来、ここ湖西でそれが果たせるよう、全国にあまたある鉄心会の病院に協力を呼びかけ、産婦人科医を回してもらい、産婦人科病棟を立ち上げられるよう、鋭意努力する所存でおります。

荒井候補は、甦生記念病院に産婦人科が無いのは致命傷で、産婦人科を併設した総合病院を、たとえば近江大と交渉して誘致することが焦眉の急であるかのように言っていますが、大学病院を幾つも併せた規模の病院を全国に擁する我が鉄心会が成し得なかったこと、つまり、傘下の病院すべてに産婦人科を設けることですが、近江大とて関連病院に産婦人科医、それも、お産や手術に対して十全の責任を持てる優秀な人材を派遣することは不可能と思われます。

湖西町の財政は、大川町長の一期目はバブル崩壊の余波で赤字を続け、二期目に至って観光施設の経営を民間企業に委譲するなどの努力で辛うじて黒字に転換したものの、数十億もの経費をかけて総合病院を建てるゆとりは到底ありません。無責任な甘い公約に踊らされないで頂きたい。

私共鉄心会の理事長徳岡鉄太郎は、採算度外視で、離島に甦生記念病院並みの病院を建ててきました。私は鉄太郎の不肖の弟ではありますが、兄が鉄心会を立ち上げた医療理念は折に触れ兄から聞かされ、私の骨の髄にまでしみ込んでおります。

図らずも兄の命を受けて責を担うに至った甦生記念病院は、前院長島田光治先生の父上が、死の淵に立たされた奥様が近代医療のお陰で奇跡的に一命をとりとめた、つまり、死から生に甦ったことに感謝して建てられたと聞き及んでおります。

島田光治先生も、父上のその思いを受け継がれて、病魔に侵された人々の苦痛を少しでも和らげる手助けをするという医の本道に則（のっと）った医療を心がけられました。臓器移植法がまだ成立せず、脳死者をドナーとする肝臓移植はご法度とされていたにも拘らず、目の前にいる瀕死の患者を救わずにはおられないという、我が病院の副院長当麻医師の進退を賭けた決断を嘉しとみなし、前町長大川さんに、今回私の支援にも立って下さった湖西高校の教師武井先生の御子息の肝臓を移植することを許可し見事に大川氏を死の淵から救い出してくれました。

甦生記念病院は、末期癌患者も安らかな最期をと願う島田院長の理念に則ったホスピス病棟の開設と、当麻医師の本邦初の脳死肝移植成功によって一躍全国にその名を轟かせ、東京にいた兄鉄太郎や、大阪の病院の責を担っていた私の耳にもその声名は伝わってきましたが、よもや、その僅か二年後に甦生記念病院が瓦解し、私共鉄心会が後を引き継ぐことになろうとは夢にも思っていませんでした。

その原因は何であったか、それは、ここにおります、当時の事務長、他ならぬ島田院長の実弟三郎氏のよく知るところであります」

徳岡の傍らには当麻、矢野、大塩、その背後に看護婦や鈴村ら医療スタッフが、一方の傍らには島田三郎を筆頭に事務系の職員が立っている。武井静もその中に加わっていた。

「島田三郎氏に代わります」

徳岡はマイクを島田に手渡した。三郎は一礼して前に進み出た。

商店街の一角、農協の駐車場に車を止めてのパフォーマンスに、買物を終えた住民が立ち止まって輪を作っている。通り過ぎる者もいるが、輪に加わる者の方が多い。三重四重に輪が広がって道にはみ出さんばかりだ。

「島田三郎です。私は只今は宇治鉄心会病院にお世話になっておりますが、湖西町に生まれ、湖西町で育ち、この町にひと方ならぬ愛着を持っている者です」

三郎が一呼吸置いて続けようとした端、甲高い女の声が辺りの空気を震わせた。

「こちらは荒井猛男、荒井猛男です」

声は鶯嬢のものだ。聴衆の目が向かって来る車に流れた。

「畜生っ、あの野郎！」

大塩が拳を振り上げ、今にも道に飛び出さんばかりの構えを見せた。当麻が慌てて引き留めた。

鶯嬢の音量が増した。

「徳岡銀次郎様、お取り込みのところを失礼致します。御健闘をお祈り致します。失礼致します」

車は徳岡陣営と聴衆の目の前を通り過ぎた。

たすき掛けの荒井猛男、その両脇に、鉢巻きをしめ、荒井猛男と書いたのぼりを立てた猪瀬、島田春次の姿があった。聴衆に手を振っている。

「お邪魔致しました、お邪魔致しました、こちらは町長候補荒井猛男です。荒井猛男、荒井猛男を宜しくお願い致します」

声が遠ざかり、ざわめきながら漸く聴衆の目がこちらに戻った。島田三郎が徳岡に促されてマイクを握り直した。

「水を差されましたが皆さん、私の兄島田光治が父の跡を継いで育て上げた甦生記念病院を駄目にしてしまったのは、他ならぬ荒井猛男、只今、何食わぬ顔で皆様の前で手を振っていた荒井猛男候補なのです。彼は父をないがしろにし、下剋上宜しく院長気取りで病院を取り仕切り、一方で、重大な医療ミスを幾つか犯して裁判沙汰を引き起こし、皆さんの信頼を失いました。もし、鉄心会が入って下さらなかったら、甦生記念病院はぽしゃっていました。徳岡院長が来られ、心ならずも病院を去られた当麻先生を引き戻して下さり、当麻先生を慕う前途有為な先生方も来て下さり、甦生記念は立ち直りました」

まばらだが拍手が起きた。三郎はマイクを握り直した。

「かわいそうに兄は、荒井医師とその一派に、手塩にかけた病院を踏みにじられ、ストレスが昂じて体調を崩し、職務を果たし得ず、私が一人後始末にかからねばならない状況となり、私も心身共に疲れ果て、すべてを投げ出したい心境まで追い詰められ、酒に溺れました。危機一髪、病院は崩壊寸前、私も破産宣告寸前まで追い込まれましたが、徳岡先生の鉄心会が救いの手を伸べて下さいました。恥ずかしながら私は自暴自棄な生活が災いして糖尿病から腎臓までやられ、廃人の一歩手前まで行きましたが、戻って来られた当麻先生の手によって、こんな私を見捨てないでくれた妻の腎臓一つをもらい受け、九死に一生を得て現在に至っております」

「ほ――」という嘆息混じりのどよめきが起こった。先刻よりも大きな拍手が続いた。

「産婦人科の問題は確かにありますが、無から立ち上げるのは容易ではありません。その点、この町には甦生記念病院という土台がしっかりあり、その上に新たな一科を築く方が、近道です。徳岡院長が申した通り、鉄心会は全国でも指折りの病院を含め、幾多の病院を擁する大所帯です。理事長は新設医科大学の建設も見すえ、将来的なヴィジョンを持って医療過疎に取り組んでいます。

どうか、この町を担って立つのは徳岡銀次郎か荒井猛男か、いずれが相応しいか、よろしくご判断の上、皆様の清き一票を投じて下さるよう、お願い致します」

ひときわ大きな拍手が起こった。

翌土曜日は期日前投票の締切日だ。夕刻、後援会事務所に集った面々は、寺谷とその部下達の報告を待ちかねた。病院の週末は忙しいから、宣伝カーに乗り込んだのは前日とは打って変わってほんの少数だったが、六時過ぎには当麻を始め外科のスタッフも事務所に姿を見せ、午後から車に乗りっ放しだった徳岡をねぎらった。

「荒井陣営の連中、今日も大川さんの記事を配って回ってたよ」

徳岡が当麻に言った。

「国会では別に、何も取り沙汰されていないようだ。兄からの情報だがね」

「大川さんはまさか、辞表を出したりしないでしょうね？」

大塩が心配げに言った。

「こちらの選挙期間中に出すようなことがあれば、それこそトピックニュースとなるでしょうから、少なからず影響を受けますよね？」

「それは絶対にしないでもらいたいと、兄は大川さんに言い含めて、大川さんもわきまえてます、と答えたそうだから、その点は大丈夫」

「よかった！」

大塩が安堵の声を放った時、寺谷とその部下と思われる若者が二人入って来た。

「どんな具合だろう？」

三人がテーブルに着いたところで、徳岡がにじり寄った。

「我々三人で約三百名、期日前投票を済ませた有権者から聞き出せましたが、五分五分でした」

寺谷はポケットからメモ帳のようなものを取り出した。二人の部下も同じものを取り出し、寺谷が合わせて徳岡に差し出した。左右、背後から当麻達がのぞき込む。徳岡、荒井の名の下に〝正〟がほぼ同数記入されている。

一同の顔色が変わった。

「辛うじてリードか！　意外だなあ」

矢野が言った。

「やっぱり、あの記事の影響ですかねえ」

大塩が訴えるように徳岡を見た。

「田舎の人は素朴で単純だから、マスコミの記事なんか、鵜呑みにし勝ちなんですよね」

寺谷の言葉に、部下の二人が相槌を打った。

大塩は顔をしかめる。

「ウム、ま、住民の良心に期待しよう。取り敢えず、皆さん、有り難う。ご苦労さんでした」

徳岡が鼓舞するように言った。誰からともなく拍手が起き、皆がそれに和した。

翌日、当麻は朝食を終えた後公民館に出掛けて投票し、その後病院に回って回診を済ませてから自宅に戻った。

富士子は数日前に早々と投票を済ませていた。日頃買物に出掛けるスーパーの一角に期日前投票所が設けられていたからだ。

師走に近く、外は今にも雪がちらつくのではないかと思われる程寒かったが、投票所は結構賑わっていた。

「大川さんはどうしていらっしゃるかしら！　気を揉んでおられるでしょうね？」

昼食を終えてお茶を淹れながら富士子が言った。

「週刊春秋が次の号あたりでまた取り上げないかしら？」

「選挙結果次第だろうね」

当麻は少し考えてから言った。

「もし――」

と続けて、また思案の体になった。富士子が小首を傾げた。

「もし院長が負けるようなことがあったら書きたてるかも知れないね」

「大川さんのスキャンダルが響いた、て？」

「うん……」

「そんな風に書かれたら、大川さんも辛いわね。責任を感じて辞表を出してしまわれるかも――。そうなったら、天国で翔子も悲しむでしょうね？　ただでさえ、最初の記事でショックを受けたばかりでしょうから」

「天国が、もし本当にあったらね」

「あって欲しいわ。翔子が永遠に消えてしまったなんて思いたくないですもの」

「しかし、あの世でも地上のゴタゴタに一喜一憂させられるのはどうだろう？　何とかしてやりたいがどうにもならない歯がゆさに悶えるとしたら、それも辛いよね。神のような神通力を与えられて遠隔操作でちょちょいがちょいと心配事を解決できるのならいいが……」

富士子は吹き出した。

「鉄彦さんは――」

富士子の顔が当麻に近付いた。

「来世は無いと思ってらっしゃるのね？」

笑いを含んでいるが、心なしか咎めるような目を見て当麻はたじろいだ。

「富士子さんは、有ると思ってるの？」

答をはぐらかして問い返す。

「分からない」

富士子は少し顔を引いたが、同時に手を当麻のそれに絡めた。

「でもね、翔子やあなたとの出会いが偶然とはとても思えなくて……何者か、と言っても、勿論、人間じゃなくて、大きな存在、言ってみれば神様ね、神様がその出会いを与えて下さったような気がして……神様がいたら、天国もあるでしょ？」

富士子は絡めた当麻の手に更にもう一方の手を重ねた。当麻は返答に窮した。

刹那、テーブルに置いた当麻の携帯が鳴った。富士子は当麻の手を解放した。

「寺谷君からだ」

「えっ……？」

富士子は目を瞬いて、携帯を耳に寄せた当麻を見すえた。

「今、湖西町の公民館前に来ていますが、徳岡さん、六対四でリードしてます」

弾んだ寺谷の声が富士子の耳にも捉えられた。

「じゃ、この前よりリードが広がっているんだね？」

右手の親指と人さし指で丸を作った手を富士子の顔の前に差し出しながら当麻は返した。

「ええ、僕の出口調査の結果です。他の投票所に回っている部下も似た数字だと報告してきてます」

「しかし、投票を済ませて来た人達が、皆が皆、本当のことを言ってくれるだろうか？」

「そうですね。僕らをからかってやろうと思って、嘘をつく人もいるでしょうね。でも、まず本当のことを言ってくれてると思いますが……」

国政選挙以外では、知事選を除いて、マスコミが出口調査を行うことはまずない。こんな風に寺谷とその部下が出口調査に当たっていてくれるのは例外中の例外で、当麻に恩義を感ずる寺谷ならではの自発的行為に他ならない。当麻は頭の下がる思いで、自分も現場に馳せたい衝動さえ覚えた。

「だって、国政選挙でも、ほぼ百パーセント出口調査通りでしょ？　開票前に当確が出てしまうことだってあります。それも出口調査の結果ですから」

「うん。ただ、立候補者が二人だけだから、どっちに投票したか知られたくない人もいるだろうね。荒井氏に投票したと分かったら甦生記念にはもう行き辛くなるから徳岡院長に入れました、と適当に答える人もいるんじゃないかと思って……」

「そうですね。田舎は多かれ少なかれ縦横のつながりが強いですから、そういうこともあるでしょうね。その点は僕も気を付け、部下にも配慮するように言ってありますが、誰に入れたか尋ねる時は、一対一で、聞こえる距離に人がいないことを確認してからにしています。なかなか距離を保てない時は、そっと、小さい声で仰って下さいと言ったりして……」

「なるほど」

「それに、いい加減なことを言ってる人は、大抵、表情で分かりますよ。口ぶりでもね」

当麻に寄り掛るようにして耳をそばだてている富士子が「うんうん」とばかり頷いた。

「有り難う。じゃ、この朗報は、院長にも伝えていいね？」

「ええ、お伝え下さい。また開票前にご報告します。その前に大きな変化があったら、それもまた……」

「大きな変化が、逆転でないことを祈るよ」

「あ、まずそれはないと思います。僕が言う大きな変化とは、六四が七三や八二に広がることですが……」

「あ、それはもう大歓迎、是非知らせて下さい」

「はい、即刻」

寺谷の明るい声に当麻は救われる思いがした。

徳岡に早速電話を入れる。

「六四か。意外に開かないなあ」

不安を帯びた声が返った。

「でも、期日前投票ではほぼ五分五分ということでしたから、相当挽回したのではないでしようか？」

「そうかな。うん、ま、そう信じよう」

最後は自分を鼓舞するように言った。

数時間後には寺谷から電話が入るものと思っていたが、音沙汰の無いまま開票の一時間前になった。

富士子は夕飯の支度にかかった。徳岡が十時過ぎに後援会事務所へ出向くと言うので、当麻もそれに合わせるつもりでいる。尤も、八時過ぎから始まるローカルテレビの開票速報の結果如何だが、と徳岡は言った。万が一十時の段階で荒井が逆転して自分の敗色が濃厚となっていたら、その時間には行かない、開票が終わる午前零時までは待機し、結果が明らかになったところで後援会事務所に赴き、支援者へのねぎらいとお詫びの弁を述べることにする、と。

「どうか、そんなことになりませんように」

徳岡とのやりとりを話すと、富士子は両手を合わせて祈るような仕草を見せた。

「院長もだろうけど、僕もこの選挙は院長が一桁違いの得票で楽勝と思っていた。ところが、寺谷君が期日前投票の出口調査で五分五分と伝えて来た時、おやっと思った」

「やっぱり、週刊春秋の記事の所為でしょ？」

「うん、荒井に投票した何人かの人に、何故荒井に投票したのか突っ込んで聞いてみたら、そうらしいんだね」

「恐いわね、マスコミは。大川さんも、これから奥さんが伝える開票速報に一喜一憂なさるでしょうね」

当麻はテレビのスイッチを入れた。NHKの七時のニュースが始まって二十分経っている。ちらとそれに目をやった富士子が言った。

「こんな時間になっても寺谷さんから電話がないのは、お昼から大きな変化はないってことね?」

「うーん、案外、競っているのかなあ」

かすかな不安が当麻の脳裏を掠めた。

折しも、携帯が鳴った。寺谷だ。

「ご報告が遅くなって申し訳ありません」

声は曇っていないから、最悪の状況ではあるまい、と当麻は踏んだ。

「大きな変化はなかった、ということかな?」

「ええ、やはり六四です。もっと開かないかとぎりぎりまで粘ってみてるんですが……」

「いや、寒いのに有り難う。もう切り上げてくれていいよ」

「はい、食事を摂らせてもらって、連中は帰らせ、僕は後援会事務所に回ります」

「ああ、皆に宜しく。僕も院長も十時頃には行きます」

逆転劇はない、だから予定通り院長も顔を見せるだろう、と当麻は確信した。

食事を終えたところでNHKからローカルの地方局にチャンネルを回した。開票は八時に始まるが、以後三十分毎に速報が出るはずだ。あと数分で第一回目の集計結果が発表される。

トイレに立って小用を済ませ戻ってきたところで、

「出ましたよ」

と富士子が言った。弾んだ声ではない。

「どちらも五百票……」

「まだ序盤だからね」

富士子の横に体を滑らせて当麻は言った。

「どうして端数まで出ないのかしら？」

「多分、百票ずつ束ねて、何人かでチェックした上で五百票になったところで報告しているんだろうね。端数は次に回して」

「そういうことなのね？　この前の国政選挙では百とか二百とかなっていた候補者もあったような記憶があるけれど……」

「候補者の数が多い場合は百単位になるのかな？　町会議員選挙などはそうだよね」

「ああ、そう言えば……」

もとより富士子は数年前の湖西町の町会議員選挙の速報は見ていない。郷里の博多でのそれを思い出しているのだろう。

富士子がリンゴを切ってくれた。それを食べ終えたところで九時になり、二回目の速報が流れた。

「千票対千票……！」

富士子が小さく声を上げた刹那、当麻の携帯が鳴った。

「先生、大丈夫でしょうかね？」

大塩だった。居ても立ってもおられないといった様子が窺える。

「互角ですが……」

「まだ序盤だからね」

富士子に返したのと同じ言葉を当麻は返した。

「滋賀日日の寺谷君の調査では六四で院長リードということだったから、大丈夫だよ」

「そうですか」

声が少し明るんだ。

「僕、落ち着かないから、先に後援会事務所に行ってます」

事務所には六十四インチの大きなテレビが正面に据えられている。一同は固唾を呑んで見入っているはずだ。

「僕らも十時の速報を見て行くよ。その頃には差が開いているといいね」

大塩を慰めるつもりで言ったが、半分は自分に言い聞かせている。

「はい、そう祈ってます」

三十分後、三回目の速報が出た。

「二千票対二千票……」

富士子がまた呟くように言った。

「開かないわねえ」

「まだまだ序盤だよ」

当麻が慰めるように言う。

「ほら、開票率はまだ一六パーセントだから」

画面の右上のテロップを当麻は指さした。富士子は半ば腑に落ちたように頷いて見せたが、半ばは納得しかねる表情だ。

「次、くらいで、差が出るかな？」

テレビの画面に食い入って嘆息を漏らしたり、じれったい思いでいるだろう幾つかの顔が浮かんでくる。徳岡は言うまでもなく、後援会長の島田三郎、大川の妻頼子、甦生記念病院の面々、そして今頃は食事を終えて事務所にいるはずの寺谷、等々。

「そろそろ支度をしようか」

十時五分前、当麻は炬燵から抜け出て洗面所に向かった。歯を磨くためだ。帰宅は深夜になり、戻ったらひと風呂浴びてそのままバタンキューとなること必至と思われたからだ。

「お風呂、沸かしておきますね」

当麻の横に来て富士子が言った。

リビングで携帯が鳴っている。富士子が先立ってリビングに戻った。

「はい……あ、ホントですね」

富士子の声を聴きながら当麻が慌ててリビングに戻ると、突っ立ったまま携帯を耳にあてがった富士子が、空いた手でテレビの画面を指さして見せた。

「荒井猛男四千票、徳岡銀次郎六千票、開票率四〇パーセント」

「おっ、一気に開いたね！」

富士子が破顔一笑し、閉じた携帯を差し出した。

「院長先生からよ。逆転劇は無さそうだから、これから、後援会事務所に奥様と向かいます、宜しくって」

　どちらからともなく、二人は抱き合った。


　事務所に駆けつけると、待ち構えていたように寺谷が走り寄って、

「もう間違いないです」

　張り詰めた面持ちの中にも、確信に満ちた強い口調で言った。

「あなたの出口調査通りだね。有り難う。お世話をかけました」

　当麻は手を差し出した。

「最終的には五、六千票の差が出ると思いますよ」

　当麻の手を両手で包み込むように寺谷は握り返した。

「荒井陣営としては善戦したと言ってやりたいですが、なりふり構わぬ卑劣な手段を弄してのことですから、惨敗という方が当たりですよね」


　午前零時、最後の開票速報に、事務所は興奮のるつぼと化した。寺谷の予測通り、徳岡銀次郎は一万七千票を獲得し、荒井猛男に六千票の差をつけて勝利を収めた。

命惜しまずや

息子の無二から思いがけない手紙が届いたのは、町長選が終わって一週間後だった。


お変わりありませんか？

お父さんに手紙を書くのは初めてですね。

何はともあれ、湖西町の町長選が終わってほっとしておられることでしょう。お父さんが応援した甦生記念病院の院長さんが勝利を収めて、僕も心から安堵しました。もし敗れていたら、それにこじつけて週刊春秋がまた何を書き出したか分かりませんものね。

選挙前に、思い詰めた表情で僕の所へ来て下さり、僕のことを気遣って下さったこと、週刊春秋の記事が出てからも電話をかけて心配して下さったこと、本当に嬉しく思いました。この世に、僕は独りではないのだ、血のつながった父がいて、陰ながら見守っていてくれるんだと思い、勇気百倍を得ました。

それにつけても、お父さんが応援に立ち、お父さんを二度も死の淵から救い上げて下さった当麻先生がおられる鉄心会とはどういう病院なのか、ほとんど何も知らなかったので、僕なりに色々調べてみました。そして、驚きました。甦生記念病院のみか、全国にあまたの病院を有し、離島にも立派な病院を建てていること、鉄心会の名前の由来は、どうやら、理事長で、今回湖西町長に当選した徳岡銀次郎氏の兄鉄太郎氏の名前に根ざしているらしいこと、等を知りましたが、極め付きは、理事長の自伝に触れたことでした。

古い本で絶版ということでしたが、市の図書館にありました。

読み出したら止められず、一気に、我を忘れて読んでしまいました。感動しました。

僕も医者になりたい！　心底、そう思いました。

僕はまだ二十代の半ばです。高校から現役で医学部に入る人に比べれば十年近い遅れを取るかも知れないが、徳岡理事長も御兄弟もまた子供さん達も何年か浪人して入られたと知りましたし、アメリカでは、一旦他の学部を卒業してからでないと医学部は受けられないそうですね。と、なれば、アメリカで医学部に入る人は僕とそんなに年齢差はないわけです。

会社は、どこも利潤追求で、下手すれば倒産して放り出されかねない。それよりは、地味な仕事だけれども、安定感があり、地域の人達の公益のために存在しているという誇りを持てるから公務員になりなさい、という母の言葉に従って僕は県庁の職員になりましたが、役場の仕事は二、三年もすると配置換えが行われ、それはそれなりに色々な知識を身につけられていいことなのでしょうけれど、これだ、という一筋の道ではないように思われます。

公務員には定年もあります。六十歳は、今の時代、まだまだ隠居して晴耕雨読の生活に入るには早過ぎると思います。しかし、それなら他に何か新しい事に生き甲斐を見出せるかと言えば、還暦を迎えてからでは容易でないように思われます。お父さんのように、政界に転身出来る人は極々限られているでしょう。

そう考えた時、今度の湖西町の町長選にお父さんが絡んだことで週刊誌沙汰となり、否でも鉄心会のことに関心が行き、挙句徳岡鉄太郎先生の本に触れたことは、何か天の啓示であったように思われてなりません。

医者には定年はなく、健康さえ許すなら一生続けられ、しかも、病苦に苦しむ人々を助けられる尊い仕事です。母は残念ながら長く生きられませんでしたが、お父さんは肝臓移植という最新の医療を二度も受けて奇跡的に救われました。

この世で僕と血がつながっているのはお父さんだけであることを思う時、お父さんを死の淵から救い出してくれた医療の尊さ、素晴らしさを改めて思い知らされるのです。男子一生の仕事として、医業に勝るものはないと思えて来たのです。

医学部に学ぶには、入学金も授業料も並大抵ではないことも、色々調べて分かりました。どちらも比較的安い国公立大を受けるつもりでいますが、駄目なら私学でも、と思っています。

幸い、母が僕のために残してくれたお金が一千万円以上あります。積み立ててくれている生命保険もあり、いざとなればそれを解約すれば更に一千万円近くのお金が出来ます。僕は経済学部出で数学は入試に必須でしたのと、元々不得手ではなかったので、学生の間は数学の家庭教師代と奨学金で不足を補っていけるような気がします。

私学の中でも、学士入学という制度で、一旦社会人となった僕のような人間に門戸を開いてくれ、入試も案外楽な大学もあります。お父さんの近くの神奈川医大がそうです。

もし許されることなら、関東地方の大学に学び、お父さんの住んでいる議員宿舎に一緒に住まわせてもらい、そこから大学に通えればと、虫のいいことを考えています。勿論、お父さんが単身赴任を続けられる場合に限ってでしょうし、たとえ単身赴任でも、奥さんのお許しを得なければならないでしょうが……。

力になって頂けるでしょうか？　お父さんの忌憚のないお考えを聞かせて下さい。ただ、僕の中では、たとえお父さんから、止めておけ、援助は出来ないよ、と言われても、医者になるというこの決意が揺らぐことはもはやないのですが——。

お父さんが僕に聞かせて下さった歌に、拙歌を返します。五句目の一字字余りはご容赦下さい。

世継ぎ欲しと母を選びし父ありて
我は生れたり　命惜しまずや

無二

お父さんへ

大川は息子の手紙のコピーを三通取った。そのうちの一通を手に真っ先に訪れたのは徳岡鉄太郎だった。

「瓢簞から駒の思いです」

手紙を読み終えた徳岡に大川は言った。

「いやあ、さすがは大川さんの息子さんだ」

徳岡は目を潤ませて返した。

「僕の本を読んでねえ、欣快の至りですよ」

「恥ずかしながら、私は存じ上げませんでした。早速国会図書館で借り受け、拝読しました。息子じゃないですが、それこそ一気に読まされました。改めて徳岡先生の偉大さに感じ入った次第です」

「いやいや。それより何より、僕の本を読んで息子さんが医者になろうと思ってくれたとは、正に著者冥利に尽きます。金や名誉の為ではない、本当に病める人を救いたいという思いで医者を志す人物が、医学部に入ってくる者の中でどれだけいるか、心寒い限りですからね。

それにしても、息子さんも歌を詠まれるんですね？　僕はその道には疎い無粋な男ですが、この歌にはじんと来ました」

「有り難うございます」

再び便箋の最後に目を落としてから上げた徳岡の目が新たに潤っているのを見て、大川も目をしょぼつかせた。

「母親の薫陶を受けたようです」

「お母さんも歌を詠まれた……？」

「ええ。私は職場の短歌同好会で知り合いまして……」

「で、大川さんも……？」

「息子の手紙にある拙歌は、こんなものです」

大川はスーツの内ポケットから折り畳んだ便箋を取り出し、広げて徳岡に差し出した。

「身の程をわきまえず――ですか。そんなことはありません」

暫く便箋に見入ってから、徳岡は言った。

「御存知かどうか、大川さん」

徳岡の改まった面持ちに大川は居住まいを正した。

「私はALSという、筋肉の力が次第に衰えていく難病に罹っています。いずれ歩けなくなり、三、四年後には、ここに」

徳岡は自分の喉に指をやった。

「つまり、気管に穴をあけて人工呼吸器を取りつけなければ生きていけない体になります。勿論、車椅子に縛られた生活が始まります。ですから、議員の任期も全うできないかも知れません。しかし、幸い頭がやられることはないので、理事長の仕事は続けますよ。それこそ、命ある限り」

大川は息を呑んだ。

「議員の方は、大川さん、あなたに後事を託して引退します。マスメディアの暴露記事などにめげないで、続けて下さい。息子さんの為にも。息子さんには見事医者になってもらって、週刊春秋を見返してやって欲しいな」

「恐れ入ります」

大川は深々と頭を下げた。

「週刊春秋の記事を見た時は、心底、拙歌の通りの心境になりました。そして、もしも銀次郎氏が敗れた暁には、私も責任を取って議員を辞職する覚悟でおりました。息子も世間の目に晒すことになり、さぞや私を恨めしく思うだろうと危惧しましたが、かえって励まされ、なるようになれ、いざとなれば世間から身を隠して隠遁生活に入ればいい、と覚悟を決め、落ち着きました」

「災い転じて福となる、ですね。息子さんとの絆も深まり、更に、息子さんは医者になりたいと、心境のコペルニクス的転回を遂げられて、何もかも良い方向に向かっていますね」

「さあ、息子の方向転換はどうですか。いっときの気まぐれとは思えませんが、文系の学部を出た人間がそうそう簡単に医学部には入れないと思いますし……」

「間違いなく、入れますよ」

「えっ……!?」

大川は耳を疑った。

「もし来年失敗しても、更に一年辛抱してもらえば」

「どういう、ことでしょうか？」

訝った大川の目を、徳岡はフレームに手をかけて眼鏡をぐいと鼻根に食い込ませながら見返した。

「お聞き及びかどうか、私は理想の医科大学の建設を夢見て密かに準備を進めて来ました。

まずは敷地ですが、成田空港の近くに、去年、一万坪の土地を確保できました。そして、つい先頃、文部科学省から建設許可を得、いよいよ、来年早々着工にかかります。さ来年には建物は出来上がるでしょう。そして、新入生を迎え入れることが出来ると思います。

入学試験は、高校の内申書を参考にし、面接に重きを置きます。医者を志した動機、それを何よりも重視します。

ですから、大川さんの息子さんは、文句なしに合格ですよ。二年後も志が変わらないならば」

大川は、胸にぱっと明るいものが広がってくるのを覚えた。

エピローグ――新しき命

年が明けて三カ月が過ぎ、桜便りが南の方から聞こえて来たが、それと共に当麻の許へ一通の手紙が届いた。熊本の上野(うえの)からだった。

「俺にもそろそろ春が訪れそうだ」

と、賀状に簡単に添え書きしてあった理由が、手紙を読んで分かった。幼子二人を残して夭逝した妻に取り残された息子を気遣って、両親は何とか早く後妻をと心砕いてくれたが、独身の若い女性が、いきなり二人の子の母親になることには腰が引けて話が進まなかった、脈があると思われた女性が二、三あったが、未亡人でそちらも子持ちの四十代前半の女性であったり、三十代半ばだが、子宮筋腫で子宮は取ってしまって子供を産めない体になった、血は分けていなくても二人の子の母親になれれば嬉しいと言う女性だったり、後者には多少心が動いて会ってみたが、およそ理想にそぐわぬ容姿の持主で、断った、そんなこんなで鬱々としていたが、去年から週に一日出向いていた関連病院で、てきぱきと動く手術室のナースを見染めた、俺より一回りも若いが、一度結婚している、亭主は胃癌の中でも最もタチの悪いスキルス癌とかで、結婚して間もなく、あっという間に逝ってしまって、それ以来独身だったという女性だ、見てくれも性格も悪くない、俺のことも満更悪くは思っていない雰囲気だったから、去年、オペ室の忘年会の帰り、当たって砕けろでプロポーズした、無論俺が男やもめで二人の幼子を抱えていることを彼女は知ってくれている、答は、イエスだった、年が明けて本格的に付き合い始め、お互いの気持ちが固まった、二人とも一度結婚しているし、派手なことは控えようということでも意見が一致、先週、入籍を済ませた、同時に、子供を親許から引き取り、四人で暮らし始めた、こちらへ来ることがあったら寄ってくれ給え

――云々と書かれてあった。

封筒には写真が数枚同封してあった。ツーショットや四人で撮ったもので、普段着のままだ。

「良かったわ。奥様も綺麗な方だし、お子さん達も可愛いわね」

手紙と写真を見せると、富士子は微笑んだ。

「どうだろう？」

当麻は自分も写真の一枚に見入りながら言った。

「えっ……？」

「今度のゴールデンウィークの中三日くらいかけて九州へ行こうか？　棚上げにしていた新婚旅行と、あなたの里帰りも兼ねて」

「そーお？　三日も病院を空けて大丈夫？」

頬を緩ませながら、富士子は訝った表情も見せた。

「三人で交代に二、三日ずつ取ろうということになっているから。二人が残れば大丈夫」

「あなたと矢野さんか大塩さんどちらかが残っていればいいでしょうけれど……」

「いや、僕が居なくても、二人残ってくれればまず大抵のことは大丈夫」

富士子は唇を広げた。

「それなら、是非連れてって下さい。上野さんにも会うのね？」

「うん、それと、奄美大島にも足を延ばしたいんだ」

「ああ、青木さんの所ね？」

「塩見君もいるからね。賀状には何も書いてなかったが、青木君は三月一杯で一応契約期限が切れることになっているので、どうなっているか……」

「今日まで何も連絡がないということは、そのままあちらに勤めるんじゃないのかしら？」

塩見の賀状には、お陰様で楽しくやっています、五月末に子供が生まれる予定です、との添え書きがあった。青木のそれには、充実した日々を送っています、とだけあった。

佐倉周平からも無論賀状は来たが、二人の去就については何も触れておらず、徳岡理事長の夢が遂に叶いそうですね、新設医科大学、楽しみです、とあった。

富士子は湖西高校で再び古典の講義を始めていた。傍ら、ホスピス病棟長の人見に乞われて、〝会堂〟で『平家物語』の朗読を再開していた。

正月も郷里博多には帰らなかった。大晦日に交通事故の急患が入り、腹部内臓器の多発性損傷で、当麻は一晩中手術室に留められたからだ。明け方に帰って来て数時間の仮眠を取った後、昼前に起き出して来て、朝昼兼用の食事となったところで屠蘇を交わしたが、家に落ち着いてはおられず、年賀状に一渡り目を通すと、またそそくさと病院に出掛けた。翌日も翌々日も、日に二回、ICUでレスピレーターにつないだままだという患者を診に出掛ける始末で、結局正月三が日がそうして潰れた。

博多の富士子の両親は、粋な計らいで当麻夫妻を歓迎した。遅れ馳せの披露宴を、親戚縁者に声を掛けてホテルの一室で設けてくれた。次女の里子(さとこ)とその婚約者、三女の潤子も加わっている。

里子は〝近距離恋愛〟に終止符を打ち、博多の学校に転勤して来た恋人と秋にこのホテルで結婚式と披露宴も行うことになった、と告げた。

潤子は晴れて卒業し、芦屋の小学校に勤めている。下宿はそのままだと言う。

「里子も出て行くし、寂しくなるからこちらに戻ってくるように言ってるんですがね」

父の信明(のぶあき)が訴えるように当麻に言った。

「向こうでいい人が出来たんじゃないのか？」

信明のすぐ下の弟で潤子には叔父に当たる男が言った。

「お生憎様」

潤子は口を尖らせた。

「幸せ一杯のお姉様方とは違って、叶わぬ恋に夜な夜な枕を濡らしているかわいそうな乙女ですよーだ」

信明と佳子（よしこ）が苦笑気味に顔を見合わせ、当麻と富士子も訝った目で見合った。

「おいおい、そいつは穏やかじゃないな」

潤子のもう一人の叔父、信明の二番目の弟が身を乗り出した。

「まさか、不倫じゃないよね？　相手は妻子ある男性とか……」

「違います。潤子はそんなことはしません」

信明と佳子がやれやれといった顔で苦笑を解いた目を交わした。

「あの子——」

富士子が当麻に耳打ちした。

「青木さんのこと、まだ忘れられないでいるのよ」

「そう……？」

当麻は驚いて富士子を見返した。

「お姉さん、何？」

潤子が目ざとく二人のやりとりに気付いて咎めるような口調で言った。

「ううん、何でもない」

「嘘っ！」

潤子は口を尖らせた。

「どうせ実らぬ恋なのよね、とか何とか、当麻先生に言ったんでしょ？」

哄笑が起こった。

「そうじゃないわよ」

富士子が笑い返した。

「潤子は青春真っ只中ね、て言っただけ。良きにつけ、悪しきにつけね」

「ホントですか？　当麻先生」

「うん……？」

矛先を向けられて当麻は戸惑う。

「うん、そう……」

「何だか怪しいな」

潤子の返しに、また小さな哄笑が起こった。

宴は三時間に及び、九時過ぎにお開きとなった。当麻は松原家に一泊し、明日は熊本で上野と落ち合う予定だ。

当麻は矢野に電話を入れて変わったことはないか病棟の様子を尋ねてから家族だけの団欒

に加わった。時間がまだ早いから、二次会の趣きになった。

　当麻と富士子が明日は上野夫妻と昼食を共にし、その後鹿児島に向かって奄美大島に飛ぶスケジュールを改めて話すと、

「じゃ、青木先生にも会うんですね？」

　と潤子が当麻に言った。

「うん、それと、僕の所にいた塩見君もお世話になってるから、どんな様子か、見て来ようと思ってね」

　青木の話題を逸らしたのは、先刻富士子に潤子の〝叶わぬ恋〟を耳打ちされたからだ。

「青木先生も、私をお嫁さんにしてくれたら当麻先生と義兄弟になれたのに……」

「潤子はまだそんなことを……」

　佳子がたしなめるように言った。富士子にばかりではない、佳子にも潤子は青木への思いを漏らしているのだと当麻は知った。

「青木先生に会われたら伝えてもらえますか」

　潤子は当麻に目を凝らしたまま言った。

「何て？」

「潤子は待ってます、て。青木先生が潤子に目を向けて下さるのを」

「おいおい、先方はお前の気持ちを知ってるのかい？」

信明が冗談めかして言った。

「知ってるわよ」

潤子は口を尖らせた。

「直接会って、私の気持ちを伝えたもの」

「えっ、いつ？」

「去年の冬休み」

「奄美大島まで行ったのか？」

「そうよ」

潤子は悪びれず答える。当麻は思わず富士子の顔を見た。

「そんなこと、初耳だわ」

当麻を代弁するように富士子は言った。

「お母さんは、知ってたの？」

佳子は困ったという顔で潤子を見た。

「言っていいわよ。傷心の旅に終わったってこと」

「振られた、てことか？」

信明が言った。露骨過ぎる、これでは潤子が傷付くのではないか？　当麻はそっと潤子の顔色を窺った。

「まあね」

意外にあっけらかんと潤子は返した。

「青木さん、はっきりそう仰ったの？」

淀みかけた空気を払うように富士子が言った。

「何て？」

「だから、潤子のことは何とも思っていないとか……」

潤子は大きく肩で息をついた。

「いっそそんな風にビシッと撥ねつけて下さればかえってさばさばできたでしょうにね」

「どういうこと……？」

富士子は潤子に返してから母親の方を流し見た。佳子は知ってるだろうとばかり。だが、佳子は富士子の視線をかわした。

「青木先生、これから十年は結婚しない、て言うの」

「十年……!?」

信明と里子が異口同音に吃驚の声を上げた。声は上げなかったが、富士子は思わず当麻を振り返った。

（まさか、京子を忘れるまでにそれだけ時間がかかる、てことではあるまいに……？）

口にして富士子に返したかったが、小首を傾げただけだった。

「何故十年なんだっ？」

信明がすかさず続けて、お前は知ってるんだろうとばかり佳子を見すえた。

「当麻先生も前の奥さんと結婚したのは四十歳だったって。それまではひたすら医学の道に励んで来られたからあそこまで立派な外科医になれた、自分も四十までは独身を貫いて第二の当麻鉄彦を目指すんですって」

いつの間にか潤子は信明から当麻に視線を転じている。

「青木先生は、今、お幾つなんです？」

信明も当麻に視線を向けた。

「さあ……」

当麻は目を宙に転じた。もとより青木の正確な年は知らない。近江大から甦生記念病院に遣わされ、野本六郎と衝突して近江大には縁切りの形で関東医科大に移り、修練士を経て奄美大島の鉄心会病院に——。

「卒業して、九年は経っていますから」

ざっと計算を終えて当麻は信明に返した。

「もう三十二、三ですね」

「じゃ、十年後と言えば四十を越しますね。潤子だって三十路に入ってる……」

「僕のことはもう諦めてくれという暗黙の断りよ」

里子が信明に続けた。

「近くにいるならまだしも、海を隔てているんだから、そうそう会えないし……」

「言うは易し、行うは難し、よ」

潤子が低い声で言った。

「何？　それ？」

「だから、そんなに簡単に諦められませんよ、てこと」

「適切な表現じゃないわね」

富士子が里子と顔を見合わせて言った。

「また富士子姉さんの意地悪が始まった」

潤子が頬を膨らませて一同の哄笑を誘った。

佳子が腰を上げた。

「ケーキを切るから、ちょっと手伝って」

立ち上がり様、富士子の袖を引いた。

キッチンには確かにロールケーキが出番を待つように置かれている。しかし、それにすぐ包丁を入れる訳でなく、後についた富士子に佳子は顔を寄せた。

「陽気にふるまってるけど、潤子、相当に落ち込んでいたの。芦屋での就職は止めて、ここに帰って来たい、とも言ったのよ」

「何故？」

「青木先生のいる奄美大島に少しでも近い所にいたいから、て。近いと言ってもねえ」

「でももう芦屋の勤務先は決まったんでしょ？」

「ええ、おとなしくしてたからもう気持ちの整理がついたんだな、て思ってたら、さっきの言い草でしょ？」

「私も経験があるの」

「えっ……？」

「話せなかったのは、彼が心を移した相手が翔子だったから」

佳子は痛ましげに富士子を見た。

「じゃ、翔子さんもその人に……？」

「ううん、翔子は毅然と撥ねつけてくれたわよ。でも私には泣いて詫びてくれたの。彼を引き合わせた私がいけなかったのにね。まさかと思ったけど、彼、翔子に一目惚れしていたの。それからは何のかんのと口実を設けて私と会うことを避けるようになった……」

「当麻さんは、そのことを……？」

「知らないわよ。話してないから。でもいつか、昔々こんなことがあったのよ、て打ち明けられるかな？」

「じゃ、うちで恙なくゴールイン出来そうなのは里子だけね」

「そうね。でも、これからまだ一波乱あるかも知れないわよ。私だって、婚約した後だったもの。口約束だけどね」

「そんな恐ろしいこと言わないで」

佳子は体を縮めて見せた。

「でも、何が幸いするか分からない。彼に振られたから、今の私がある訳だから」

佳子は大きく二つ三つ頷いた。

「潤子も、あなたにあやかりたいわね」

「大丈夫よ。根が単純で明るい子だから」

「でも、思い詰める一面もあるのよ。だから恐いの。所詮叶わぬ恋なら、さっさと見切りをつけて前に進んで欲しいの。それであなたにお願い。奄美へ行ったら、青木さんの本心を当麻さんに聞き質してもらって。もし何だったら、あなたが直接聞いてくれてもいいわよ」

「分かったわ」

富士子は大きく顎を落とした。


翌朝、当麻と富士子は里子の車で福岡駅前のホテルに向かった。学会の会場ともなった福岡国際ホテルは勝手知った所だ。ロビーで午前十時に上野と落ち合うことになっている。上野は前夜福岡の両親の家に一泊し、子供二人を預けて新妻と来てくれることになっている。

「やあやあ」

玄関を抜けて見覚えのあるロビーに進むと、五、六メートルも隔てない所で上野が立ち上がって声を放った。その背後で上野に半ば隠れるようにしておずおずと、ベージュ色のワンピースに薄いカーキ色のカーデガンを羽織った若い、と言っても三十そこそこと思われる女性がゆっくりと腰を上げた。一重瞼だが優しげな目もとに当麻はまず安堵を覚えた。

「暫く」

歩み寄って当麻は先に差し出された上野の手をがっちりと握った。

「富士子さんもお久し振りです。その節はご迷惑をおかけしました」

上野は富士子にも手を出して屈託のない顔で言った。

「いいえ。この度はおめでとうございました」

　富士子は軽く上野の手を握り返した。

「妻の妙子(たえこ)です」

　上野が半歩退いたので、女性の全身が視野に捉えられた。すらりとした体形で、艶やかな髪は長からず短からず、項の辺りでまとめている。化粧も濃くはなく、およそけばけばしさはない。それにも当麻は安堵したが、

（たえ子……？）

　と訝った。

　どこかで聞いた覚えがある。が、すぐに思い当たった。母の峰子から何度も聞かされた名だ。台湾の王文慶(ワン・ウェンチン)が心を寄せた九州大学の医学部のクラスメート五十嵐妙子のそれだったと。無論赤の他人に相違ないが、幼き日に脳裏にインプットされた「たえ子さん」がフラッシュバックしたことに、軽い驚きと共に何かしら温かいものが当麻の胸にこみ上げていた。後で富士子にこのことを話そうと思った。

　富士子に横恋慕したことなど忘れ去ったかのように、上野は快活に喋った。両親が平身低頭して妙子を迎え入れてくれたこと、二人の子供もすぐ妙子になついてくれたこと、妙子は子供達の為にこの三月末で退職して家庭に入ってくれたこと等を、嬉しそうに話した。

「お幸せそうでよかったわ」

もう少しいいだろうと言うのを、急ぐからと断って鹿児島行きの「特急有明」に乗り込んだところで富士子が言った。

「僕もほっとしたよ。北里へ墓参りに帰る度上野のことを思い出すだろうし、まだ独りでいると思うとやり切れなかっただろうから」

「そうね。お嫁さんと一緒でなかったら、私もお会いする気にはなれなかった。鉄彦さん、一人で会ってらして、て言ってたでしょうね」


奄美大島には、初夏を思わす南国の陽が漸く傾きかけた頃に着いた。

ロビーに出て驚いた。ゲートを出てロビーにさし掛ったところで待ち受けていたのは、青木隆三と、今一人は塩見悠介と思ったのが、塩見の姿はなく、佐倉が立っていたからだ。一見、二人はまるで親子のように見えた。

青木の晴れやかな表情が何によっているか、当麻には既に分かっている。二週間前、奄美に赴く旨伝えた電話で、

「当分ここにいていいよ、当麻先生の所にも新しく一人加わったみたいだから、て佐倉先生から言われました」

と、弾んだ声が返ったからだ。関東医科大の消化器病センターで青木の後輩に当たる今堀四郎が甦生記念病院を志願して来ているので、青木が望むならば引き続きそちらに置いて欲しいと当麻は佐倉に手紙を出し、十日程経て、分かりましたと佐倉は返してくれていた。

「塩見君も来るはずだったんですが」

車に乗り込んだところで佐倉が言った。

車は佐倉のクラウンで、ハンドルを握っているのも佐倉だ。助手席に青木が、当麻と富士子は後部席に乗った。

「今朝方、奥さんが急に破水したというんで、病院へ連れて行っております。後で顔をのぞかせてくれると思うんですが……」

「予定日は今月末だったんですけどね」

青木が言い添えた。

「ま、今出て来ても大丈夫だろうが……」

佐倉が言った。

「お産は、やはり県病で……？」

当麻が長池幸与の乳房再建術に訪れた時には、鉄心会名瀬病院に産婦人科医はいなかった。

離島にも産婦は少なからずいるはずだから、お産はどこでと尋ねた時、市内に古くからある

県立大島病院が一手に引き受けている、例外的に昔ながらのお産婆さんに取り上げてもらう産婦もいる、と佐倉は答え、

「近い将来、この病院でもお産が出来るようにしないといけないと思ってるんですよ」

とつけ加えた。

「いえ、うちの病院です」

佐倉の返答に当麻は驚いた。

「昨年の十月、待望の産婦人科を開設したんです。奄美の出身で熊本大を出た四十そこそこの医者が来てくれました」

「熊大なら上野さんの後輩かしら？」

富士子が当麻に囁いた。

「ひょっとしてね」

「真面目で熱心ないい方ですが……」

佐倉が割って入った。

「着任するなり切り出された一言には度肝を抜かれましてね」

「何て言われたんですか？」

当麻は富士子と顔を見合わせてから佐倉の背に言った。

「この病院で三年間は働かせてもらいますが、その後はあてにしないで下さい、て言うんです。教授にそう言い含められて来たのか、て聞くと、そうじゃない、うちの勤務を終えたら〝国境なき医師団〟に入って海外へ行く、と返ったんで一驚しました」

隣で青木が相槌を打った。

「彼、独身なんですか？」

「そうなんですよ。何でも、思いを寄せていた看護婦が、前から時々休暇を利用してボランティアで行ってたらしいんですが、正式に国境なき医師団に入る、と言い出して、自分と一緒に行ってくれるか、さもなければお別れする、と切り出したらしいんです」

「その先生――」

富士子が当麻に一瞬目をやってから口を開いた。

「今こちらにおられるということは、看護婦さんとお別れになったんですね？」

「ま、そういうことですが……」

空港を出て佐倉は右にハンドルを切った。

直線路に入った。

「なかなか踏ん切りがつかなくて、三年待ってくれと言ったらしいんです。自分は産婦人科の知識と技量しか持ち合わせていない、赤子を取り上げたり婦人科的な手術は出来るが、戦地へ赴いたらそれだけでは済まないだろう、内臓を縫ったり脚の切断などもやれなければ務まらないだろう、そちらの勉強もしたいから、て」

青木がキュッと唇を結んで頷いている。当麻は自分も同じ仕草をしていることに気が付かなかった。

「それで、看護婦さんのご返事は……？」

佐倉の銀髪に額が触れんばかりに前屈みになって富士子が言った。

「当てにしないで待ってます、取り敢えずお先に行ってます、と答えたそうです」

佐倉の端正な横顔に苦笑が浮かんだのが当麻の位置から見て取れた。が、それはすぐに消え、バックミラーで当麻と目を合わせた。

「ですから、彼は熱心です」

富士子は少し上体を戻した。

「我々の手術はもとより、整形のオペも熱心に見て、しきりにメモを取ってます。関東医科大に通っていた頃の自分を見ているようで、何か、ほほえましいですよ」

「じゃ、先生の許で三年勉強してから〝国境なき医師団〟に入ったら、先に行っている看護婦さんと縒りが戻るかもしれませんね？」

富士子がまた上体を前に倒しながら言った。

「さあ、どうでしょう？」

佐倉の顔に苦笑が浮かんだのを当麻はバックミラーに捉えた。

「三年の間には、お互いそれぞれ別にいい人ができているかも知れませんからね」

富士子が青木の横顔にそれとなく視線を移したのが見て取れた。それを感じ取ったのか、青木は真っ直ぐフロントガラスに向き直った。

富士子が上体を引き際こちらを振り返った。無言だが、問いたげなその目が何を言わんとしているか当麻には分かった。妹の潤子に思いを馳せ、青木が口にしたという〝十年〟の重みをかみしめていることが──。

車は程なくホテルニュー奄美に着いた。当麻と富士子がチェックインの手続きを済ませて部屋に荷物を置いて戻ってくる間、佐倉はホテル前で青木と待っていてくれた。

佐倉が案内してくれたのは馴染の店だという〝こころ〟だった。四人の席かと思ったが、優に七、八人は坐れる部屋だ。

「おっつけ、うちの連中が三、四人来ます」

と佐倉は言った。

「塩見君も来ると言ってます。無事生まれたそうで……お待ちしている間に彼からメールが入りました」

佐倉は携帯を開いて当麻に見せた。

「女のお子さんなんですね？」

当麻に身を寄せて画面をのぞき込んだ富士子が言った。

「一姫二太郎と言いますからね。最初は女の子がいいようです」

「先生は……？」

富士子が聞き返した。

「私は——」

一瞬虚を衝かれた面持ちを返してから、佐倉は視線を落とした。

「坊主二人で……しかも不肖の子でしてね。育児には失敗しました」

青木が佐倉に顔を傾けた。

「一姫二太郎、て——」

「子供は女の子が一人、男の子が二人が理想的、という意味じゃないんですか？」

「うん？」

携帯を引っ込めて佐倉は青木を見返った。

「育て易いから最初は女の子、子育てに慣れたところで、少々手はかかるが、次は男の子がいい、という言い伝えとばかり思って来たが……」

「僕は青木君が言った意味に解釈してました」

当麻が言うと、

「確か――」

と富士子がやや遠慮気味に口を開いた。

「どちらの意味もあったように思います」

「あ、そうかな？　帰って辞書で調べてみよう。私も、最初が女の子であったら、人生が変わっていたかも知れません」

当麻にとも、富士子にともつかず佐倉は言った。

(交通事故で亡くなったという長男の代わりに女の子であったら、あるいは奥さんとの離婚問題も起きなかったのだろうか？)

佐倉が自分に打ち明けてくれた妻との確執が思い出されていた。知ってか知らずか、青木は神妙な面持ちでいる。

「ところで」

軽く頷いただけで返事がないのを見届けたように、佐倉は改まった表情で当麻と富士子を見た。

「当麻先生は、お子さんは、まだですか？」

微笑んだ。

「ええ、まだです」

不意を突かれて戸惑い気味に返してから富士子に視線を向けた。富士子は当麻を見返して微笑んだ。

「おっ、塩見君もだ」

「あ、二人が来ました」

入口が視野に入る席に坐っていた青木に次いで佐倉も言った。

「いらっしゃい、お待ちかねですよ」

女将が入って来た三人に言った。何人かの客の目が注がれる中を、久松、沢田、塩見の順に、当麻達のテーブルに近づいた。こちらは全員が立ち上がって三人を出迎え、佐倉が三人の席を指示した。

「おめでとう。母子共健在かい？」

一同が着席したところで佐倉が言った。

塩見は相好を崩して「お陰様で」と言った。少し日焼けして逞しくなった感じだ。

「確か、女の子だったよね？」

「ええ、僕は男の子が欲しかったんですけど……」

「いやいや、女の子がいい。今も言っていたんだ。一姫二太郎で、最初は女の子に限るって」

「どうしてですか?」

塩見がやや不服そうに言った。

「女の子の方がおとなしくて育て易いようだ」

「そうですか」

塩見は半分だけ納得した顔を見せてから、当麻と富士子に視線を返した。

「お久し振りです。その節はお世話になりました」

合同結婚式のことを言っているのだろう、とこちらは察した。

「君達は、新人に出し抜かれた、てとこだな」

佐倉が青木と久松、沢田を、手振りを交えてぐるりと見回しながら言った。三人は顔を見合わせて苦笑した。

「それを仰るなら、私もですよ」

久松と沢田は屈託なく肩をすくめて見せただけだが、青木の顔にはそこはかとなく陰が走るのを見ながら、当麻は言った。

「あ、これは失礼しました」

佐倉が咄嗟に上体を屈めた。久松と沢田が失笑気味に軽く声を上げたが、青木は僅かに相好を崩しただけだった。

二時間後、〝こころ〟を出ると、当麻は青木だけを自分達の泊るホテルのラウンジに誘った。

「この人が」

席に落ち着いたところで当麻は富士子を見やって切り出した。

「君にちょっと確認したいことがあると言うんでね」

「いいえ、そうじゃないんです」

青木が居住まいを正したのを見て富士子は顔の前で小さく手を振った。

「青木さんには、お詫びしなければならないと思って……。妹の潤子が、こちらに押しかけて不躾(ぶしつけ)なことをお尋ねしたようで、さぞかしお気を悪くなさったでしょうね」

富士子の婉曲な物言いに当麻は感心した。自分なら、気の置けない愛弟子のことだ、単刀直入に切り出しただろう。

「いえ、こちらこそ……。潤子さんのお気持ちは、有り難く頂きました。ただ――」

青木が視線を落とした。上体が前屈みになっている。

「潤子を傷付けまいとして、はっきりとは仰らなかっただけで、青木さんには、他に意中の方がお有りなんですよね？」

　つい先刻までの遠回しな言い草が一転して率直な物言いに変わった。当麻は思わず富士子の横顔を盗み見た。富士子も前屈みになって青木の視線を捉えようとしている。

「すみませんでした。潤子さんには気を持たせるようなことしか言えなくて……」

　青木は心持ち顔を上げて富士子の視線を受け止めた。

「いえ、いいんですよ」

　富士子は柔らかく言った。

「こちらの方ですね？」

「ええ……」

「でも、十年は結婚なさらないというのは……？」

「そう、言われたんです」

「相手の方に……？」

「はい……」

　富士子は上体を戻して当麻を見た。

「それは、体のいい断りじゃないのかな？　十年後には絶対に一緒になると確約してくれた訳でも……」

「いえ——」

青木は毅然として当麻を見すえた。

「確約してくれました。それは信じられます」

「しかし、どうして十年なのかな？　その人は、本当に君を好いていてくれるのかな？」

「僕も逃げ口上だと思いました。最初はけんもほろろでしたから。嫌われているのだとも思いました。でも、あることがきっかけで、心を開いてくれました」

「あること……？」

「僕、京子さんのお骨の一部を持ち帰りましたよね？」

二人を交互に見やって青木は言った。博多湾の岸辺で三人で散骨した日のことが蘇る。

「ああ」

「ええ」

二人は同時に頷いた。

「彼女もこちらの海に撒きたいとお父さんのお骨の一部を持って来ていました」

（お父さん……？）

当麻は一瞬混乱を覚えた。青木の思い人は富士子の問いに答えた〝こちらの人〟で、手術室のナース中条三宝に相違ないと見当を付けていたからである。そして、彼女の実父は他ならぬ、先刻まで一献傾けていた佐倉周平その人であることを知っていたからだ。

だが、当麻の思惑など素知らぬげに青木は続けた。

「僕が散骨する人はどういう関係の人かと彼女に聞かれました。僕は正直に答えました。何年も一方的に思いを寄せていた、以前の病院の秘書だった人だと。すると彼女は、自分もある医学生に失恋したことを打ち明けてくれました。僕と同様、プラトニックラブで終わったようですが……」

「じゃ、その心の傷から立ち直るのに十年はかかる、てことなのかしら？」

「そうかも、知れません」

「十年は、長いですわね」

しみじみとした口調で富士子は言った。

「それに、君は多分、そんなに長くここにはいないだろうね。今堀君が僕の所に来てくれたことを話したから、じゃ青木君には当分いてもらいます、て言って下さったが……」

「確かに、今堀君は救世主です。よくぞ先生の所へ来る気になってくれたと、嬉しくって彼に電話をかけました。久野先生には随分嫌味を言われたらしいですね。あなたまでが当麻先生の隠れ信奉者だったの、て」

「彼は久野先生に目をかけてもらっていたらしいからね」

武者修行に出すつもりで、せめて二年行かせて下さいって、土下座せんばかりに言うから、渋々許したのよ、二年後にはのしをつけてちゃんと返してね――藤城にも書いたが、万が一の時は先生もよろしくと認めた当麻の紹介状を携えて大川松男が新年早々来たこと、藤城とそのドナーとなった妻の容態を告げながら、久野はこんな風に念を押した。

「でも最近、院長は僕に優しいんですよ。当麻先生が来られるから一緒に迎えに行こう、て、院長から言って下さったんです」

空港で並び立って自分達を出迎えてくれた二人の様子からもそれは察せられた。どういう風の吹き回しだろうと、二人に歩み寄りながら意外の感を覚えたものだ。

「尤も、加計呂磨(かけろま)や徳之島に手伝いに行かされるのは専ら僕ですけどね」

そうだ、離島はここばかりではなかった。今青木が口にした島々にも徳岡鉄太郎は立派な病院を建てた。しかし、やはり外科の常勤医が足りないのだろう。と、なれば、青木の存在は貴重だ。あと一年と言うかと思ったが、〝当分〟と佐倉が言葉を濁したのは、青木を重宝している、二年でも三年でも居てもらいたいとの意味を言外にこめているようにも思われてきた。そして、娘と青木のことも大目に見る気になったのかも。

「来た甲斐があったよ」

当麻の言葉に、富士子が大きく相槌を打った。

当麻と富士子が旅行らしい旅行をするのは結婚以来初めてだった。いわば、これが新婚旅行だという思いが二人にはあった。

入浴を終えたところで、富士子がお茶を淹れてくれた。

「佐倉先生が話してた産婦人科のドクターにね」

唐突に切り出した当麻に、富士子は、

「えっ……?」

と訝った。

「会ってみたかった。話も聞いてみたかったな」

「〝国境なき医師団〟のこと?」

「うん。僕もね、いっとき、真剣にこのグループに加わりたいと思ったことがあった」

「いつ頃のこと?」

「台湾に行く前。どうせ日本を出るなら、いっそこの医師団に加わろうかと……」

「翔子を置いて?」

「ああ、まあ、そういうことになるね」

「〝国境なき医師団〟にあなたが入っていたら――」

富士子は熱い茶が立てる湯気の間から当麻を見すえた。

「翔子のお父さんも今頃翔子の所へ行っていたでしょうし、私とこうしていることもなかったでしょうね？」

「そうだね」

「どうして思い切れなかったの？」

「母の知人だった王さんに前々から誘われていたこともあって……でも、台湾へ行っても思い通りの医療が出来なければその時は考えたらいい、取り敢えず行ってみようと思ってね。ところが、行ってみたら驚いた。患者が毎日わんさと来て、しかも貧乏な人が少なくない、医療費を払えない人もいたけど、王さんは、自分は国会議員だからそういう人達からはお金を敢えてもらわないと言ってただにしてあげていた。そんな王さんに医療の原点を見る思いがして、少しでも力になれればと思ったんだね。そうこうするうちにどんどん日が経っていってしまって……」

富士子の目が潤んだ。

「じゃ、もう、〝国境なき医師団〟はお預け？　それとも……」

「頭の片隅にはまだあるよ、と、言うより、思い出したと言った方がいいかな。こちらの病院に来た産婦人科のドクターの話を聞いて、ああ僕と同じことを考えていた人間がいるんだと思って、何かしら、懐かしさのようなものを覚えて……」

富士子はまだコップを両手で持ったままだ。湯気はもう立っていない。

「鉄彦さん、いつか、行ってしまいそう」

笑みはたたえられたままだが、富士子の目尻には涙が溢れかかっている。

「いつかはね。そう、理事長の夢であった医科大学も建って、僕もそこで何年かお手伝いをして、青木君が無事お嫁さんを貰ったのを見届けて……と、なると、やっぱり十年後くらいかな」

「だったら、行ってもいいわ」

富士子が目尻を拭った。

「でも、その時は私も一緒に行きます」

「えっ……？」

「私も看護婦の資格を取ります。だから、いきなりは駄目よ。三年前に仰って。それに、子供のこともあるから」

「子供……!?」

富士子はお茶を半分程飲むと、コップを置いて当麻ににじり寄った。

「お腹の子よ」

当麻のコップを取り上げてテーブルに置くと、富士子は空いたその手を自分の下腹に持って行った。

「妊娠、してるの？」

当麻は驚いて目と鼻の先に迫った富士子を見詰めた。富士子の下腹の柔らかさとぬくもりを手に感じながら。

「生理が飛んでるの」

「つわりは……？」

「無いけど、食欲が少し落ちて……」

そう言えば博多の家でもホテルでも、普段は好き嫌いなく綺麗に平らげる料理を残し気味だった、と当麻は思い至った。

「最終の生理は？」

当麻は両手を富士子の肩に移して言った。

「三月の半ばだったかしら？」

「うん、じゃ、もう間違いないね」

「ええ」

「子供が出来たら、あなたは一緒に行けなくなるよね？」

「大丈夫。十年後なら。父母に預けて行きます」

そこもまろやかさが伝わってくる富士子の肩に置いた手に、当麻は力を加えた。

南国の夜は静かに更けていった。聞こえるものは二人の息遣いだけだった。

いつになく長い口づけ、愛撫、そして交合の果てに、当麻は新しい命を宿した富士子の下腹に顔を埋めた。そこに、形を成しつつある我が子のかすかな鼓動を感じ取ろうとするかのように——。


（完）

あとがき

長い間ご愛読いただきましたが、いよいよお別れの時が来ました。第一巻が出てからほぼ十年の歳月が流れ、主人公当麻鉄彦も、三十代半ばの壮年から四十代半ばの中年を迎えました。外科医としては脂の乗り切った年齢で、彼が腕を振るう機会はまだまだ少なくないと思われますし、当麻に関わった人物の後日談をすべて書き尽くせたとは申せませんが、ひとまずこの辺でペンを置かせていただきます。

肝臓移植を除いては、当麻が手がけた手術はほとんどが作者の経験に基づいたものであり、したがって、作者がそうであるように、当麻は格別の天才というわけではありません。はじめからお断りしているように、あくまで等身大のヒーローで、読者の皆さんの身近にも必ず見出せる人物です。作者の極く限られた交友の中でも、「彼こそ当麻鉄彦だ」と感服する外科医を何人も見てきました。ただ残念なのは、まだまだ数えられる程しか見出せず、一方で、練達の域に程遠い未熟な腕をそれと自覚せず、無謀にも手に余る手術に手を染めてしまう外科医が野放しになっていることです。彼らの手に握られたメスは凶器となって病者の生命を奪っています。そうした由々しき悲劇は、マンパワー不足をかこつ中小病院のみならず、万全の態勢を敷いていると信じて患者が最後の頼みの綱とする大病院でも起こっています。最近では群馬大学病院、千葉県がんセンター、神戸先端医療センターで立て続けに手術直接死（術後一カ月以内の死で、術者の不手際に元凶があるとされる）が起こりました。『患者よ、がんと闘うな』と喝破し、あくまで仮説の域を出ない〝がんもどき理論〟を振りかざして医療界に激震をもたらした近藤誠氏に「医者は強盗ややくざより質（たち）が悪い」と言わしめる所以（ゆえん）です。

当麻鉄彦は、ブラック・ジャックやドクターK、さては昨今話題を呼んでいる「私、失敗しないので」と豪語するドクターのように、奇想天外な魔術まがいの手術をやってのけるウルトラスーパーマンではなく、あくまで理に適った、オーソドックスな手術を手がける外科医で、彼が際立って見えるとしたら、理に適わない、姑息的な手術でその場をしのごうとするいい加減な外科医達を対照的に描いてきたからです。

その辺りの機微を理解して頂くために、両者の手術の違いを詳細に書いてきました。専門用語が飛び交ってなじめず、手術場面は飛ばして読んだという声も少なからず聞こえてきましたが、一方で、飛ばして読むのは口惜しいと、医学書や、我々医者が座右の書とする解剖書と首っ引きで読んで下さった読者もおられ、作者冥利につきる思いを抱かしめられたものです。

老病死苦は人間に付きもので、それに一喜一憂するところに悲喜こもごものドラマが生まれます。『孤高のメス』（全十三巻）と『緋色のメス』（上下巻）で書き継いできたことも、つまるところそうしたドラマでした。

この「完結篇」を書き終えた頃、一つの訃報を新聞の片隅に見出しました。肝臓移植の世界的権威、T・E・スターツル。「巨星堕つ！」と、思わず胸の中で叫びました。

わたしがこの不世出の大外科医と出会ったのは氏が六十五歳の時でしたから、四半世紀前に遡ります。

先生との邂逅が無ければ、帰国後、一刻も早い本邦での脳死肝移植の必要性を訴えるべく、コミックス『メスよ輝け!!』の原作を書くこともなかったし、コミックスの限られた〝吹き出し〟では意を尽くせないと、医療、とりわけ手術の内容を一般の方々にも知ってもらいたいと念じて小説化することもなかったと思います。

弟子入りを志願した不躾な手紙にも丁重に自筆の返事を認めて下さったスターツル先生の誠実なお人柄は、その後出版された自伝でも充分に窺い知ることが出来ました。同時に、弟子の手に余った手術の瀬戸際に駆けつけた先生は、ハードな手術の明け暮れに疲労困憊の極みに達し、心筋梗塞を起こして死の淵に立たされながら、緊急手術によって一命をとりとめたばかりと、その自伝『ゼロからの出発　わが臓器移植の軌跡』（講談社刊）によって知り得たのです。

享年九十とありました。

思えば、あれから二十五年も生き長らえられたことになります。天寿を全うされたと言えましょう。合掌。

末筆ながら、当初は単行本として自費出版した小著に目を留め、文庫版として世に送り出して下さった見城徹社長、更に、二〇一〇年、映画化に向けご尽力下さった小玉圭太取締役、シリーズ第七巻である『神の手にはあらず』の第一巻以降、今回の完結篇まで携わって下さった木原いづみさんに、深甚の感謝を捧げます。ありがとうございました。

平成二十九年春好日

著　者

この作品は書き下ろしです。原稿枚数893枚（400字詰め）。

幻冬舎文庫

幻冬舎文庫

●最新刊
雨の狩人(上)(下)
大沢在昌

新宿で起きた殺人事件を捜査する佐江と谷神。事件の裏側に日本最大の暴力団が推し進める驚くべき開発事業の存在を突き止めるが……。「新宿鮫」と双璧をなす警察小説シリーズ、待望の第四弾！

●最新刊
きみはぼくの宝物
史上最悪の夏休み
木下半太

誰にでも「大人になった夏」がある。江夏七海にとって、十一歳の夏休みが〝それ〟だった――。初めての恋と冒険。それを邪魔する、落ちぶれた冒険家の父。ドキドキワクワクの青春サスペンス。

●最新刊
夜また夜の深い夜
桐野夏生

顔を変え続ける母とアジアやヨーロッパの都市を転々とし、四年前からナポリのスラムに住む。国籍もIDもなく、父親の名前も自分のルーツもわからない。疾走感溢れる現代サバイバル小説。

●最新刊
いま、死んでもいいように
執着を手放す36の智慧(ちえ)
小池龍之介

「自分らしく生きなければ」「老いてなお盛んでなければ」――現代人がいかに誤った思い込みをしているかを、ブッダの言葉から説き明かす。《いま、ここ》だけに集中し最高の幸せを手にする法。

●最新刊
感じる科学
さくら剛

「超高速ですれ違う亀田兄弟」にとって、お互いのパンチはどのように見えるのか？　光・重力・宇宙――真面目な科学の本質を、バカバカしいたとえ話で解き明かし、爆笑と共に世界の謎に迫る！

幻冬舎文庫

孤高のメス　完結篇

命ある限り

大鐘稔彦

平成29年8月5日　初版発行

発行人――石原正康
編集人――袖山満一子
発行所――株式会社幻冬舎
〒151-0051東京都渋谷区千駄ヶ谷4-9-7
電話　03(5411)6222(営業)
03(5411)6211(編集)
振替00120-8-767643
印刷・製本―株式会社 光邦
装丁者――高橋雅之

幻冬舎文庫

ISBN978-4-344-42632-0　C0193　お-25-15

幻冬舎ホームページアドレス　http://www.gentosha.co.jp/
この本に関するご意見・ご感想をメールでお寄せいただく場合は、
comment@gentosha.co.jpまで。